minha
vida
Não Tão
perfeita

OBRAS DA AUTORA PUBLICADAS PELA EDITORA RECORD

Como Sophie Kinsella

Amar é relativo
Fiquei com o seu número
Lembra de mim?
A lua de mel
Mas tem que ser mesmo para sempre?
Menina de vinte
Minha vida (não tão) perfeita
Samantha Sweet, executiva do lar
O segredo de Emma Corrigan
Te devo uma

Juvenil
À procura de Audrey

Infantil
Fada Mamãe e eu
Fada na fila de espera

Da série Becky Bloom:
Becky Bloom – Delírios de consumo na 5ª Avenida
O chá de bebê de Becky Bloom
Os delírios de consumo de Becky Bloom
A irmã de Becky Bloom
As listas de casamento de Becky Bloom
Mini Becky Bloom
Becky Bloom em Hollywood
Becky Bloom ao resgate
Os delírios de Natal de Becky Bloom

Como Madeleine Wickham

Drinques para três
Louca para casar
Quem vai dormir com quem?
A rainha dos funerais

sophie kinsella

minha vida não tão perfeita

Tradução de
Carolina Caires Coelho

11ª edição

EDITORA RECORD
RIO DE JANEIRO • SÃO PAULO

2021

CIP-BRASIL. CATALOGAÇÃO NA PUBLICAÇÃO
SINDICATO NACIONAL DOS EDITORES DE LIVROS, RJ

K63m
11ª ed.
Kinsella, Sophie, 1969-
Minha vida (não tão) perfeita / Sophie Kinsella; tradução de Carolina Caires Coelho. – 11ª ed. – Rio de Janeiro: Record, 2021.

Tradução de: My Not So Perfect Life
ISBN: 978-85-01-10992-7

1. Romance inglês. I. Coelho, Carolina Caires. II. Título.

17-40953

CDD: 823
CDU: 821.111-3

Título em inglês:
My Not So Perfect Life

Copyright © Madhen Media Ltd 2017.

Texto revisado segundo o novo Acordo Ortográfico da Língua Portuguesa.

Todos os direitos reservados. Proibida a reprodução, no todo ou em parte, através de quaisquer meios. Os direitos morais da autora foram assegurados.

Direitos exclusivos de publicação em língua portuguesa somente para o Brasil adquiridos pela
EDITORA RECORD LTDA.
Rua Argentina, 171 – Rio de Janeiro, RJ – 20921-380 – Tel.: (21) 2585-2000, que se reserva a propriedade literária desta tradução.

Impresso no Brasil

ISBN 978-85-01-10992-7

EDITORA AFILIADA

Seja um leitor preferencial Record.
Cadastre-se no site www.record.com.br e receba informações sobre nossos lançamentos e nossas promoções.

Atendimento e venda direta ao leitor:
sac@record.com.br

Para Nicki Kennedy.

PARTE UM

CAPÍTULO UM

Primeiro: poderia ser pior. No que diz respeito à distância até o trabalho, poderia ser muito pior, e eu preciso me lembrar disso sempre. Segundo: vale a pena. Eu *quero* morar em Londres; eu *quero* viver isso; e a distância até o trabalho faz parte dessa coisa toda. Faz parte da experiência de Londres, como a Tate Modern.

(Na verdade, não tem muito a ver com ir ao museu. Exemplo ruim.)

Meu pai sempre diz: se não sabe brincar, não desce para o play. E eu quero brincar. É por isso que estou aqui.

Bem, minha caminhada de vinte minutos até a estação foi tranquila. Agradável, até. O ar frio de dezembro é um pouco incômodo, mas eu me sinto bem. O dia começou. Estou a caminho.

Meu casaco é bem quentinho, apesar de ter custado 9,99 libras e ter sido comprado no brechó. Tinha uma etiqueta nele — CHRISTIN BIOR —, mas eu a cortei assim que entrei em casa. No lugar em que trabalho, não dá para ir com um casaco CHRISTIN BIOR. Você pode usar uma peça Christian Dior vintage. Ou de uma marca japonesa. Ou talvez de marca nenhuma, porque você pode fazer as próprias roupas com tecidos retrô comprados nos bazares locais.

Mas Christin Bior, *não*.

Enquanto me aproximo da estação Catford Bridge, começo a sentir certa tensão. Não quero *mesmo* chegar tarde hoje. Minha chefe já está dando chilique por causa das pessoas que "aparecem sem pressa nenhuma a qualquer hora", por isso saí de casa vinte minutos mais cedo, para me precaver se for um dia ruim.

Mas já estou vendo que será um dia péssimo.

Nossa linha tem tido muitos problemas ultimamente, e os trens vivem sendo cancelados sem qualquer aviso. O problema é que, na hora do rush em Londres, não é possível simplesmente *cancelar os trens*. O que todas as pessoas que planejavam pegar esses trens devem fazer? Evaporar?

Ao passar pela catraca, vejo a resposta. Todo mundo está amontoado na plataforma, estreitando os olhos para tentar ler o painel de informações, brigando por espaço, espiando a linha, fazendo cara feia e ignorando a pessoa ao lado, tudo ao mesmo tempo.

Ai, *Deus*. Devem ter cancelado pelo menos dois trens, porque parece haver gente suficiente para encher três trens aqui, todos à espera do próximo, espremidos na beirada da plataforma, em pontos estratégicos. Estamos em meados de dezembro, mas não se vê nenhum espírito natalino. Todo mundo está estressado, morrendo de frio e naquele mau humor de segunda-feira de manhã. Os únicos detalhes festivos ficam por conta de uns pisca-piscas meio fracos e de uma série de avisos sobre o esquema de funcionamento do transporte na época das festas.

Controlando a irritação, eu me junto à multidão e suspiro aliviada ao ver um trem parar na estação. Não que eu vá *entrar* nesse trem. (Entrar no primeiro trem? Isso seria ridículo.) Há pessoas pressionadas contra as janelas embaçadas e, quando as portas se abrem, só uma mulher desce, totalmente amarrotada, tentando sair logo dali.

Mas, mesmo assim, a massa avança, e de alguma forma um monte de gente se enfia no trem e ele parte, o que me deixa bem mais à frente na plataforma. Agora só preciso manter minha posição e *não* deixar aquele cara magrelo com gel no cabelo se enfiar bem na minha frente. Tirei os fones de ouvido para poder ouvir os avisos e ficar pronta e alerta.

Chegar ao trabalho em Londres é praticamente uma guerra. É uma operação militar constante de tomada de território; de avançar aos poucos e nunca relaxar nem por um momento. Porque, se der mole, alguém vai pegar o seu lugar. Ou vai passar *por cima* de você.

Exatamente 11 minutos depois, o trem seguinte chega. Eu avanço com a massa, tentando ignorar a trilha sonora de exclamações irritadas.

— Pode ir mais pra lá?

— Tem espaço aí dentro!

— Eles só precisam ir *pro meio* do trem!

Já reparei que as pessoas dentro dos trens têm expressões faciais totalmente diferentes das outras na plataforma — principalmente aquelas que conseguiram se sentar. São as que conseguiram transpor as montanhas até a Suíça. Nem erguem o olhar. Mantêm aquela recusa culpada e insolente de se envolver com os outros: *Sei que vocês estão aí fora. Sei que isso é terrível e que estou seguro aqui dentro, mas também sofri, por isso vou ler em paz no meu Kindle. Não me encham o saco, beleza?*

As pessoas não param de pressionar umas às outras, e tem um sujeito que literalmente está me empurrando, a ponto de eu sentir os dedos dele nas minhas costas, e de repente consigo entrar no trem. Agora preciso me agarrar a uma barra de ferro ou a uma alça — qualquer coisa — que sirva de apoio. Quando você pisa no trem, já entrou.

Um homem bem distante de mim parece estar bravo — consigo ouvi-lo gritar bem alto e xingar, mas estou de costas para ele. Do nada, vejo uma onda atrás de mim, como um tsunami de gente. Só vi isso algumas vezes, e é assustador. Estou sendo empurrada para a frente sem nem mesmo tocar o chão e, quando as portas do trem se fecham, acabo apertada entre dois caras — um de terno e outro de moletom — e uma garota comendo sanduíche.

Estamos tão apertados que o panini dela está a cerca de cinco centímetros do meu rosto. Sempre que ela dá uma mordida no sanduíche, sinto um bafo de pesto. Mas consigo me manter firme e ignoro o cheiro. E a garota. E os homens. Embora eu consiga sentir a coxa quente do cara de terno contra a minha e contabilizar os pelos do pescoço dele. Quando o trem começa a andar, batemos uns nos outros sem parar, mas ninguém troca olhares. Acho que se você olhar nos olhos de outra pessoa no metrô, chamam a polícia ou coisa assim.

Para me distrair, tento planejar o restante do trajeto. Quando chegar à Waterloo East, vou ver qual linha do metrô está fluindo melhor. Posso pegar a Jubilee-District (demora anos) ou a Jubilee-Central (mais tempo de caminhada), ou o metrô de superfície (tempo de caminhada maior ainda).

E, sim, se eu *soubesse* que acabaria trabalhando em Chiswick, não teria alugado um apartamento em Catford. Mas, quando cheguei a Londres, foi para fazer um estágio em East London. (No anúncio, estava escrito "Shoreditch". Não era Shoreditch coisa *nenhuma*.) Catford era um bairro barato e não muito distante, e agora simplesmente não consigo encarar os preços de West London, e a distância até o trabalho não é *tão* ruim assim...

— Aaaai! — grito quando o trem chacoalha e sou lançada à frente com tudo. A garota também foi arremessada, levando a mão em direção ao meu rosto. Quando me dou conta, minha boca aberta aterrissou no panini dela.

O q... O quê?

Fico tão chocada que não consigo reagir. Minha boca está cheia de pão quente com muçarela derretida. Como isso foi *acontecer*?

Instintivamente, minha boca se fecha, um movimento do qual me arrependo na hora. Mas... o que mais eu poderia fazer? Olho para ela com nervosismo, a boca ainda cheia.

— Desculpa — murmuro, mas sai algo parecido com "Bulba".

— Mas que *porra* é essa? — A garota olha para as pessoas no vagão, abismada. — Ela está roubando meu café da manhã!

Minha testa está suando por causa do estresse. Isso é ruim. *Ruim.* O que devo fazer agora? Cuspir o panini? (Melhor não.) Deixar que ele caia da minha boca? (Pior ainda. Credo.) Não tenho como dar um jeito nessa situação, de forma nenhuma.

Por fim, mastigo o panini com gosto, meu rosto ardendo de vergonha. Agora tenho de mastigar até o fim uma mordida do pão massudo de outra pessoa, com todo mundo olhando.

— Sinto muito — digo sem jeito para a garota, assim que consigo engolir. — Espero que você aproveite o resto.

— *Agora* não quero mais. — Ela olha para mim com os olhos arregalados. — Está com os seus germes.

— Bom, eu também não queria os seus germes! E a culpa não foi minha. Eu caí em cima dele.

— Você *caiu* em cima dele — repete a garota, deixando claro que não acredita em mim, e eu a encaro.

— Foi! É claro que eu caí! O que você acha que aconteceu? Que eu fiz isso de *propósito*?

— Vai saber! — Ela cobre o resto do panini com uma das mãos para protegê-lo, como se eu fosse me jogar em cima dela e dar mais uma mordida no sanduíche. — Tem tanta gente esquisita em Londres.

— Eu não sou esquisita!

— Você pode "cair" em cima de mim quando quiser, linda — diz o cara de terno, com um sorrisinho. — É só não morder — acrescenta, e ouço risadas de todos os lados do vagão.

Meu rosto fica ainda mais vermelho, mas eu *não vou* reagir. Na verdade, dou essa conversa por encerrada.

Durante os 15 minutos seguintes, olho séria para a frente, tentando permanecer em minha própria bolha. Na Waterloo East, todos saímos do trem, e eu respiro o ar frio e poluído com alívio. Caminho o mais depressa que consigo, escolho a linha Jubilee-District e me aproximo da multidão na saída. Quando faço isso, olho no relógio e suspiro. Estou me deslocando há 45 minutos e ainda não estou *nem perto* de chegar ao trabalho.

Quando alguém pisa no meu pé com um stiletto, de repente penso em meu pai destrancando a porta da cozinha da nossa casa, dando os primeiros passos para o lado de fora, abrindo os braços para ver os campos e o céu sem-fim, e dizendo:

— A menor distância de casa até o trabalho do mundo, querida. A menor do mundo.

Quando eu era pequena, não fazia a menor ideia do que ele estava falando, mas agora...

— Chega mais pra lá! Pode ir mais pra *lá*? — Um homem ao meu lado na plataforma está gritando tão alto que me retraio. A segunda composição do metrô chega e, então, recomeça a briga de sempre entre as pessoas dentro do vagão, que acham que estão totalmente apertadas, e as pessoas do lado de fora, que estão medindo os espaços vazios meticulosamente, com olhos treinados de peritos criminais, argumentando que mais vinte pessoas caberiam ali numa boa.

Finalmente entro no vagão e depois salto, aos trancos e barrancos, na Westminster. Espero a próxima composição da linha District e então vou para a Turnham Green. Quando saio da estação, olho no relógio e começo a correr. Merda. Tenho menos de dez minutos.

Nosso escritório fica em um prédio grande e branco chamado Phillimore House. Assim que me aproximo dele, paro de correr e começo a andar, com o coração ainda aos pulos. Estou com uma bolha enorme no calcanhar esquerdo, mas o importante é que consegui chegar a tempo. Como mágica, há um elevador à espera, e eu entro nele, tentando ajeitar os cabelos, que ficaram totalmente desgrenhados durante a corrida pela Chiswick High Road. O trajeto todo levou uma hora e vinte minutos no total, o que poderia ser pior...

— Espere! — Uma voz imperiosa me deixa paralisada. Do outro lado do lobby, está uma pessoa familiar. De pernas compridas, botas de salto alto, acessórios caros, jaqueta biker e uma saia curta de tecido texturizado laranja que de repente faz com que todas as outras roupas das pessoas no elevador pareçam velhas e óbvias. Principalmente minha saia jeans preta de 8,99 libras.

As sobrancelhas dela são incríveis. Algumas pessoas nascem com sobrancelhas dos sonhos, e ela é uma dessas felizardas.

— Que trajeto horrível — comenta ela ao entrar no elevador. Sua voz é rouca, marcante, adulta. É uma voz de quem sabe das coisas, de quem não tem tempo a perder. Ela aperta o botão do andar com um dedo perfeitamente manicurado e nós começamos a subir. — Horrível — repete. — O sinal não abria por *nada* no cruzamento com a Chiswick Lane. Demorei 25 minutos para chegar aqui depois que saí de casa. Vinte e cinco minutos!

Ela me lança um de seus olhares intensos como o de uma águia, e percebo que está esperando uma reação minha.

— Ah — digo, sem forças. — Coitada.

As portas do elevador se abrem e ela sai. Um segundo depois, eu saio também, observando seu corte de cabelo se assentar perfeitamente a cada passo e sentindo aquele perfume forte que ela usa (criado para ela na Annick Goutal, em Paris, durante sua viagem de comemoração de cinco anos de casamento).

Essa é a minha chefe. Demeter. A mulher que tem a vida perfeita.

Não estou exagerando. Quando digo que Demeter tem uma vida perfeita, pode acreditar, é verdade. *Tudo o que alguém poderia querer na vida, ela tem.* Emprego, família, atitude. Tem, tem e tem. Até o nome, que é tão diferente que ela não precisa dizer o sobrenome (Farlowe). Ela é apenas *Demeter*. Tipo *Madonna*.

— Olá. — Ouço quando ela atende o telefone, com aquele tom de voz confiante, mais alto que o normal. — É a De-*meeee*-ter.

Ela tem 45 anos e é diretora-executiva de criação na Cooper Clemmow há pouco mais de um ano. A Cooper Clemmow é uma agência de publicidade, e nós temos alguns clientes importantes — ou seja, Demeter não é pouca coisa. Sua sala é cheia de prêmios, fotografias emolduradas dela com pessoas ilustres e alguns produtos que ela ajudou a promover.

É alta, magra, tem cabelos pretos sedosos e, como eu já falei, sobrancelhas incríveis. Não sei quanto ela ganha, mas mora numa casa maravilhosa em Shepherd's Bush — pela qual, ao que parece, pagou mais de 2 milhões (minha amiga Flora me contou).

Flora também me contou que Demeter importou a sala de estar toda da França, que é de parquete de carvalho e custou uma fortuna. Flora é a funcionária mais próxima de mim na hierarquia da empresa — ela é assistente de criação e fonte constante de fofocas sobre Demeter.

Uma vez, fui dar uma olhada na casa da Demeter, não que eu seja uma *stalker*, mas porque, por acaso, estava nas redondezas e sabia onde ela morava — sabe como é, por que não dar uma *conferida* na casa da chefe quando pinta a oportunidade? (Está bem, vou contar a história toda: eu só sabia o nome da rua. Joguei no Google para descobrir o número da casa quando cheguei lá.)

É claro que era de um bom gosto extremo. Parecia uma casa de revista. Aliás, *é* uma casa de revista. Já saiu na *Livingetc*, com Demeter na cozinha toda branca, elegante e criativa com uma blusa de estampa retrô.

Fiquei lá olhando para aquela casa por um tempo. Não estava invejando a minha chefe, exatamente... Era mais desejo do que inveja. Poderia dizer que era *deveja*. A porta da frente é de um tom bonito, verde-acinzentado — da marca Farrow & Ball ou da Little Greene, com certeza —, com uma cabeça de leão aparentemente antiga na aldraba e degraus de pedra elegantes num tom claro de cinza que levam à entrada. O resto da residência impressiona muito também — batentes de janelas pintados, venezianas e o vislumbre de uma casa de madeira na árvore no quintal dos fundos —, mas foi a porta da frente que me deixou maravilhada. E a escada. Seria incrível ter degraus lindos de pedra por onde descer todos os dias, como uma princesa em um conto de fadas. Eu começaria o dia me sentindo fabulosa.

Dois carros no pátio da frente: um Audi cinza e um Volvo SUV preto, ambos reluzentes e novinhos em folha. Tudo o que Demeter tem é reluzente, novo e moderno (máquina de suco de marca) ou antigo, autêntico e que está na moda (como um colar enorme de madeira que ela comprou na África do Sul). Acho que "autêntico" deve ser a palavra preferida da Demeter. Ela a pronuncia cerca de trinta vezes por dia.

Demeter é casada, *claro*, e tem dois filhos, *claro*: um menino chamado Hal e uma menina chamada Coco. Tem zilhões de amigos que conhece "desde sempre" e, com frequência, vai a festas, eventos e premiações de design. Às vezes, suspira dizendo que vai sair pela terceira noite na semana e exclama "Devo ser masoquista!" enquanto calça seus sapatos Miu Miu. (Levo muitas embalagens dela para reciclagem, então eu sei as marcas que ela usa. Miu Miu. Marni de venda exclusiva. Dries van Noten. E também muita coisa da Zara.) Mas, quando ela sai, seus olhos começam a brilhar e logo em seguida fotos pipocam no perfil da Cooper Clemmow no Facebook, na conta do Twitter e em todos os lugares: Demeter com uma blusa preta linda (provavelmente da Helmut Lang, já que ela gosta das roupas de lá), segurando uma taça de vinho e sorrindo ao lado de designers famosos e sendo perfeita.

Mas veja bem: não sou *invejosa*. Não exatamente. Não quero ser a Demeter. Não quero as coisas dela. Sei lá, tenho só 26 anos. O que eu faria com um SUV da Volvo?

Mas, quando olho para ela, sinto uma comichão de... alguma coisa, e penso: será que poderia ser comigo? Teria como ser comigo? Quando tiver condições, eu poderia ter a vida da Demeter? Não são só as coisas materiais, falo da confiança também. Do estilo. Da sofisticação. Dos contatos dela. Mesmo que demorasse vinte anos, eu não me importaria — na verdade, ficaria em êxtase! Se você me dissesse *Olha só, se você se esforçar bastante, daqui a vinte anos terá essa vida*, eu iria com tudo para chegar a esse ponto.

Mas é impossível. Nunca poderia acontecer. As pessoas falam de "subir degraus" e "planos de carreira", além de "galgar cargos mais altos", mas eu não vejo nada que me leve à vida da Demeter, por mais que eu me esforce.

Quero dizer, tipo, 2 milhões de libras numa casa?

Dois *milhões*?

Eu fiz as contas uma vez. Vamos supor que um banco me empreste essa grana preta — o que eles não fariam. Com meu salário atual, eu levaria 193,4 anos para quitar a dívida (e, sabe como é, viver). Quando esse número apareceu na tela da minha calculadora, eu ri histericamente. As pessoas vivem falando sobre a "lacuna" entre gerações, mas eu acho que "abismo" faria mais sentido. O Grand Canyon entre gerações. Não existem degraus suficientes para me levar do ponto em que estou na vida para onde Demeter está — não sem que algo extraordinário aconteça, como ganhar na loteria, ou ter pais ricos, ou criar um site genial que renda uma fortuna. (Não pense que não estou tentando. Todas as noites, fico tentando inventar um novo tipo de sutiã, ou uma bala com poucas calorias. Sem sucesso, por enquanto.)

Enfim. Não posso querer ter exatamente a vida da Demeter. Mas posso querer conquistar um pouco do que ela tem. As partes alcançáveis. Posso observá-la, estudá-la. Posso aprender a ser como ela.

E também, principalmente, posso aprender a *não* ser como ela.

Porque... eu não contei? Ela é um pesadelo. É perfeita *e* um pesadelo. As duas coisas.

Estou ligando o computador quando Demeter entra em nosso espaçoso escritório bebericando seu *soy latte*.

— Pessoal — diz ela. — Pessoal, prestem atenção todos vocês.

Essa é mais uma das palavras preferidas dela: "Pessoal." Ela entra no escritório e diz "pessoal" naquele tom dramático, e nós todos temos que parar o que estamos fazendo, como se ela estivesse prestes a fazer um anúncio importante para todo mundo. Quando, *na verdade*, o que ela quer é algo muito específico que só uma pessoa sabe fazer, mas, como ela mal lembra quem de nós faz o quê, ou até mesmo quem é quem, ela tem de pedir a atenção de todo mundo.

Está bem, estou exagerando um pouco. Mas não muito. Nunca conheci ninguém tão ruim para se lembrar de nomes como ela. Flora, certa vez, me disse que a Demeter tem um problema visual de verdade, uma coisa de reconhecimento facial, só que ela não admite isso porque pensa que não afeta sua habilidade de realizar seu trabalho.

Bom, uma notícia quentinha: afeta, sim.

E só outra notícia: o que reconhecimento facial tem a ver com se lembrar de um nome? Estou trabalhando aqui há sete meses e juro que ela ainda não sabe ao certo se sou Cath ou Cat.

Na verdade, sou Cat. Cat, apelido de Catherine. Porque... bem. É um nome legal. É curto e forte. É moderno. É Londres. Sou eu. Cat. Cat Brenner.

Oi, eu sou a Cat.

Oi, eu sou a Catherine, mas pode me chamar de Cat.

Certo, para ser sincera: Ele não é *totalmente* eu. Ainda não. Ainda sou meio Katie. Tenho me chamado de "Cat" desde que comecei a trabalhar aqui, mas por algum motivo o nome ainda não pegou. Às vezes não respondo tão rápido quanto deveria quando as pessoas chamam "Cat". Hesito antes de assinar e, uma vez, que horror, tive que riscar um "K" que comecei a escrever em um daqueles cartões de aniversário enormes para alguém do escritório. Por sorte, ninguém viu. Quer dizer, quem não sabe o *próprio* nome?

Mas estou decidida a ser Cat. *Vou* ser Cat. É minha nova identidade londrina. Tive três empregos na vida (ok, dois eram estágios) e, em cada um deles, eu me reinventei um pouco. Passar de Katie para Cat é o último estágio.

Katie é quem eu sou em casa. Sou eu em Somerset. Uma menina do interior, de rosto corado e cabelos encaracolados, que vive de calça jeans, galochas e uma blusa que veio de brinde na entrega da ração das ovelhas. Uma garota cuja vida social se resume ao pub da região. Uma garota que deixei para trás.

Até onde me lembro, sempre quis sair de Somerset. Sempre quis vir para Londres. Nunca tive pôster de *boy band* na parede do meu quarto, e sim o mapa do metrô. Tinha um pôster da London Eye e do Gherkin.

O primeiro estágio que consegui foi em Birmingham, que também é uma cidade grande. Tem lojas, tem glamour, tem agito... mas não é *Londres*. Não tem aquele toque *londrino* que faz meu coração bater mais forte. Os prédios. A história. Passar pelo Big Ben e ouvi-lo tocar... Estar nas mesmas estações de metrô que vemos em milhões de filmes. Sentir que você está em uma das melhores cidades do mundo, sem contestação. Morar em Londres é como morar em um set de filmagem, das ruas mais afastadas no estilo dickensiano até os reluzentes prédios de escritórios, passando pelos jardins secretos. Você pode ser quem quiser.

Não tem muita coisa na minha vida que figuraria na lista das dez mais de nenhuma pesquisa mundial. Não tenho um dos dez melhores empregos do mundo, nem um dos dez melhores guarda-roupas, muito menos um dos dez melhores apartamentos. Mas vivo em uma das dez melhores cidades do mundo. Morar em Londres é uma coisa que as pessoas de todo o planeta adorariam fazer, e agora eu estou aqui. E é por isso que não me incomodo se tenho de atravessar o inferno para chegar ao trabalho e não me incomodo se meu quarto é apenas um quadradinho. *Eu estou aqui.*

Eu não consegui vir para cá de primeira. A única oferta que tive depois da faculdade foi de uma agência de publicidade minúscula em Birmingham. Então eu me mudei para lá e imediatamente comecei a criar uma nova personalidade. Cortei a franja, passei a fazer escova nos cabelos todos os dias e a prendê-los em um coque descolado. Comprei óculos novos de aros pretos e lentes sem grau. Fiquei diferente. Eu me senti diferente. Até comecei a me maquiar de outra maneira, comecei a usar delineador superdefinido de lábios e delineador de olhos preto, fazendo aquele tracinho puxado.

(Demorei um fim de semana inteiro para aprender a fazer aquele contorno. É uma habilidade específica, tipo trigonometria — então, fica o questionamento: por que eles não ensinam *isso* na escola? Se eu governasse o país, haveria cursos para ensinar coisas realmente úteis e que fazemos a vida toda, tipo: Como Usar Delineador. Como Declarar o Imposto de Renda. O Que Fazer Quando Sua Privada Entope E Seu Pai Não Atende o Telefone E Você Vai Dar uma Festa.)

Foi em Birmingham que eu decidi me livrar do meu sotaque do interior. Eu estava no banheiro, na minha, quando ouvi algumas garotas me zoando. Elas me chamavam de *Katie da Porrrrteira*. E, sim, eu fiquei chocada e, sim, doeu. Eu poderia ter saído do reservado e dito: *Olha, eu não acho que o seu sotaque de Birmingham seja melhor do que o meu!*

Mas não fiz isso. Fiquei ali pensando e pensando. Foi um choque de realidade. Quando consegui meu segundo estágio — em East London —, eu já era uma pessoa diferente. Estava mais esperta. Não me parecia *nem* falava como a Katie Brenner da Fazenda Ansters.

E agora sou totalmente a Cat Brenner de Londres. Cat Brenner que trabalha em um escritório bacana com paredes de tijolos aparentes, mesas brancas e reluzentes e cadeiras descoladas, com um cabide para roupas em formato de homem nu. (Todo mundo fica chocado quando o vê pela primeira vez.)

Bom, eu *sou* a Cat. Eu vou ser. Só preciso dominar o lance do não--assinar-o-nome-errado.

— Pessoal — diz Demeter pela terceira vez, e todo mundo se cala.

Somos dez funcionários aqui, todos com cargos e atribuições diferentes. No andar de cima, tem uma equipe de eventos e uma equipe de campanhas digitais, além do setor de planejamento. Também tem outra equipe de publicitários chamada "a equipe de visão", que trabalha diretamente com Adrian, o CEO. Além de outros departamentos de gestão de talentos, financeiro e sei lá mais o quê. Mas esse andar é o meu mundo, e eu estou na base da pilha. De longe, sou a que ganha menos, e minha mesa é a menor, mas todo mundo precisa começar de algum lugar, não é? Esse é meu primeiro emprego remunerado, e todos os dias agradeço às estrelas por ele. E sabe de uma coisa? Meu trabalho *é* interessante. De certo modo.

Mais ou menos.

Quero dizer, acho que depende de como você define "interessante". No momento, estou trabalhando em um projeto bem empolgante para lançar uma cremeira "cappuccino style" da Coffeewite para fazer espuma de leite. Sou da equipe de pesquisa. E o que isso significa, *de fato*, em termos de trabalho diário é...

Bom, aí é que está. Precisamos ser realistas. Não se pode ir direto para as coisas divertidas e glamorosas. Meu pai simplesmente não entende isso. Ele sempre me pergunta se sou eu quem tenho todas as ideias. Ou se já conheci várias pessoas importantes. Ou se tenho almoços chiques todos os dias. O que é ridículo.

E, sim, provavelmente estou na defensiva, mas ele não entende, e não ajuda em *nada* quando começa a fazer careta, balançar a cabeça e perguntar: "E você está mesmo feliz na Big Smoke, Katie, minha querida?" Eu *estou* feliz. Mas isso não quer dizer que não seja difícil. Meu pai não entende nada do mercado de trabalho, nem de Londres, nem de economia ou, sei lá, nem do preço de uma taça de vinho em um bar londrino. Nem contei a ele exatamente quanto pago de aluguel, porque eu sei o que ele diria. Ele falaria...

Ai, meu Deus. Pausa para respirar fundo. Foi mal. Não queria desviar do assunto e começar a reclamar do meu pai. Desde que saí de casa depois da faculdade, as coisas nunca mais foram as mesmas entre nós. Ele não entende por que me mudei para cá e nunca vai entender. Por mais que eu tente explicar, se você não *sente* Londres, só vê trânsito, poluição, gastos e sua filha escolhendo morar a quase 200 quilômetros de distância.

Eu tive que escolher: seguir meu coração ou não machucar o dele. E acho que, no fim das contas, acabei machucando o meu coração e o dele. Coisa que o resto do mundo não entende, porque todos acham que é normal se mudar e morar longe de casa. Mas o resto do mundo não é como meu pai e eu, que vivemos juntos, só nós dois, a vida toda.

Enfim. Vamos voltar ao meu trabalho. As pessoas que estão no meu nível não se reúnem com os clientes — é a Demeter quem faz isso. E a Rosa. Elas saem para almoçar e voltam com as bochechas coradas, amostras grátis e muito animadas. Então elas organizam uma reunião, que normalmente envolve Mark e Liz também, e alguém do digital, e às vezes Adrian. Ele não é só CEO; é também o cofundador da Cooper Clemmow e tem uma sala no andar de baixo. (Havia outro cofundador, chamado Max, mas ele se aposentou cedo e foi para o sul da França.)

Adrian é incrível, na verdade. Ele tem uns 50 anos, cabelos ondulados e grisalhos, usa praticamente só camisas jeans e parece que saiu dos anos setenta. O que, de certo modo, acho que foi o caso. Ele também é famoso. Tipo, tem um quadro de ex-alunos na entrada da King's College, em Londres, na Strand, e a foto dele está lá.

Enfim, esses são os protagonistas. Mas não estou nesse nível, nem de longe. Como eu disse, faço parte da equipe de pesquisa, o que quer dizer que, nesta semana, *na verdade* eu estou...

Olha, antes que eu diga, sei que não *soa* nada glamoroso, tá? Mas também não é tão ruim quanto parece.

Estou compilando dados. Para ser mais específica, estou compilando os resultados de uma grande pesquisa que fizemos com clientes para a Coffeewite sobre café, cremeiras, cappuccinos e, bom, tudo. Dois mil questionários preenchidos à mão, cada um com oito páginas. Pois é! Papel? *Ninguém* mais faz pesquisas em papel. Mas a Demeter queria a coisa "à moda antiga", porque ela leu em algum lugar que as pessoas são 25% mais honestas quando estão escrevendo com caneta do que quando estão on-line, ou algo assim.

Então, aqui estamos nós. Ou melhor, aqui estou eu, com cinco caixas lotadas de questionários para compilar.

Pode ser *um pouco* cansativo, porque são as mesmas perguntas sempre e os participantes responderam com caneta esferográfica e as respostas nem sempre são legíveis. Mas o lado bom é que essa pesquisa vai moldar o projeto todo! Flora não parava de falar: "Meu Deus, coitada de você, Cat, vai ter um trabalho do cão!", mas na verdade é fascinante.

Bom, quero dizer, você tem que *tornar* isso fascinante. Eu comecei a adivinhar a renda familiar das pessoas com base no que elas respondiam na pergunta sobre *densidade da espuma*. E sabe de uma coisa? Quase sempre acerto. É meio como ler mentes. Quanto mais compilo as respostas, mais aprendo sobre os clientes. Pelo menos espero que seja assim mesmo...

— Pessoal. Que *porra* está acontecendo com a Trekbix?

A voz da Demeter invade meus pensamentos de novo. Ela está usando o sapato de salto alto com spikes, passando a mão pelos cabelos com aquela expressão impaciente e frustrada que sempre faz de qual-é-o-*problema*-do-mundo?

— Eu mesma fiz umas anotações sobre isso. — Ela está procurando no celular, ignorando todos nós de novo. — Sei que fiz.

— Não vi anotação nenhuma — diz Sarah de trás da mesa, com a voz baixa e discreta de sempre. *Santa Sarah*, como Flora diz. Sarah é a secretária da Demeter. Tem um cabelão ruivo que está sempre preso num rabo de cavalo e dentes bonitos e muito brancos. Ela faz as próprias roupas: peças lindas no estilo retrô meio anos cinquenta, com saias rodadas. Mas não faço ideia de como ela mantém a sanidade.

Demeter deve ser a pessoa mais avoada do mundo. Ao que parece, todos os dias ela perde algum documento ou erra o horário de um compromisso. Sarah é sempre muito paciente e educada com ela, mas dá para ver a frustração em sua boca, que fica toda tensa e um canto desaparece para dentro da bochecha. Aparentemente, ela é a rainha de enviar e-mails pela conta da Demeter, passando-se pela chefe, salvando a situação, desculpando-se e, de modo geral, resolvendo as coisas.

Sei que o trabalho que a Demeter faz é muito importante. Além disso, ela tem que cuidar da própria família, precisa ir a festinhas na escola e coisas assim. Mas como ela pode ser *tão* excêntrica?

— Pronto, achei. Por que estava na minha pasta *pessoal?* — Demeter desvia o olhar do celular com aquela expressão confusa que às vezes faz, como se o mundo inteiro a frustrasse.

— Você precisa salvar na... — Sarah tenta pegar o telefone de Demeter, mas ela o afasta.

— Eu sei usar meu telefone. Não é *esse* o problema. O problema é que... — Ela para de repente, e todos esperamos, ansiosos. Esse é outro hábito da Demeter: ela começa a falar alguma coisa importante e de repente para no meio, como se sua bateria tivesse acabado. Olho para Flora e ela revira os olhos discretamente.

— Sim, sim — retoma ela. — O que está acontecendo com a Trekbix? Porque eu pensei que a Liz fosse escrever uma resposta para eles, mas acabei de receber outra mensagem do Rob Kincaid perguntando por que não recebeu nada. E aí? — Ela se vira para Liz, finalmente se concentrando na pessoa em quem precisa se concentrar, finalmente acordando. — Liz? Cadê? Você me prometeu um rascunho até hoje de manhã. — Ela aponta para o celular. — Está nas minhas anotações da reunião de segunda-feira passada. *Liz: escrever rascunho.* Qual é a primeira regra do atendimento ao cliente, Liz?

Segurar a mão do cliente, eu penso, mas não digo. Seria muito exibido da minha parte.

— Segurar a mão do cliente — diz Demeter. — Segurá-la *de verdade*. Fazer com que o cliente se sinta seguro durante todo o processo. *Assim*, teremos um cliente feliz. Você não está segurando a mão do Rob Kincaid, Liz. A mão dele está solta, e ele não está feliz.

Liz cora.

— Ainda estou cuidando disso.

— Ainda?

— Tem muita coisa para escrever.

— Bom, então ande logo com isso. — Demeter franze o cenho ao olhar para ela. — E me mande o rascunho primeiro para que eu aprove. Não envie nada pro Rob. Até a hora do almoço, ok?

— Ok — responde ela, parecendo irritada.

Liz quase nunca pisa na bola. Ela é gerente de projetos e tem uma mesa muito organizada, cabelos loiros e lisos que ela lava todos os dias com xampu com cheiro de maçã. Ela também come muitas maçãs. Na verdade, nunca tinha ligado essas duas coisas. Que esquisito.

— Onde *está* aquele e-mail do Rob Kincaid? — Demeter está procurando no celular de cima a baixo. — Desapareceu da minha caixa de entrada.

— Será que você deletou sem querer? — pergunta Sarah, pacientemente. — Posso encaminhar de novo.

Esta é outra coisa que deixa Sarah irritada: Demeter está sempre deletando e-mails sem prestar atenção e logo depois precisa deles com urgência e dá um chilique. Sarah diz que passa metade da vida encaminhando e-mails para Demeter, e graças a Deus *alguém* ali tem um método de organização eficiente.

— Prontinho — diz Sarah, toda animada. — Encaminhei o e-mail do Rob pra você. Na verdade, encaminhei todos os e-mails dele pra você, só pra garantir.

— Obrigada, Sarah — diz Demeter. — Não sei *aonde* aquele e-mail foi... — Ela está espiando o telefone, mas Sarah não parece interessada.

— Então, Demeter, vou pro curso de primeiros socorros agora — diz ela, pegando a bolsa. — Eu te falei sobre isso? Porque fui designada como socorrista.

— Certo. — Demeter parece confusa, e fica claro que ela se esqueceu totalmente disso. — Ótimo! Muito bem. Então, Sarah, antes de você ir, vamos acertar... — Ela procura no telefone. — Hoje à noite, temos o London Food Awards... Preciso ir ao cabeleireiro à tarde...

— Não vai dar — interrompe Sarah. — Hoje à tarde sua agenda já está cheia.

— *O quê?* — Demeter desvia o olhar do telefone. — Mas eu marquei cabeleireiro.

— Pra amanhã.

— *Amanhã?* — Demeter se mostra surpresa e arregala os olhos novamente. — Não, marquei pra segunda.

— Olha no seu calendário. — Sarah parece não estar com muita paciência. — Foi terça, Demeter, sempre na *terça*.

— Mas preciso retocar a raiz com urgência. Posso cancelar alguém hoje?

— É o pessoal da polenta. E depois tem a equipe da Green Teen.

— Merda. — Demeter faz uma cara de desespero. — *Merda*.

— E você tem uma teleconferência em 15 minutos. Posso ir? — pergunta Sarah com um tom de sofrimento na voz.

— Sim, sim, pode ir. — Demeter balança a mão. — Obrigada, Sarah. — Ela volta para sua sala de vidro, bufando. — Merda, *merda*. Ah. — Ela volta de repente. — Rosa. O logotipo da Sensiquo? Temos que tentar deixá-lo maior. Me dei conta quando estava entrando. E tente deixar o medalhão verde-água. Pode falar com o Mark? *Cadê* o Mark? — Ela olha irritada para a mesa dele.

— Está fazendo *home office* hoje — diz Jon, um publicitário júnior.

— Ah — diz Demeter, desconfiada. — Ok.

Demeter não gosta muito de *home office*. Ela diz que se perde o ritmo com pessoas sumindo o tempo todo. Mas Mark negociou isso em seu contrato de trabalho antes de Demeter chegar, por isso ela não pode fazer nada a respeito.

— Não se preocupe, eu falo com ele — diz Rosa, fazendo uma anotação em seu bloco. — Tamanho, verde-água.

— Ótimo. Ah, Rosa. — A cabeça dela aparece de novo na porta. — Quero falar sobre o treinamento de programação em Python. Todo mundo do escritório deve saber programar.

— *O que?*

— Programar! — diz Demeter, impaciente. — Li uma matéria sobre isso no *Huffington Post*. Coloque isso na pauta da próxima reunião do grupo.

— Certo. — Rosa parece abismada. — Programar. Está bem.

Quando ela fecha a porta, todo mundo suspira. Essa é a Demeter. Totalmente aleatória. Acompanhar o ritmo dela é exaustivo.

Rosa está digitando no celular freneticamente, e eu sei que ela está mandando uma mensagem de texto para Liz, para reclamar de Demeter. E, como era de se esperar, um segundo depois o telefone da Liz apita, e ela assente enfaticamente para Rosa.

Eu ainda não entendi totalmente a política da empresa — é como pegar o bonde andando no meio de uma novela. Mas sei que Rosa se candidatou à vaga ocupada por Demeter e não conseguiu o cargo. Também sei que elas tiveram uma baita briga pouco antes de eu chegar. Rosa queria participar de um projeto grande que o prefeito de Londres lançou. A prefeitura estava patrocinando um novo evento esportivo na cidade e estava montando uma equipe com vários publicitários londrinos. O *Evening Standard* chamou essa equipe de *vitrine dos melhores e mais inteligentes de Londres*. Mas Demeter não deixou Rosa participar. Ela disse que precisava da Rosa em sua equipe o dia todo, o que era mentira. Desde então, Rosa odeia Demeter com todas as suas forças.

A teoria de Flora é que Demeter é tão paranoica e tem tanto medo que os funcionários mais jovens tomem seu lugar que não ajuda ninguém. Se você *tentar* subir de cargo, ela pisa nos seus dedos com os sapatos Miu Miu dela. Aparentemente, Rosa está desesperada para sair da Cooper Clemmow — mas esse mercado não oferece muitas oportunidades. Então a coitada fica aqui, presa a uma chefe que ela odeia, basicamente detestando cada segundo do trabalho. Dá para ver isso em seus ombros curvados e em sua cara fechada.

Mark também detesta Demeter, e eu já sei qual é a história ali. Demeter tem que supervisionar a equipe de design. *Supervisionar*, não fazer tudo sozinha. Mas ela não consegue se controlar. Design é o lance da Demeter — design e embalagem. Ela sabe o nome de mais fontes tipográficas do que se pode imaginar, e às vezes interrompe uma reunião só para mostrar a todos nós algum design de embalagem que ela acha que funciona superbem. O que é ótimo, sabe, mas também é um problema, porque ela está sempre interrompendo.

Então, no ano passado, a Cooper Clemmow reformulou a marca de um famoso hidratante chamado Drench, e foi ideia da Demeter fazer um frasco cor de salmão com letras brancas. Foi um grande sucesso, e nós ganhamos vários prêmios. Deu tudo certo — menos para o Mark, que é o diretor da equipe de design. Parece que ele já tinha criado uma *outra* embalagem. Mas Demeter teve a ideia da versão salmão, fez um esboço sozinha e mostrou o protótipo em uma reunião com o cliente. E parece que Mark se sentiu totalmente desprestigiado.

O pior é que Demeter nem sequer notou que Mark ficou puto. Ela não percebe esse tipo de coisa. Ela é toda cheia de *toca aqui, gente, que trabalho em equipe incrível, vamos lá, próximo projeto*. E então foi um sucesso tão grande que Mark nem pôde reclamar. Bem, de certo modo, ele teve sorte: recebeu muito crédito por aquela reformulação. Ele pode colocar isso no currículo e tudo. Mas, mesmo assim... Ele é todo elétrico e tem um jeito sarcástico de falar com Demeter, o que faz com que eu me encolha toda.

O mais triste nessa história toda é que todo mundo no escritório sabe que Mark é muito talentoso. Tipo, ele acabou de ganhar o prêmio Stylesign de Inovação. (Parece que isso é algo de grande prestígio.) Mas é como se Demeter nem sequer *percebesse* o grande designer que ele é.

Liz também não está muito feliz aqui, mas ela aguenta a barra. Flora, por outro lado, reclama da Demeter o tempo todo, mas eu acho que é porque ela adora reclamar. Não sei muito sobre os outros.

Quanto a mim, ainda sou a funcionária nova. Estou aqui há apenas sete meses e mantenho a cabeça baixa, não dou muita opinião. Mas tenho ambição, tenho ideias. Também gosto muito de design, principalmente tipografia — na verdade, foi sobre isso que Demeter e eu conversamos na minha entrevista.

Sempre que há um novo projeto, meu cérebro se atiça. Já fiz *várias* amostras criativas em meu laptop no tempo livre. Logos, conceitos de design, esbocei algumas estratégias... Eu mando minhas ideias por e-mail para Demeter, para receber feedback, e ela sempre promete que *vai* ver tudo quando tiver um tempinho.

Todo mundo diz que não se deve ficar enchendo o saco da Demeter porque ela perde as estribeiras. Então estou dando um tempo, como um surfista que espera a onda certa. Por falar nisso, sou muito boa em surfe, e sei que a onda virá. No momento certo, vou conseguir a atenção da Demeter. Ela vai ver do que sou capaz, tudo vai se encaixar, e eu vou começar a surfar na minha vida. Não só remar, remar, remar, como estou fazendo agora.

Estou pegando o questionário seguinte da pilha quando Hannah, outra designer, entra no escritório. Todos ficam surpresos, e Flora olha para mim e ergue as sobrancelhas. A coitada da Hannah teve de ir para casa na sexta-feira porque não estava nada bem. Ela já sofreu uns cinco abortos nos últimos dois anos e está meio vulnerável por causa disso — de vez em quando, tem ataques de pânico. O último aconteceu na sexta, então Rosa mandou que Hannah fosse para casa descansar. A verdade é que ela provavelmente é quem mais trabalha no escritório. Já vi e-mails dela enviados às duas da madrugada. Hannah merece mesmo um descanso.

— Hannah! — exclama Rosa. — Você está bem? Pegue leve hoje.

— Estou bem — diz ela, sentando-se na cadeira e evitando olhar nos olhos das pessoas. — Estou bem. — No mesmo instante, ela abre um documento e começa a trabalhar, tomando uns goles de água de uma garrafa. (Foi a Cooper Clemmow que lançou a marca, então todos nós temos na mesa garrafas de neon que ganhamos de brinde.)

— Hannah! — Demeter aparece na porta da sala dela. — Você voltou. Muito bem.

— Estou bem — repete Hannah. Percebo que ela não quer chamar atenção, mas Demeter se aproxima da mesa dela.

— Não se preocupe, Hannah, de verdade — diz ela em voz alta e autoritária. — *Ninguém* acha que você está fazendo drama nem nada do tipo. Não se preocupe.

Ela assente para a designer com simpatia, então volta para sua sala e fecha a porta. Todos nós estamos observando, abismados, e a coitada da Hannah está com uma cara péssima. Assim que Demeter volta para sua sala, ela se vira para Rosa.

— Vocês acham que eu estou fazendo drama? — pergunta.

— Não! — diz Rosa sem hesitar, e ouço Liz resmungar:

— Demeter *maldita*.

— Olha, Hannah — continua Rosa, caminhando em direção à mesa dela e se abaixando para olhar bem dentro de seus olhos. — Você acabou de ser *Demeterida*.

— Isso mesmo — concorda Liz. — Você foi Demeterida.

— Acontece com todo mundo. Ela é uma vaca insensível que diz coisas idiotas, e você tem que *ignorar* isso, tá? Você fez muito bem em vir hoje, e todos nós valorizamos o seu esforço. Não é, gente? — Ela olha ao redor e todos aplaudem, então Hannah fica corada de alegria.

— Foda-se a Demeter — diz Rosa, encerrando o assunto, e volta para sua mesa, em meio a mais aplausos.

Pelo canto do olho, consigo ver Demeter olhando pelo vidro de sua sala, como se estivesse tentando entender o que está acontecendo. E eu quase sinto pena dela. Ela realmente não tem noção.

CAPÍTULO DOIS

Durante uma hora, mais ou menos, todo mundo trabalha tranquilamente. Demeter está em uma teleconferência em sua sala, eu compilo uma pilha de questionários e Rosa passa um vidro com balinhas retrô pelo escritório. Estou me perguntando a que horas devo sair para almoçar quando Demeter coloca a cabeça para fora da porta de novo.

— Eu preciso... — Ela olha ao redor e acaba mirando em mim. — Você. O que está fazendo agora?

— Eu? — Fico surpresa. — Nada. Quer dizer, estou trabalhando. Ou melhor...

— Pode vir me ajudar com uma coisinha... — ela faz uma de suas pausas típicas — *diferente*?

— Sim! — digo, tentando não parecer agitada. — Claro. Com certeza!

— Em cinco minutos, está bem?

— Cinco minutos — concordo. — Perfeitamente.

Volto ao meu trabalho, mas as palavras estão borradas à minha frente. Estou com a cabeça girando, tomada pela empolgação. *Uma coisinha diferente*. Poderia ser qualquer coisa. Poderia ser um cliente novo... um site... um conceito revolucionário de *branding* que Demeter quer liderar... Independentemente do que seja, é a minha chance. É a minha hora de surfar a onda!

Sinto o peito tomado de alegria. Todos aqueles e-mails que tenho enviado a ela *não foram* em vão! Ela deve estar analisando minhas ideias o tempo todo e acha que eu tenho potencial. Provavelmente ficou esperando o projeto mais perfeito e especial...

Minhas mãos estão tremendo quando pego o laptop e mais algumas cópias impressas de um portfólio que mantenho na gaveta. Não será ruim mostrar a ela meus trabalhos mais recentes, não é? Passo mais batom e borrifo um pouco de perfume. Preciso estar bem e apresentável. Preciso me sair bem.

Depois de exatamente quatro minutos e meio, afasto a cadeira, consciente dos meus movimentos. Aqui vamos nós. A onda está ganhando força. Meu coração está batendo forte, e tudo ao meu redor parece mais claro do que o normal — mas, ao passar por todas as mesas a caminho da porta da sala de Demeter, tento parecer tranquila. Calma. Tipo, *pois é, a Demeter e eu vamos bater um papo. Vamos trocar umas ideias.*

Ai, meu Deus, e se for algo *muito* importante? De repente, me vejo com Demeter até tarde no escritório, comendo comida chinesa de uma caixinha, trabalhando em algum projeto pioneiro e incrível... Talvez eu faça uma apresentação...

Posso contar isso ao meu pai. Talvez ligue para ele hoje à noite.

— Humm... oi? — Bato à porta da sala dela e a empurro.

— Cath! — exclama ela.

— Na verdade, é Cat — digo.

— Claro! Cat. Ótimo. Entre. Bem, eu *espero* que você não se importe com esse pedido...

— Claro que não! — digo depressa. — Independentemente do que seja, estou à disposição. Claro que minha formação é em design, mas tenho muito interesse em identidade e estratégia empresarial, oportunidades digitais... o que for...

Já estou tagarelando. Para, Katie.

Merda. Quer dizer: para, *Cat*. Eu sou a *Cat*.

— Certo — diz Demeter, meio distraidamente, terminando de digitar um e-mail. Ela o envia e então se vira e olha para meu laptop e para meu portfólio perplexa. — Pra que tudo isso?

— Ah! — Fico corada e viro o portfólio meio sem jeito. — É que... eu trouxe umas coisinhas, umas ideias...

— Bom, deixe isso em algum lugar na minha mesa — diz Demeter sem demonstrar interesse e começa a mexer na gaveta. — Detesto pedir isso, mas estou *completamente* desesperada. Minha agenda está um pesadelo e tenho um prêmio chato hoje à noite. Posso me virar e fazer uma escova, mas minha raiz é outra história, então...

Não estou acompanhando muito bem o que ela está dizendo... Mas, no minuto seguinte, ela me entrega uma caixa. É uma caixa de tinta para cabelo Clairol, e por um segundo totalmente louco penso: *Vamos reformular a marca Clairol? Eu vou ajudar a REFORMULAR A CLAIROL? Minha nossa, isso é DEMAIS...*

Até que a realidade vem à tona. Demeter não parece animada, como alguém que está prestes a reformular uma marca internacional. Ela parece entediada e um pouco impaciente. E agora suas palavras ressoam em minha mente: *minha raiz é outra história...*

Olho mais atentamente para a caixa da Clairol. *Retoque de raízes fácil e rápido. Castanho-escuro. Restaure a cor das raízes em dez minutos!*

— Você quer que eu...

— Você é um *anjo!* — Demeter abre um de seus sorrisos mágicos para mim. — Esse é meu único intervalo no dia inteiro. Você se importa se eu enviar uns e-mails enquanto você retoca? É melhor usar luvas de proteção. Ah, e não deixe cair nada no carpete. Será que você pode pegar uma toalha velha ou algo do tipo?

A raiz dela. O projeto perfeito e especial é retocar a *raiz* do cabelo dela.

Tenho a sensação de que levei um caldo. Estou encharcada, arrasada, coberta de algas, um fracasso. Sejamos honestos: ela nem saiu da sala dela procurando especificamente por mim. Será que ela sabe quem eu sou?

Quando saio da sala dela, pensando em onde posso encontrar uma toalha velha, Liz desvia os olhos de sua tela para mim com interesse.

— O que ela queria?

— Ah — digo e esfrego o nariz, para ganhar tempo. Não suporto ter que deixar minha decepção evidente. Eu me sinto tão idiota. Como posso ter pensado que ela me pediria para ajudá-la a reformular a Clairol? — Ela quer que eu retoque a raiz dela. — Tento parecer tranquila.

— Retocar a raiz dela? — repete Liz. — Como assim? *Pintar* o cabelo dela? Você está falando *sério*?

— Isso é um absurdo! — diz Rosa. — Não faz parte do seu trabalho!

No escritório, todo mundo começa a se virar para olhar para mim, e eu sinto uma onda de solidariedade vinda dos meus colegas de trabalho. Até mesmo de pena.

Dou de ombros.

— Tudo bem.

— Isso é pior do que o corpete — diz Liz enfaticamente.

Já ouvi a história de quando a equipe toda teve de tentar enfiar Demeter em um corpete que era pequeno demais, mas que ela não admitia. (Por fim, eles tiveram que usar um cabide e muita força.) Mas está claro que retocar a raiz é algo ainda pior.

— Você sabe que pode dizer não a ela, né? — fala Rosa, a pessoa mais militante do escritório. Mas nem ela parece convencida disso. A verdade é que, quando você é o integrante mais inexperiente em uma equipe num mercado competitivo como esse, basicamente faz qualquer coisa. Ela sabe disso, e eu também sei.

— Não tem problema! — digo da maneira mais animada possível. — Sempre pensei que seria uma boa cabeleireira, na verdade. É meu plano B se nada der certo.

Quando digo isso, Rosa ri alto e me oferece um de seus cookies supercaros da padaria da esquina. Então a situação não é assim *tão* ruim. Ao pegar algumas toalhas de papel no banheiro feminino, decido que vou transformar isso numa oportunidade. Não é exatamente a chance que eu queria, mas ainda assim é uma chance, certo? Talvez essa possa ser minha onda, afinal.

Mas, ai, meu Deus. Eca.

Agora sei que ser cabeleireira não é meu plano B. Cuidar do couro cabeludo de outra pessoa é *difícil*. Até mesmo do da Demeter.

Quando começo a usar a tinta, tento desviar o olhar o máximo possível. *Não* quero ver a pele pálida do couro cabeludo dela nem os pontinhos de caspa, nem avaliar quanto tempo faz que ela não retoca a raiz.

Na verdade, não deve fazer tanto tempo assim. Quase não tem um fio de cabelo branco ali: está na cara que ela é paranoica. Isso até que faz sentido. Demeter é superpreocupada com a idade e com o fato de sermos todos bem mais jovens do que ela. Mas ela compensa totalmente a diferença de idade descobrindo todas as piadas da internet antes de todo mundo, todas as fofocas das celebridades, todas as bandas novas, todos os... *tudo*.

Demeter é a pessoa mais antenada e que adere à última moda quando ela ainda está surgindo. Ela compra todos os eletrônicos antes de todo mundo e tem aquela roupa maravilhosa que a H&M fez em parceria com uma grife famosa antes de todo mundo. Enquanto outras pessoas passam a noite acampadas na frente da loja para comprar a peça do momento, Demeter, do nada, *aparece* com ela.

E restaurantes. Ela já trabalhou para vários restaurantes importantes, por isso tem zilhões de contatos. É por esse motivo que ela nunca vai a um restaurante, a não ser na inauguração. Ou, melhor ainda, quando ainda nem está aberto ao público, só para pessoas importantes e especiais como ela. E então, assim que o público em geral conhece, ou assim que recebe uma boa crítica no *Times*, ela diz: "Bem, *costumava* ser bom, mas já não é mais a *mesma* coisa", e passa para a próxima novidade.

Resumindo, ela é intimidadora. Ninguém a impressiona com facilidade. Ela sempre tem um fim de semana melhor do que todo mundo.

Sempre tem uma história de viagem melhor do que todo mundo; se alguém conta que viu uma celebridade na rua, ela diz que estudou com a tal pessoa ou que uma de suas afilhadas está saindo com o irmão dessa pessoa, ou qualquer coisa do tipo.

Mas hoje eu *não* vou me deixar intimidar. Vou conversar de modo inteligente e então, quando chegar o momento, vou agir de maneira estratégica. Só tenho que decidir exatamente qual estratégia será...

— E então? — diz Demeter, digitando no computador sem parar, me ignorando totalmente.

— Ótimo! — digo, mergulhando o pincel na tinta de novo.

— Se posso dar um conselho para vocês, meninas, é: não fiquem grisalhas. É um *saco*. Mas... — ela se vira brevemente para olhar para mim — seu cabelo é tão claro que não daria para notar.

— Ah — digo meio desconcertada. — Humm... tá.

— A propósito, como está a Hannah? Tadinha. Espero ter conseguido deixá-la mais tranquila. — Demeter assente de modo complacente e toma um gole de café, enquanto fico olhando como uma boba para sua nuca. Aquilo foi uma tentativa de deixar a Hannah *mais tranquila*?

— Bom... — Não sei o que dizer. — Sim, acho que ela está bem.

— Excelente! — Demeter volta a digitar com mais energia ainda, enquanto eu me repreendo em silêncio. *Vamos, Katie.*

Ou melhor, vamos, Cat. *Cat.*

Estou aqui. Na sala da Demeter. Só ela e eu. É a minha chance.

Vou mostrar a ela tudo o que fiz para a Wash-Blu, decido de supetão. Só que não vou largar nada na mesa dela — serei mais sutil. Vou conversar com ela primeiro. Criar *um vínculo.*

Procuro inspiração no enorme quadro da Demeter. Estive poucas vezes nessa sala, mas sempre olho o tal quadro para ver o que tem de novo. Parece a vida inteira, e fabulosa, da Demeter, resumida em uma colagem de imagens e souvenirs, e até retalhos. Há logos impressos de marcas que ela criou. Exemplos de tipografia incomuns. Fotos de objetos de cerâmica e clássicos do mobiliário de meados do século XX.

Há recortes de publicações e fotos dela em eventos. Há fotos de sua família esquiando, navegando e em praias pitorescas, todos com roupas lindas. Eles são mais do que perfeitos. Parece que o marido é um homem inteligentíssimo, diretor de um instituto de pesquisa, e ali está ele de black tie, ao lado dela em um tapete vermelho em algum lugar. Ele está segurando o braço dela de modo carinhoso, apaixonado e com cara de culto. Demeter não aceitaria menos do que isso.

Será que devo perguntar sobre os filhos dela? Não, seria muito pessoal. Enquanto meus olhos percorrem o ambiente, vejo pilhas de papel em todos os cantos. Isso é outra coisa que deixa Sarah doida: quando Demeter pede a ela que imprima e-mails. Costumo ouvi-la resmungando da sua mesa: "Leia os e-mails *na merda* da tela."

Na estante ao lado de Demeter, há uma fileira de livros sobre marcas, marketing e design. São, em sua maioria, títulos-padrão, mas tem um que não li — um livro com capa brochura velho, intitulado *Nossa visão* — e eu olho para ele com mais interesse.

— Esse livro, *Nossa visão*, é bom? — pergunto.

— Excelente — responde ela, parando de digitar por um momento. — É uma série de conversas entre designers dos anos oitenta. Muito inspirador.

— Será que posso... pegá-lo emprestado? — Eu me arrisco.

— Claro. — Demeter vira a cabeça brevemente, parecendo surpresa. — Fique à vontade. Boa leitura.

Quando pego o livro, noto que há uma caixinha na mesma estante. É um dos triunfos mais famosos de Demeter, a caixa do Redfern Raisins, com as alcinhas vermelhas e fofas. Essas alcinhas não são nada de mais agora, mas, na época, eram a grande novidade.

— O Redfern Raisins me deixou intrigada — digo num impulso. — Como pensou nas alças? Devem ser caras.

— Ah, sim, elas são caras. — Demeter assente, ainda digitando. — Foi um *pesadelo* convencer o cliente a fazer isso. Mas acabou dando tudo certo.

"Deu certo"? Ela estava sendo modesta. Aquilo foi um sucesso, e as vendas do Redfern Raisins aumentaram muito. Li bastante a respeito.

— Como vocês fizeram isso? — insisto. — Como você *convenceu* o cliente?

Não estou perguntando só para puxar assunto. Quero mesmo saber. Porque talvez um dia *eu trabalhe* em um projeto e queira incluir um item supercaro e tenha de lidar com um cliente relutante, mas vou me lembrar do sábio conselho da Demeter e vencerei a disputa. Serei o Kung Fu Panda para o Mestre Shifu dela, só que com menos kung fu. (Provavelmente.)

Demeter parou de digitar e se virou como se estivesse bastante interessada na pergunta.

— O que fazemos no trabalho — diz ela, pensativa — é um equilíbrio. Por um lado, tem a ver com ouvir o cliente, interpretar, reagir... E, por outro, você precisa ter a coragem de abraçar grandes ideias. Também tem muito a ver com manter suas convicções. Precisamos de um pouco de firmeza. Entende?

— Sem dúvida — digo, tentando parecer o mais firme possível. Enrugo a testa e seguro o pincel que estou usando para passar a tinta no cabelo dela com segurança. De modo geral, espero estar passando a impressão de ser alguém *seguro, alerta, uma novata surpreendentemente promissora da equipe cujo nome vale a pena lembrar.*

Mas Demeter parece não ter notado meu comportamento seguro e alerta. Ela se voltou para o computador. Tenho de pensar rápido... sobre o que mais podemos falar? Então, antes que ela comece a digitar de novo, digo depressa:

— Humm, você já foi àquele restaurante novo em Marylebone? Aquele meio nepalês e meio britânico?

É como oferecer doce para criança. Eu falo do restaurante mais badalado do momento e Demeter para na hora.

— Sim, já — diz ela, parecendo surpresa por eu ter perguntado aquilo. — Fui há algumas semanas. Você já foi?

Se eu já fui?

O que ela acha, que posso gastar 25 libras num prato simples?

Mas não consigo dizer *Não, li sobre esse restaurante em um blog, porque é só isso que dá para fazer com a grana que eu tenho, porque Londres é a sexta cidade mais cara do mundo, você não sabia?*

(O lado bom é que não é tão cara quanto Cingapura. O que leva à pergunta seguinte: Quanto custam as coisas em Cingapura?)

— Estou querendo ir — digo, depois de uma pausa. — O que você achou?

— Fiquei impressionada — comenta ela. — Você sabia que as mesas são feitas à mão em Catmandu? E a comida é marcante, mas comum. Muito autêntica. Tudo orgânico, *claro*.

— *Claro.* — Imito o tom sério dela, de quem não está brincando. Eu acho que, se Demeter fosse informar sua religião num formulário, escreveria *Orgânica*.

— O chef não é o mesmo cara que trabalhava no Sit, Eat? — pergunto, afundando o pincel novamente naquela tinta gosmenta. — Ele não é nepalês.

— Não, mas ele tem um consultor nepalês e passou dois anos lá... — Demeter se vira e olha para mim com mais interesse. — Você entende de restaurantes, não?

— Eu adoro comida.

O que é verdade. Leio as críticas de restaurantes como algumas pessoas leem o horóscopo. Até carrego na bolsa uma lista de todos os restaurantes conceituados aos quais quero ir um dia. Escrevi a lista de brincadeira com minha amiga Fi, uma vez, e isso meio que virou um talismã.

— O que você acha do Salt Block? — pergunta Demeter, como se estivesse me testando.

— Acho que o melhor prato é o ouriço-do-mar — digo sem hesitar.

Li isso em todos os lugares. Em todas as críticas, em todos os blogs. Todo mundo só fala do ouriço-do-mar.

— O ouriço-do-mar. — Demeter assente, franzindo o cenho. — Ouvi falar dele. Deveria ter pedido isso.

Dá para ver que Demeter ficou preocupada agora. Ela deixou de comer o prato mais comentado do momento. Vai ter de voltar lá para experimentá-lo.

Demeter se vira e me lança um olhar breve e penetrante, e então olha para seu computador.

— Quando fizermos um novo projeto que envolva comida, vou colocar você nele.

Sinto uma pontada de alegria, não consigo acreditar. Isso foi uma forma de aprovação da Demeter? Vou mesmo chegar a *algum lugar*?

— Eu trabalhei na reinauguração da pizzaria Awesome Pizza Place em Birmingham — digo a ela sem hesitar. Estava no meu currículo, mas ela não deve se lembrar disso.

— Birmingham — repete ela, distraída. — Isso mesmo. — Digita sem parar por alguns instantes, e então diz: — Você não tem o sotaque de Birmingham.

Ai, meu Deus. Não vou entrar na história do *me livrei do sotaque do interior.* É vergonhosa demais. E quem quer saber a minha origem? Sou de Londres agora.

— Acho que não sou uma pessoa que pega sotaque — digo, encerrando o assunto. Não quero falar de onde sou. Quero abordar assuntos que me levem ao meu objetivo. — Humm... Demeter? Sabe a reformulação da marca Wash-Blu que estamos planejando? Olha, fiz alguns esboços para o logo e para a embalagem. No meu tempo livre. E queria saber se você quer dar uma olhada neles.

— Claro que quero. — Demeter assente para me incentivar. — Que ótimo! Mande por e-mail pra mim.

Ela sempre reage assim. Diz: "Mande por e-mail pra mim!" com grande entusiasmo, e, quando você manda, ela nunca mais diz nada.

— Tá bem — concordo. — Perfeito. Mas não poderia mostrá-los pra você agora?

— Agora? — diz ela vagamente, pegando uma pasta de plástico.

Ela queria firmeza, não queria? Cuidadosamente, deixo a tinta de cabelo em uma prateleira e corro para pegar meus esboços.

— Aqui é a frente da caixa... — Coloco uma cópia impressa na frente dela. — Você vai ver como fiz o tratamento da tipografia e mantive o tom azul bem marcante...

Seu celular toca e ela o atende.

— Oi, Roy! Sim, recebi sua mensagem. — Ela assente com veemência. — Vou anotar isso... — Ela pega a folha que eu dei a ela, vira e anota um número no verso. — Seis horas. Sim, pode deixar.

Ela solta o telefone, distraidamente dobra o papel em quatro e o coloca na bolsa. Então, olha para mim e percebe o que fez.

— Ai, desculpa! O papel era seu, não? Você se importa se eu ficar com ele? É um número meio importante.

Olho para ela, com o sangue pulsando nas têmporas. Não sei como reagir. Era o meu design. *Meu design*. Que eu estava *mostrando* para ela. Não um pedaço de papel qualquer. Devo dizer alguma coisa? Devo me posicionar?

Desanimei totalmente. Estou me sentindo uma *idiota*. E eu já estava acreditando — querendo — que estivéssemos ficando próximas, que ela estivesse me notando...

— *Merda*. — Demeter interrompe meus pensamentos, olhando para seu computador, consternada. — Merda. Ai, *Deus*.

Ela afasta a cadeira de repente e acerta minhas pernas.

— Ai!

Mas acho que ela nem me ouviu. Está agitada demais. Olha pelo vidro da sala e então se abaixa.

— O que foi? — pergunto. — O que aconteceu?

— Alex está vindo! — diz ela, como se isso bastasse para explicar.

— Alex? — repito como uma tola. — Quem é Alex?

— Ele acabou de mandar um e-mail. Ele não pode me ver desse jeito. — Ela indica a cabeça, que está toda melecada de tinta e precisa continuar assim por pelo menos mais cinco minutos. — Vá e espere o elevador — diz ela. — Dê uma enrolada nele.

— Mas eu não sei quem ele é!

— Você vai saber quando o vir! — diz ela sem paciência. — Diga para ele voltar em meia hora. Ou mandar um e-mail. Mas *não deixe* que ele entre aqui. — Ela leva as mãos à cabeça, como se quisesse protegê-la.

— Mas e o retoque da raiz?

— Tudo bem, você já acabou. Só preciso esperar e lavar. Vá, *vá*!

Ai, meu Deus. O pânico da Demeter é contagioso! Quando atravesso o corredor apressadamente, sinto que estou sem fôlego. Mas e se eu não encontrar Alex? E se não reconhecê-lo? Quem é ele, afinal?

Eu me posiciono na frente das portas dos elevadores e espero. O primeiro elevador se abre e lá estão Liz e Rosa, que olham para mim de um jeito meio esquisito quando passam. O segundo elevador vai direto para o térreo. Então, o primeiro volta ao nosso andar e... *ping*. A porta se abre e sai de lá um sujeito alto e magro, um cara que eu nunca vi. E Demeter tem razão: no mesmo instante, sei quem ele deve ser.

Ele tem cabelos castanhos, castanhos de verdade, como avelãs escuras, surgindo da testa. Parece ter uns 30 anos e seu rosto é largo, atraente, de bochechas bonitas e sorriso amplo. (Ele não está sorrindo, mas dá para saber que, quando sorri, o sorriso é amplo. E aposto que ele também tem dentes bonitos.) Está de calça jeans e uma camisa lilás e carrega um monte de caixas com caracteres chineses estampados nelas.

— Alex? — pergunto.

— Sou eu. — Ele se vira para olhar para mim, interessado. — Quem é você?

— Humm... Cat. Sou a Cat.

— Oi, Cat.

Seus olhos castanhos me analisam como se quisessem extrair o máximo de informação possível a meu respeito no menor intervalo de tempo. Eu me sentiria desconfortável se não estivesse mais preocupada em cumprir minha tarefa.

— Tenho um recado da Demeter — digo. — Ela perguntou se você pode ir à sala dela daqui a meia hora. Ou talvez mandar um e-mail em vez de ir até lá. É que ela está um pouco... humm... enrolada.

Retocada é o que vem à minha mente, e eu quase dou uma risada. Ele percebe.

— Qual é a piada?

— Nada.

— Tem alguma coisa, sim. Você quase riu. — Os olhos dele brilham. — Conta qual é a piada.

— Não tem piada nenhuma — digo, incomodada. — Bom, era isso que eu tinha que falar com você.

— Esperar meia hora ou mandar um e-mail.

— Isso.

— Humm. — Ele parece refletir por um momento. — O problema é que não quero esperar meia hora nem mandar um e-mail. O que ela está fazendo? — Para meu horror, ele começa a atravessar o corredor em direção ao nosso escritório. Corro atrás dele em pânico, passo por ele e me coloco à sua frente.

— Não! Ela não pode... Você não deve... — Quando ele tenta se desvencilhar de mim, dou um passo para impedi-lo. Ele vai para o outro lado, e eu o bloqueio de novo, levantando as mãos numa pose de defesa de artes marciais, sem pensar.

— Estamos *mesmo* fazendo isso? — Alex parece prestes a cair na gargalhada. — Quem é você? Uma agente da Tropa de Elite?

Meu rosto fica vermelho como um pimentão, mas me mantenho firme.

— Minha chefe não quer ser incomodada.

— Você é um cão de guarda bem bravo, não? — Ele me analisa com mais interesse ainda. — Mas você não é a secretária dela, é?

— Não. Sou assistente de pesquisa. — Digo o cargo com cuidado. *Assistente*. Não estagiária, *assistente*.

— Que ótimo! — Ele assente, como se estivesse impressionado, e eu me pergunto se ele é estagiário.

Não. Velho demais. E Demeter não se incomodaria se fosse receber um estagiário, certo?

— Então, quem é você? — pergunto.

— Bem... — Ele parece meio vago. — Faço um pouco de tudo. Trabalho no escritório de Nova York. — Ele faz um movimento repentino para passar por mim, mas eu fico ali, bloqueando o caminho de novo.

— Você é boa, hein? — Ele sorri, e sinto o perigo no ar. Esse cara está começando a me irritar.

— Olha, não sei quem você é ou por que precisa falar com a Demeter — digo de modo frio. — Mas eu já falei, ela não quer ser incomodada. *Entendeu?*

Ele fica em silêncio por um instante, me observando, e então abre um sorriso. E eu estava certa. O sorriso dele é amplo, branco e lindo. Na verdade, só agora me dei conta de que ele é bem bonito, e essa percepção tardia me faz corar.

— Estou doido — diz ele de repente e dá um passo para o lado quase fazendo uma reverência. — Não preciso da Demeter, e peço desculpas por ter sido tão grosseiro. Se serve de consolo, você venceu.

— Tudo bem — digo, meio tensa.

— Não preciso da Demeter — continua ele, animado —, porque tenho você. Quero fazer uma pesquisa. Você é assistente de pesquisa, não é? É perfeita.

Hesito, olhando para ele.

— O quê?

— Temos um trabalho a fazer. — Ele gesticula indicando as caixas com caracteres chineses.

— *O quê?*

— Vinte minutos, no máximo. Felizmente, Demeter está tão enrolada que nem vai perceber que você saiu. Vamos.

— Pra onde?

— Pra cobertura.

CAPÍTULO TRÊS

Eu não deveria estar aqui. Simples assim. Há milhões de motivos pelos quais eu *não* deveria ter vindo à cobertura com um desconhecido chamado Alex sobre quem não sei nada. Ainda mais porque tenho uma pilha de questionários para compilar. Mas há três bons motivos para eu *estar* aqui, em cima do prédio, tremendo e olhando ao redor para as coberturas de Chiswick.

1. Imagino que poderia acabar com ele em uma possível briga. Sabe como é, se ele por acaso for um psicopata.
2. Quero saber o que tem nessas caixas chinesas.
3. Pensar em fazer algo que *não seja* pesquisa sobre café ou pintar a raiz do cabelo de alguém é tão incrível que não consigo resistir. Parece que alguém abriu a porta da minha solitária, acendeu a luz e disse: *Ei, quer sair um pouquinho daí?*

E, quando digo sair, estou dizendo *sair* mesmo. Não tenho onde me esconder aqui em cima, há apenas uma grade de ferro que circunda o espaço e algumas muretas de concreto aqui e ali. O vento de dezembro é forte e frio, e faz meus cabelos voarem no ar, congelando meu pescoço. O ar parece quase azul-acinzentado por causa do frio. Ou talvez seja só o contraste entre o céu nublado do dia frio de inverno e os aconchegantes prédios iluminados ao nosso redor.

De onde estou, consigo olhar para dentro do prédio vizinho e fico fascinada. Não é uma construção moderna como a nossa; é algo mais antigo, com cornijas e janelas de verdade. Uma moça de jaqueta azul-marinho está pintando as unhas à mesa, mas para várias vezes o que está fazendo para fingir que está digitando, e um cara de terno cinza está dormindo sentado na cadeira.

Na sala ao lado, está acontecendo uma reunião bem interessante ao redor de uma mesa grande e brilhosa. Uma mulher com um uniforme cheio de babados está servindo chá enquanto um idoso fala com todo mundo e outro homem abre uma grande janela, como se as coisas estivessem esquentando tanto a ponto de eles precisarem de ar. Fico tentando imaginar que tipo de empresa é aquela. Mais chata do que a nossa. A Instituição Real de Alguma Coisa?

O som de algo se rasgando faz com que eu me vire, e vejo Alex agachado, abrindo uma das caixas com um canivete.

— Qual é o trabalho, então? Abrir caixas? — pergunto.

— Brinquedos — diz ele, colocando o canivete na boca para abrir a caixa. — Brinquedos de adultos.

Brinquedos de adultos?

Ai, meu Deus, isso foi um erro. Estamos no *Cinquenta tons de cobertura*. Ele vai me amarrar à grade a qualquer instante. Preciso fugir...

— Não esses brinquedos adultos em que você está pensando — diz ele, sorrindo. — Brinquedos de verdade, pra brincar... só que para adultos. — Ele pega algo de um verde chamativo feito de corda e plástico. — Acho que isso é um diabolô. Sabe? Aquelas coisas que você tem que girar? E esses são... — De outra caixa, ele tira alguns tubos de aço que mais parecem lunetas. — Acho que eles esticam... sim. Pernas de pau.

— *Pernas de pau?*

— Olha! — Ele estica uma e ajeita uma peça de apoio. — Pernas de pau para adultos. Quer brincar?

— O que é tudo *isso*? — Pego as pernas de pau dele, subo nelas, perco o equilíbrio e caio.

— Como eu disse, brinquedos para adultos. São um baita sucesso na Ásia. Servem para acabar com o estresse do dia a dia do mundo moderno. E agora eles querem espalhá-los pelo mundo. Contrataram a agência Sidney Smith... Você conhece a Sidney Smith?

Concordo com a cabeça. Bom, eu não *conheço* a agência Sidney Smith, mas sei que eles são nossos concorrentes.

— Enfim, agora eles nos chamaram para entrar nessa também. Recebi a incumbência de ver os produtos. O que você está achando?

— Complicado — digo, caindo das pernas de pau pela terceira vez. — É mais difícil do que parece.

— Também acho. — Ele se aproxima de mim em cima de outro par, e nós vamos andando para a frente e para trás enquanto tentamos manter o equilíbrio.

— Mas gosto de ser mais alta. É bem legal.

— É útil para enxergar algo numa multidão — diz ele, concordando. — Pernas de pau pra festas? Pode até ser que isso funcione. — Ele tenta ficar em apenas uma perna de pau, balança e perde o equilíbrio. — Merda. Não dá *mesmo* pra fazer isso depois de umas cervejas. Você consegue dançar com elas? — Ele levanta uma perna, bambeia e cai. — Não. Além disso, onde colocamos a cerveja? Onde está o porta-copo? Que baita defeito!

— Eles não pensaram direito — concordo.

— Eles *não* desenvolveram o potencial todo do negócio. — Ele volta a fechá-las. — Tá, vamos ver o próximo brinquedo.

— Por que eles pediram pra *você* fazer isso? — pergunto, enquanto guardo as minhas pernas de pau.

— Ah, sabe como é! — Ele abre um sorrisão. — Eu era o mais imaturo. — Ele abre outra caixa. — Olha. Um drone.

O drone parece um helicóptero do Exército e vem com um controle remoto do tamanho de um iPad mini. Deve ter pilhas, porque Alex logo consegue fazê-lo voar. Quando o drone vem na minha direção, eu me abaixo e dou um grito.

— Foi mal. — Ele levanta a mão. — Estou aprendendo a mexer nisso... — Ele aperta um botão no controle remoto, e o drone se acende como uma nave espacial. — Ah, que incrível! E tem uma câmera. Olha a tela.

Ele direciona o drone para cima, bem alto, e nós dois observamos a imagem das coberturas de Chiswick ficar cada vez mais distante.

— Daria pra ver qualquer coisa no mundo com um desses — diz Alex, fazendo o drone subir e descer. — Imagina quantas experiências isso pode proporcionar. Daria pra ver todas as igrejas da Itália, todas as árvores de uma floresta tropical...

— Experiências virtuais — corrijo. — Você não estaria lá. Não sentiria os lugares nem os cheiros...

— Eu não disse que daria pra ter experiências perfeitas, disse que você teria experiências...

— Mas voar a distância não é uma *experiência*. Ou é?

Alex não responde. Ele direciona o helicóptero para baixo, apaga as luzes e o manda em direção ao prédio vizinho.

— Ninguém nem percebeu! — exclama ele ao posicionar o drone em frente à janela da sala onde está acontecendo a grande reunião ao redor da mesa. — Olha, podemos espiá-los. — Ele toca um controle na tela, e a câmera se inclina para filmar a mesa. — Dar foco... — Ele dá mais um toque, e a câmera dá zoom em alguns papéis.

— Você não deveria fazer isso — protesto. — Está bisbilhotando. Para com isso.

Alex se vira para olhar para mim e algo em seu rosto muda, como se ele estivesse se sentindo repreendido e se divertindo ao mesmo tempo.

— Você tem razão — concorda ele. — Não vamos ser xeretas. Vamos ser escancarados.

Ele acende todas as luzes do drone e faz com que pisquem vermelhas e brancas. E então, cuidadosamente, direciona o objeto para a janela aberta.

— Para! — digo, levando uma das mãos para tampar a minha boca. — Você não vai...

Mas ele já está mandando o drone brilhante janela adentro, para a sala de reunião chata.

Por um momento, ninguém o nota. E então um homem de terno azul-marinho olha para cima, logo depois uma mulher de cabelos grisalhos faz o mesmo — e, em pouco tempo, todo mundo está apontando para o objeto. Na tela, conseguimos ver a cara de susto deles bem de perto, e eu prendo o riso. Duas pessoas estão olhando pela janela aberta para o nível da rua, mas ninguém nem sequer olhou na nossa direção.

— Pronto — diz Alex. — Todos eles parecem estressados. Agora estão distraídos. Estamos fazendo um favor a eles.

— E se a reunião deles for muito importante? — pergunto.

— Claro que não é. Nenhuma reunião é importante. Olha, tem uma função com microfone. Podemos ouvir o que estão falando. — Ele aperta um botão e, de repente, ouvimos as vozes das pessoas na sala, vindas de um alto-falante no controle remoto.

— Ele está nos *filmando*? — pergunta uma mulher, meio em pânico.

— É chinês. — Um homem está apontando para o drone. — Vejam o que está escrito. Isso é chinês.

— Pessoal, cubram o rosto — diz outra mulher meio desesperada. — Cubram o rosto.

— Tarde demais! — diz uma moça com voz estridente. — Ele já viu nosso rosto!

— Não devemos cobrir nosso *rosto*! — exclama um homem. — Vamos cobrir as minutas da *reunião*!

— São só minutas — diz uma loira com cara de ansiosa, já posicionando os dois braços sobre as folhas impressas.

Um homem com camisa de mangas curtas está de pé na cadeira tentando acertar o drone com um jornal enrolado.

— Não, não faça isso! — diz Alex, e pressiona um botão no controle remoto. No momento seguinte, o drone começa a lançar jatos de água no homem, e eu cubro a boca com a mão para abafar o riso. — Ah — diz Alex —, então é *pra isso* que serve esse botão. E esse aqui? — Ele aperta outro botão, e começam a sair bolhas do drone.

— Ai! — O homem salta da cadeira como se estivesse sendo agredido e começa a atacar as bolhas. Estou rindo tanto que meu nariz começa a doer. Há bolhas voando para todos os lados da sala, e as pessoas estão gritando e fugindo delas.

— Tá bem. Acho que já torturamos essas pessoas o suficiente. — Da lateral do controle remoto, Alex tira um microfone com fio, então o leva à boca, gira um botão e faz um gesto para que eu fique quieta. — Atenção — diz ele com uma voz séria, como se fosse um piloto de caça da Segunda Guerra Mundial. — Repito, atenção, atenção.

A voz dele, quando sai do drone, causa efeito instantâneo nas pessoas na sala. Elas ficam paralisadas olhando para o brinquedo, como se estivessem realmente com medo.

— Peço desculpas pelo inconveniente — anuncia Alex, com o mesmo tom de voz. — Tudo voltará ao normal em breve. *God save our gracious queen...*

Não acredito. Ele está cantando o hino nacional.

— Fiquem de pé! — diz ao microfone de repente, e algumas pessoas à mesa meio que se levantam e então voltam a se sentar, com cara de envergonhadas.

— Obrigado — conclui Alex. — Muito obrigado. — Com destreza, ele direciona o drone para fora da sala e o abaixa, longe da vista de todos. As pessoas correm à janela para ver aonde ele foi, apontando para direções diferentes. Rapidamente, Alex me tira dali e me puxa para uma mureta de concreto. Alguns instantes depois, o drone desce silenciosamente atrás de nós, com as luzes todas apagadas. Nenhuma daquelas pessoas tem ideia de onde ele está e, depois de um ou dois minutos, elas voltam à mesa. Olho para Alex e balanço a cabeça.

— Não acredito que você fez isso. — E dou outra risada.

— Isso melhorou o dia deles. Agora eles têm uma história pra contar nas festas. — Ele pega o drone, coloca-o entre nós e o observa. — E aí, o que você achou?

— Demais — digo.

— Também achei. Demais. — Ele arrasta outra caixa e corta a fita. — Olha isso! Botas especiais pra saltos com molas!

— Ai, meu Deus! — Olho para elas com os olhos arregalados. — São *seguras*?

— E aqui dentro temos... — Ele abre outra caixa. — Raquetes de tênis com luz neon que acende. Hilário!

— Esse vai ser o *melhor* projeto — digo, com entusiasmo.

— Bom, talvez. — Ele franze o cenho. — Mas não é tão simples assim. Já trabalhamos com a Sidney Smith e não deu muito certo. Por isso temos que avaliar tudo com muito cuidado antes de nos comprometermos. — Ele tamborila os dedos distraidamente e então volta a si. — Mas são produtos *ótimos*, não são? — Os olhos dele estão brilhando quando segura a raquete de tênis, pressiona um botão nela e observa enquanto ela fica amarelo fluorescente. — Acho que estou apaixonado por isso.

— Então a emoção está falando mais alto que a razão. — Não consigo deixar de sorrir com o entusiasmo dele.

— Exatamente. Malditas emoção e razão. Elas não combinam, não é?

Ele começa a andar pela cobertura, balançando a raquete de um lado para o outro. Disfarçadamente, olho no relógio. Merda. Estou aqui há quase 25 minutos, e faz tanto frio que não consigo mais sentir minhas mãos.

— Na verdade, preciso ir — digo de um modo meio desajeitado. — Tenho muito trabalho...

— Claro. Eu prendi você. Foi mal. Vou ficar aqui mais um pouco conferindo as outras caixas. Ele abre aquele sorriso branco e lindo de novo. — Sinto muito, sou um idiota... Não consigo me lembrar do seu nome. O meu é Alex.

— Sou a Katie... — Paro. — *Cat* — corrijo a mim mesma, corando.

— Certo. — Ele parece meio confuso. — Bom, foi bom passar um tempo com você, Katie-Cat. Obrigado pela ajuda.

— Desculpa, é Cat — digo, muito envergonhada. — Só Cat.

— Entendi. A gente se vê, Só Cat. Manda um oi pra Demeter.

— Tá, pode deixar. Até mais. — Estou prestes a seguir em direção à porta de trás, para o elevador dos funcionários, mas paro. É tão bom conversar com esse cara, e faz tempo que quero encontrar alguém inteligente... — Você disse que tem feito um pouco de tudo — digo depressa. — Então... você trabalhou com a Demeter? Ela já foi sua chefe?

Alex para de balançar a raquete e lança um olhar demorado e interessado a mim.

— Sim, por acaso já — diz ele.

— É que estou tentando mostrar algumas ideias minhas pra ela, mas ela nunca presta atenção e...

— Ideias?

— Só uns esboços, rascunhos e tal — explico e logo me sinto um pouco envergonhada. — Sabe como é, coisas que faço no tempo livre...

— Sim. Claro. Entendo. — Ele pensa por um momento. — Meu conselho é: não mostre ideias aleatórias a ela em momentos aleatórios. Mostre *exatamente* a ideia certa *na hora* que ela precisar. Quando estiverem fazendo *brainstorming* em uma reunião, fale. Faça sua voz ser ouvida.

— Mas... — Meu rosto arde. — Não sou chamada para essas reuniões. Ainda sou novata na empresa.

— Ah. — Ele olha para mim com ternura. — Dê um jeito de se enfiar numa dessas reuniões.

— Não posso! A Demeter *nunca* vai deixar...

— Claro que vai! — Ele ri. — Se tem uma coisa na qual Demeter é boa é em desenvolver os integrantes mais inexperientes da equipe.

Ele está maluco? De repente, imagino Demeter pisando nos dedos de Rosa com seus sapatos Miu Miu. Mas não vou contradizê-lo; ele está me ajudando.

— É só pedir — diz ele. A confiança dele é contagiante.

— Tá bem — concordo. — Vou pedir. Obrigada!

— Sem problemas. A gente se vê, Cat. Ou Katie. Eu acho que Katie combina mais com você — diz ele, balançando a raquete de novo. — Bom, na minha opinião.

Não sei o que dizer... então meneio a cabeça de um jeito meio esquisito e entro no elevador dos funcionários. Já estou atrasada mesmo.

Quando volto à sala da Demeter, ela já tirou a tinta e está digitando como uma louca no teclado do computador.

— Desculpa, eu me atrasei — digo, à porta da sala. — Vou só pegar meu laptop...

Ela assente, distraída.

— Está bem.

Entro, pego o laptop e as folhas que imprimi... e paro. Vamos lá.

— Demeter, posso participar da reunião amanhã? — pergunto, fazendo um grande esforço. — Acho que isso ajudaria no meu desenvolvimento. Compenso no meu trabalho — acrescento depressa. — Fico só uma hora, uma hora e pouco.

Demeter levanta a cabeça, me observa por um segundo e então assente.

— Tudo bem. — E volta a digitar. — Boa ideia.

Fico ali, estupefata, tentando entender o que não captei. Boa ideia? Só isso? Boa ideia?

— Mais alguma coisa? — Ela levanta a cabeça, e agora está com a testa franzida.

— Não... — digo, voltando a mim. — Ou melhor... obrigada! Ah! E eu me livrei daquele... daquele tal de Alex — acrescento, sentindo que estou corando. — Bom, não quis dizer exatamente que *me livrei dele*. Não o joguei da cobertura! — Dou uma risada estridente, e, na mesma hora, me retraio e transformo a risada em uma tosse forçada.

(Nota mental: não rir perto da Demeter. Demeter nunca ri. Será que Demeter *sabe* rir?)

— Sim, imaginei — diz ela. — Obrigada. — E agora sua expressão deixa claro o *Vá embora, por favor, novata*. Então saio de sua sala antes que ela mude de ideia em relação à reunião. Ou até em relação ao fato de ter me contratado.

Ao voltar para minha mesa, sinto vontade de gritar. Estou dentro! É uma onda! Não me importo em fazer um milhão de pesquisas se puder começar a sentir que estou *chegando* a algum lugar.

Clico nos meus e-mails — não que sejam muito interessantes — e me surpreendo. Tem um novo com o assunto *Oi, é o Alex*.

Oi, foi ótimo te conhecer. Vai estar livre amanhã na hora do almoço? Quer me encontrar de novo pra conversarmos sobre marcas/o sentido da vida/ou qualquer coisa?

Alex

Sinto uma alegria tomar conta de mim. O dia não para de ficar melhor.

Claro! Adoraria. Onde? Ah, e a Demeter disse que posso participar da reunião!

Cat

Envio o e-mail... e, um instante depois, chega uma resposta.

Muito bem! Que rápida!
Vamos nos encontrar perto daquela decoração de Natal na Turnham Green. Às 13h, pra comer alguma coisa?

Alex

Comer alguma coisa.

Enquanto leio as palavras sem parar, minha mente está renovada de esperança, mas sei que tenho que ir com calma. Comer alguma coisa. Isso quer dizer...

Certo, isso não *quer dizer* nada exatamente, mas...

Ele poderia ter dito *Vou reservar a Old Kent Road*. (Todas as salas de reunião na Cooper Clemmow têm nomes de casas do jogo Monopoly de Londres, porque o Monopoly foi a primeira marca na qual Adrian trabalhou.) Isso teria sido normal. Mas ele sugeriu comer alguma coisa. Então é meio que um encontro. Pelo menos *parece* um encontro. O lance é meio que um encontro.

Ele me chamou para sair! Um cara bem legal e bonito me chamou para sair!

Meu coração se enche de alegria. Estou me lembrando dos olhos atentos dele, das mãos magras que não paravam de gesticular, da sua risada contagiante. Do seu sorriso arrebatador. Dos cabelos bagunçados, despenteados pelo vento na cobertura. Gostei muito dele, admito. E ele deve ter gostado de mim, caso contrário, por que mandaria um e-mail assim tão rápido?

A não ser que...

Meu momento de alegria é interrompido. E se ele convidou um monte de outras pessoas também? De repente, imagino todo mundo reunido ao redor de uma mesa com bebidas, dando risadas e fazendo piadinhas internas.

Bom, só vou saber indo, não é?

— E aí? — pergunta Flora ao chegar com sua caneca de chá, e eu percebo que estou sorrindo como uma boba.

— Nada — digo. Gosto da Flora, mas ela é a última pessoa para quem vou contar isso. Ela espalharia para todo mundo, encheria a paciência sobre o assunto e tudo acabaria indo por água abaixo. — Ah, vou à reunião do grupo amanhã — digo. — A Demeter disse que posso ir. Vai ser bem interessante.

— Legal! — Flora olha para a minha mesa. — Como estão os dados da pesquisa? Ainda não consigo acreditar que a Demeter mandou você fazer isso. Ela é uma cretina.

— Ah, tudo bem. — Nada pode estragar minha alegria nesse momento, nem uma caixa cheia de questionários.

— Bom, até mais então — diz Flora.

Ela dá apenas dois passos antes de eu dizer do jeito mais casual que consigo:

— Ah, conheci um cara chamado Alex há pouco e não consegui entender o que ele faz. Você sabe quem ele é?

— Alex? — Ela olha para mim franzindo o cenho. — Alex Astalis?

Eu me dou conta agora de que nem *reparei* no sobrenome dele no e-mail.

— Talvez. Ele é alto, tem cabelos escuros...

— Alex Astalis. — Ela ri de repente. — Você conheceu o Alex Astalis e "não conseguiu entender o que ele faz"? Que tal "ele é um dos sócios"?

— Ele... *o quê*? — Estou embasbacada.

— Alex Astalis? — repete ela, como se quisesse fazer com que eu me lembrasse. — Você *sabe*!

— Nunca ouvi falar dele — digo, na defensiva. — Ninguém falou dele comigo.

— Ah, bom, ele ficou um tempo trabalhando fora do país, acho... — Ela me olha com mais atenção. — Mas você deve ter ouvido o sobrenome Astalis.

— Tipo... — Hesito.

— Isso. O pai dele é o Aaron Astalis.

— Entendi. — Estou meio chocada agora, porque "Astalis" é um sobrenome como "Hoover" ou "Biro". Quer dizer alguma coisa. Quer dizer: *uma das agências de publicidade mais poderosas do mundo*. Em especial, "Aaron Astalis" significa *o cara podre de rico que deu uma nova cara à publicidade na década de oitenta e que namorou aquela supermodelo no ano passado*. — Nossa! — digo, me sentindo meio fraca. — Como era o nome dela, mesmo?

— Olenka.

— Verdade.

Adoro quando percebo que Flora já sabia exatamente sobre o que eu estava falando: a top model.

— Então, o Alex é filho dele e nosso chefe. Bom, um deles. Ele está, tipo, no nível do Adrian.

Pego a garrafa de água e tomo um gole, tentando me manter calma. Mas por dentro sinto vontade de gritar *Minhanossssaaa!* Isso aconteceu mesmo? Vou mesmo almoçar com um cara bonito e bacana que também é o *chefe*? É surreal. É como se a Vida tivesse aparecido, olhado para as minhas caixas de questionários e dito: *Opa, foi mal. Não pretendia te dar toda essa porcaria. Aqui está um prêmio de consolação.*

— Mas ele é *tão* novo — digo isso sem conseguir me controlar.

— Ah, sim. — Flora concorda na hora. — Bom, ele é um gênio. Nem fez faculdade. Trabalhou pra Demeter há alguns anos na JPH, quando tinha tipo... 20 anos. Mas depois de uns cinco minutos ele se estabeleceu sozinho. Sabia que ele criou o Whenty? O logo, tudo.

— É mesmo? — Estou boquiaberta. O Whenty é aquele cartão de crédito que surgiu do nada e dominou o mercado. É conhecido como uma das marcas mais bem-sucedidas, é citado em palestras de marketing e tudo mais.

— Aí o Adrian o convidou para entrar na Cooper Clemmow. Mas ele viaja muito pra fora. Ele é bem... você sabe. — Ela enruga o nariz com desdém. — Daqueles.

— Daqueles o quê?

— Que acham que são mais espertos do que todo mundo. Você sabe como é. Por que ele se importaria com as outras pessoas?

— Ah — digo, surpresa. O Alex que conheci não parece ser assim.

— Ele foi a uma festa na casa dos meus pais uma vez — diz Flora, ainda no mesmo tom de voz. — Praticamente nem *falou* comigo.

— Nossa... — Tento aparentar indignação por ela. — Isso é... horrível!

— Ele acabou passando a noite toda conversando sobre *astrofísica* ou coisa assim com um cara mais velho. — Ela franze o cenho de novo.

— Credo! — digo depressa.

— Mas por que você quer saber sobre ele? — Flora olha nos meus olhos com mais interesse.

— Por nada! — respondo na hora. — Só não sabia quem ele era. Só isso.

CAPÍTULO QUATRO

Nada é capaz de abalar meu bom humor na volta para casa naquela noite. Nem mesmo a chuva, que começou no meio da tarde e só piorou. Nem mesmo um ônibus passando por uma poça e me molhando toda. Nem mesmo um grupo de garotos rindo de mim enquanto torço minha saia.

Quando abro a porta da minha casa, estou praticamente cantando baixinho. Marquei um encontro! Tenho uma reunião agendada! Está tudo bem...

— Ai! — Volto a mim quando bato o tornozelo em alguma coisa. Tem uma fileira de caixas de papelão marrom de um lado do corredor. Mal consigo passar por elas. Isso está parecendo o galpão da Amazon. O que será isso tudo aqui? Eu me abaixo, leio uma etiqueta endereçada a Alan Rossiter e suspiro. Já era de se esperar.

Alan é uma das pessoas com quem divido a casa. Ele é web designer e vlogueiro fitness, e está sempre me contando fatos "fascinantes" que não quero saber sobre densidade óssea e como definir os músculos e, uma vez, me falou até sobre funcionamento intestinal. *Que nojooo!*

— Alan! — Bato à porta do quarto dele. — O que é tudo isso aqui no corredor?

Um instante depois, a porta se abre e ele olha para baixo, para mim. (Ele é bem alto mas também tem uma cabeça bem grande, então, de certo modo, não *parece* tão alto. Na verdade, ele é meio esquisito.) Está com uma regata e um short preto, com fone de ouvido, provavelmente usando algum aplicativo inspiracional como *Domine seu Corpo, Domine o Mundo*, que ele já tentou me convencer a usar.

— O que foi? — pergunta ele meio apático.

— Essas caixas aqui! — Aponto para o corredor lotado. — São suas? Se o prédio pegar fogo, vamos ter problemas!

— É meu *whey*. — Ele enfia a mão numa caixa aberta e joga uma embalagem de plástico para mim, dentro do qual há WHEY ORGÂNICO: BAUNILHA impresso.

— Ah... — Olho com atenção para as caixas de papelão. — Mas por que você precisa de tantas caixas?

— Modelo de negócios. Preciso comprar no atacado. Margens de lucro. É um negócio competitivo. — Ele bate uma das mãos em punho na outra espalmada, e eu me retraio. Alan tem um jeito agressivo de falar que eu acho que ele considera "motivacional". Às vezes, ouço quando ele diz a si mesmo enquanto está fazendo musculação: "Vai nessa, Alan, *porra*. Vai nessa, *porra*, seu frangote."

Tipo, sério? Frangote? Isso é motivacional?

— Que negócio? — pergunto. — Você é web designer.

— E distribuidor de whey. É só um bico por enquanto, mas vai crescer.

Mas vai crescer. Quantas vezes ouvi meu pai dizer isso? Que seu negócio de sidra ia crescer... por uns seis meses. Depois vieram os cajados entalhados à mão — mas a fabricação exigia muito tempo, e ele nunca conseguiria ter lucro com aquilo. Depois, achou que ia fazer fortuna vendendo um lote de uma ratoeira inovadora que ele comprou por um preço mais baixo de seu amigo Dave Yarnett. (Elas eram *nojentas*. Prefiro a sidra às ratoeiras.)

Acabei desenvolvendo uma intuição aguçada sobre essas coisas. E minha intuição a respeito do whey do Alan não é boa.

— Então você vai levar essas caixas para outro lugar? — pressiono Alan. — Tipo... em breve?

Talvez eu não devesse ser tão cética, digo a mim mesma. Quem sabe ele tem um monte de compradores interessados e tudo isso desapareça até amanhã?

— Vou vender tudo. — Ele me lança um olhar inquieto. — Fazendo contatos.

Eu sabia.

— Alan, você não pode deixar isso tudo aqui! — Balanço os braços, apontando para as caixas.

— Não tem espaço no meu quarto — diz ele dando de ombros. — Preciso fazer meus exercícios. Até mais.

E, antes que eu consiga dizer mais alguma coisa, ele se tranca no quarto de novo. Sinto vontade de gritar, mas, em vez de fazer isso, vou ao quarto de Anita e bato à porta com cuidado.

Anita é uma *über*pessoa. É magra, tem compostura e trabalha, muito, em um banco de investimentos. Temos exatamente a mesma idade. Quando me mudei para esse apartamento, fiquei muito animada. Pensei *Yes! Minha nova melhor amiga! Vai ser tão legal!* Naquela primeira noite, enrolei um pouco na cozinha, organizando minhas compras e olhando para a porta, esperando que ela entrasse para que nós pudéssemos começar a nos aproximar.

Mas, quando ela entrou para fazer um chá de hortelã, olhou para mim com frieza e disse:

— Sem querer ofender, eu decidi que não vou *fazer amizades* antes dos 30, tá?

Fiquei tão perplexa que nem soube o que dizer. E, como era de se esperar, nunca conversei direito com ela desde então. Ela só trabalha ou conversa ao telefone com sua família em Coventry. É educada e às vezes manda e-mails para o Alan e para mim a respeito da coleta de lixo... Mas nada além disso. Uma vez, perguntei por que ela morava em um lugar tão barato, pois certamente poderia pagar por algo melhor, e ela apenas deu de ombros e disse:

— Estou juntando dinheiro. Tenho 31 mil. — Como se aquilo fosse óbvio.

Ela acabou de abrir a porta agora e vejo que está ao telefone.

— Ah, oi! — digo. — Desculpa incomodar, é só que... Você viu essas caixas todas? Falou alguma coisa com o Alan?

Anita coloca a mão sobre o bocal do telefone e diz, daquele jeito impassível dela:

— Vou passar três meses em Paris.

— Ah.

— Então...

Fazemos silêncio e eu, de repente, me dou conta de que ela quer dizer: *Não estou nem aí para essas caixas. Estou indo para Paris.*

— Tá — digo depois de uma pausa. — Bom, divirta-se.

Ela assente e fecha a porta, e eu fico olhando para a madeira em silêncio por um momento. A vida em um apartamento em Londres não tem sido como eu esperava. Pensei que tudo giraria em torno de muitas risadas, amigos engraçados e histórias hilárias sobre pubs e pontos turísticos londrinos, além de fantasias para festas ou episódios envolvendo cones de sinalização. Mas não tem sido nada parecido com isso. Não consigo nem *imaginar* a Anita fantasiada.

Para ser sincera, até que me diverti algumas noites com as meninas no meu emprego anterior. Mas a gente só bebia prosecco e reclamava, e eu levei um baita susto quando vi que a minha conta estava no vermelho e prometi que ficaria sem sair por um tempo. E na Cooper Clemmow ninguém gosta de socializar. A menos que trabalhar até mais tarde seja considerado "socializar".

Bom, penso quando me viro, *e daí? Eu vou almoçar com Alex Astalis!* Meu ânimo já melhora. Que ótimo! Vou jantar e depois entrar no Instagram...

O quê?

Estou parada, abismada, à porta da cozinha. Vejo um mar de caixas. O chão todo está tomado, duas camadas. As caixas bloqueiam os armários de baixo. E o congelador. E o forno.

— Alan! — grito, furiosa, vou até a porta do quarto dele de novo e bato com força. — O que está acontecendo na cozinha?

— O quê? — Quando Alan abre a porta, está me olhando com raiva. — Não consegui organizar tudo no corredor. Mas é temporário, até eu vender.

— Mas...

— É o meu *negócio*, tá? Será que dá pra ter um pouco de *consideração*? Ele fecha a porta e eu fico olhando para ela. Mas não adianta tentar de novo. E estou morrendo de fome.

Volto para a cozinha e, cuidadosamente, subo nas caixas. Elas são tão altas que minha cabeça quase encosta no teto. Eu me sinto como Alice no maldito País das Maravilhas. Com certeza isso pode ser perigoso em caso de incêndio. É arriscado em caso de *qualquer coisa*.

Com dificuldade para me equilibrar em cima das caixas, consigo abrir a geladeira. Então pego dois ovos e os coloco na boca do fogão, que está na altura dos meus joelhos. Nesse momento, recebo uma mensagem privada de Fi, minha melhor amiga da faculdade, no Instagram. Hoje em dia, só converso com ela pelo Instagram. Acho que ela esqueceu que existem outros meios de comunicação.

Oi, e aí? Tem sol no Washington Square Park! Meu Deus, como eu amo esse lugar. É lindo até no inverno. Estou tomando soy latte com o Dane e o Jonah, falei deles pra você? São HILÁRIOS! Você precisa vir me visitar!

Ela mandou uma selfie no que acredito ser o Washington Square Park (nunca fui a Nova York). O céu está bem azul e o nariz dela está rosado. Fi está rindo de alguma coisa que não aparece na foto, e eu acabo sentindo uma pontada de inveja.

Morar em Nova York sempre foi o objetivo dela, assim como o meu era morar em Londres. Na faculdade, isso era uma piada recorrente entre nós — uma tentava convencer a outra a mudar de cidade. Em um Natal, comprei um globo de neve do Big Ben para Fi, e ela me deu uma Estátua da Liberdade inflável. A gente se divertia.

Mas agora é pra valer. Depois da formatura, acabei vindo para Londres daquele jeito meio improvisado, e a Fi se mudou para Nova York, para fazer um estágio. E nunca mais voltou. Está totalmente apaixonada pela cidade, e *de fato* tem muitos amigos engraçados, que vivem no West Village, patinam e compram antiguidades em mercados de pulgas todo fim de semana. Ela posta fotos o tempo todo e até começou a escrever do jeito que os americanos falam.

Fico feliz por ela. De verdade. Mas às vezes fico imaginando como teria sido se ela tivesse vindo para Londres. Nós duas poderíamos ter alugado um apartamento juntas... Tudo teria sido bem diferente... Bom, deixa pra lá, não tem por que ficar pensando nisso. Respondo depressa:

Tudo certo por aqui! Eu estava conversando com o Alan e com a Anita, nós nos divertimos muito!!! A vida em Londres é uma loucura!!!

Eu me inclino para a frente para bater os ovos, quase estalando a coluna, e estou prestes a acrescentar um pouco de pimenta caiena quando...

— Aaaai!

Ouço meu grito antes mesmo de entender o que está acontecendo. A caixa embaixo de mim cedeu. Estou ajoelhada em sacos de whey. E alguns deles devem ter estourado, porque um pó branco está formando uma nuvem de baunilha na cozinha.

— O que aconteceu? — Alan deve ter ouvido meu grito, porque já está à porta da cozinha, olhando a cena. — Você está estragando meu material!

— Não, o seu material é que está *me* estragando! — grito.

Meu tornozelo parece mesmo meio torcido. E de repente percebo que a nuvem de pó está cobrindo meus ovos. O que é péssimo. Mas não posso fazer mais nada — todo o resto da comida está inacessível na geladeira. E eu estou com *muita* fome.

Tento sair da caixa, mas sinto que a sola do meu sapato está presa em outro pacote, que também estoura. (Oops. Melhor não comentar isso com o Alan.) Mais uma quantidade de pó sai da caixa, mas não é branco, é bege. E tem um cheiro diferente. Mais gostoso.

— Alan, tudo isso deveria ser whey de baunilha?

— É whey de baunilha.

— Bom, não é. — Enfio a mão na caixa e tiro a embalagem que acabei de estragar.

— Isso é... — Leio a etiqueta. — Caldo de galinha em pó.

— O quê? — Passo a embalagem para ele, que lê sem acreditar. — Nãããããooooo. Mas que *merda*! — Em um ímpeto, ele abre outra caixa e enfia a mão lá dentro, tirando duas embalagens de plástico. Ele as analisa, consternado. — *Caldo de galinha?* — Então, agora, desesperado, ele está arrancando embalagens das caixas e lendo as etiquetas. — Whey... caldo... *mais caldo*... Jesus. — Ele cobre o rosto com as mãos. — Não! — Parece mais um gorila irado. — Nãããããoooo!

Francamente. É só whey. Ou não whey. Não importa.

— Eles devem ter misturado tudo — digo. — Peça para eles virem trocar os errados.

— Não é assim tão simples! — Ele praticamente berra. — Eu comprei isso do... do... — Ele para no meio da frase, e eu fico quietinha. Não vou insistir nisso porque: 1) Está na cara que é uma coisa meio obscura. 2) Não é problema meu. E 3) Não *quero* que seja problema meu.

Mais uma vez, Alan está me lembrando o meu pai... e eu conheço o meu pai. Ele arrasta você para dentro dos problemas dele. Faz você achar que não pode deixar de se envolver. E, quando você se dá conta, está ao telefone tentando vender sacos de caldo de galinha que ninguém quer.

— Bem, espero que você resolva isso — digo. — Dá licença.

De alguma maneira, consigo recuperar o equilíbrio e engatinho com cuidado por cima das caixas até chegar à porta da cozinha, com meu prato de ovos na mão. Tenho a sensação de que estou numa prova de resistência idiota e que no, próximo minuto, aranhas cairão do teto.

— Quer um pouco de caldo de galinha? — pergunta Alan de repente. — Vendo pra você. É coisa de primeira, excelente qualidade... Ele está falando sério?

— Não, obrigada. Não uso tanto caldo de galinha assim.

— Ok então. — Alan desiste. Ele abre outra caixa, olha lá dentro e resmunga. Parece tão desesperado que pouso a mão em seu ombro.

— Não se preocupe — digo. — Você vai resolver isso.

— Ei. — Ele olha para mim, com o rosto tomado por esperança. — Cat.

— Sim?

— Que tal umazinha por caridade?

— Oi? — Olho para ele sem entender. — Como assim?

Alan aponta para si mesmo, como se fosse óbvio.

— Você não está sentindo pena de mim agora?

— Humm... um pouco.

— Então você deveria transar comigo.

Será que pisquei e perdi alguma coisa aqui?

— Alan... — Não acredito que estou perguntando isso em voz alta. — Por que eu iria querer transar com você?

— Ah, por caridade. Não custa nada — Ele leva a mão à minha bunda e eu me afasto dele. (Ou melhor, dou um pulo para trás.)

— Não!

— Não o quê?

— Só... não! Para tudo. Nada de transa por caridade. De jeito nenhum. Nunca. Desculpa — digo por fim.

Alan olha para mim de cara feia e se abaixa para pegar uma das caixas.

— Então, basicamente, você é uma desalmada.

— Eu não sou uma desalmada só porque não quero trepar com você! — digo e estou furiosa. — Só... cala a boca!

Vou para o meu quarto, tranco a porta e me jogo na minha cama de solteira. Meu quarto é tão pequeno que não tem espaço para um armário, por isso deixo todas as minhas coisas numa espécie de rede que fica pendurada acima da cama. (É por isso que tenho um monte de roupas que não preciso passar. Além disso, elas são baratas.) Eu me sento na cama de pernas cruzadas, enfio uma garfada de ovos mexidos na boca e estremeço ao sentir o gosto horroroso de essência de baunilha. Preciso parar de me estressar. Preciso me acalmar e ficar zen. Só assim consigo me distrair.

Entro no Instagram, penso um pouco e então posto uma foto do Shard, aquele arranha-céu em forma de pirâmide, com a seguinte legenda: *Outro dia tu-do-de-bom, muito trabalho, diversão e pouco descanso!!* Em seguida, encontro outra foto interessante de um chocolate quente com marshmallows que tirei esses dias. Na verdade, o chocolate quente não era meu — ele estava em uma mesa do lado de fora de um café em Marylebone. A moça tinha ido ao banheiro e eu aproveitei e corri para tirar uma foto.

Tá bom, vou falar logo: eu vivo entrando em cafés caros à procura de fotos dignas de serem postadas no Instagram. Tem algum problema nisso? Não estou dizendo que *bebi* o chocolate quente. Estou falando que fiz assim: *Olha, chocolate queeente!* Se as pessoas acharam que era meu... Bom, aí é com elas.

Então posto essa outra foto com a simples legenda: *Nham!!!*, e, alguns instantes depois, uma nova mensagem da Fi chega:

A vida em Londres parece uma loucura!

Respondo com:

É! Uma loucura total!!!

E então, para reforçar, acrescento:

Adivinha só, tenho um encontro amanhã...!

Sei que isso vai chamar a atenção dela e, como eu esperava, vem uma nova mensagem dez segundos depois.

UM ENCONTRO?? Conta tudo!!!

Fico me achando só de ver a reação dela. O fato de eu ter conhecido Alex hoje e ter dado muitas risadas com ele naquela cobertura me deu a impressão de que uma porta estava se abrindo. Uma porta para algo diferente. Para um tipo de... não sei bem o quê. Uma nova existência, talvez. Sei que é só um almoço, mas, mesmo assim... Todo relacionamento começa com só *uma coisinha*, não é? Tipo, Romeu e Julieta começaram *só* se apaixonando perdidamente um pelo outro à primeira vista. Tá. Péssimo exemplo.

Nada pra contar ainda, mas vou te mantendo atualizada.

Acrescento emojis de um drinque e um sorrisinho e então — só para me divertir — mando um coração.

Envio a mensagem, me recosto na cama e dou mais uma garfada nos meus ovos horrorosos. Depois, num impulso, dou uma olhada nos meus posts antigos no Instagram e vejo fotos de cafés em Londres, paisagens, registros de bebidas e rostos sorridentes (a maioria de desconhecidos). Aquilo tudo me parece um filme bem alto-astral, então qual o problema nisso? Muitas pessoas usam filtros coloridos e essas coisas no Instagram. Bom, meu filtro é o filtro do "é assim que eu queria que fosse".

Não chega a ser uma *mentira*. Ainda que não pudesse comprar um chocolate quente, eu *estive* naqueles lugares. É só que eu não falo sobre as coisas não tão incríveis da minha vida, como a distância da minha casa até o trabalho, os preços absurdos praticados na cidade ou o fato de eu guardar tudo o que tenho em uma rede. Muito menos sobre os ovos mexidos com cobertura de whey de baunilha e das pessoas chatas e taradas com quem divido apartamento. E a verdade é que isso é tudo o que sonho conquistar na vida. Um dia minha vida *vai* ser tudo aquilo que eu posto no Instagram. Um dia ela vai ser!

CAPÍTULO CINCO

A Park Lane sempre foi meu Santo Graal. É a maior sala de reunião na Cooper Clemmow, com uma enorme mesa laqueada em vermelho e cadeiras bacanas de várias cores. Sempre imaginei que me sentar ali seria como estar sentada na Cabinet Gallery ou algo assim. Sempre achei que aquele lugar era o coração da agência, onde, ao redor da mesa, as pessoas trocam ideias, e onde o caminho das marcas é alterado e a história acontece.

Mas agora que estou aqui... parece só uma reunião. Ninguém mudou o caminho de nada. Todo mundo, por enquanto, só discutiu se a edição limitada da Craze Bar de laranja foi um erro. (A Craze Bar é nossa cliente, por isso fizemos a embalagem para a edição limitada. Mas agora eles nos deram dez caixas cheias e todo mundo está ficando enjoado.)

— Droga. — Demeter interrompe a conversa com seu ar dramático de sempre e faz um gesto ao celular. — Adrian quer falar comigo. Volto em dois segundos. — Quando ela afasta a cadeira, olha para Rosa. — Pode começar a conversa com eles sobre o IVC?

— Claro. — Rosa assente, e Demeter sai da sala. Hoje ela está com uma saia incrível de camurça com franjas que não consigo deixar de admirar quando ela se levanta. — Vamos lá. — Rosa se volta para nós. — Demeter quer que eu fale com vocês a respeito de um novo possível cliente, o IVC, ou Iogurte Vaca Contente. É uma linha de iogurte orgânico de uma fazenda em Gloucestershire. — Rosa distribui uma pilha de folhetos com imagens de potes de iogurte, com um logo simples em Helvetica e uma foto borrada de uma vaca. — O gancho deles é dizer que a produção de laticínios é uma atividade ameaçada, mas as vacas deles são muito boas e... humm... — Ela olha para as próprias anotações. — Elas comem grama orgânica, algo do tipo. — E olha para a equipe. — Alguém aqui entende alguma coisa sobre produção de laticínios?

Antes mesmo de eu conseguir respirar, as pessoas começam a rir à mesa.

— Produção de *laticínios*?

— Morro de medo de vacas — diz Flora. — Tipo... de verdade.

— É verdade — confirma Liz. — Vimos umas vacas em Glastonbury e a Flora ficou doida. Ela achou que eram touros. — Liz conteve uma risada.

— E eram! — resmunga Flora. — Eram perigosos! E aquele cheiro! Não sei como alguém consegue chegar perto daquelas coisas!

— Então, quem vai à fazenda pra conhecer as Vacas Contentes? — Rosa está sorrindo, achando graça.

— Ai, meu Deus. — Flora ergue as sobrancelhas. — Dá pra *imaginar* isso?

— Êta lasquêra... — diz Mark com um sotaque do interior. — Alguém precisa ordenhar as vacas, Flora. Você é boa nisso, fia.

Já abri e fechei a boca duas vezes. Se eu sei alguma coisa sobre vacas? Cresci em uma fazenda produtora de leite. Mas algo me impede de falar.

Lembranças daquelas meninas em Birmingham me chamando de "Katie da Porrrrteira" surgem em minha mente e eu me retraio. Talvez eu deva só ver como a conversa se desenrola por alguns minutos.

— Demeter quer que troquemos ideias. — Rosa olha ao redor. — Quando digo zona rural, no que vocês pensam? — Ela se levanta e pega uma caneta para escrever no quadro. Vamos fazer uma associação de palavras. — Zona rural...

— Fedor — diz Flora, logo de cara. — Assustador.

— Não vou escrever "fedor" nem "assustador" — diz Rosa sem paciência.

— Você precisa escrever — diz Liz. E é verdade. O lance principal na Cooper Clemmow é que *todo mundo é ouvido*. Está descrito na missão da empresa. Então, ainda que as pessoas deem uma ideia muito idiota, todo mundo tem que tratá-la com respeito, porque pode ser que leve a algo brilhante.

— Tudo bem. — Rosa escreve fedor e assustador no quadro e então olha para Flora. — Mas isso não vende iogurte. Você compraria um iogurte fedido e que dá medo?

— Olha, eu não consumo nada que tenha lactose — argumenta Flora, de forma meio arrogante. — Eles produzem... tipo... iogurte de leite de amêndoas?

— Claro que não! — Rosa leva a mão à cabeça. — Eles produzem laticínio, caramba! Não produzem amêndoas.

— Espera. — Flora olha para ela com os olhos arregalados. — *O leite de amêndoa vem mesmo das amêndoas?* Pensei que fosse tipo... sei lá. Um nome ou coisa assim.

Rosa ri sem acreditar no que está ouvindo.

— Flora, você está falando sério?

— Então como o leite é feito? — Flora a desafia. — Como eles tiram o leite das amêndoas? Tipo... como *ordenham*? Apertando?

— Esse é o óleo de amêndoas — responde Mark.

— E como fazem isso?

Por um instante, Rosa parece confusa, e então diz:

— Sei lá! Mas não estamos falando de leite de amêndoas. Estamos falando de leite bovino. Leite de vaca. Seja lá o que for.

Já chega de ficar só olhando. Preciso entrar nessa conversa.

— Na verdade.. — começo, levantando a mão. — Eu *conheço* um pouco sobre...

— Como está indo? — Demeter me interrompe entrando na sala naquele segundo, trazendo uma pilha de papel.

— Impossível! — responde Rosa. — Só conseguimos isso. — Ela faz um gesto para *fedor* e *assustador*.

— Não sabemos nada sobre vacas — diz Flora, sem rodeios. — Nem sobre a zona rural.

— Nem sobre amêndoas — acrescenta Mark.

— Tá bom, pessoal. — Demeter assume o controle do jeito de sempre, coloca os papéis sobre a mesa e pega uma caneta para escrever no quadro. — Felizmente, diferentemente de vocês, pobres criaturas urbanas, *eu* conheço a vida no campo.

— Sério? — Flora parece surpresa, e eu me endireito na cadeira. Estou olhando para Demeter de um jeito diferente. Ela sabe sobre vida no campo?

— Claro. Eu me hospedo na Babington House pelo menos quatro vezes por ano, então tenho, *sim*, conhecimento do assunto. — Ela olha para todos nós como se nos desafiasse a discordar. — E a verdade é que o interior é bem legal. É o novo centro, sem dúvida. — Demeter risca *fedor* e *assustador* e começa a escrever outra coisa. — Essas são as palavras-chave: *Orgânico. Autêntico. Caseiro. Valores. Honesto. Mãe Terra*. A cara que queremos é de... — Ela pensa por um momento. — De papel reciclado. Cânhamo. Barbante. Feito à mão. Rústico, mas novo. E uma história. — Ela levanta um dos panfletos. — Por isso não dizemos simplesmente: "Esse iogurte vem de uma vaca." — Ela aponta para a imagem na foto. — Dizemos: "Esse iogurte vem de uma vaca auroque chamada Molly." Podemos fazer uma campanha: "Traga seu filho para ordenhar a Molly."

Estou mordendo o lábio. Aquela vaca da foto não é uma auroque. É uma vaca Guernsey. Mas não sei bem se corrigir a Demeter em relação a raças de vaca em público é uma ideia muito boa.

— Que ótimo! — diz Rosa. — Eu não sabia que você sabia tanto sobre o interior, Demeter.

— O nome Demeter, na verdade, vem de "deusa da colheita" — explica ela, meio encabulada. — Tenho um lado bem rural, com raízes na terra. Bom, *sempre* compro coisas nas feiras de rua quando posso.

— Ah, eu *adoro* feiras — diz Flora. — Tipo aqueles ovos na palha? Lindinhos.

— Exatamente. Palha. — Demeter assente e escreve *palha*.

— Tá, agora entendi — diz Mark, concordando e rabiscando alguma coisa no bloco dele.

— Cem por cento natural. Esse iogurte não é produzido industrialmente. É *artesanal*.

— Exatamente. Artesanal. Muito bom. — Demeter escreve artesanal no quadro.

— Então... — Ele faz uma pausa. — Um pote de iogurte feito de *madeira*, quem sabe?

— Ai, meu Deus! — exclama Flora. — *Genial*. Potes de iogurte feitos de madeira! Daria para colecioná-los e tipo... colocar coisa dentro deles! Tipo lápis, maquiagem...

— Ficaria muito caro — diz Demeter, pensativa. — Mas se transformarmos isso em uma marca ultra-ultra-premium... — Ela bate a caneta na mão, pensando.

— *Premium pricing* — diz Rosa, assentindo.

Eu sei o que é *premium pricing*. É quando você cobra um valor mais alto e os consumidores pensam *Nossa, isso deve ser bom*, e compram um montão a mais.

— Acho que as pessoas pagariam muito dinheiro por um pote de madeira com iogurte artesanal — diz Mark parecendo confiante. — E o nome da vaca impresso no pote.

— Vamos fazer um brainstorming dos nomes — diz Rosa. — O nome da vaca é essencial. Na verdade, o nome da vaca é tudo.

— Mimosa — sugere Flora.

— Mimosa *não* — rebate Liz com firmeza.

— Mais alguma coisa? — Demeter pergunta às pessoas à mesa, e eu levanto a mão. Eu lutei para estar nessa reunião. *Preciso* colaborar.

— Ou falar que eles cuidam direito das vacas? — pergunto. — Sei lá, é o "Iogurte Vacas Contentes", então elas devem ser vacas felizes ou coisa assim, não é? E poderíamos usar essa ideia na imagem, quem sabe?

— Sim! — concorda Demeter. — Bem-estar animal, *fundamental*. Animais felizes, *fundamental*. — Ela escreve *vacas felizes e saudáveis* no quadro e sublinha as palavras. — Muito bem. — Demeter meneia a cabeça para mim, e eu me sinto bem. Contribuí com alguma coisa na reunião! Tudo bem, foi só uma coisinha... mas é um começo.

Assim que a reunião termina, envio uma leva de resultados de pesquisa para Demeter. E então ela responde: *Será que ela pode receber tudo num formato diferente?* Por um lado, dá trabalho. Mas, por outro, significa que pelo menos eu não tenho que ficar aqui a manhã toda sem fazer nada além de ficar nervosa por causa do meu encontro ou o que quer que isso seja. Estou ocupada. Estou focada. Nem estou pensando muito no almoço...

Tá bom, para ser sincera, é mentira. Estou *muito* nervosa. E como não poderia estar? É o Alex Astalis. Ele é demais! Eu me dei conta disso depois de passar duas horas pesquisando sobre ele no Google ontem à noite.

Não acredito que pensei que ele fosse um cara qualquer. Não acredito que pensei que ele pudesse ser um *estagiário*. É esse o problema de conhecer as pessoas na vida real: não temos o perfil delas ao lado da foto. Mas talvez isso possa ser bom. Se eu soubesse que ele era tão importante, nunca teria andado de pernas de pau com ele.

Enfim, está na hora de ir. Prendo os cabelos atrás das orelhas e em seguida os solto. Depois prendo de novo. Ai, não sei. Pelos menos a minha franja está boa. Quando eu não tinha franja, não fazia ideia de que dava tanto trabalho. Elas são tão *carentes*. Se eu não passar a chapinha todos os dias, ela fica de pé a manhã toda como se dissesse: *Oi, sou sua franja! Acho que vou passar o dia todo num ângulo de 45 graus, beleza?*

Enfim, está *mesmo* na hora de ir.

Eu me levanto tão preocupada que tenho certeza de que todo mundo vai desviar o olho da tela e perguntar: *Ei, aonde você vai?* Mas é claro que ninguém faz isso. Ninguém nem nota quando saio.

O restaurante "pop-up" Christmas Cheer é um pouco longe do escritório, e, quando chego, me sinto corada e ofegante. Aparentemente, ele "aparece" todo mês de dezembro, e fica aberto temporariamente, por isso é chamado *pop-up*, mas ninguém sabe bem como descrevê-lo. É uma espécie de mercado-com-café-com-espaço para lazer, além de uma "casinha de biscoitos" para as crianças e vinho quente para os adultos, e tem canções de Natal tocando pelos alto-falantes.

Avisto Alex imediatamente, perto da mesa de vinhos. Ele está usando um casaco *slim fit*, um cachecol roxo e uma boina hipster cinza e segurando dois copos de plástico cheios de vinho quente. Ele sorri assim que me vê e diz, como se estivéssemos no meio de uma conversa:

— Olha, o problema é *esse*! Tem um carrossel aqui, mas ninguém para andar nele. — Aponta para o brinquedo. E ele tem razão. Só há duas crianças pequenas em cima dos cavalos, e as duas estão com cara de apavoradas. — As crianças estão na escola — acrescenta. — Ou foram pra casa almoçar. Eu vi que todas desapareceram. Quer vinho quente? — Ele me entrega um dos copos.

— Obrigada!

Brindamos com os copos de plástico e eu sinto um frio na barriga. Isso é divertido, seja lá o que estiver rolando. Sei lá, não sei dizer se isso são negócios ou... não negócios... Tanto faz. É divertido.

— Bom, ao trabalho. — Alex bebe o vinho todo. — E a pergunta é: podemos reformular essa marca?

— O quê? — pergunto, confusa.

— Isso aqui. Esse pop-up.

— O quê? *Isso aqui*? — Olho ao redor. — Você está falando... da feira? Do lance do mercado?

— Exatamente. — Os olhos dele brilham. — Eles nem sabem como se definir, mas querem dominar Londres, faturar em cima do espírito de Natal. E crescer. Pontos maiores. Publicidade. Venda casada.

— Ok. Uau. — Olho ao redor das mesas e das luzinhas com um olhar diferente. — Bom, todo mundo ama o Natal. E todo mundo ama um pop-up.

— Mas um pop-up *o quê*? — pergunta Alex. — É um lugar com comida gourmet ou é um passatempo divertido pras crianças, uma feira de artesanato ou o quê? — Ele levanta o copo vazio para mim. — O que achamos do vinho quente?

— Muito bom — digo com sinceridade.

— Já o carrossel... — Ele enruga o nariz. — Um pouco trágico, não?

— Talvez eles precisem se concentrar na comida. A comida é muito importante. Será que eles precisam de mais coisas?

— Boa pergunta. — Alex segue em direção ao carrossel. — Vamos experimentar.

— *O quê?*

— Não podemos avaliar o carrossel se não dermos uma volta nele — diz ele sério. — Você primeiro. — Ele aponta para os cavalos, e eu sorrio.

— Ah, vamos lá!

Subo em um cavalo e abro minha bolsa, mas Alex levanta a mão.

— É por minha conta. Ou melhor, por conta da empresa. Essa pesquisa é essencial. — Ele sobe no cavalo ao lado do meu e entrega o dinheiro ao funcionário, que é um rapaz com cara de bravo e está usando uma parca. — Agora acho que vamos ter que esperar os cavalos nos alcançarem. — Alex observa, e eu não consigo evitar uma risadinha. Somos nós e as duas crianças; não tem mais ninguém por ali. — Quando você quiser! — Alex fica todo animado e chama o cara de parca, mas ele nos ignora.

Sinto minha franja voando ao vento e eu a xingo silenciosamente. Por que ela não consegue ficar parada? Isso é muito bizarro, ficar sentada em um cavalo de madeira, de frente para um cara que teoricamente é meu chefe, mas que, na prática, não parece ser. Demeter parece ser minha chefe. Até mesmo a Rosa parecer ser um pouco minha chefe. Mas esse cara parece... Sinto um frio na barriga de desejo, não consigo me controlar.

Ele parece ser divertido. Parece esperto, irreverente, sarcástico e charmoso, tudo dentro de uma embalagem alta e esguia. Ele parece ser o homem que espero conhecer desde que me mudei para Londres, desde que *quis* me mudar para Londres.

Sorrateiramente, corro os olhos por ele, e uma nova onda de desejo me invade. Aquele brilho no olhar. Aquelas maçãs do rosto. *Aquele* sorriso.

— Então, que fim levaram as mercadorias asiáticas? — pergunto.

— As pernas de pau e aquelas outras coisas?

— Ah, sim. — Ela franze o cenho. — Não vamos assumir o projeto. Achamos que não vai funcionar se fecharmos parceria com a Sidney Smith.

Sinto uma pontada de decepção. Acho que eu tinha meio me imaginado trabalhando com ele. (Tá bom, na verdade, eu tinha *totalmente* me imaginado trabalhando no projeto com ele, talvez até bem tarde, quem sabe acabando nuns amassos apaixonados em cima da mesa brilhosa na Park Lane.)

— Então a razão venceu a emoção.

— Foi isso aí.

— Que pena — digo, e um sorriso estranho e meio torto toma o rosto dele.

— Razão. Emoção. O de sempre, o de sempre.

— Mas, *na verdade* — continuo depois de pensar um pouco —, talvez seja a emoção vencendo a razão. Talvez você não *queira* trabalhar com a Sidney Smith. Aí você fez parecer que era uma decisão de negócios racional, sendo que, na verdade, desde sempre foi instinto.

Não sei o que está me dando confiança para falar tão abertamente com ele. Talvez seja o fato de estarmos em um carrossel.

— Você é esperta, hein! — Alex me olha mais atentamente. — Acho que você está certa. A verdade é que não gostamos daquele povo da Sidney Smith.

— Pois é.

— Existe alguma diferença entre a razão e a emoção, afinal de contas? — Alex parece fascinado pelo assunto.

— As pessoas falam muito de "a razão vencer a emoção" — digo, pensando alto. — Mas elas querem dizer "uma parte da razão vencendo outra parte da razão". Na verdade, não é a razão vencendo a emoção, é a razão vencendo a razão.

— Ou a emoção vencendo a emoção? — Alex olha para mim com os olhos brilhando.

Ficamos em silêncio por um tempinho desconfortável, e eu me pergunto como vou conseguir ser natural daqui em diante. Não sei bem se é o jeito como ele está olhando para mim ou a forma como ele disse "emoção" — mas, seja lá qual for o motivo, estou sentindo meu coração meio acelerado agora.

E então Alex se inclina para a frente, quebrando o clima.

— Ei, seu cabelo está todo despenteado.

De repente, eu me esqueço das mercadorias asiáticas, da razão e da emoção. Minha franja maldita.

— Ela sempre faz isso — digo, corando. — Um horror.

Alex ri.

— Não está um horror.

— Está, sim. Eu não devia ter cortado a franja, mas... — Paro na hora. Não posso falar: *Mas eu queria parecer uma pessoa diferente.*

— Só está um pouco... o vento... — Ele se inclina para a frente no cavalo de madeira, na minha direção. — Posso?

— Claro. — Engulo em seco. — Sem problemas.

Agora ele está ajeitando cuidadosamente minha franja. Tenho quase certeza de que isso é contrário à política da empresa. Os chefes não podem mexer no cabelo das funcionárias, né?

O rosto dele está a poucos centímetros do meu, e eu sinto minha pele arrepiar sob o olhar dele. Seus olhos castanhos analisam meu rosto daquele jeito franco e interessado dele. Quando encontram os meus, parecem fazer uma pergunta. Não parecem?

Ai, Deus, será que estou *inventando* tudo isso? Minha cabeça para, meus pensamentos estão confusos. Sinto uma faísca aqui — sinto, sim. Mas será que ele também sente? Sei lá, conheci esse cara ontem, e hoje estou aqui, no que pode ser um encontro — *parece* um encontro —, mas ele é meu superior, e eu não sei bem o que está acontecendo...

De repente, o carrossel começa a funcionar, e Alex, ainda inclinado para a frente, quase cai do cavalo.

— Merda! — Ele se agarra ao pescoço do meu cavalo.

— Ai, meu Deus! — grito. — Segura!

Os cavalos estão mais distantes um do outro do que se podia imaginar, e agora Alex está preso entre os dois, quase deitado. Ele parece herói de um filme de ação entre dois carros. (Bom, não exatamente um herói de filme, já que estamos num carrossel, e agora começou a tocar uma música toda alegrinha, e um menininho está apontando para ele e gritando: "O moço caiu do cavalinho dele!")

As mãos dele agarram o pescoço do meu cavalo, e eu não resisto a olhar para elas fixamente. Ele tem dedos ossudos. Pulsos fortes. A manga da camisa subiu, revelando agora uma tatuagem bem pequena no pulso: uma âncora. Fico tentando imaginar qual é o significado dela.

— Eu deveria ter feito aulas de montaria antes. — Alex está ofegante, tentando se endireitar.

Concordo balançando a cabeça, tentando não rir.

— Os cavalos do carrossel são bem perigosos. Sei lá, você nem está usando capacete de equitação. Foi imprudente da sua parte.

— Fui descuidado — concorda.

— Ei! Você! — chama o homem de parca e grita para Alex: — Para com isso!

— Tudo bem! — Com esforço, Alex se ajeita na sela de novo. Os cavalos sobem e descem enquanto giramos, e eu abro um sorrisão para ele.

— Retiro o que eu disse — grita Alex acima da música. — Isso é bom demais!

— Sim! Estou amando!

Quero congelar esse momento na mente. Estou dando voltas num carrossel com um cara lindo e engraçado... no Natal... Olha, acho que só preciso de uns floquinhos de neve caindo para o cenário ficar perfeito.

— Rosa! — Alex de repente grita para alguém que está no chão, e minha cena é interrompida. Rosa? Tipo... *Rosa?* — Estamos aqui em cima! — Alex balança os braços. — Gerard! Rosa!

Ali está a Rosa, com seu casaco verde-escuro, olhando inexpressivamente para nós dois. Ao lado dela, um cara de cabelos grisalhos que não reconheço está mexendo em seu iPhone. Quando o carrossel para, sinto meu rosto alegre ficar sério. Então, independentemente do que seja, isso não é um encontro.

Bom, nunca pensei realmente que fosse um encontro. Não pensei. Só pensei que fosse *tipo* um encontro.

Foi tipo um encontro? Só por uns minutinhos?

Nós dois descemos dos cavalos, enquanto Rosa nos observa sem sorrir, e de repente eu me sinto idiota por estarmos aqui, para início de conversa. Alex vai diretamente até Rosa e o cara grisalho.

— Oi! Rosa, você conhece a Cat, não é?

— Gerard — diz o homem, e nós trocamos um aperto de mãos.

— O que você está fazendo aqui, Cat? — Rosa franze o cenho. — Não sabia que você estava nesse projeto.

— Eu a trouxe pro grupo — explica Alex com tranquilidade. — Mais um par de olhos. Onde estão os outros?

— Estão vindo — responde Rosa. — E eu acho, Alex, de verdade, que isso é algo muito *específico*. Conversei com o Dan Harrison hoje e ele foi incrivelmente vago... — Enquanto ela fala, caminha em direção às barraquinhas. Alex parece envolvido pela conversa de Rosa, e Gerard (quem quer que ele seja) está escrevendo uma mensagem de texto.

Sigo logo atrás deles e, de repente, me sinto completamente confusa. Então era tudo trabalho. Um trabalho em grupo. Estou enganada em relação a tudo? Esse clima entre nós é só uma coisa da minha cabeça? Sou uma pobre iludida? Meu chefe virou meu crush?

Mas aí, enquanto estamos caminhando, Alex se vira e pisca um olho para mim. Um sinalzinho de camaradagem. *Você e eu*, é o que parece que ele está dizendo. E, apesar de eu não fazer nada além de sorrir de forma educada, agarro aquele sorriso como se fosse um abraço. Isso não foi *coisa da minha cabeça*. Isso quis dizer alguma coisa. Não sei bem o quê, mas significa alguma coisa.

Não fico no pop-up por tanto tempo quanto os outros porque Alex recebeu um telefonema de Nova York e está há um tempão no celular e, enquanto ele está ocupado, Rosa deixa bem claro que acha que eu deveria voltar e continuar com a pesquisa.

— Foi ótimo você ter contribuído, Cat — diz ela depressa. — Adoramos ouvir a opinião dos nossos novos funcionários. Foi bacana Alex ter chamado você pra vir. Mas você precisa muito dar conta daquela pesquisa, né?

O tom de voz dela é bem duro. Então, sem nem me despedir de Alex, volto para o escritório. Mas não estou desanimada... muito pelo contrário. Assim que chego ao nosso prédio, subo as escadas correndo e murmurando a musiquinha do carrossel enquanto caminho até a minha mesa.

Flora olha para mim.

— Oi, Cat, eu estava procurando você. Olha, você quer ir a Portobello no sábado?

— Nossa! — digo bem animada. — Com certeza! Eu adoraria! Obrigada.

Não exagere na empolgação, eu me repreendo. É só a feira de Portobello. Nada de mais. As pessoas vão até lá o tempo todo.

Mas a verdade é que eu não vou. Meus fins de semana são meio solitários, não que eu costume admitir isso.

— Ótimo! — Flora sorri. — Passa lá em casa primeiro, pode ser? A gente mora pertinho, mesmo. E depois podemos fazer as compras de Natal...

Enquanto Flora fala sem parar, eu fico sentada, toda feliz. A vida está mudando! Primeiro, um homem interessante está... bem. O que ele está fazendo? Está no meu radar. E agora vou para Portobello com Flora e posso postar um monte de coisas legais no Instagram... e vai ser tudo verdade. Pelo menos uma vez, *uma única vez*, será verdade.

CAPÍTULO SEIS

A manhã seguinte é um típico dia ensolarado de inverno. Na verdade, o sol está tão forte que tenho vontade de colocar os óculos escuros assim que saio de casa. Paro na porta para passar um pouco de brilho labial e vejo Alan no portão, discutindo sobre alguma coisa com uma adolescente linda enquanto ele desdobra sua bicicleta.

A pele dela é morena e brilha, seus olhos são de um azul-esverdeado, os cabelos estão supercurtos — quase raspados —, e as pernas compridas de adolescente estão cobertas por uma saia de uniforme escolar. Ela está segurando um maço de folhetos, e é a eles que Alan parece direcionar sua ira.

— As instituições de caridade são todas corruptas. — Percebo que seu tom é de reprovação. — Não vou mais fazer isso. Esses anúncios de metrô são uma grande bobagem. Não vou gastar dinheiro com isso. Se quiser ajudar alguém, ajude uma pessoa de *verdade*.

— Eu sou uma pessoa de verdade — contra-argumenta a adolescente. — Eu me chamo Sadiqua.

— Bom, não tenho como saber disso, né? — diz Alan. — Como eu sei que você não é uma atriz contratada?

— Tudo bem, não *precisa* me dar dinheiro nenhum — diz a garota, parecendo irritada. — Só assina a petição.

— Tá, e o que você vai fazer com a minha assinatura? — Alan ergue as sobrancelhas como se estivesse dizendo *ganhei!*, e sobe na bicicleta. — E essa passagem é propriedade privada — acrescenta, fazendo um gesto para indicar nossa entrada toda depredada e feia.

— Então não me venha com gracinhas.

— Gracinhas? — A menina olha fixamente para ele. — Que gracinhas?

— Não sei. Só estou avisando que é propriedade particular.

— Você acha que estou pensando em ocupar a frente do seu prédio ou algo do tipo? — pergunta a menina, incrédula.

— Só estou dizendo que é propriedade particular — repete Alan, de modo impassível. Ele sai andando de bicicleta e a garota emite um som raivoso, como o relincho de um cavalo.

— Grosso! — exclama, e eu tenho que concordar com ela.

— Oie — digo quando me aproximo dela, querendo compensar a grosseria do Alan. — O que é isso?

— Um abaixo-assinado pro centro comunitário — responde ela, de um jeito tão atrapalhado que parece embolar todas as sílabas.

Então ela me entrega um folheto no qual está escrito *Salve Nosso Centro Comunitário*, e eu dou uma olhada nele. O folheto fala de cortes e das perspectivas das crianças e parece ser legítimo, por isso coloco algumas moedas na latinha dela e assino meu nome no papel.

— Boa sorte! — digo, e sigo meu caminho.

Um momento depois, percebo que tem alguém atrás de mim, então me viro e vejo que Sadiqua está me seguindo.

— Oi — digo. — Você quer alguma coisa?

— O que você faz? — pergunta ela, toda animada. — Tipo, com o que você trabalha, essas coisas?

— Ah! Bom, trabalho com *branding*. Criando conceitos e logos para produtos. É muito interessante — acrescento, para o caso de ser

minha chance de servir de inspiração para a Geração Mais Jovem.
— Trabalho pesado, mas muito gratificante.

— Conhece alguém da indústria da música? — continua Sadiqua, como se eu não tivesse falado nada. — Porque eu e minha amiga Layla temos uma banda e gravamos uma demo. — Ela tira um CD do bolso. — Foi o tio da Layla que fez essas cópias. Só precisamos espalhar isso por aí.

— Que incrível! — digo como incentivo. — Muito bem.

— Pode ficar com um, então? — Ela empurra um dos CDs para mim. — Pra ouvir?

Ouvir? *Quem* vai ouvir isso?

— Não sou da indústria da música — explico. — Desculpa...

— Mas *branding* tem a ver com música, não tem?

— Então, não exatamente...

— Mas e a música dos anúncios? — insiste ela. — Quem faz as músicas dos anúncios? Alguém faz tudo aquilo e eles precisam de sons, não é? — Ela pisca para mim com os olhos azuis meio verdes. — Eles estão procurando algum som novo?

A persistência dela é admirável. E ela tem razão: alguém faz a música dos anúncios, ainda que eu não tenha ideia de quem seja.

— Ah, olha, vou ver o que posso fazer. — Pego o CD da mão dela e o enfio na bolsa. — Então, boa sorte com tudo...

— Você conhece alguém importante em alguma agência de modelos? — continua ela sem perder um segundo. — Minha tia diz que eu deveria ser modelo... Só não sou muito alta, será que isso faz diferença para uma foto? Tipo, eles têm Photoshop, então por que a altura importaria? Por que uma pessoa precisaria ser alta e magra? Eles têm Photoshop. É só usar Photoshop, sabe? Photoshop. — Ela olha para mim com ansiedade.

— Ok — digo, meio cansada. — Na verdade, também não entendo muito de modelos. Desculpa, mas preciso *mesmo* ir agora...

Sadiqua balança a cabeça com cara de decepção, ainda que conformada, como se aquilo fosse a única coisa que ela esperava de mim. E então, acompanhando meu passo com facilidade, ela enfia a mão no bolso.

— Quer uma bijuteria? Eu faço bijuteria. — Ela puxa um monte de pulseiras de contas e as mostra para mim. — Cinco libras cada uma. Pode comprar e dar de presente pras suas amigas, por exemplo.

Não me aguento e acabo caindo na gargalhada.

— Hoje não — digo. — Mas outro dia, talvez. Você não deveria estar angariando fundos pro centro comunitário?

— Ah, sim. — Ela dá de ombros de um jeito filosófico. — O centro vai ser fechado, de qualquer forma. — Só estou angariando fundos porque, tipo, estamos todos fazendo isso, mas não vamos salvá-lo nem nada.

— Vocês deveriam tentar! — digo. — O que o centro faz, exatamente?

— Todo tipo de coisas. Tipo, eles servem café da manhã pra crianças e coisas assim. Eu sempre tomava café da manhã lá, porque minha mãe nunca... — Sadiqua para de falar e sua fachada de animação desmorona por um momento. — Eles servem Corn Flakes e coisas do tipo, mas tem um custo. Corn Flakes todos os dias tem um custo, né?

Olho para ela sem falar nada por um momento. Gostei dessa garota. Ela é engraçada, cheia de energia e bonita de verdade, mesmo sem Photoshop.

— Me dá mais uns folhetos — peço, e ela me passa alguns. — Talvez eu possa ajudar você a arrecadar algum dinheiro.

No escritório, encontro um drive de CD velho no armário, então eu o conecto ao meu computador e ouço o CD da Sadiqua. Obviamente, estou esperando ficar de queixo caído por ter descoberto uma estrela. Infelizmente, são só duas garotas cantando uma música da Rihanna e caindo na risada no fim. Mas decido que vou fazer com esse material o que estiver ao meu alcance, e vou tentar reunir doações em dinheiro para o centro comunitário, *sim*.

Não tenho nenhum plano específico, nem mesmo ideias concretas, e com certeza não pretendo falar sobre o assunto com ninguém. Mas, ao sair do trabalho naquela noite, quando vejo Alex esperando o elevador, sinto uma onda de pânico ao tentar pensar no que dizer. Já são mais de nove horas — eu tive de resolver um monte de coisas —, e não esperava encontrar mais ninguém. Muito menos ele.

Não o vejo desde a nossa ida ao carrossel, no dia anterior, mas é claro que pensei nele umas 95 mil vezes. Quando me aproximo, sinto o sangue subir ao rosto e uma sensação desconfortável tomar minha garganta. Como conversar com um cara atraente por quem você acha que sente alguma coisa? Acho que desaprendi a fazer isso. Meu rosto parece congelado. As mãos estão moles. Quanto a olhar no olho, nada feito. *Não faço ideia* de como olhar nos olhos dele do jeito certo agora.

— Oi — diz ele sorrindo quando chego às portas do elevador. — Você ficou trabalhando até tarde.

— Oi. — Sorrio para ele. — Tive que fazer umas coisas. — E eu sei que não é minha vez de continuar a conversa, mas, como disse, estou em pânico. Então, incapaz de me controlar, começo a tagarelar:

— Gostaria de apresentar à empresa uma ótima causa beneficente.

Isso não é exatamente verdade. Nem *sei* se é uma ótima causa. Só tenho a palavra da Sadiqua. Mas, no momento, preciso de um assunto.

— É mesmo? — Alex parece interessado.

— É um centro comunitário perto de onde eu moro. Em Catford. Ele organiza cafés da manhã, coisas assim, mas está prestes a ser fechado. Falta de verba, sabe como é... — Pego um folheto dentro da minha bolsa e o entrego a ele. — Olha.

— Interessante — diz Alex, analisando o folheto. — Bem, podemos ver isso no ano que vem. Ou você quer organizar algum tipo de evento beneficente enquanto isso? O que tem em mente?

As portas do elevador se abrem e nós dois entramos nele, e claro que minha mente está totalmente vazia. Evento beneficente. Evento beneficente. Venda de cupcake? Não.

— Tipo, algo que seja um desafio? — tento, desesperada. — Você acha então que dá pra fazer algo além de angariar fundos? Tipo uma maratona. Mas não uma maratona de verdade — digo depressa.

— Algo difícil, mas não uma maratona — diz Alex, pensativo, enquanto saímos do elevador e chegamos a um lobby vazio e mal-iluminado. — Poderia ser a coisa mais difícil do mundo: aquele maldito exercício de esquiar. Meu personal trainer me obrigou a fazer isso ontem à noite. Maldito! — reclama ele de um jeito tão amargo que sinto vontade de rir.

— Que exercício é esse de esquiar? — pergunto, porque nunca fiz nenhum exercício de esquiar. Também nunca nem esquiei.

— Aquele em que você fica com as costas na parede e os joelhos dobrados. Uma tortura. Você sabe qual é. — Ele olha para mim. — Não sabe?

Ele se aproxima de uma parede ampla e vazia, com COOPER CLEMMOW escrito em um monte de fontes diferentes, e se posiciona de joelhos dobrados encostado à parede, com as coxas paralelas ao chão, como se estivesse sentado em uma cadeira invisível.

— Não parece tão difícil — digo, só para irritá-lo.

— Você está brincando! Você já *tentou* fazer isso?

— Tá. — Abro um sorriso. — Desafio aceito.

Assumo uma posição parecida, a poucos centímetros dele, e, por um tempo, ficamos em silêncio. Nós dois estamos nos concentrando na tarefa. Minhas coxas são bem fortes — anos de hipismo —, mas sinto que elas estão começando a arder. Em pouco tempo, estão ardendo muito, mas não vou desistir. *Não vou...*

— Forte você, não? — diz Alex, meio sem ar.

— Ah, qual é, o exercício *é esse*? E você acha *difícil*? Pensei que estivéssemos só no aquecimento.

— Ha-ha-ha-ha, que engraçada... — Alex está corado. — Beleza, você venceu. Desisto.

Ele desce até o chão, exatamente quando acho que minhas coxas vão pegar fogo. Eu me obrigo a ficar naquela posição por mais três segundos e então caio.

— *Não* me diga que conseguiria ficar por mais meia hora.

— Eu conseguiria ficar por mais meia hora — afirmo, e Alex ri. Ele olha para mim e vejo algo brilhando em seus olhos. A mesma coisa que vi antes. Aquela sintonia.

Nenhum de nós fala nada por um instante. É um daqueles rápidos momentos de silêncio em que se pensa no que vai falar em uma conversa, talvez mudando o rumo da prosa... Mas, de novo, entro em pânico e volto para algo inofensivo.

— Não sei se isso vai ser popular como evento de arrecadação de fundos — digo enquanto me levanto.

— Bom, é mais fácil do que uma maratona — observa Alex.

— Se você diz isso... — Paro de falar e olho pela porta de vidro quando vejo uma luz vermelha. — Espera aí. O que é aquilo?

A luz vermelha de repente virou um rastro. Vermelho e branco. Um aglomerado de vermelho e branco... Olho sem acreditar. Aquilo são *gorros de Papai Noel*?

— Mas o que... — Alex seguiu meu olhar e começou a rir. — O que é *aquilo*?

Nós nos entreolhamos rapidamente e então caminhamos juntos em direção à saída. Alex abre a porta do edifício com seu cartão e corremos para fora, para a noite fria, reagindo surpresos como crianças com o que vemos.

Há cerca de duzentos Papais Noéis andando na rua de bicicleta. Alguns deles estão com luzes vermelhas e brancas, outros tocam buzinas, e em algum lugar estão tocando Mariah Carey. É tipo um grupo enorme de Papais Noéis ciclistas.

— Que doideira — diz Alex, ainda rindo.

— Venham! — grita um cara com gorro de Papai Noel, olhando para nós dois. — Peguem uma bicicleta e um gorro! Venham! — Ele faz um gesto convidando a todos. — Não seja medroso, seja um Papai Noel! — Alex e eu olhamos para ele e então nos entreolhamos de novo.

— Vamos — diz Alex, e atravessamos a rua até o ponto do outro lado no qual as pessoas estão pegando bicicletas.

— Vinte libras pelo aluguel, com gorro de Papai Noel incluído — grita uma moça agitando um balde, e todos a observam. — Venham! Tudo pelo Hospital Great Ormond Street!

— Precisamos fazer isso — diz Alex. — Por que não colocaríamos gorros de Papai Noel para andar de bicicleta em Londres? Você tem alguma coisa pra fazer agora? — Ele olha em meus olhos, e, mais uma vez, sinto o estômago revirar.

— Não, estou livre. Vamos lá! — Não consigo parar de rir da situação ridícula na qual nos encontramos. Ao nosso redor, as pessoas estão entrando na onda do Papai Noel e cantando Mariah. Vejo dois Papais Noéis andando numa bicicleta de dois selins, e um cara acabou de subir numa bicicleta daquelas com a roda dianteira bem maior do que a traseira.

Foi por isso que me mudei para Londres, eu me pego pensando, tomada de alegria. *Foi por esse motivo.*

— Vou pagar pra nós dois — diz Alex, decidido. — Não tenho feito doações para instituições de caridade ultimamente, e seu altruísmo me deixou envergonhado. — Ele enfia uma nota de 50 libras no balde antes que eu consiga impedi-lo e pega uma bicicleta, passando-a para mim.

— Aqui está o seu gorro de Papai Noel. — A moça com o balde pega o gorro com um pompom aceso e o coloca na minha cabeça. Ajeito minha bicicleta e olho para Alex, que está usando um gorro aceso também. As estrelas piscam na barra branca do gorro dele, fazendo com que pareça um anjinho.

— Obrigada — digo, meneando a cabeça em direção ao balde. — Não precisava, mas obrigada.

— Não por isso. — Ele sorri daquele jeito que acaba comigo.

Quero dizer mais alguma coisa — alguma coisa engraçadinha —, só que não tenho tempo, logo estamos em movimento. Faz décadas que não ando de bicicleta, mas meus pés encontram o ritmo imediatamente, e partimos pela rua, uma massa de Papais Noéis ciclistas, com música e risos nos abastecendo pelo caminho.

Essa é uma das noites mais mágicas da minha vida. Pedalamos de Chiswick até Hammersmith, depois para a Kensington High Street, ainda cheia de gente, e passamos pelo Albert Hall. Depois, pela Knightsbridge, e vemos a Harrods toda iluminada como se fosse um parque de diversões e todas as lojas com suas vitrines de Natal. Atravessamos a Piccadilly Circus e subimos e descemos a Regent Street, e eu viro a cabeça para olhar as luzes incríveis acima de mim.

O vento da noite bate em meu rosto enquanto pedalo. Vejo gorros de Papai Noel por todos os lados. Ouço o som das buzinas das bicicletas e dos carros nos cumprimentando e os ciclistas tocando as músicas de Natal pelas caixas de som. Nunca me senti com tanta energia. Está tocando aquela canção que diz que "O Natal é todo dia" — bom, eu queria que *este* momento acontecesse todo dia. Pedalando pela Piccadilly Circus, acenando para quem passa, sentindo-me como uma londrina e olhando para o lado, de vez em quando, para sorrir para Alex. Não tivemos muita chance de conversar, mas ele está sempre a dez metros de mim, e eu sei que, quando me lembrar desse dia, não vou pensar "Eu pedalei com os Papais Noéis", e sim "*Nós* pedalamos com os Papais Noéis".

Na Leicester Square, paramos para tomar chocolate quente servido por uma rede de cafeterias. Enquanto pego dois copos, Alex se aproxima, pedalando, com um sorrisão no rosto.

— Oi! — digo e entrego um copo a ele. — Isso não é o máximo?

— Melhor jeito de passear — diz ele enfaticamente e toma um gole da bebida. — Aqui termina o percurso oficial, ao que parece. Cada um segue o seu caminho a partir daqui. Deixamos as bicicletas onde quisermos.

Bom, tenho que encontrar uma pessoa para um drinque, de qualquer modo. — Ele olha para o relógio. — Na verdade, estou atrasado.

— Ah, claro — digo, tentando não me sentir desanimada. Eu meio que tinha pensado... Pensei que pudéssemos continuar...

Mas isso foi tolice minha. *Claro* que ele vai encontrar alguém para tomar um drinque. Ele é um cara bem-sucedido, em Londres, que tem uma vida social.

— Só preciso mandar uma mensagem para... uma pessoa — diz ele distraidamente, mexendo no celular. — E você? Pra onde está indo?

— Vou pra casa, em Catford. Tem um ponto de devolução na Waterloo. — Eu me forço a ser prática de novo. — Vou até lá, pra poder pegar o trem.

— Você vai ficar bem?

— Claro! — digo, animada. — E obrigada de novo. Foi fantástico. — Pouso o chocolate quente no balcão da barraca. (Está morno e não é muito bom, na verdade.) — Vou nessa, então. Vejo você no escritório.

— Claro. — Alex parece se lembrar de uma coisa. — Ah, não. Não vamos nos ver. Estou indo pra Copenhague amanhã cedo.

— Copenhague. — Franzo o cenho. — Demeter também vai pra lá. Tem uma conferência de design lá, não é?

— Exatamente. — Ele assente. — Mas a gente se vê depois, com certeza.

— Foi incrível, não foi? — Não me controlo e digo depressa.

— Incrível. — Ele assente de novo, sorrindo, e nos encaramos por um segundo. E nosso contato visual naquele momento parece ser *perfeito*.

Por um instante, não falamos nada. Nem sei se consigo respirar. E então Alex levanta a mão numa espécie de aceno e eu viro a bicicleta para ir embora. Provavelmente poderia prolongar a conversa um pouco mais, bater um papo sobre bicicletas ou coisa assim... mas quero ir para casa enquanto a noite ainda está perfeita.

E voltar e repassar tudo na minha mente durante o caminho.

CAPÍTULO SETE

Minha vida, no momento, parece um sonho. Um sonho bom e ruim ao mesmo tempo. Os Papais Noéis de bicicleta... Alex sorrindo para mim enquanto pedalávamos... O passeio a Portobello com Flora mais tarde hoje... Tudo isso é como um sonho bom. A festa de Natal no escritório é na segunda à noite, e eu não paro de pensar em dar de cara com Alex, usando meu vestidinho preto. Não paro de pensar em conversar... rir com ele... enquanto ele toca meu braço, como quem não quer nada, quando ninguém estiver olhando... Nós dois saindo para beber... Voltando para a casa dele...

Está bem, vou falar logo: eu não paro de imaginar *um monte* de situações diferentes.

A vida seria perfeita neste momento... se não fosse o lado ruim do sonho. Mais precisamente o fato de meu laptop ter morrido na quinta--feira e eu ter tido de comprar um novo, o que me deixou apreensiva — sensação que estou tentando ignorar.

Ainda não acredito que ele pifou. O pessoal do departamento de T.I. do escritório não conseguiu consertar, nem o cara da loja, que ficou tentando por uma hora, e então deu de ombros e disse:

— Morreu mesmo. Mas você precisava de um computador melhor, de qualquer jeito.

Foi quando senti meu estômago se revirar de pânico.

Preciso de um laptop para trabalhar em todos os meus projetos de design; eu não tinha como *não* comprar um novo. Só que eu não tinha dinheiro. Meu dinheiro é contado e todo planejado; cada libra faz diferença, e um laptop quebrado provoca um terremoto financeiro. Isso abriu um rombo nas minhas finanças e, sempre que penso no assunto, fico arrepiada. Tenho sido tão cuidadosa com os gastos, *tão* cuidadosa. E agora isso... Não é justo.

Bom, não vou pensar mais nesse assunto. Vou me divertir muito com Flora hoje e olhar todas as barracas. É claro que não vou poder comprar nada, mas tudo bem, porque o objetivo não é esse, não é mesmo? O importante é o clima. A *vibe*. A amizade.

Flora sugeriu que nos encontrássemos na casa dela e, enquanto caminho pela rua, vou ficando boquiaberta. Se eu já achava a casa da Demeter impressionante, não sei o que falar dessas mansões. Os degraus têm o dobro do tamanho dos degraus da casa dela. Todas as propriedades têm jardim na frente e fachadas brancas, parecendo até bolos de casamento. Paro na frente da casa de número 32 e a analiso com atenção. Essa não pode ser a casa da Flora, claro que não. Será que é... a casa dos *pais* dela?

— Oi! — A enorme porta se abre e vejo Flora parada lá, ainda de roupão. — Vi você passando. Eu dormi *demais*, desculpa! Quer tomar café da manhã?

Ela me conduz por um corredor de mármore, cheio de lírios e com uma empregada polindo os corrimãos, e então descemos uma escada de vidro iluminada por baixo até uma cozinha enorme com balcões de concreto. Dá para ver que os pais dela são ricos de verdade. E bacanas de verdade.

— Então... aqui é a casa dos seus pais? — pergunto, para ter certeza. — É incrível.

— Ah — diz Flora, sem empolgação. — Pois é. Quer vitamina? — Ela começa a jogar algumas frutas dentro de um liquidificador potente e, em seguida, acrescenta um punhado de sementes de chia, gengibre orgânico e um extrato especial de alga marinha que já vi em lojas de produtos saudáveis e cuja porção custa 3 libras. — Pronto! — Ela me dá um copo e eu bebo tudo com gosto. Meu café da manhã foi uma xícara de chá e uma tigela de aveia em flocos com leite: custo total de cerca de 30 centavos. Em seguida, Flora pega um saco de papel cheio de croissants e me chama para segui-la para fora da cozinha. — Vem, preciso de ajuda pra me vestir.

O quarto dela fica na parte de cima da casa e tem uma suíte e um closet. O papel de parede é de um tom prateado brilhante com desenho de pássaros, e há velas Diptyque por todos os lados, além de guarda-roupas planejados e uma mesa antiga. Para cada canto que você olha, há algo bonito. Mas Flora nem parece notar o que a cerca — está procurando uma calça jeans do armário e reclama porque não consegue achar a que quer.

— Então você mora aqui desde sempre? — pergunto. — Nunca se mudou?

Flora ergue as sobrancelhas, horrorizada.

— Me mudar? Meu Deus, não. Bom, eu não teria dinheiro pra isso. Tipo... pro aluguel, pra comer e tudo mais... Quem consegue se bancar? *Nenhum* dos meus amigos saiu de casa! Vamos todos morar com nossos pais até os 30 anos.

Sinto uma pontada de um sentimento que não quero reconhecer, como inveja, ou talvez até — ainda que só por um milésimo de segundo — ódio.

Não. Espere aí. Não odeio a Flora, claro que não. Mas ela tem tudo *muito* fácil.

— Bom, meus pais não moram em Londres. — Forço um sorriso animado. — Então, sabe como é! Tenho que pagar aluguel.

— Ah, sim — diz Flora. — Você não é das Midlands ou coisa assim? Mas não tem sotaque.

— Na verda... — começo, mas Flora entrou no closet de novo. Para ser sincera, acho que ela não está muito interessada em saber de onde eu sou.

Espero pacientemente enquanto ela passa o delineador umas cinco vezes, e então pega a bolsa e diz, com um sorriso contagiante:

— Pronto! Vamos às compras!

Ela prendeu os cabelos loiros no topo da cabeça e está usando um casaco de pele de carneiro e uma sombra brilhante. Se fosse para lhe dar uma legenda, seria *Totalmente pronta para se divertir*. Descemos a escada correndo, rindo, e uma porta se abre no segundo andar.

— Crianças! Vocês vão incomodar o papai!

— Mamãe, não somos *crianças* — diz Flora fazendo bico quando uma mulher elegante surge na escada. Ela parece uma versão mais velha da Flora, porém ainda mais magra. Está usando sapatos Chanel, calça jeans justa e um perfume maravilhoso. — Essa é a Cat.

— Cat! — A mãe da Flora coloca sua mão fria na minha e então se vira para a filha de novo. — Vocês vão a Portobello?

— Sim, vamos comprar presentes de Natal! Só que estou meio sem grana. — Flora olha para a mãe de um jeito bastante envolvente. — E preciso comprar alguma coisa pra vovó...

— Querida. — A mãe de Flora revira os olhos. — Está bem, olha na minha bolsa. Pegue cem. *Nada* mais — diz ela, séria. — Você vive me deixando sem dinheiro.

— Obrigada, mamãe! — Flora dá um beijinho no rosto dela e termina de descer a escada toda animada. — Vamos, Cat!

Minha mente está girando. Cem libras? Assim, do nada? Não peço dinheiro ao meu pai há anos. E nunca pediria, nem mesmo se ele tivesse muita grana, o que não é o caso.

Observo Flora pegar dinheiro da bolsa da mãe e desço com ela os suntuosos degraus brancos da casa. Se a escada da Demeter é de princesa, essa é de rainha. Queria tirar uma foto, mas não seria legal. Talvez quando eu tiver mais intimidade com Flora.

O tempo está fresco e, enquanto caminhamos juntas, eu me sinto animada. Essa região de Londres é *muito* legal. As casas em tom pastel são adoráveis, parecem saídas de um livro de histórias, e eu vivo parando para tirar fotos para postar no Instagram.

— E aí, o que você quer comprar? — pergunta Flora quando dobramos a esquina em direção a Portobello, desviando dos vários turistas.

— Não sei! — Dou uma risada. — Nada de mais. Vou só olhar.

Meus olhos estão arregalados com a paisagem de barracas e mais barracas à nossa frente, vendendo de tudo, de colares a cachecóis de caxemira, de câmeras vintage a pratos antigos. Já estive em Portobello, mas não no Natal, e a *vibe* hoje está mais divertida do que o normal. Os postes estão decorados, e um grupo de rapazes com chapéu hipster canta músicas de Natal *a cappella*, enquanto uma barraca de CDs toca canções natalinas. Há barracas de vinho quente, outra de tortinhas típicas, as *mince pies*, e o cheiro delicioso de crepes fresquinhos toma conta do ar.

De repente, me lembro de quando Alex e eu bebemos vinho quente e me pego pensando: *Aaah, será que essa vai ser a "nossa bebida"?* Mas logo afasto esses pensamentos da cabeça, como uma agulha de vitrola levantando de um disco de vinil. Caia na real, Katie. Vinho quente? "Nossa bebida"? Só falta querer que o gorro do Papai Noel vire o "nosso figurino".

Flora encontra um elefante de porcelana para sua vó e, então, me arrasta até uma loja de marca para comprar um vestido cheio de lantejoula para a festa do escritório. Eu não pretendia comprar nada em Portobello, mas, no fim das contas, alguns dos preços não são *tão* assustadores. Encontrei uma touca de lã para o papai (só 8 libras) e então vejo uma arara de roupas que custam apenas 1 libra — o que Flora acha *hilário*. Principalmente quando compro um cardigã de crochê. Em outra barraca, nós duas experimentamos umas toucas meio doidas de feltro. Tiro um monte de fotos e me sinto muito empolgada. Essa é a vida animada de Londres que eu sempre quis ter.

Flora passou a manhã toda enviando mensagens de texto e, quando paramos em uma barraca de espelhos, ela faz cara feia para o celular.

— Aconteceu alguma coisa? — pergunto, e ela faz um som abafado.

— Não. Sim. — Ela guarda o telefone. — *Homens*.

— Ah, *homens*. — Concordo, apesar de não saber exatamente o que ela quer dizer com isso.

— Está saindo com alguém? — pergunta ela, e sinto um frio na barriga. Bom, a resposta é não. Mas minha mente volta ao carrossel, aos dedos de Alex no meu cabelo.

— Não. Mas tem um cara... — Ao olhar nos olhos de Flora, dou uma risada, em parte aliviada por ter alguém com quem conversar. — Tenho certeza de que ele não está interessado, mas...

— Aposto que está! Como ele é?

— Ah... Ele é lindo. Tem cabelo escuro, tatuagem — descrevo Alex com um sorrisinho.

Pronto. É vago o suficiente. Poderia ser qualquer pessoa.

— Tatuagem! — Flora olha para mim com os olhos arregalados. — Uau. E onde você o conheceu?

— Amigo de amigos — digo, tentando continuar sendo vaga. — Sabe como é, foi meio do nada.

— E então? Aconteceu alguma coisa? — Ela faz uma cara tão engraçada que dou outra risada.

— Nada de mais. Só paquera. Só na vontade — acrescento, num rompante de sinceridade. — E você?

— Bom, era para eu ter saído com um cara chamado Ant, mas acho que ele está me dando um perdido. — Ela parece desolada. — Nunca responde quando mando mensagem...

— Eles nunca respondem.

— Pois é! Qual a dificuldade de mandar uma mensagem?

— Eles acham que mandar mensagem arranca pedaço — digo, e Flora ri.

— Você é engraçada — comenta ela e me dá o braço. — Que bom que você trabalha na empresa, Cat.

99

Continuamos andando por alguns segundos, e eu tiro uma foto de uma barraca que vende apenas buzinas de carros vintage. E então Flora se vira para mim, parecendo pensativa.

— Olha, Cat, preciso te perguntar uma coisa. Você sabe que saímos pra beber no almoço toda quarta-feira? Eu, a Rosa e a Sarah. No Blue Bear. Toda semana.

— Ah, legal. Não, não sabia.

— Bem, somos um pouco discretas com isso. Não queremos que a Demeter se meta sem ser chamada. — Flora faz uma careta. — *Imagina só!*

— Ah — concordo. — Claro.

— Então, a questão é que não é algo aberto. É meio... — Ela hesita. — É meio como um grupo secreto. Um clube. Um clubinho especial.

— Aham.

— E eu estou convidando você pra participar. — Ela aperta meu braço. — O que acha? Topa?

Sinto uma onda de alegria por dentro. Um clube. Um grupo. Até então, eu não tinha me dado conta de como me sentia sozinha.

— Claro que sim! — respondo, abrindo um sorrisão. — Pode contar comigo!

Vou ter que rever meu orçamento se for começar a beber toda quarta-feira, mas vai valer muito a pena.

— Legal! Vamos voltar a marcar depois do Natal. Eu te aviso. Só não comenta *nada* com a Demeter.

— Tudo bem! Prometo! — Estou prestes a perguntar onde fica o Blue Bear quando Flora solta um grito.

— Ai, meu Deus!

— Linda! — Um cara alto de cabelos escuros e chapéu Fedora aparece do nada e abraça Flora por trás. — Sua mãe me disse que você estava aqui.

— Eu mandei várias mensagens pra você! — diz Flora, em tom acusatório. — Você deveria ter respondido por *mensagem*!

O cara dá de ombros, e Flora dá um empurrão nele e ri. Fico me perguntando se devo ir embora, quando Flora segura meu braço e diz:

— Ant, essa é a Cat. Cat, esse é o Ant. — Ela faz um biquinho charmoso para ele. — E como você tem sido *péssimo* comigo, o almoço fica por *sua conta*.

Ant revira os olhos com bom humor, e eu já vou dizendo:

— Olha, eu vou nessa.

— Não, vem com a gente! — Flora dá um braço para mim e outro para Ant e nos arrasta pela rua até a Butterfly Bakery, sobre a qual já li em um zilhão de blogs. O lugar é cheio de listras cor-de-rosa e brancas, e há borboletas de papel penduradas por todos os lados. Os clientes pintam tudo com canetinhas. Tudo faz parte do estilo deles.

Penduramos nossos casacos em ganchinhos brancos de madeira perto da porta, Flora pega uma bandeja florida para cada um de nós e, de um jeito decidido, começa a colocar coisas nelas.

— Esses muffins de abóbora são uma delícia. E as panquecas em formato de coração são ótimas... Uma salada pra cada um de nós... E esse cordial de gengibre é *maravilhoso*... — Ela enche as três bandejas e então anuncia: — Ant, entra na fila. Nós vamos pegar uma mesa. Vamos, Cat.

Ela me guia pelo salão até um recanto onde um casal está se levantando e me cumprimenta com um *high five* quando conseguimos nos sentar.

— Tá vendo? Esse lugar lootaa! — Flora tira o vestido da sacola e olha para ele toda apaixonada. — E aí, o que você vai usar na festa de fim de ano?

— Um pretinho básico — digo. — Testado e aprovado.

Flora assente.

— Boa escolha. No ano passado, a Demeter usou um vestido tão curto que quase dava para ver a cinta modeladora dela — conta, de forma meio maldosa. — Quem ela quer enganar? Sério, o fato de uma mulher sair com um garotão não faz com que ela tenha vinte anos a menos. Ela é uma *tiazona*. Olha, vou te mostrar uma foto dela daquele dia.

— Garotão? — pergunto, curiosa.

— Você sabe quem é. — Flora está procurando as fotos no celular.

— Alex Astalis.

Demoro um pouco para absorver a informação.

— Alex Astalis? — repito como uma tola.

— Aquele cara que você conheceu.

— Você está dizendo...

— Demeter e Alex? Ah, sim, meu Deus. — Flora assente. — Todo mundo sabe que eles têm um caso *há muito tempo*.

Sinto a garganta apertar. Mal consigo falar.

— Como... como você sabe disso? — pergunto, por fim.

— Todo mundo sabe disso — diz ela, como se estivesse surpresa. — Você sabia que a Demeter já foi chefe do Alex, há muitos anos? Bom, parece que a química entre eles era *fortíssima*. Mark me contou. Ele conheceu os dois nessa época. E agora o Alex é chefe da Demeter. Estranho, não?

Concordo, sem reação. Estou imaginando uma Demeter jovem... Um Alex com cara de menino... Química fortíssima...

Acho que voltei para a terra dos pesadelos.

— Naquela época a Demeter já era casada — continua Flora. — Mas eu acho que ela não quis se separar ou sei lá... Bom, foi por isso que ela veio pra Cooper Clemmow. Alex virou sócio do Adrian e, de cara, foi atrás dela pra contratá-la. *Tão* sutil. Olha aqui, encontrei! Ela não está péssima?

Ela me entrega o telefone, e na tela vejo uma foto da Demeter usando um minivestido, de pé ao lado de uma escultura de gelo, mas quase não reparo na estátua. Eu me sinto meio gelada. E desanimada. E, acima de tudo, absurdamente idiota. É tão óbvio agora. Consigo imaginá-los juntos. Os dois versáteis. Os dois inteligentes. Os dois no controle do jogo. *Claro* que eles são amantes.

De repente eu me dou conta: é por isso que os dois estão em Copenhague. Consigo imaginá-los agora, em um quarto de hotel escandinavo, fazendo sexo em alguma posição atlética incrível que ninguém além da Demeter consegue fazer, porque ela foi a primeira pessoa do planeta a descobri-la.

Ainda estou com o celular da Flora na mão, olhando para baixo, e meus pensamentos estão acelerados. Demeter tem tudo mesmo, não é? Que droga, ela tem tudo! O emprego, a casa, o marido, os filhos, as paletas de cores da moda... *e* Alex. Porque, claro, quando se é a Demeter, um marido não basta. Você também precisa de um amante. Um amante sexy, autêntico e orgânico.

Mas... e eu?

Minha mente não para de me torturar repassando aqueles momentos que tive com Alex. O modo como ele sorria... A forma como ajeitou meus cabelos... A olhadinha dele para trás quando pedalamos juntos. Eu não inventei essas coisas. Havia algo ali; *havia* uma faísca...

Mas o que é uma faísca para mim se existe um incêndio rolando com a deusa do sexo, ou seja lá o que ela for? Eu fui só uma distração. De repente, eu me lembro dele depois da pedalada dos Papais Noéis, olhando o celular e dizendo: "Só preciso enviar uma mensagem para... uma pessoa."

Ele não quis dizer "para ela". Estava sendo discreto. Mas ele se referia a Demeter.

— O marido dela não desconfia de nada? — Tento fazer parecer que isso não passa de fofoquinha de escritório.

— Duvido. — Flora dá de ombros. — Ela mente muito bem... Ah, Ant!

— Vamos lá. — Ant coloca duas bandejas sobre a mesa. Uma delas é a de Flora, com o muffin, a salada e todo o restante. Na outra, há uma tigela de sopa. — A sua está ali. — Ele assente para mim. — Eles separaram para você pagar.

Para *eu* pagar?

Esqueço todos os pensamentos envolvendo Alex e olho para o balcão, me sentindo meio desanimada. Pensei...

— Ant, seu grosseiro! — Flora dá um empurrão nele. — Por que você não pagou? Agora a Cat vai ter que ficar na fila.

— Não vai, não — disse ele. — Eu disse que ela estava indo e eles deixaram a bandeja separada. Viu como eu sou prestativo?

— Mas francamente, Ant. — Flora estava irritada. — Por que você não pagou a *comida dela*?

— Porque estou *sem grana*, entendeu? — Ele lança um olhar para ela.

Ai, Deus! Agora eles vão começar a brigar por causa do meu almoço.

— Tudo bem, gente! — digo, animada. — Sem problemas! Muito obrigada por guardar meu lugar na fila, Ant!

Mas, enquanto caminho até o caixa, sinto o medo crescer. Pensei que o Ant fosse comprar o almoço para todos nós. Caso contrário, eu nunca teria entrado aqui. Teria inventado uma desculpa e ido embora. Tenho até um sanduíche de atum na bolsa, todo enrolado em plástico-filme.

Não deve ser muito caro, digo a mim mesma quando me aproximo do caixa. *Não surte. Pode ser um preço razoável.*

A garota no caixa está esperando por mim e sorri ao colocar minha bandeja cuidadosamente em cima do balcão.

— Então é o muffin... a salada...

Ela passa todos os itens, e eu tento parecer tranquila. Como uma garota rica e descolada de Notting Hill, e não alguém que está prendendo a respiração e fazendo contas sem parar enquanto cada item é registrado. Serão umas 15... 18... 20 libras, talvez?

— O total é 34,85 libras. — Ela sorri para mim e eu olho para ela, assustada. É muito, muito pior do que pensei. Trinta e cinco libras? Por uns *petiscos*? É o preço da compra de uma semana no mercado.

Não posso.

Simplesmente não posso fazer isso. Não posso gastar 35 libras em um pratinho de comida. Não depois do desastre com o laptop.

Preciso ir embora. Vou mandar uma mensagem para Flora e dizer que de repente me senti mal. Ela está completamente distraída com o Ant, de qualquer modo; não vai fazer diferença.

— Na verdade, mudei de ideia — digo, meio sem graça. — Não posso ficar pra almoçar. Desculpa.

— Você não quer *nada* disso? — A moça parece surpresa.

— Humm, não. Desculpa. Estou me sentindo um pouco mal, preciso ir...

Com as pernas trêmulas, sigo em direção à saída, pego meu casaco do gancho e abro a porta. Não olho para trás. Se Flora perguntar, vou falar que não queria passar meu vírus para ela. Sei lá, é uma desculpa esfarrapada, mas é melhor do que ficar sem dinheiro.

Sinto o ar frio quando saio do café e enfio as mãos nos bolsos. Bom, então é isso. Melhor eu ir para casa. Por um instante, sinto vontade de chorar. Quero me sentar na calçada e cobrir a cabeça com os braços. Não tenho dinheiro para bancar essa vida, não posso ser essas pessoas. Não tenho uma mãe que diga *Querida, pegue 100 libras*.

Nem tenho mãe.

Sei que devo ter chegado ao fundo do poço, porque não me permito esse tipo de pensamento. Quase nunca. Lágrimas começam a fazer meus olhos arderem, mas eu tento ser forte e as reprimo. Vamos, Katie. Não chore. Provavelmente meu nível de açúcar no sangue caiu, só isso. Vou comer meu sanduíche e vou me sentir melhor.

Envio uma mensagem de texto para Flora: Não estou me sentindo bem, preciso ir, bom almoço. Bjo

Então encontro um lugar livre na calçada, me agacho e tiro da bolsa o sanduíche. Não é tão bonito quanto o muffin de abóbora, mas o gosto é melhor do que a aparência, e, de qualquer modo...

— Cat?

Levanto a cabeça assim que escuto o meu nome e quase estalo o pescoço. Flora está a um metro de mim, segurando um cupcake e olhando para baixo, perplexa.

— Flora? — digo. — Você não recebeu minha mensagem?

— Que mensagem? — pergunta ela, parecendo chateada. — O que aconteceu? Por que você saiu de lá? Vi você saindo. Nem se despediu!

— Me senti mal — digo, falando baixo. — De repente. Doente. — Acrescento para enfatizar e pego um lenço do bolso. Assoo o nariz nele e me viro como se quisesse ser educada.

— Ai, meu Deus — diz Flora, parecendo chocada.

— É virose. Não chega muito perto.

— Mas você estava bem um minuto atrás! — Ela olha para mim com olhos arregalados. — Quer que eu chame um... médico? Um táxi?

— Não! — grito, parecendo um gato escaldado. — Nada de táxi. Preciso... de ar fresco. Preciso caminhar. Pode voltar e almoçar.

— Por que está segurando esse sanduíche? — Flora olha com curiosidade para a minha mão.

Droga.

— É que... humm... — Sinto meu rosto queimar. — Uma pessoa me deu. Acharam que eu parecia estar adoentada, então me deram um sanduíche.

— Uma pessoa desconhecida? — Flora parece perplexa.

— Sim.

— E o que essa pessoa falou?

— Disse... — Busco algo na mente. — Você não parece estar bem. Coma esse sanduíche.

— Deram um sanduíche pra você do nada? — Flora parece ainda mais espantada. — Mas *por quê*?

— Acho que foi... um lance político? — digo, desesperada. — Sanduíches anti-austeridade ou alguma coisa assim... Vou comer mais tarde, quando estiver me sentindo melhor...

— Não vai, não! — Flora o arranca da minha mão, com cara de aterrorizada. — Não dá pra confiar num sanduíche qualquer de um desconhecido! Ainda mais se você está doente! — Ela o joga em uma lata de lixo e eu tento disfarçar meu desalento. Era meu almoço. E agora está na lata do lixo. — Nós ganhamos esses de brinde. — Ela me mostra os cupcakes com tristeza. — Mas, se está se sentindo mal, não vai querer um, né?

Já li várias resenhas maravilhosas sobre os cupcakes da Butterfly Bakery. Aquilo é uma criação de chocolate deliciosa, com cobertura marmorizada. Meu estômago ronca quando olho para ele.

— Você tem razão — forço-me a dizer. — Só de ver, eu me sinto... sabe... Mal. Credo.

— Que pena! — Flora dá uma mordida no cupcake. — Nossa, que delícia! Bem, se cuida. Tem certeza de que não quer que eu chame um táxi?

— Não, pode ir. — Balanço a mão para ela. — Fique com o Ant. Por favor. Pode ir.

— Tudo bem, então. Até segunda.

Lançando um último olhar para mim, Flora me manda um beijo e desaparece. Quando tenho certeza de que ela se foi, me levanto devagar. Estou olhando fixamente para o sanduíche. Sim, está em uma lata de lixo na rua, o que é nojento. Horrível. Mas ainda está embrulhadinho em plástico-filme. Então, em tese...

Não, Katie.

Não vou tirar meu sanduíche de dentro de uma lata de lixo. Não vou me rebaixar tanto assim.

Mas está embrulhado. Tudo bem.

Não.

Mas por que não?

Automaticamente, começo a andar na direção do lixo. Ninguém está olhando.

— Vou tirar uma foto dessa lata pro meu blog sobre desperdício de comida — digo em voz alta, com atenção. Tiro uma foto da lata de lixo e me aproximo ainda mais dela. — Olha, um sanduíche inteiro.

Então... vou só tirar uma foto desse sanduíche pra minha pesquisa, para explicar que o desperdício de comida hoje em dia é um problema real.

Corando um pouco, pego o sanduíche da lata do lixo e tiro uma foto dele. Uma menininha, que parece ter uns 5 anos, está me observando e puxa a manga cor-de-rosa de um casaco de caxemira.

— Mamãe, aquela moça come comida do lixo — diz ela com a voz estridente.

— É pro meu blog sobre desperdício de comida — digo depressa.

— Ela pegou aquele sanduíche do lixo — diz a menina, me ignorando. — Do *lixo*, mamãe. — Ela puxa o braço da mãe, com cara de aborrecida. — Temos que dar dinheiro pra ela. Mamãe, tadinha da moça, ela precisa de *dinheiro*. — Por fim, a mãe da menina me lança um olhar distraído.

— Tem um abrigo a algumas ruas daqui, sabia? — diz ela com cara de repulsa. — Você deveria pedir ajuda, e não importunar as pessoas pedindo dinheiro.

É sério isso?

— Não estou importunando ninguém! — digo, indignada. — Não quero a porcaria do seu dinheiro! Esse sanduíche é meu! Fui eu que fiz, tá? Com meus próprios ingredientes. — Meus olhos estão marejados, isso era só o que me faltava. Pego o sanduíche e o enfio na bolsa com as mãos trêmulas. Estou começando a me afastar quando sinto uma mão em meu braço.

— Sinto muito. Talvez eu tenha sido insensível. Você é uma moça bonita. — A mulher de casaco de caxemira cor-de-rosa olha para o meu casaco surrado da Topshop. — Não sei por que você está na rua nem sei qual é a sua história... mas você precisa ter esperança. Todo mundo tem esperança. Então, tome. Feliz Natal. — Ela pega uma nota de 50 libras e a entrega a mim.

— Ai, Deus — digo, horrorizada. — Não, você não está enten...

— Por favor. — A mulher de repente insiste. — Me deixe fazer isso por você. É Natal.

Ela me entrega a nota, e eu vejo os olhos da menininha brilhando de orgulho da mãe generosa. Claramente as duas estão envolvidas com a ideia romântica de ajudar uma desconhecida sem-teto.

É, esse é o momento mais doloroso da minha vida. Não há por que explicar a verdade a essa mulher; vai ser terrível demais para nós duas. E, a propósito, sei que não fiz escova nos cabelos nem nada e sei que os meus saltos precisam ser trocados — mas será que eu pareço mesmo uma mendiga? Minhas roupas estão tão horrorosas assim em comparação a uma roupa normal de Notting Hill?

(Na verdade, talvez estejam.)

— Bem, obrigada — forço as palavras, por fim. — Você é uma boa mulher. Que Deus te abençoe — digo para enfatizar. — Que Deus abençoe a todos!

Eu me afasto depressa e, assim que dobro a esquina, me aproximo de um voluntário do Exército de Salvação que está segurando uma lata. E devo admitir: sinto uma leve pontada ao entregar o dinheiro. Sei lá, 50 libras são 50 libras. Mas não posso fazer nada além de doá-lo, certo?

Os olhos do voluntário do Exército de Salvação brilham, mas, quando ele começa a exclamar para me agradecer pela aparente generosidade, eu me viro e começo a caminhar ainda mais depressa. Que fiasco! Que dia de *merda*!

E agora, sem conseguir me controlar, penso em Alex. Nele e em Demeter no quarto de hotel, deitados juntos em um tapete dinamarquês de marca, brindando por serem tão bem-sucedidos, tarados e super...

Não. Chega. Não tenho por que pensar nisso. Preciso evitá-lo na festa de fim de ano. E então virá o Natal e, depois, um ano novo inteiro, e tudo será diferente. Exatamente. Tudo vai ficar bem.

CAPÍTULO OITO

Merda. Ali está ele, de pé, perto do bar. *Merda.*

Eu me abaixo na hora e procuro um balão atrás do qual me esconder. Talvez eu possa me camuflar em meio à decoração de Natal. Ou talvez eu devesse ir embora.

A confraternização de fim de ano está rolando há cerca de duas horas. Estamos todos no andar de cima do Corkscrew, e é a festa natalina mais bacana que já vi. O que não me surpreende.

Pela conversa no escritório na semana passada, fiquei sabendo que ninguém na Cooper Clemmow, pelo menos não em nosso departamento, faz ceias de Natal em casa. Ou "ceias tradicionais de Natal", como Rosa gosta de chamar. Ela, Demeter e Flora vão comer ganso em vez de peru. (Orgânico, *claro.*) Mark vai comer assado de castanhas porque seu parceiro é vegano. Liz vai preparar uma receita de codorna recheada. Sarah vai fazer lagosta e arrumar a mesa com um enfeite confeccionado em madeira que ela comprou no verão. (Não faço a *menor* ideia do que isso tem a ver com Natal.)

E então alguém me perguntou:

— E você, Cat?

De repente eu me lembrei do meu pai, à mesa antiga da nossa cozinha, com um chapéu de chef da Cash & Carry, fatiando um peru untado com uma margarina cara que ele comprava a granel. Não tinha como ter um Natal mais "tradicional".

Então, eu apenas sorri e disse:

— Não sei ainda. — E a conversa continuou.

Esta festa também não é *nada* "tradicional". Tem uma cabine fotográfica no canto e balões pretos e brancos nos quais é possível ler *Desobediente* e *Obediente* por toda parte. Os petiscos têm o logo das marcas da nossa lista de clientes, e o DJ não tem absolutamente nada de natalino — já tocou até Slade. A noite toda não havia nem sinal de Alex. Pensei que escaparia dele. Estava até me divertindo.

Mas de repente ele aparece todo lindo e com uma camisa de estampa geométrica preta e branca. Ele sorri discretamente enquanto olha ao redor, com um copo na mão. E, antes que consiga me ver, eu me viro e vou para a pista de dança. Não que eu pretenda dançar, mas é um lugar seguro para me esconder.

Depois de Portobello, o restante do fim de semana foi bem desanimado. Vi televisão, entrei no Instagram e então vim ao escritório hoje cedo. *Finalmente* terminei meus questionários, respondi às perguntas preocupadas da Flora sobre minha virose repentina, e pensei que talvez devesse não ir à festa.

Mas não. Isso seria ridículo. De qualquer modo, é uma noite com tudo de graça, e estou me divertindo. Não paro de pensar no convite da Flora para ir ao bar com as meninas e toda hora sinto uma onda de alegria. Essas meninas são minhas amigas. Bom... elas *serão* minhas amigas. Talvez eu trabalhe aqui por cinco, dez anos, seja promovida várias vezes...

Olho para o bar novamente e vejo Alex conversando todo animado com Demeter e, mais uma vez, me sinto muito idiota. Olho para os dois, que estão a cerca de dez centímetros de distância. Não percebem a presença de mais ninguém. *Claro* que estão tendo um caso.

— Ei, Cat! — Flora vem dançando na minha direção, toda feliz com seu vestido de lantejoulas. — Vou contar quem é o meu amigo oculto.

— Ela fala meio arrastado e percebo que bebeu à beça. Na verdade, acho que todo mundo bebeu demais. É nisso que dá ir a essas festas *open bar.*

— Não vai, não! — digo. — É amigo *oculto.* É pra ser segredo.

— Mas eu quero ganhar crédito por ele. — Ela faz um bico. — Achei um presente tão legal. Gastei muito mais do que o limite estabelecido — diz ela com voz alta, alterada, de modo meio confidencial. — Gastei 50 libras.

— Flora! — Dou uma risada, chocada. — Você não deveria ter feito isso. E também não pode contar à pessoa que ela é sua amiga oculta.

— Nem ligo. Vamos! — Ela segura meu braço, batendo os saltos.

— Merda. Eu não deveria ter tomado aqueles mojitos... — Flora me arrasta pela sala, e, sem que eu consiga piscar, pensar ou escapar, paramos em frente a Alex Astalis.

Meu rosto está corado, e eu olho para Demeter, que se virou levemente para conversar com Adrian.

— Oi, Katie-Cat — diz Alex, com tranquilidade, e meu rosto fica ainda mais quente. Mas felizmente parece que Flora não notou. Ela realmente está bem bêbada.

— Sua amiga oculta sou eu! — diz ela com a voz arrastada. — Gostou?

— O chapéu Paul Smith. — Ele parece um pouco surpreso. — Foi você?

— Legal, né? — Flora cambaleia, e eu a seguro.

— Muito legal. — Ele balança a cabeça, fingindo desaprovar. — Mas aquilo custou menos de 10 libras?

— Menos de 10 libras? Está brincando? — Flora avança de novo, e dessa vez Alex precisa segurá-la.

— Sinto muito — digo, me desculpando. — Acho que ela está um pouco...

— Não estou bêbada! — diz Flora, enfaticamente. — Não estou...

— Ela tropeça e puxa a manga da camisa de Alex. Ao fazer isso, o tecido sobe, e a tatuagem dele aparece.

— Olha! — diz ela, surpresa. — Você tem uma tatu... tatu... — Está tão embriagada que não consegue dizer a palavra. — Tatu...

— *Não* estou perdendo o controle! — A voz da Demeter de repente surge furiosa, e eu tomo um susto. Ela está discutindo com Adrian? Na festa de fim de ano? O olhar do Alex é de tensão, e percebo que ele não está prestando atenção em nós, e sim ouvindo a conversa ao lado.

— Demeter, não é isso que estou dizendo. — A voz do Adrian soa calma e tranquila. — Mas você deve admitir... é algo preocupante... — Não consigo ouvir exatamente o que ele está dizendo em meio ao burburinho.

— Você tem uma tatuagem! — Por fim, Flora consegue dizer a palavra.

— Sim. — Alex assente, parecendo achar aquilo engraçado. — Tenho uma tatuagem. Muito bem.

— Mas... — Ela olha para mim. Percebo sua mente embriagada em funcionamento.

— Espera. — Ela olha para Alex de novo. — Cabelos escuros, tatuagem... e você estava *perguntando* sobre ele.

Meu coração dispara no ritmo da música.

— Flora, vamos — digo depressa e a puxo pelo braço, mas ela não se mexe.

— É ele, não é?

— Para! — Estou aterrorizada. — Vamos! — Mas Flora não se mexe.

— É ele o tal cara, não é? — Ela parece animada. — *Sabia* que era alguém do trabalho. Ela está apaixonada por você — diz Flora a Alex, e me cutuca para dar ênfase. — Sabe como é... é segredo. — Ela leva um dedo à frente dos lábios.

Sinto que estou destruída por dentro. Isso não pode estar acontecendo. Será que posso simplesmente me teletransportar para longe dessa situação, para fora dessa festa, para fora da minha vida?

Alex olha em meus olhos e percebo tudo em sua expressão. Choque... pena... mais pena. E mais pena ainda.

— Não estou apaixonada por você! — De alguma maneira, consigo dar uma risada estridente. — Sério! Sinto muito pela minha amiga. Eu nem conheço você direito, então como poderia estar apaixonada por você?

— Não é ele? — Flora leva a mão à frente da boca. — Opa, desculpa. Deve ser outro cara de cabelos escuros e tatu... — Ela se atrapalha com a palavra de novo. — Tatuagem — consegue dizer, por fim.

Alex e eu olhamos para o pulso dele. Ele levanta o olhar e encontra os meus olhos, e então sei que ele sabe. É ele.

Quero *morrer*.

— Melhor eu ir andando — digo o mais rápido que consigo, me sentindo arrasada. — Preciso arrumar minhas malas e... humm... obrigada pela festa...

— De nada — diz Alex, com um tom curioso. — Você tem mesmo que ir agora?

— Sim! — digo, meio desesperada, quando Demeter se aproxima de nós de novo. O rosto dela está corado, com a aparência alterada.

— Então, Cath. — Ela faz um nítido esforço para parecer agradável. — Você está de folga amanhã?

Ela claramente esqueceu que eu me chamo Cat. Mas não me dou ao trabalho de corrigi-la.

— Isso mesmo! Com certeza.

— Você já decidiu? Peru ou ganso?

— Ah, peru. Mas com um belo recheio de porcini — digo um pouco alterada. Abro um sorriso mais do que brilhante para esse grupo de londrinos sofisticados. Todo mundo tão bacana e moderno, tratando o Natal como um acontecimento irônico que tem tudo a ver com estilo.

— *Porcini.* — Demeter parece interessada.

— Ah, sim, de um vilarejo na Toscana — digo. — E... trufas da Sardenha... com champanhe vintage, *é claro*. Então... Feliz Natal, pessoal! Até depois do recesso.

Vejo que Alex está abrindo a boca para dizer alguma coisa, mas não espero para ouvir. Meu rosto está ardendo quando sigo em direção à saída, tropeçando algumas vezes, na pressa. Preciso sair daqui. Ir embora. Ir para casa, para o meu Natal de luxo gourmet. Com porcini, champanhe vintage. Ah, e trufas, claro. Mal posso esperar.

CAPÍTULO NOVE

— Venha experimentar minha última receita. — Meu pai se vira do balcão da cozinha e me oferece uma bebida. Não é uma taça de champanhe vintage nem um drinque sofisticado. Não é nem uma sidra orgânica artesanal. É o ponche de Natal do meu pai, uma mistura das bebidas em promoção que ele encontrou no mercado, junto com suco de laranja de caixinha, suco de abacaxi e cordial de lima. — Saúde, querida.

É meio-dia da véspera de Natal, e estou no interior, em casa, e Londres parece ficar a uma vida inteira daqui. Tudo está diferente agora. O ar, os sons, a *vastidão*. Moramos numa propriedade rural de Somerset que é bem distante, e ninguém fala desse lugar. Nos jornais, sempre lemos sobre Somerset *da moda* e Somerset *das celebridades*... Bom, estamos onde Judas perdeu as botas em Somerset, pode acreditar.

Nossa casa fica em um vale, e tudo o que se vê pela janela da cozinha são campos, algumas ovelhas aqui e ali, e a ladeira que leva a Hexall Hill, além de uma ou outra asa-delta ao longe. Algumas vacas também, apesar de o meu pai não gostar tanto de vacas quanto antes.

Elas não valem mais como antigamente, segundo ele. Há investimentos melhores, mas, aparentemente, ele ainda não encontrou nenhum. Meu pai ergue a taça e abre um sorriso marcado pelas rugas e pelo brilho no olhar. Ninguém consegue resistir ao sorriso dele, nem eu. Durante toda a minha vida, eu o vi conquistando as pessoas com seu charme e com seu otimismo sem-fim. Como quando eu tinha 10 anos e me esqueci do trabalho de férias. Meu pai apareceu na escola, sorriu para a professora, falou com ela várias vezes que tinha certeza de que aquilo não seria um problema... e, como era de se esperar, realmente não foi. Como se fosse mágica, tudo ficou bem.

Quero dizer, não sou burra. Havia um pouco de solidariedade também. Eu era a menina que não tinha mãe...

Bem, não vamos entrar nesse assunto. É véspera de Natal e eu saio da cozinha e passo em meio a um monte de galinhas para respirar o ar fresco do interior. Tenho de admitir que o ar é incrível aqui. Na verdade, o lugar todo é fantástico. Meu pai acha que desprezei Somerset totalmente, mas isso não é verdade. Só tomei uma decisão sobre como viver a vida...

Fecho os olhos por um instante. Para com isso. Quantas conversas imaginárias tive com meu pai sobre esse assunto? E agora estou em uma conversa imaginária com ele estando *a poucos metros de mim*?

Tomo um gole de ponche e tento me concentrar na paisagem distante, e não no pátio da fazenda, porque, quanto mais nos aproximamos da casa, menos pitoresca ela se torna. Meu pai tentou ganhar dinheiro de muitas maneiras ao longo dos anos, mas nenhuma delas funcionou — ao redor da casa, há ruínas e resíduos dessas tentativas, que ele nunca se deu ao trabalho de retirar. Tem a prensa de sidra pouco usada dentro do celeiro. Tem a maca de massagem, de quando íamos abrir um spa. (Ele não conseguiu encontrar um massagista que cobrasse barato.) Tem o conjunto de espaldar e criados-mudos azul-turquesa da década de oitenta entalhados com voluta que ele comprou de um amigo, com a intenção de abrir uma pousada. As peças ainda estão enroladas em plástico e encostadas em um portão. São horrorosas.

E tem Colin, a alpaca, pastando na pequena área reservada a ela, com a cara de coitada que ela realmente é. Meu Deus, as alpacas foram um desastre. Meu pai comprou seis, há cerca de três anos, e pensou que elas fossem nos deixar ricos. Seriam uma atração; íamos montar uma fábrica de lã, essas coisas... Ele chegou a cobrar ingressos a um grupo de alunos de uma escola que foi visitar as alpacas, mas um dos bichinhos mordeu uma das crianças, e, como ele não havia feito uma avaliação de risco nem nada do tipo, foi uma baita dor de cabeça.

Apesar de isso não ter sido tão ruim quanto sua "TERRA DAS MARAVILHAS DE INVERNO! VISITE O PAPAI NOEL EM SUA GRUTA!" com neve de algodão, brindes e eu como um elfo ressentido de 14 anos. Isso foi há 12 anos, mas eu ainda me sinto mal quando me lembro disso. Aquela legging verde...

— Ah, que bom que você veio pra casa, Katie! — Biddy também está aqui, segurando uma taça. Ela me dá um abraço e um tapinha no ombro. — Sentimos sua falta, querida!

Biddy é namorada do meu pai há anos. Ou parceira. Esposa, eu acho. Depois que minha mãe morreu, fomos só eu e meu pai por muito tempo. Deu tudo certo, e achei que ele ficaria sozinho para sempre. Mas havia algumas mulheres na região, a maioria loira, que apareciam de vez em quando, e eu não conseguia diferenciá-las muito bem.

Mas a Biddy chegou antes de eu ir para a faculdade. Desde o início, ela foi diferente. É calada, persistente, uma pessoa sensata. É bonita a seu próprio modo. Tem cabelos pretos, um pouco grisalhos, olhos castanhos, e não é chamativa nem está sempre na moda. Ela também é bem determinada. Trabalhava como chef na Fox and Hounds, até que os turnos da noite começaram a deixá-la muito cansada. Agora ela faz geleias e as vende nas feiras. Já vi Biddy firme e forte em sua barraca seis horas seguidas, sempre simpática, sempre disposta a bater papo. Ela nunca cobrou a mais de um cliente, mas também nunca cobrou a menos. É justa. Sincera e justa, e, por algum motivo — não faço *ideia* de qual seja —, ela aguenta meu pai.

É brincadeira. Meio brincadeira, na verdade. Meu pai é daquele tipo que sabe deixar uma pessoa muito frustrada, mas que se redime quando você menos espera. Quando eu tinha 17 anos, vivia pedindo a ele que me ensinasse a dirigir. Ele só me enrolava... esquecia... dizia que eu era nova demais... Até que um dia, quando eu já tinha perdido a esperança, ele disse:

— Bom, Kitty-Kate, hoje é dia de dirigir.

Passamos o dia inteiro no carro e ele foi o professor mais gentil e paciente que se pode imaginar.

Bom, ainda assim, fui reprovada na prova de direção. No fim das contas, meu pai não fazia ideia de como me ensinar a dirigir. Na verdade, o examinador parou no meio da prova porque, aparentemente, eu era "perigosa". (Ele se mostrou bem contrário ao conselho do meu pai de sempre acelerar quando o semáforo ficasse amarelo, para dar tempo de passar antes de ficar vermelho.) Mas, de qualquer modo, meu pai foi atencioso, e eu sempre vou me lembrar daquele dia.

Aquele era o lado mais delicado e mais sério dele. Não é sempre que meu pai mostra esse lado, mas, por baixo daquele jeito de quem gosta de rir, se exibir e jogar charme, ele é um manteiga-derretida. Como quando cuida das ovelhas órfãs com muito carinho, como se fossem filhas dele de verdade. Ou quando eu tive uma febre muito alta aos 11 anos. Meu pai ficou tão preocupado que media minha temperatura umas trinta vezes por hora. (Por fim, ele pediu ao Rick Farrow, o veterinário, que fosse dar uma olhada em mim. Disse que confiava mais no Rick do que em qualquer médico, em qualquer situação. E ficou tudo bem até a história vazar na escola. Afinal, fui examinada por um *veterinário*.)

Eu ainda me lembro da minha mãe. Bom, mais ou menos. Tenho uns flashes meio borrados, como uma pintura não finalizada. Eu me lembro do abraço dela e de sua voz delicada no meu ouvido. De seus sapatos "de sair" — ela só tinha um par, preto e de saltos baixos. Eu me lembro de quando ela me levava para dar uma volta em meu pônei no pasto dizendo que devíamos ir devagar. Penteando meus cabelos depois do banho, na frente da televisão. Quando me permito, eu ainda sinto o triste vazio deixado pela ausência dela... mas isso não é frequente. De alguma forma, seria desleal com meu pai. Conforme fui crescendo, percebi quanto deve ter sido difícil para ele ter me criado sozinho durante todo esse tempo. Mas ele nunca deixou que eu percebesse, nem uma vez. Foi tudo divertido, era sempre uma aventura para nós dois.

Guardo a lembrança dele de quando eu tinha 6 anos, um ano depois de minha mãe morrer. Meu pai sentado à mesa da cozinha, vendo o catálogo da Littlewoods, franzindo a testa, tentando escolher roupas para mim e querendo muito acertar. Ele é tão gentil que dá até vontade de chorar. E ele também faz você querer chorar quando vende a mobília linda do seu quarto, sem te avisar, para um cara de Bruton que pagou uma grana boa por ela. (Eu tinha 15 anos e ainda não sei como aquele cara de Bruton *descobriu* a mobília do meu quarto.)

Bom, meu pai é assim. Não é exatamente o que parece ser. E, assim que você entende isso, ele é exatamente o que aparenta ser. E eu acho que Biddy entende isso. Por isso a parceria deles dá certo. Sempre observei todas as mulheres que meu pai teve, e, mesmo quando ainda era criança, eu sabia que elas não o *entendiam* direito. Só viam o Mick carismático, charmoso e espertalhão, com seus esquemas de ganhar dinheiro. Sempre bebendo no bar, contando histórias engraçadas. Era aquele Mick que atraía a atenção delas, então ele investia nesse lado. Mas Biddy não liga para carisma, apenas para conexão. Ela fala sem rodeios. Não enrola nem faz joguinhos. Às vezes vejo os dois conversando baixinho e percebo que meu pai conta com ela cada vez mais.

Mas Biddy é cautelosa e discreta. Nunca se coloca entre mim e meu pai. Ela sabe que nós dois fomos muito próximos por anos, então ela é a favor de não tomar partido. Nunca dá opinião. Nunca dá conselho se ninguém pedir. E eu nunca pedi conselho nenhum a ela.

Talvez devesse pedir.

— Quer batata frita, Kitty-Kate? — Meu pai saiu de casa para o sol do inverno com uma tigela de batatas fritas. Seus cabelos grisalhos e encaracolados ainda estão despenteados depois dos afazeres matinais ao ar livre, e sua pele como sempre está curtida pelo tempo, com os olhos azuis brilhantes como safiras.

— Eu estava falando pra Katie que é ótimo vê-la em casa — diz Biddy. — Não é?

— Com certeza — responde meu pai e ergue a taça para mim. Levanto minha taça também e tento sorrir, mas o sorriso não sai fácil. Não consigo olhar nos olhos dele sem perceber os pontinhos de tristeza em meio ao brilho. Então, engulo minha bebida, esperando que o momento passe.

Quem está vendo de fora não tem a menor ideia do que se passa. Qualquer pessoa poderia pensar que somos um pai e uma filha juntos e felizes no dia de Natal. Nunca perceberia as ondas de mágoa e culpa invisíveis que carregamos.

O estágio em Birmingham nunca foi problema algum. Meu pai entendeu que aquilo era tudo o que eu teria; sabia que eu não queria morar em Birmingham, então não ficou preocupado. O estágio em Londres, ele também conseguiu assimilar. Eu estava "só começando" e precisava ter experiência.

Até que fui contratada pela Cooper Clemmow, e alguma coisa congelou. Eu me lembro de ter dado a notícia para ele e Biddy assim que soube. Ah, ele fez tudo certo — me abraçou e disse "muito bem". Conversamos sobre as visitas e os fins de semana, e Biddy fez um bolo para que pudéssemos comemorar. Mas o tempo todo eu percebi a expressão triste dele.

Desde então, nosso relacionamento não vai bem. Principalmente depois da última vez em que ele esteve em Londres com Biddy, quase um ano atrás. Meu Deus, que desastre! Aconteceu um problema no metrô e nós nos atrasamos para o espetáculo para o qual estávamos indo. Um grupo de rapazes empurrou meu pai, e eu acho — mesmo que não admita — que ele ficou com medo. Ele me disse, sem meias-palavras, o que achava de Londres. Eu estava tão cansada e decepcionada que caí no choro e falei... umas coisas que não queria falar.

Desde então, nós vivemos pisando em ovos um com o outro. Meu pai não fez menção em me visitar de novo. Eu também não pedi a ele que fosse. Não conversamos muito sobre minha vida em Londres, e, quando tocamos nesse assunto, tomo o cuidado de parecer otimista. Nunca falo dos meus problemas. Nunca nem mostrei para ele onde moro. Não podia deixar que ele visse minha casa, meu quartinho e todas as minhas coisas penduradas em uma rede puída. Ele *simplesmente* não entenderia.

Porque ainda tem outro fato em relação ao meu pai, o outro lado de termos sido tão próximos por tanto tempo: ele sente tudo em meu nome, quase *excessivamente*. Ele sabe exagerar nas reações. Consegue fazer com que eu me sinta pior numa situação, e não melhor. Ele ataca o mundo quando as coisas dão errado para mim, não consegue deixar pra lá.

Ele nunca perdoou o Sean, o cara que partiu meu coração no colégio. Ainda faz cara feia quando falo da selaria. (Trabalhei para eles durante um verão e achei que me pagaram menos do que deviam. Foi só um pouco a menos, mas isso bastou para o meu pai. Desde então, ele os boicota.) E eu sei que ele reage assim porque me ama, mas às vezes é difícil aguentar a frustração dele com a vida, além da minha própria.

Na primeira vez que tive uma discussão com um colega de trabalho, no começo do estágio em Birmingham, contei para ele. Bom, foi o suficiente. Ele falou disso *todas as vezes em que conversamos*, durante uns seis meses. Disse que eu deveria reclamar com o RH... Deu a entender que eu não estava me impondo o suficiente... Ele basicamente queria ouvir que o colega tinha sido punido. Mesmo depois de eu dizer a ele, várias vezes, que estava tudo bem e que eu queria esquecer aquilo, insistindo em mudar de assunto. Como eu disse, sei que ele só estava mostrando que se importava, mas, mesmo assim, foi exaustivo.

Então, quando tive outro problema, resolvi tudo sozinha e não falei nada com ele. Quanto mais fácil para mim, mais fácil era para meu pai. É mais fácil para ele não saber que troquei sua amada Somerset por uma vida difícil e cansativa, e acreditar que estou levando o que ele chama de "vidão" em Londres. Mais fácil para mim não ter que expor cada detalhezinho da minha vida à sua análise ansiosa e intolerante.

E, sim, isso me dói. Éramos muito próximos, como uma equipe. Nunca escondi nada dele, nem minha primeira menstruação, nem meu primeiro beijo. Agora estou sempre tomando cuidado com o que falo. O único jeito de eu conseguir racionalizar isso é pensando que *vou* ser sincera com ele quando puder contar coisas que o deixem feliz. Quando estiver mais segura, menos na defensiva.

Mas não agora.

— Eu estava me lembrando da Gruta do Papai Noel — digo, tentando aliviar a tensão com um assunto engraçado. — Você se lembra da briga de socos?

— Aquelas crianças doidas. — Meu pai balança a cabeça, indignado. — Não tinha problema nenhum com aqueles balões.

— Tinha, *sim*! — digo, caindo na risada. — Tinha uns espetos, e você sabia! E as meias de Natal... — Eu me viro para Biddy. — Você tinha que ter visto. Elas se desmanchavam nas mãos das crianças.

Meu pai ajuda fazendo cara de envergonhado, e começo a rir de novo. Nesse território nos damos muito bem, no território do passado.

— A Biddy contou pra você? — Meu pai estende os braços querendo indicar os campos à nossa frente.

— Contou o quê?

— Não contei, não — diz Biddy. — Eu estava esperando.

— Esperando o quê? — Olho de um para o outro. — O que foi?

— *Glamping* — diz meu pai com um floreio.

122

— *Glamping*? Como assim, *glamping*?

— Isso mesmo, querida. Vi no jornal. Todas as celebridades estão fazendo isso. Temos terra, temos tempo...

— Estamos falando sério — diz Biddy, sem brincadeira. — Queremos abrir uma área de *glamping* aqui, um acampamento com glamour. O que você acha?

Não sei o que acho. Sei lá... *glamping*?

— Pode virar uma mina de dinheiro — diz papai, e eu sinto um arrepio familiar de medo. Pensei que Biddy o tivesse acalmado. Pensei que a época dos esquemas mirabolantes do meu pai fosse coisa do passado. Na última vez que perguntei, ele ia começar a fazer uns bicos na vizinhança, com reparos para complementar a renda com a terra, o que parecia uma ideia *sensata*.

— Pai, abrir uma área para *glamping* é uma coisa muito grande. — Tento não parecer tão negativa quanto me sinto. — Precisa de investimento, conhecimento... Sei lá, não dá pra simplesmente acordar um belo dia e dizer: "Vamos fazer *glamping*." Pra começo de conversa, não precisa de permissão?

— Já consegui! — diz meu pai, triunfante. — Pelo menos já tenho meio caminho andado. É esse negócio de diversificação de negócios, não é? Trazer negócios pra região. O conselho está todo a nosso favor.

— Você já falou com o conselho? — Estou surpresa. Isso é mais sério do que pensei.

— Eu falei — diz Biddy, com os olhos escuros brilhando. — Ganhei uma herança, querida.

— Uau, nossa! Eu não sabia — digo, surpresa.

— Não é uma fortuna, mas é o suficiente. E acho mesmo que podemos conseguir, Katie. Temos a terra e ela está implorando pra ser usada. Acho que nós iríamos nos divertir. Será que voc... — Ela hesita. — Não, claro que não.

— O quê?

— Bom... — Biddy olha para meu pai.

— Nós pensamos que talvez você quisesse entrar no negócio com a gente — diz meu pai com um sorriso sem jeito. — Ser nossa sócia.

— O quê? — Eu o encaro com os olhos arregalados. — Mas... como vou entrar no negócio? Eu moro em Londres...

Paro de falar e desvio o olhar. É quase como se eu não conseguisse dizer "Londres" perto do meu pai sem me sentir mal.

— Nós sabemos disso! — diz Biddy. — Temos muito orgulho de você, querida, com seu emprego e sua vida incrível. Não é, Mick?

Biddy é uma grande incentivadora da minha vida em Londres, apesar de gostar tanto de capitais quanto meu pai. Mas queria que ela não tentasse forçá-lo a falar desse jeito.

— Claro que sim — resmunga meu pai.

— Mas pensamos que, se você quisesse mudar... — continua ela. — Ou no seu tempo livre... ou nos fins de semana? Você é tão esperta, Katie...

Eles estão falando sério. Eles querem que eu entre no negócio com eles. Ai, meu Deus! Eu adoro a Biddy. Adoro meu pai. Mas é uma responsabilidade enorme.

— Não posso entrar como sócia. — Passo as mãos pelos cabelos, evitando olhar nos olhos deles. — Sinto muito. A vida em Londres é muito corrida, não tenho tempo...

Percebo que Biddy está forçando um sorriso apesar da decepção.

— Claro — diz ela. — Claro que não tem. Você tem se saído muito bem, Katie. Já reformou seu quarto?

Sinto mais uma onda de culpa e tomo um gole de ponche para ganhar tempo. Inventei a história da reforma quando meu pai e Biddy foram me visitar. (Assim, eu não precisei nem chegar perto do meu prédio e pude levá-los ao restaurante do Jamie Oliver.) Depois, disse que a obra estava parada. E depois falei que havia sido retomada.

— Está em andamento! — Sorrio, animada. — Só preciso escolher o esquema de cores.

— Esquema de cores — repete meu pai, com um sorriso malicioso para Biddy. — Ouviu isso, Biddy?

Nossa casa no interior nunca teve esquema de cores nenhum. Temos uma mobília antiga, que está aqui há centenas de anos — bem, talvez apenas há uma centena de anos —, e as paredes são do mesmo tom mostarda ou salmão desde que eu era criança. Acho que a casa precisa mesmo é de alguém para encarar a reforma, derrubar umas paredes, entrar com uma bela combinação de cores e tirar o máximo proveito da vista.

Mas pensar em mudar um único detalhe daquela casa me deixa inquieta e incomodada.

— Bom, foi só uma ideia — comenta Biddy, animada.

— Claro que você não tem tempo, Kitty-Kate — diz meu pai, parecendo meio pensativo. — É compreensível.

Aquela é uma imagem muito familiar, ali, ao sol de Somerset, com suas rugas, sua calça jeans manchada e suas botas de trabalho cheias de lama. Durante toda a minha vida, meu pai esteve ali. Cuidando da casa, dos campos, levando-me ao pub para me dar batata frita. Tentando ganhar nossos milhões. Não só para ele, mas também para mim.

— Olha... — Solto o ar. — Não quis dizer que não posso ajudar. Talvez fique responsável pelo marketing ou coisa assim, pode ser?

— Pronto! — O rosto de Biddy se ilumina de alegria. — Eu sabia que a Katie iria ajudar! O que você puder fazer, querida. Você sabe dessas coisas, pode nos dar uns conselhos.

— Claro, o que exatamente vocês pretendem fazer aqui? — Faço um gesto indicando a área ao redor. — Me contem tudo.

— Comprar umas barracas — diz meu pai, na hora. — Dave Yarnett tem uma boa linha de barracas. Foi isso o que me deu a ideia, pra início de conversa. Ele vai entrar com os sacos de dormir também.

— Não — balanço a cabeça, discordando. — Barracas, não. Yurts.

— Como é que é? — Meu pai parece surpreso.

— Yurts. *Yurts.* Nunca ouviu falar de yurts?

— Parece nome de iogurte... — diz ele, achando graça. — Não parece? — Ele ri alto da própria gracinha, e Biddy olha para ele com ar reprovador.

— Sim, eu já *ouvi* falar deles — diz Biddy. — São tendas marroquinas, não?

— Acho que são mongóis. Bom, é o que todo mundo diz. Yurts ou trailers retrô, cabanas de pastor... alguma coisa diferente.

— Bem, quanto custam? — Meu pai não parece entusiasmado. — Porque Dave está fazendo um preço muito bom...

— Pai! — grito, irritada. — Ninguém vai vir pra cá ficar nas barracas do Dave Yarnett que você comprou na promoção! Mas, se você comprar uns yurts, deixá-los bonitos, decorados, se limpar o pátio...

Olho para a paisagem de um jeito diferente. A vista é *mesmo* espetacular. A terra se estende à nossa frente, verde e viva, e a grama balança ao vento. Consigo ver ao longe o sol brilhando em nosso laguinho. Chama-se Lago do Pescador, e nós tínhamos um barco para percorrê-lo. Poderíamos comprar um barco a remo novo. As crianças iriam adorar. Talvez um balanço com corda. Poderíamos fazer fogueiras... churrasco... construir um forno à lenha ao ar livre, talvez...

Consigo ver o potencial. Consigo, sim.

— Bem, eu já falei com o Dave que vou comprar dez barracas — diz meu pai, e eu sinto uma pontada de frustração, que consigo disfarçar.

— Tudo bem. — Engulo a bebida e forço um sorriso. — Faça como quiser.

Apenas mais tarde o assunto ressurge. Biddy está preparando batatas para amanhã, e eu estou decorando os biscoitos de gengibre que ela fez hoje cedo. Vamos pendurá-los na árvore de Natal mais tarde. Estou muito concentrada, fazendo sorrisinhos, lacinhos e botõezinhos, enquanto uma música de Natal toca no aparelho de som. A mesa tem tampo de fórmica, e as cadeiras são de madeira pintada de verde-escuro com estofado com estampa de folhas de carvalho. Acima de nós, há uns enfeites de um azul brilhante que encontrei à venda numa garagem quando eu tinha 10 anos. Desde então, nós os penduramos todos os Natais. Não tem como ser mais tradicional que isso, mas eu não me importo. Em casa eu me sinto aconchegada, à vontade.

— Katie — diz Biddy de repente, com a voz baixa, e eu olho para ela, surpresa. — Por favor, querida. Você sabe como o seu pai é. Ele vai comprar aquelas barracas horrorosas e vai ser um desastre... — Ela apoia o descascador de batata em cima do balcão. — Mas eu quero que isso dê certo. Acho que pode dar certo. Temos dinheiro pra investir. Agora é o momento... — Seu rosto está levemente corado e ela está com uma expressão de determinação que não vejo muito.

— Concordo. — Coloco o saco de glacê sobre a mesa. — Esse lugar é incrível, e com certeza tem demanda. Mas precisamos fazer tudo certinho. E, mesmo sem ter tempo para ser sócia de vocês, quero ajudar... — Balanço a cabeça. — Mas não quero ver vocês desperdiçando dinheiro com barracas de má qualidade.

— Pois é! — Biddy parece incomodada. — Eu sei! Não sabemos o que fazer direito, e seu pai é sempre tão obstinado...

Nós nos olhamos com empatia. Obstinado é pouco. Quando meu pai enfia uma ideia na cabeça — e pode ser tanto *o metrô está cheio de terroristas* quanto *as alpacas vão nos render uma fortuna* —, é praticamente impossível fazer com que ele mude de ideia.

E então, para minha surpresa, de repente, ouço a voz de Demeter em minha mente. *Você precisa ser mais firme.*

Ela está certa. De que adianta ser a única pessoa da família com experiência em marketing e não falar nada? Se eu não tentar *pelo menos* conversar com meu pai, estarei sendo fraca.

— Tudo bem — concordo. — Vou falar com ele.

— Com quem você vai falar? — Meu pai aparece, segurando a revista *Radio Times*, parecendo feliz.

— Com você — digo depressa. — Pai, você precisa me ouvir. Se vai abrir um *glamping*, tem que ser algo bacana. Tem que ser... — Procuro a palavra certa. — Moderno, autêntico. *Sem* barracas feias do Dave Yarnett.

— Eu falei com o Dave que vou comprá-las. — Meu pai parece chateado.

— Bom, *des*fale! Pai, se você comprar aquelas barracas, vamos jogar dinheiro fora. Você precisa passar a imagem certa. Caso contrário, *ninguém* vai vir pra cá. Eu trabalho com negócios de sucesso, tá? Sei como eles funcionam.

— Você tem que ouvir a Katie! — diz Biddy. — Eu sabia que estávamos fazendo tudo errado! Vamos comprar yurts, Mick, e ponto final. Diga o que mais precisamos, Katie.

Ela pega um caderno da gaveta da mesa da cozinha e eu vejo *"Glamping"* escrito a caneta.

— Tá. Acho que, se vocês vão levar a ideia adiante, precisam fazer da melhor maneira. Da melhor maneira *mesmo*. Com comida boa... programar atividades... fazer um acampamento de luxo para famílias, uma espécie de resort.

— Um resort? — Meu pai parece surpreso.

— Por que não? Vocês têm espaço, têm recursos, a Biddy tem experiência com serviços de atendimento...

— Mas não no resto, querida. — Biddy parece preocupada.

— Vou dar as orientações. Quanto mais luxuoso for, mais altos serão os preços que poderão cobrar, e mais lucro vocês vão obter.

— Preços altos? — Biddy parece ainda mais ansiosa.

— As pessoas amam preços altos — digo, confiante.

— *O quê?* — Meu pai parece desconfiado. — Acho que você está enganada nesse ponto, querida.

— Não estou, não! É preço premium. As pessoas veem o preço alto e acham que o produto *deve* ser bom. Se vocês tiverem dinheiro para investir, o melhor é fazer coisa de alta qualidade. Pra começar, vão precisar de tendas luxuosas. — Vou contando nos dedos. — Yurts ou tipis ou seja lá o que for. E boas camas. E... — Fico pensando em coisas que já vi no Instagram. — Lençóis de muitos fios.

Meu pai e Biddy se entreolham.

— Muitos fios?

— Quanto mais fios, melhor.

Biddy ainda parece confusa. Ela e meu pai usam as roupas de cama dos anos oitenta que Biddy trouxe quando veio morar aqui, que são creme, cheias de pontinhos. Não faço ideia de quantos fios têm, provavelmente nenhum.

— Biddy, vamos entrar na internet, eu mostro pra você. O número de fios é essencial. — Tento convencê-la disso. — Precisamos de quatrocentos, pelo menos. E de bons sabonetes.

— Tenho sabonete. — Meu pai parece orgulhoso de si mesmo. — Um pacotão da Factory Shop. Trinta barras.

— Não! — Balanço a cabeça. — Tem que ser algum sabonete orgânico artesanal da região. Algo de luxo. Seus clientes querem ter Londres no interior. Algo meio rústico, mas rústico *urbano*.

Vejo Biddy escrever "Londres no interior".

— Vai precisar de alguns chuveiros em um dos celeiros — digo. Meu pai concorda.

— Pensamos nisso também.

Meu pai sabe tudo de encanamento, então não me preocupo muito com isso — desde que ele não escolha peças horrorosas com desconto para os banheiros, tipo aquelas verdes chamativas.

Tenho mais uma ideia.

— Talvez vocês devessem instalar um chuveiro ao ar livre pro verão. Seria incrível.

— Um chuveiro ao ar livre? — Meu pai parece chocado. — *Ao ar livre?*

O orgulho e a alegria do meu pai são sua Jacuzzi, que ele comprou de segunda mão e instalou sozinho quando o governo pagou um benefício aos contribuintes. Para ele, uma noite extremamente relaxante é ficar dentro da Jacuzzi bebendo um de seus drinques caseiros e lendo o *Daily Express*. Ele não é bem o tipo de cara que gosta de duchas ao ar livre.

Balanço a cabeça para afirmar, dessa vez.

— Sem dúvida. Com biombos de madeira. Talvez com um balde de madeira que dê um banho na pessoa ou coisa assim?

— Um *balde de madeira*? — Meu pai parece ainda mais apavorado.

— É o que as pessoas querem. — Dou de ombros.

— Mas você acabou de dizer que elas querem uma coisa urbana! Decida-se, Katie!

— Querem e não querem. — Estou me esforçando para fazê-lo entender. — Querem bons sabonetes, mas querem usá-los olhando pro céu, ouvindo as vacas. Querem se *sentir* rurais... mas não querem *ser* rurais.

— Essas pessoas parecem bem malucas, isso sim.

— Talvez. — Dou de ombros de novo. — Mas são malucas com dinheiro.

O telefone toca, e meu pai o atende. Vejo Biddy escrevendo "número de fios, sabonetes artesanais, vacas".

— Alô? Ah, sim. A lenha perfumada? Claro. Vou dar uma olhada no livro de pedidos...

— Lenha perfumada? — pergunto baixinho para Biddy.

— É uma coisa nova que ando fazendo — explica ela. — Lenha com cheiro de pinheiro pro Natal. Estamos vendendo aos montes. É só banhá-la em óleo de pinho. É muito fácil.

— Que inteligente! — digo com admiração.

— Tem dado muito certo. — Biddy fica corada. — Muito popular.

— Bem, você pode vendê-la pra quem vier acampar. E a sua geleia também. E os biscoitos de gengibre. E servir granola caseira no café da manhã...

Quanto mais penso na coisa toda, mais acho que Biddy será a anfitriã perfeita para um bando de glampistas. Ela tem até as maçãs do rosto altas, parece mesmo esposa de fazendeiro.

E então a voz de meu pai interrompe meus pensamentos.

— Não, não temos uma placa. Onde você está? — Ele toma um gole da bebida. — Ah, não pode vir por *esse* caminho. — Ele estala a língua como se fosse algo óbvio. — O GPS sempre mostra o caminho errado... Ah, aquele portão? Sim, vai estar fechado... Não, não sei qual é a senha do portão... Bem, você vai ter que pegar o caminho mais longo. — Ele ouve com atenção. — Não, não damos sacolas. A maioria dos nossos clientes traz os próprios sacos. Está bem, até daqui a pouco. — Ele desliga o telefone e assente para Biddy.

— Cliente atrás da lenha que você faz. — Ele ri de novo. — Ela parecia meio confusa, coitadinha.

— Não é à toa que ela ficou confusa — interrompo. — Pai, você não tem a menor *noção* do que é atendimento ao cliente? — Meu pai olha para mim sem expressão, e eu levo as mãos à cabeça. — Não vai poder agir assim se abrir um *glamping*! Você precisa disponibilizar um mapa! Coordenadas! Sacolas! Precisa ajudar o cliente. E durante *toda* a experiência. Fazer com que eles se sintam seguros em todos os minutos do processo. É assim que o seu cliente vai ficar feliz.

De repente, percebo que estou incorporando Demeter de novo. Na verdade, estou falando como ela, palavra por palavra.

Bom, e daí? Demeter pode até ser uma chefe dos infernos e pode estar transando loucamente com o cara de quem eu achava que gostava, mas, ainda assim, é a pessoa mais talentosa do escritório. Se eu não tentar aprender com ela, sou uma idiota.

Estou lendo aquele livro que ela me emprestou, *Nossa visão*, e ando fazendo algumas anotações. E não é só isso; tenho decifrado todos os comentários rabiscados pela Demeter nas margens e feito anotações sobre eles também. E só escrevi "cretina" uma vez. O que acho que é um baita autocontrole.

— Está vendo? — pergunta Biddy. — É por isso que precisamos dos conselhos da Katie. Ela sabe das coisas. Ouça o que ela diz, Mick. Nunca vi Biddy ser tão assertiva, e me sinto feliz com isso.

— Bom, outra pergunta. — Olho para Biddy e depois para meu pai. — Vocês pensaram em marketing? Precisam de uma marca. De um conceito. — Meu pai e Biddy olham para mim sem entender, e eu sinto uma pontada de afeição pelos dois, de repente. Isso é algo que posso fazer por eles. Posso criar uma marca para o *glamping*.

Minha mente já está trabalhando nisso. Estou imaginando conceitos. Slogans. Fotos de campos, ovelhas, bandeirinhas, fogueiras... Ai, meu Deus, pode ficar incrível.

— Vou fazer um folheto pra vocês — digo. — E um site. Vou criar uma marca. Vocês cuidarão só dos detalhes práticos. Vou trabalhar no conceito.

— Você faria isso, querida? — Biddy cobre a boca com uma das mãos. — Seria maravilhoso!

E é verdade. Além de querer, estou ansiosa para começar.

Trabalho nisso durante o feriado inteiro. O projeto toma todo o meu tempo. O sol se levanta de novo no dia de Natal e, em vez de ir à igreja com meu pai e com Biddy, percorro a área tirando um monte de fotos dos campos, das vacas, de porteiras aleatórias, de tudo que encontro. Baixo fotos genéricas de yurts, de narcisos, de fogueiras, de ovelhas e um close de uma criança mergulhando em um lago que poderia muito bem ser o Lago do Pescador. Fotografo o trator do meu pai. Construo uma cabana improvisada com gravetos, faço a decoração com o único barbante com bandeirinhas que tenho e tiro uma foto. Fotografo a geleia de Biddy em close, muito bem-posicionada, em cima de uma toalha de linho antiga, com alguns raminhos de lavanda ao fundo (Biddy faz saquinhos de lavanda todos os anos também. E chá de camomila).

A escolha da fonte tipográfica demora um pouco, mas no fim acabo encontrando uma que tem tudo a ver comigo. É bacana, retrô, um pouco rústica, mas não jeitosa demais. Perfeita. Coloco um filtro nas fotos, brinco com o layout e então começo a fazer ajustes e testes.

A voz de Demeter aparece de novo em minha mente enquanto digito:

Orgânico. Autêntico. Artesanal. Regional. Natureza. Valores. Família. Porto seguro. Espaço. Simples. Sossego. Risos. Liberdade. Lama.

Não, nada de *lama*. Nada de lama, nada de silagem, matadouros, nada de carneiros nem bicho-de-pé nojento. Nada de realidade.

Terra. Raiz. Antigo. Carroça. Fogueira. Cozido na brasa. Feito à mão. Natural. Ar puro. Leite fresco. Pão quentinho, autêntico, tradicional, orgânico, local, amassado à mão, caseiro. (Disponível também sem glúten.)

No dia 26, finalizo o folheto e, apesar de ser suspeita para falar, está de dar água na boca. Fabuloso. Até *eu* quero me hospedar na Fazenda Ansters.

— O que você acha? — Mostro os rascunhos impressos que fiz para o layout e espero meu pai e Biddy comentarem.

— Minha nossa! — Biddy olha para a foto da casa. — Somos nós?

— Editei um pouco a imagem no Photoshop. — Dou de ombros. — É assim que se faz.

— O que é esse www.fazendaansters.com? — pergunta meu pai.

— É o site que vou criar pra vocês — digo. — Vai demorar um pouco mais pra ficar pronto, mas terá essa mesma *vibe.*

Tanto meu pai como Biddy estão olhando para o folheto meio assustados.

— *"Redes para dormir orgânicas"* — lê Biddy. — *"Yurts de luxo. Liberdade para casais, famílias, namorados. Seja quem você quiser ser."*

— "Com a grama sob os pés a céu aberto, as crianças podem ser crianças." — Agora é meu pai quem está lendo. — Bem, e o que mais elas poderiam ser?

— "Agregamos valores tradicionais a conforto em um porto seguro afastado da vida moderna" — continua Biddy. — Nossa, Katie, que bacana!

— "Esqueça o estresse enquanto aproveita nosso programa de atividades rurais. Aprenda a fazer bonecos de espiga de milho, passeie de trator, descubra como entalhar gravetos..." — Meu pai fala em voz alta. — Entalhar gravetos? Pelo amor de Deus, querida. As pessoas não saem de férias para aprender a entalhar gravetos.

— Saem, sim! Elas acham que entalhar gravetos é voltar à natureza!

— Posso fazer bolos — diz Biddy. — Com as crianças.

— Desde que seja uma receita regional e autêntica de Somerset — digo com seriedade. — Nada de conservantes. Nada de confeitos de chocolate.

— "Churrascos semanais sob as estrelas." — Meu pai olha para mim de novo. — Quem vai fazer isso?

— Você. E vai cuidar dos passeios de trator e da ordenha.

— "Tudo sobre Esme." — Biddy virou a última página e está lendo o folheto em voz alta.

— Quem é Esme? — pergunta meu pai.

— Uma das galinhas. Vocês vão ter que dar nomes a todos os animais — digo a ele. — Pra cada galinha, cada vaca, cada ovelha.

— Katie, querida. — Meu pai está com cara de quem acha que enlouqueci. — Acho que você está indo longe demais agora.

— Vocês vão precisar fazer isso! — insisto. — O nome da galinha é essencial. Na verdade, é tudo.

— "Esme e a família dela fazem parte da vida na fazenda" — lê Biddy. — "Visite o galinheiro e pegue os ovos quentinhos. Depois faça ovos mexidos no *fogão com nosso óleo de cânhamo artesanal e cogumelos selvagens."* — Biddy parece ansiosa. — Óleo de cânhamo artesanal?

— Já encontrei um fornecedor — digo a ela com satisfação. — Ele é total o novo azeite de oliva.

— *"Delicie-se com nosso pão orgânico caseiro e uma gama de geleias premiadas."* — Biddy se retrai. — Premiadas?

— Você ganhou *um monte* de prêmios em feiras — digo a ela. — São prêmios, não são?

— Bem... — Biddy não para de virar e revirar os folhetos, como se os estivesse digerindo. — Está incrível, devo dizer.

— Podemos subir fotos mais novas pro site — digo. — Quando vocês comprarem os yurts e tudo mais. Isso é apenas uma prévia.

— Mas nada disso é verdade!

— É, sim! Ou melhor... vai ser. Pode ser. Vou imprimir isso em papel especial — acrescento.

Já sei qual papel quero usar. É um papel reciclado que nós já usamos uma vez na Cooper Clemmow, na campanha de uma marca de cereal. Eu me lembro de quando Demeter deu uma de suas palestras espontâneas sobre o porquê de aquele papel ser a escolha *ideal*, e, tenho de admitir, sorvi cada palavra. Vai ficar perfeito.

Eu provavelmente poderia passar o dia todo discutindo o design, mas, depois de um tempo, meu pai diz que precisa dar uma olhada em uma vaca que está doente e sai.

— *"Retiro no Interior: Fazenda Ansters."* — Biddy está olhando de um jeito carinhoso para a parte da frente do folheto de novo. — Não está bonito? Não sei como você conseguiu ir embora, querida. Não pensa em voltar um dia? — A expressão dela é de esperança, e eu sinto uma onda familiar de culpa. Acho que ela percebe, porque rapidamente diz: — Sei que sua vida está *bem* mais interessante em Londres...

Deixo as palavras dela soltas no ar sem contradizê-las, mas também não meneio a cabeça para afirmar. Eu me sinto relaxada e confortável ali com Biddy, e estou a ponto de me aproximar e me abrir com ela. De perguntar sobre meu pai e saber se ele está magoado mesmo. Se um dia vai conseguir superar o fato de eu tê-lo trocado por Londres.

Mas não tenho coragem de perguntar nada disso. Acho que estou com muito medo do que posso ouvir. A tensão entre mim e meu pai é enorme, mas é tolerável. Só que ter meus maiores medos confirmados seria... Até mesmo pensar nisso faz com que eu me encolha. *Não. Não faça isso.*

Biddy nunca diria nada se eu não perguntasse. Ela é bem escrupulosa. Soube encontrar um lugar em nossa família com muito tato, e em alguns pontos ela não se atreve a chegar. Então, apesar de eu ter a impressão de que o assunto está ali, pairando entre nós duas, exigindo ser discutido, nenhuma de nós diz nada a respeito. Bebemos nosso chá e o clima muda de novo, como sempre acontece com essas coisas.

Depois de um tempo, pego o folheto e o examino. A verdade é que sinto uma pontada no coração ao observar a propriedade, tão pitoresca quanto em uma foto de revista. Tenho uma sensação familiar de... do quê, exatamente? Orgulho? Amor? Desejo?

— Boa noite, pessoal. — Uma voz familiar adentra meus pensamentos. Uma voz familiar, monótona, totalmente malquista. Tento esconder meu desânimo, mas ali está ele, Steve Logan, entrando na sala com aquelas pernas compridas. Ele mede 1,92 m, o Steve. Desde sempre.

Bom, não desde sempre, claro. Mas desde os 12 anos, e todo mundo na escola o desafiava a ir ao bar comprar uma lata de cerveja. (Porque, obviamente, um menino de 12 anos superaltão tem *cara* de adulto.)

— Oi, Steve — digo, tentando parecer simpática. — Feliz Natal. Como você está?

Steve trabalha para o meu pai na fazenda, então faz sentido ele ter aparecido. Mas eu esperava que ele não fosse aparecer.

Ok, preciso fazer uma revelação: minha primeira vez foi com o Steve. Embora, em minha defesa, *eu não tivesse muitas opções.*

— Quer uma xícara de chá, Steve? — pergunta Biddy, indo para a cozinha depois que ele assente.

Steve e eu estamos sozinhos. Que ótimo! O lance entre nós dois é que ficamos juntos por uns cinco minutos e eu me arrependi de ter ficado com ele assim que comecei a ficar, e agora não faço ideia do que vi nele além de: 1. Ele ser um garoto. 2. Ele estar disponível. E 3. Eu ser a única entre as minhas amigas que não tinha namorado.

Mas desde então ele age como se fôssemos um casal há muito divorciado. Steve e a mãe ainda se referem a mim como a "ex" dele. (Oi? Mal namoramos. E estávamos na *escola*.) Ele faz piadinhas sobre o tempo que ficamos juntos e me lança olhares "significativos", que eu faço questão de interpretar do jeito errado ou ignorar. Basicamente, tenho lidado com Steve da seguinte maneira: *mantendo distância*.

Mas as coisas deveriam ser diferentes agora, depois do que a Biddy me contou.

— Bom, parabéns! — digo, de forma animada. — Fiquei sabendo que você e a Kayla estão noivos. Que ótima notícia!

— Isso mesmo. — Ele assente. — Isso mesmo. Eu a pedi em casamento em novembro. No aniversário dela. — Steve tem um jeito lento, intenso e monótono de falar que é quase hipnotizante. — Postei o pedido no Instagram. Quer ver?

— Ah. É... Claro!

Steve pega o celular e o entrega a mim. Concentrada, começo a passar pelas fotos dele e de Kayla em um restaurante brega com papel de parede roxo.

— Eu levei a Kayla pra jantar no Shaw Manor. Três pratos... tudo. — Ele olha para mim meio na ofensiva. — Eu sei como mimá-la.

— Uau — digo, tentando ser educada. — Que fotos lindas! Lindos... garfos.

Há fotos de todos os detalhes do restaurante. Os garfos, os guardanapos, as cadeiras... Quando ele arranjou tempo para fazer o pedido se estava tirando tantas fotos?

— E dei os presentes para ela depois. Mas o pedido estava escondido no último presente. Em um poema.

— Incrível! — Procuro as palavras. — Isso é simplesmente... nossa!

— Ainda estou vendo fotos de detalhes da mesa, tentando manter a expressão de "interessada".

— Quer dizer, se fosse com você, eu teria feito de um jeito diferente. — Steve lança um olhar para mim meio encabulado. — Mas claro que não foi você.

— Como assim "se fosse comigo"? — Sinto um arrepio de medo.

— Só estou dizendo que as pessoas são diferentes. Gostam de coisas diferentes num pedido de casamento. Você e a Kayla são diferentes.

Essa conversa saiu do rumo. Não quero de jeito nenhum conversar com Steve Logan sobre o que posso ou não gostar em um pedido de casamento.

— E, então, o que mais você me conta de novo? — pergunto, animada, devolvendo o telefone para ele. — Conte as fofocas.

— Abriu um outlet novo na West Warreton — conta Steve. — Tem Ted Baker, Calvin Klein...

— Ótimo!

— Sei que há lojas Ted Baker em Londres, mas agora tem aqui também. Só estou dizendo. — Steve lança um de seus olhares passivo--agressivos. — Sabe como é. Só por dizer.

— Certo...

— Sei lá, sei que você acha que tem tudo em Londres, mas...

— Não acho que tem tudo em Londres — eu o interrompo. Steve sempre se irritou por causa de Londres, e o segredo é não conversar com ele sobre isso.

— Temos Ted Baker. — Ele olha para mim como se tivesse provando um argumento importantíssimo. — Com desconto.

Que tortura!

— Biddy! — Eu a chamo baixinho, mas ela não me ouve. — Bom...

— Tento falar de um jeito mais simpático. — Tudo de bom pra você com o casamento...

— Eu poderia terminar com ela. — Ele fala baixo, inclinando-se para mim.

— O quê?

— É só você pedir.

— *O quê?* — Olho para ele sem acreditar. — Steve, se você quer terminar com ela, não deveria nem se casar!

— Não estou dizendo que *quero* terminar com ela. Mas terminaria. Sabe como é. Se você e eu... — Ele faz um movimento esquisito com as mãos. Não quero nem pensar no que ele está tentando descrever.

— Não! Quer dizer... nunca vai acontecer. Steve, você está *noivo*.

— Nunca desisti de você. Você desistiu de mim?

— Sim, desisti! Desisti completamente de você! — Quero dar um choque de realidade nele, mas sua expressão não muda.

— Pense bem — insiste ele, fazendo um gesto com o telefone e dando uma piscada.

Ele é doido.

— Estou muito feliz em saber que você está noivo — digo depressa. — Tenho certeza de que vocês terão uma vida linda juntos. Tenho que ajudar a Biddy agora.

Quando saio da sala, sinto vontade de gritar. E Biddy me perguntando se eu quero voltar a morar aqui... Ela só pode estar brincando, *só pode!*

CAPÍTULO DEZ

No começo de fevereiro, meu pai e Biddy já haviam comprado yurts, edredons de pena de ganso, braseiros, chaleiras no estilo vintage, cem metros de barbante com bandeirinhas e duzentas etiquetas com os dizeres GELEIA DA FAZENDA ANSTERS. Meu pai está trabalhando para transformar um dos celeiros em um vestiário com chuveiro, pisos frios rústicos e bonitos no chão. (*Não* o piso baratinho de linóleo azul-claro que ele compraria de um amigo. Sinceramente, não dá para confiar nele nem por um minuto.)

Enquanto isso, o site do Retiro no Interior: Fazenda Ansters está funcionando, e está lindo! Consegui que Alan o fizesse por um valor baixo, dizendo que, se ele fizesse isso, eu *não* telefonaria para o proprietário para reclamar do whey e do caldo de galinha. Ele acabou concordando. As caixas ainda estão espalhadas pelo apartamento, mas eu não me importo, porque o site está *incrível*. Há páginas e mais páginas de lindas imagens do campo, com descrições atraentes e um formulário de reserva muito fácil, além de um link para a página do Pinterest que criei. Tem até uma página para crianças na qual você passa o mouse pelas fotos dos animais da fazenda e descobre seus nomes. (Dei nomes a todas as vacas, como Florence, Mabel e Dulcie. Só vou ter que orientar meu pai.) Alan sabe como colocar nosso site em primeiro lugar nos resultados de pesquisa em mecanismos de busca também. Ele tem sido maravilhoso.

Os folhetos já foram impressos. As versões finais chegaram ontem e estão perfeitas. O papel é rústico o bastante, a fonte é evocativa, as fotos são incríveis... e a coisa toda funciona. Sinto *muito* orgulho disso. Não só da fazenda... mas também do folheto. Sinto orgulho do meu trabalho.

Enquanto estou sentada aqui à minha mesa, revisando um relatório sem-fim sobre a nova arquitetura da marca Associated Soap, fico pensando: será que eu deveria dar um folheto a Demeter? Poderia pedir para que ela o analisasse direito, que o *visse* realmente?

Se eu deixar um folheto na mesa dela, ela não vai olhar. Se eu o entregar no momento errado, ela não vai avaliá-lo. A voz de Alex não sai da minha cabeça, o que faz com que eu me retraia, mas tenho de admitir que seu conselho foi bom. *Mostre exatamente a ideia certa na hora que ela precisar.* Afinal, ele sabe como Demeter é.

(Na verdade, isso é algo que eu preferia ignorar. Melhor seguir em frente.)

Preciso fazer valer a pena. Porque acho que, se ela realmente se concentrar nele, vai adorar. Aprendi muito com a Demeter. Terminei de ler o livro que ela me emprestou, o *Nossa visão*, e na parte de trás encontrei umas anotações que ela havia feito. Só de estudá-las, aprendi várias coisas. Nos meus momentos mais positivos e otimistas, eu até penso: será que eu poderia me tornar pupila dela? Se ela vir meu trabalho e gostar dele, será que me daria uma chance? Só preciso encontrar um momento em que ela esteja disponível e receptiva...

Mas não vai ser fácil. Demeter nunca se mostrou menos receptiva ou disponível. Na verdade, para ser sincera, o clima no trabalho nunca foi tão ruim.

Muita coisa deu errado desde o Natal. Ninguém está feliz, todo mundo está tenso. E até mesmo eu, a pessoa com o cargo mais baixo, tenho consciência de que Demeter está no olho do furacão. Flora fica sabendo das notícias por meio da Rosa, e me conta tudo. Antes de mais nada, houve o *tal e-mail* enviado pela Demeter — por engano — insultando um dos nossos clientes, o diretor de marketing da rede de restaurantes Forest Food. Aparentemente, depois de uma reunião tensa, Demeter o chamou de *suburbano* sem *noção de estilo* em uma mensagem que seria para Rosa. E então ela o enviou a ele por engano. Ai.

Foi um incidente bem grave, e Demeter ficou de um lado para o outro, por um tempo, com o rosto pálido, em pânico. E então, na semana passada, as coisas pioraram. Rosa tem trabalhado com Mark e com mais algumas pessoas em um novo produto para a Sensiquo — um de nossos clientes de produtos de beleza —, e a coisa está péssima, com os prazos estourados. Parece que não é culpa *deles* — Demeter não tem visto as coisas que eles mandam para ela e não tem dado respostas. A gota d'água foi na semana passada, quando ela finalmente marcou uma reunião com a Sensiquo e depois teve de cancelá-la. Parece que ela não sabia em qual estágio o projeto se encontrava, e foi tudo bem vergonhoso.

No fim das contas, o pessoal da Sensiquo ficou bastante furioso, reclamou com Adrian, e Demeter surtou de vez. Ela sempre entra na sala, para do nada e olha para todos nós como se não soubesse quem somos. Dia desses, encontrei Rosa e ela discutindo furiosamente no banheiro feminino. Demeter estava falando baixo, num tom meio desesperado, e dizia:

— Eu deveria ter conferido. Rosa, não culpo você. Deveria ter checado os fatos por conta própria. Sou sua chefe. É minha responsabilidade.

Rosa olhou para ela com uma expressão parecida com ódio e disse com calma:

— Você sabia que não estávamos prontos, Demeter. Eu avisei.

— Não, não. — Demeter balançou a cabeça. — Você me disse que estávamos prontos.

— Não, *não disse*! — Rosa praticamente gritou, e eu me afastei do banheiro feminino bem depressa. Em momentos assim, a gente sente vontade de ser invisível. Então é o que estou tentando ser. Invisível.

Mas hoje tudo está calmo, talvez o pior já tenha passado. Estou me levantando da mesa para fazer café quando Flora entra correndo.

— Oi! — diz ela. — Você está a fim de beber alguma coisa na hora do almoço? Estamos retomando nossos encontros de quarta-feira.

— Ah, sim. — Meu ânimo melhora na hora. — Ótimo! Claro!

Eu andava me indagando o que tinha acontecido com o lance das quartas-feiras, só não queria perguntar. Para ser sincera, logo depois da festa de fim de ano, fiquei furiosa com a Flora. Mas minha raiva aos poucos foi passando. Ela estava bêbada. Todo mundo bebe e fala besteiras. Ela nem se lembra disso, então, pelo menos, posso fingir que não aconteceu.

— As coisas andam tão malucas que não temos tido tempo. Mas estamos todas determinadas. Precisamos retomar os nossos encontros. — Ela se senta na minha mesa e começa a fazer trança nos cabelos. — *Nossa*, esse lugar é doido. Todo mundo está à beira de um ataque de nervos.

— Quais são as novidades? — pergunto mais baixo. Sei que Flora adora contar fofocas para mim, e a verdade é que adoro ouvi-las.

— Bem. — Ela se inclina mais para perto. — Parece que a Demeter vai conversar com a Sensiquo. Tipo... tentar voltar às boas com eles. Porque eles rendem uma *baita* grana. E se perdermos a Forest Food também... — Flora faz uma careta.

— Então a empresa está com problemas? — Sinto um arrepio de medo.

— A *Demeter* está com problemas. Aquela cretina. Mas o Alex vai defendê-la, então... — Flora dá de ombros. — Quando você está transando com um dos sócios, *nunca* está com tantos problemas assim, não é?

Sinto um aperto no peito ao imaginar Demeter transando com Alex. Não quero pensar nisso.

— Bem, até mais tarde — diz Flora. — Vamos juntas?

— Ótimo — respondo, com um sorriso nos lábios. — Até mais tarde.

Enquanto vou para a cozinha, me sinto positiva como há muito não me sentia. Estou ansiosa para encontrar as meninas no almoço, que geralmente é meio monótono. Estou precisando mesmo me divertir. Vai ser ótimo relaxar, beber alguma coisa e talvez conversar sobre outros assuntos *além* do fato de a empresa estar implodindo e de Demeter ser uma bruxa.

Para minha surpresa, ouço a voz de Adrian quando me aproximo da cozinha. Ele não costuma ir ao nosso andar, e de repente paro e penso: devo mostrar meu folheto da Fazenda Ansters a ele? Eu mal o conheço — ele é um cara bem na dele —, mas está sempre com um sorriso muito gentil. Ele parece ser o tipo de pessoa que daria uma chance a um funcionário inexperiente. Volto à minha mesa, pego o folheto e caminho até a cozinha de novo. Fico meio tensa, mas estou determinada a não me intimidar. Vou falar com ele e pronto. Quero que me notem, e essa é a minha chance.

Só quando entro na cozinha é que consigo ouvir o que ele está dizendo. Está falando em voz baixa, com a testa franzida.

— ... não está entendendo o que está acontecendo e, sinceramente, nem eu. Alex, você me disse que a Demeter conseguia comandar tudo.

Ai, Deus! Adrian e Alex estão sozinhos tratando de algum assunto importante. E eu acabei de entrar. Será que devo sair?

— Ela *consegue* comandar tudo — diz Alex. — Pelo menos... meu Deus! — Ele passa as mãos nos cabelos. — Vou falar com ela.

— Melhor mesmo.

Alex respira fundo e então vê que estou ali, de pé, parada.

— Ah. — Ele lança a Adrian um olhar de alerta, e Adrian se vira também.

— Desculpa — murmuro. — Não ouvi... não queria.

— Não, não. — A casualidade de Adrian retorna. — Pode entrar. *Nós dois* conversamos depois. — Ele lança um olhar significativo para Alex e sai.

Então agora Alex e eu estamos sozinhos. A sós. O que era exatamente o que eu esperava que nunca mais acontecesse. Tentando ignorá-lo, eu me aproximo da máquina de Nespresso, coloco uma cápsula nela e aperto o botão.

Alex parece não saber bem o que dizer, o que não é normal para ele.

— E então — começa ele, depois de uma boa pausa. — Oi. Como foi o Natal? Recheio de porcini, não é?

Eu sei que estou irritadiça no momento, mas até o jeito como ele diz "recheio de porcini" parece condescendente. Percebo a pena que ele sente de mim emanando de suas palavras, de sua expressão facial compreensiva.

Meu corpo todo está em alerta. Não quero que ele sinta pena de mim. Não quero que ele me ponha para baixo. O que ele está pensando agora? *Coitada dessa garota, a fim do chefe dela. Preciso ser bonzinho com ela.*

Bom, vai te catar!

E sei que isso não é razoável.

— Foi ótimo, obrigada — digo, meio tensa. — E o seu?

— Foi bom. — Ele assente, olhando para mim com aqueles olhos rápidos e espertos, e então respira fundo, como se quisesse dizer algo e estivesse sem jeito.

Imediatamente, alarmes tocam em todo o meu corpo. Não estou fazendo isso, não estou aqui ouvindo Alex compartilhar trivialidades enquanto minhas bochechas ardem e minha boca seca.

— Então... — digo, num tom mais estridente. — Acho que não estou muito a fim de tomar café.

— Cat...

— Até mais. — Saio depressa da cozinha, como alguém que tem uma vida superbrilhante cheia de coisas para fazer. Quando chego ao corredor, vejo um elevador esperando com as portas abertas e, sem pensar, entro nele. As portas se fecham e eu dou um gritinho, levando as mãos ao rosto, ainda segurando o folheto da Fazenda Ansters.

Mas, dez segundos depois, eu me recomponho. Não *posso* perder as estribeiras. Não por causa de um homem. Tudo bem, digo a mim mesma com seriedade. Todo mundo passa por algum momento embaraçoso na vida, e eu preciso saber lidar com isso. Vou fazer o seguinte: vou ao último andar e depois desço de novo, para ter um tempo para respirar.

O elevador sobe até o último andar, e Demeter entra. Eu me pego olhando para ela com curiosidade. Ela parece meio abalada mesmo. Para começar, a maquiagem não está tão imaculada quanto de costume. Seu olhar está distante e ela fala sozinha e baixinho. Nem parece notar minha presença quando aperta o número do nosso andar.

E eu sei que agora não é o melhor momento, mas alguma coisa toma conta de mim, uma necessidade de *ser* alguma coisa. Ainda estou me recuperando da piedade de Alex. Então ele está dormindo com a Demeter... e daí? Isso não quer dizer que eu seja uma tragédia, um nada. Nesse momento, ao observar Demeter mexer no celular, sinto um ímpeto desesperador de provar algo a mim mesma — é mais forte do que eu.

— Demeter. — Minha voz faz com que ela desperte de seus pensamentos. — Posso te dar isso? — Ofereço o folheto, e ela o pega imediatamente.

— Cath. — Ela olha para mim como se tivesse acabado de notar que há outra pessoa no elevador.

— Isso. Bom, vou explicar o que é...

— Cath... — Demeter franze a testa como se me ver a deixasse muito confusa. — Cath... — Ela mexe ainda mais desesperadamente no telefone, franzindo a testa para a tela, como se o texto estivesse em grego arcaico. — Já falei com você. Já conversamos, *certo*?

Ela parece bem doida mesmo. Flora diz que, na verdade, ela não está bem para comandar o departamento — e, olhando para ela agora, tenho de concordar. O que ela está fazendo? Está preocupada em não se comunicar com os funcionários mais novos?

Eu confirmo balançando a cabeça.

— Já conversamos bastante. — E então mostro a ela o folheto, tentando fazer com que se concentre nele. — Esse é um projeto que eu... bem, que eu criei, podemos dizer...

Demeter passa os olhos pelo folheto, mas não tenho certeza de que ela o vê.

— Porque o que quero dizer a você, Cath... — Ela se foca em meu rosto como se finalmente tivesse se lembrando do assunto. — O que *na verdade* quero dizer a você é...

Fico chocada quando ela para o elevador e se vira para mim.

— Demeter? — pergunto, sem entender.

— Cath, sei que é duro pra você ouvir isso — diz ela com aquele tom firme e estridente. — Mas vai ser melhor assim. Na verdade, pode ser a melhor coisa que já aconteceu na sua vida. — Ela assente de modo simpático. — A melhor coisa.

Certo, ela enlouqueceu. Não sei sobre *o que* ela está falando.

— A melhor coisa? — repito. — Não sei se...

— Você só precisa ser otimista, está bem? — Ela abre um sorriso encorajador. — Você é muito talentosa e inteligente. Sei que vai se dar bem na vida. Sei que vai chegar lá.

Há um tom nessa conversa toda que está fazendo com que eu me sinta... não preocupada, exatamente. Mas...

Preocupada.

Quase como se...

— Chegar aonde? — pergunto mais desesperadamente do que gostaria. — Positiva em relação a quê? Do que você está falando?

Ficamos alguns instantes em silêncio dentro do elevador. Demeter olha para mim, depois olha para o telefone. O olhar louco e arregalado de volta a mim, cem vezes pior.

— Merda — diz ela, quase sussurrando.

Não faço ideia de como reagir a isso. Mas uma sensação nova toma conta de mim. É como um presságio.

— Não conversamos *ainda*. — Demeter bate o punho na cabeça.

— Achei mesmo que não tínhamos conversado, mas... — Ela olha para o telefone, e seus olhos perdem o brilho. — Estou ficando louca.

— Conversamos sobre... — Não consigo terminar a frase. As palavras parecem bolinhas de gude tomando minha garganta, fazendo com que eu engasgue.

Por trinta segundos, ficamos em silêncio no elevador. Eu me sinto meio zonza. Isso não pode estar acontecendo, não está acontecendo... E então, como se o feitiço estivesse sendo quebrado, Demeter toca o botão do elevador e voltamos a descer.

— Precisamos marcar uma reunião, Cath — diz ela, com o tom mais profissional de todos. — Por que você não vem à minha sala agora mesmo?

— Uma reunião a respeito do quê? — Eu me forço a dizer as palavras, mas ela não responde.

— Venha comigo — diz ela, saindo do elevador.

E eu vou.

Acho que há um roteiro para essas coisas, e Demeter segue tudo à risca.

— *Momentos difíceis... crise financeira... redução do departamento... cortes no orçamento... foi uma grande aquisição... sinto profundamente... incrível referência... o que pudermos fazer...*

E eu fico sentada ali ouvindo, com as mãos apertadas no colo, tão apertadas que chegam até a doer. Minha expressão não se altera. Estou calma. Mas, durante todo o tempo, meu cérebro está gritando como uma criança: *Tem uma coisa que você pode fazer. Pode deixar que eu continue no emprego. Pode deixar que eu continue trabalhando. Por favor, me deixe continuar trabalhando. É só o que eu quero. Por favor, por favor, por favor. Não posso ficar sem emprego. Não posso, não posso ficar...*

Sem emprego. Pensar nisso é muito assustador, tenebroso, chega a parecer uma ameaça física real, como se um tsunami de trinta metros estivesse surgindo do nada, me deixando paralisada com seu tamanho. Não posso correr, não posso fugir nem implorar. É tarde demais. Já está em cima de mim.

Sei que os tempos estão difíceis e que há uma crise financeira no momento. Leio os jornais. E talvez eu devesse ter imaginado... mas não imaginei. Não imaginei. Demeter agora está falando sobre coisas genéricas:

— *Procurar emprego... qualquer ajuda que eu puder dar... resolver as questões burocráticas...*

Ela já começa a olhar para a tela enquanto fala. Mentalmente, ela já avançou. Missão cumprida. Pronto.

Tenho a sensação de estar em um sonho quando ela sugere que eu decida se quero uma semana de aviso prévio ou se prefiro receber o dinheiro.

— Receber — consigo dizer. — Preciso do dinheiro.

Não tenho motivo para ficar. Se eu for embora agora, posso começar a mandar currículo para outros lugares.

— Tudo bem — diz Demeter. — Vou ligar para o departamento pessoal... — Ela faz uma chamada rápida que mal acompanho, já que meus pensamentos estão num redemoinho de horrores. E então ela se volta para mim. — Na verdade, a Megan, do departamento pessoal, precisa falar com você, por isso sugeriu que você vá até lá agora. Posso acompanhá-la até o elevador?

E então eu me levanto e sigo Demeter pelo corredor, ainda com a sensação de estar num sonho. Desencarnada. Isso não pode estar acontecendo, não pode...

Mas, quando chegamos ao elevador, algo interrompe essa sensação. Um forte ressentimento. Tenho sido *tão* boa até aqui — uma funcionária *exemplar* sendo demitida sem criar caso — que é como se algo se libertasse de mim em protesto.

— Então, naquela hora no elevador, você pensou que já tinha me demitido — digo sem rodeios. Dá pra ver que acertei em cheio, pela cara que Demeter faz.

— Peço desculpas se houve algum mal-entendido — diz ela, e sua falsidade me dá vontade de estapeá-la. Se? *Se?*

— Claro que houve um *mal-entendido*. — Minha voz está azeda, consigo perceber.

— Cath...

— Não, já entendi. É um detalhe tão trivial e sem importância pra você que não conseguia nem se lembrar se já tinha me demitido ou não. Eu entendo! — Levanto as mãos. — Você tem uma agenda muito cheia e empolgante. Reuniões... almoços... festas... despedir sua funcionária. Não é à toa que não consegue se lembrar de nada.

Eu não sabia que podia ser tão sarcástica. Mas, se pensei que deixaria Demeter sem graça, eu estava enganada.

— Cath — diz ela com calma. — Sei que esse momento é difícil para você. Mas é um erro reagir assim. Se mantivermos as coisas num nível bom, se mantivermos as portas abertas, quem sabe? Talvez você volte a trabalhar com a gente. Você já leu *Enfrentando o problema*, da Marilyn D. Schulenberg? É um livro inspirador para todas as mulheres que estão no mercado de trabalho. Acabou de ser lançado. Li uma prova antes da publicação, há algum tempo.

Claro que ela leu uma prova. Demeter nunca esperaria até o livro estar disponível nas livrarias, como as pessoas normais.

— Não — digo com a voz controlada. — Não li.

— Pois leia. — Demeter parece satisfeita consigo mesma. — É um objetivo para você. Quando sair daqui, vá direto para a livraria e compre esse livro. Você vai ver que é inspirador. Tem uma frase nele. — Ela a procura no telefone e lê em voz alta: — "Tome as rédeas do seu futuro. Faça acontecer. A vida é um livro de colorir, mas você tem as canetinhas."

Estou tentando ser educada, mas minha irritação não permite. Será que ela não entende nada de nada? Não tenho dinheiro para comprar um livro que me mande colorir a vida.

Tento não ser má, tento mesmo. Mas, nesse momento, só quero gritar: *Pra você está tudo bem! Sua vida já está colorida e você nem borrou nada!*

A voz dentro da minha cabeça está tão alta que tenho a impressão de que Demeter pode ouvi-la. Mas ela ainda está olhando para mim com aquela expressão de complacência. Provavelmente vai se gabar mais tarde dizendo que me deu um monte de conselhos incríveis e que eu fiquei muito agradecida.

E aí, para completar o dia perfeito, vejo Alex. Ele está vindo em nossa direção no corredor, com uma expressão confusa. Olha para Demeter, e ela reage com outra expressão, para completar minha humilhação.

— Bem — digo a ele, tensa. — Estou indo nessa. Obrigada pela oportunidade e tudo mais.

— Pensei que você soubesse. — Consigo perceber a hesitação na voz dele. — Mais cedo. Sinto muito.

Percebo que Alex e Demeter estão trocando olhares. Eles têm uma linguagem corporal que eu não havia notado antes. Uma espécie de naturalidade e intimidade que não se tem com um colega qualquer de trabalho. Será que eles transam aqui na empresa? Bem, claro que transam.

O telefone de Demeter toca e ela o atende.

— Alô? Ah, Michael. Sim, recebi seu e-mail... — Ela levanta cinco dedos para mim, o que acho que quer dizer "espere cinco minutinhos", e entra numa sala próxima dali. E eu fico sozinha com Alex. De novo.

Olho para ele e vejo seus olhos gentis e atenciosos, e não aguento, não *suporto*. O horror de perder o emprego é arrasador. Eu pensei que nada mais pudesse me machucar. Que eu ficaria impassível diante de sentimentos menores, como humilhação e orgulho ferido. Mas não. Eles apenas surgem de um jeito diferente.

De repente, não quero mais ficar calada. Por que todos nós fazemos isso? Por que todos nós *fingimos*? Sei o que diz a regra: preserve sua dignidade, afaste-se, não admita nada. Mas eu nunca mais verei esse homem na minha vida. E, de repente, a vontade de dizer o que realmente penso se torna maior do que tudo.

— Sabe de uma coisa? — digo abruptamente. — Vamos falar sobre o que aconteceu na festa de fim de ano.

— *O quê?* — Alex parece tão chocado com o que eu digo que quase começo a rir.

— Flora disse que eu estava apaixonada por você — insisto. — Bem, é lógico que não estou. Isso é ridículo.

— Olha. — Alex parece estar querendo fugir. — Não precisamos falar sobre isso...

— Só pensei que você e eu tivéssemos... — Procuro a melhor maneira de dizer. — Uma faísca. Uma pequena faísca de... não sei. Conexão. Possibilidade. Eu curti os momentos que passamos juntos. No começo, eu não sabia nada sobre você e a...

Paro de falar. Não vou dizer "Demeter" em voz alta em um corredor da empresa. Ele sabe o que quero dizer.

— Então, agora, estou com vergonha — retomo. — Com muita vergonha. Claro que estou. Mas sabe de uma coisa? Não estou *escondendo* o que sinto nem fazendo joguinho. — Ergo o queixo, firme e decidida. — Estou aqui: Katie Brenner, Envergonhada. Há coisas piores nessa vida.

O nome errado escapou, eu me dou conta, mas não me importo.

Alex parece estupefato com meu pequeno discurso. Ah, *que bom!* Eu me sinto liberta e até meio animada. Meu rosto está vermelho e minhas pernas estão um pouco bambas. Mas e daí?

— Bom, é isso — acrescento. — Era tudo o que eu tinha pra dizer, além de tchau. Diga à Demeter que subi. Boa sorte com tudo. — Aperto o botão do elevador e olho fixamente para ele, esperando.

— Cat... — chama ele, e então para. — Katie... — Ele tenta de novo, mas não parece saber o que fazer em seguida. E, apesar do fato de tudo na minha situação ser péssimo (e sei que vai parecer ainda pior quando eu entrar em casa), sinto uma onda de satisfação. Pelo menos aquela expressão de condescendência desapareceu do rosto dele. — Cat... — Alex tenta pela terceira vez. — O que você vai fazer agora?

— Agora?

— Quer dizer, em relação ao trabalho.

— Ah, eu já falei com a Cath. — Demeter volta para a conversa de repente. — Disse a ela para se manter positiva. Ela vai comprar aquele livro *Enfrentando o problema* e tirar inspiração dele.

— Ah, ótimo! — diz Alex, baixinho. — Boa ideia.

— Foi o que pensei — Demeter assente, e os dois olham para mim como se pensassem: *Ufa! Recomendamos um livro. Nossa consciência está tranquila agora.*

Eles não têm ideia, nenhum dos dois. Pessoas instruídas falam sobre ignorância... Bom, quão ignorantes eles são? Eles sabem como é morar em Catford com o orçamento apertado, fazendo malabarismo com o dinheiro?

— Não vou comprar livro nenhum, Demeter — digo com uma voz que de repente treme. — Porque são 18 libras e eu não tenho dinheiro pra pagar. Não posso comprar nada. Você não entende? Não sou como você! *Não sou como você!*

Demeter está olhando para mim com o rosto inexpressivo.

— Sério, Cath, acho que, se você pode comer no Salt Block, pode comprar um livro muito inspirador...

— Não posso comer no Salt Block! Como acha que eu teria dinheiro para isso? Foi tudo mentira! Eu estava tentando *impressionar* você! — Minha angústia surge em um grito. — Não tenho dinheiro guardado. *Nem* um pai famoso que possa me dar uma carreira. — Vejo uma expressão de choque no rosto em Alex, mas nem ligo. É verdade. — Vocês tiveram tudo *de mão beijada*! Vocês dois. — Abro bem os braços, abrangendo Alex. — Sabiam disso? Têm *alguma* ideia, *alguma* noção de... — Paro de falar e dou uma risadinha idiota. — Claro que não. Ok, já chega, vou embora agora. Aproveitem a vida perfeita de vocês.

As portas do elevador se abrem e eu entro nele. Aperto o botão do terceiro andar e o elevador começa a subir, e felizmente nenhum dos dois tenta me seguir. Meus olhos estão ardendo, e meu coração bate forte, com tristeza. Não consegui sair com dignidade. Não consegui manter as portas abertas. Mas, no momento... não estou nem aí.

CAPÍTULO ONZE

É engraçado como a vida parece uma gangorra: algumas coisas sobem enquanto outras descem. Minha vida está desabando e, ao mesmo tempo, a do meu pai, finalmente, está entrando nos eixos. Ele me mandou as fotos dos yurts, e eles são lindos. O vestiário está tinindo, os braseiros parecem pitorescos, as bandeirinhas são charmosas, e Biddy preparou um estoque de geleias caseiras. Enquanto isso, fazemos propaganda para todos de quem nos lembramos. Meu pai deixou um monte de folhetos em todos os cafés mais modernos na região de Somerset, enquanto eu procurei lugares parecidos em Londres. (Deixei uma pilha num café em Wandsworth, e uma mulher com uma capa de chuva da Boden pegou um folheto enquanto eu *ainda* estava lá. Pareceu mágico.)

Mas isso não é nem metade da história. Nem dez por cento dela. O que aconteceu com meu pai e com a Biddy essa semana foi como ganhar na loteria — foi como se eles tivessem encontrado o pote de ouro no fim do arco-íris. Ainda não acredito no que aconteceu. O *Guardian* fez uma matéria sobre o "Retiro no Interior: Fazenda Ansters" em sua seção sobre *glamping*.

Isso mesmo! Muito doido! Afinal, a Fazenda Ansters ainda nem existe de fato! Mas está na cara que algum jornalista tinha um prazo de entrega apertado, encontrou o site e pensou *isso deve servir*. Está tudo descrito ali: os yurts, as galinhas, até mesmo meu blá-blá-blá sobre criança ser criança. Eles publicaram uma foto de uma figueira na frente de um yurt e escreveram: "A Fazenda Ansters é o porto seguro familiar para os praticantes do *glamping*." Eu quase morri quando vi. Gente, o *Guardian*!

E, se eu ainda estivesse na agência, teria sido meu maior triunfo. Poderia ter até entrado na sala da Demeter e dito: *Venha ver o que é propaganda*.

Mas não estou.

Estamos na última semana de fevereiro e não tenho emprego. Nem expectativa de conseguir nenhum. Só consegui mãos doloridas por ter digitado meus dados em um monte de formulários de agências de emprego, procurado agências de publicidade no Google e escrito cartas de apresentação.

Redigi um e-mail específico para cada vaga. Pesquisei sobre todas as empresas no Reino Unido que pudessem ter alguma coisa a ver comigo. Minha mente está tomada por nomes de produtos, campanhas, contatos. Estou exausta. E em pânico. Às vezes olho no espelho e vejo meu rosto abatido, e, por ser *bem* diferente do rosto que quero ver, logo desvio o olhar.

Estou tentando deixar o medo de lado fazendo várias coisas. Reorganizei minha rotina e refiz meu orçamento mensal para que o dinheiro dure dois meses. Tenho caminhado muito porque, sabe como é, caminhar é de graça. Além disso, andar gera endorfina no organismo e, em tese, isso deveria me animar. Mas não posso dizer que esteja dando certo. E ainda estou atualizando o Instagram. Postei imagens das ruas de Londres às quatro da manhã. (Não conseguia dormir, mas não mencionei isso.) Postei uma foto da nova barraca de pretzel na estação Victoria. Pareço alegre, tranquila e empregada. Ninguém suspeitaria da verdade.

Flora mantém contato comigo com frequência. Deixou mensagens de voz e de texto, além de um e-mail enorme que começava com: Ai, meu DEEEEEEUUUUUSSSS. Não acredito que a bruxa DEMITIU você. Isso é MUITO INJUSTO!!!!!!!!!

Respondi a esse e-mail, mas não liguei para ela. Estou me sentindo muito vulnerável neste momento. Sarah também tem mantido contato comigo — na verdade, ela mandou um cartão fofo e surpreendentemente longo. Parece que a Demeter demitiu o namorado da Sarah também antes de eu entrar na Cooper Clemmow. Ele se chama Jake e é um baita designer, não fez nada de errado, mas acabou se tornando desnecessário. Ele está desempregado até agora, e os dois estão arrasados, mas tentando continuar otimistas. Ela terminou com *Sei que é bem difícil pra você*, com um monte de carinhas tristes.

E, olha, tenho certeza de que ela estava com a melhor das intenções, sei lá, mas não me animou de jeito nenhum. *Não mesmo*. Nunca fui beber no Blue Bear — e como poderia? Não faço mais parte do grupo. Além disso, não teria dinheiro para pagar pela minha rodada.

Tenho ficado muito em casa, mas até mesmo isso é estressante, porque temos uma nova moradora. Anita está sublocando seu quarto enquanto permanecer em Paris. É totalmente contra as regras, mas nosso senhorio nunca vem aqui. (Gostaria que viesse. Talvez ele se livrasse do whey.) Nossa nova companheira de casa é uma loira animada chamada Irena que tem faces rosadas e usa um turbante floral na maior parte do tempo, e eu tinha muita esperança em relação a ela até que resolveu convidar todos os seus amigos para irem lá para casa.

Eu digo "amigos", mas não é exatamente isso. Eles são uma religião. Igreja de Alguma Coisa (não entendi direito o nome e agora não quero perguntar de novo). E todos se juntam no quarto dela, cantam, falam e gritam: "Sim!"

Não tenho nada contra a Igreja de Alguma Coisa. Tenho certeza de que todos são pessoas muito boas. Só que eles são muito barulhentos. Então, com a cantoria, as caixas de whey e Alan gritando "frangote!" para si mesmo, as coisas andam bem difíceis por aqui.

Entro na cozinha para fazer meu ensopado de legumes e vou engatinhando sobre as caixas de papelão, que agora estão se desfazendo. Será que eu deveria entrar na Igreja de Alguma Coisa? A ideia passa pela minha mente e dou um sorriso irônico. Talvez *essa* seja a resposta. Só acho que não tenho energia para gritar "sim!" vinte vezes por noite. Não tenho muita energia para nada, na verdade. Eu me sinto exausta. Derrotada.

Mexo o ensopado de nabo e abóbora (uma refeição barata e nutritiva) e fecho os olhos, cansada. E, só por um momento, com a guarda baixa, deixo minha mente vagar para lugares aonde não deveria ir. Lugares frios, assustadores e cheios de questionamentos que não quero me fazer.

E se eu não encontrar outro emprego?

Vou conseguir.

Mas e se não encontrar?

De repente, sinto uma umidade repentina no rosto. Percebo que uma lágrima está escorrendo de um olho. É o vapor, digo a mim mesma, furiosa. São as cebolas. É o whey.

— Tudo bem, Cat? — Alan aparece à porta da cozinha, dá um salto e começa a fazer exercícios na barra fixa.

— Tudo! — Forço um sorrisão. — Bem! — Acrescento umas ervas secas ao meu ensopado e dou uma mexida nele.

— Um bando de doidos, não? — Ele meneia a cabeça em direção ao quarto de Irena.

— Acho que a gente deve respeitar a crença deles — digo, e outro "simmm!" ressoa pelo apartamento.

— Nãããooo! — grita Alan olhando para trás, e sorri para mim.

— Doidos. Você sabia que ela quer outro quarto pra amiga dela? Perguntou se eu ia me mudar daqui. Olha que cara de pau! Eles querem transformar esse lugar num templo.

— Com certeza não querem, não.

— Você acha que eles trepam e tal?

— *O quê?*

— Tipo, nem todo mundo fez voto de castidade, né?

— Não faço a menor ideia — digo de um jeito bem frio.

— Eu estava pensando... — Os olhos dele brilham. — Em muitos desses cultos rolam umas paradas malucas. E essas meninas são bem gostosas. — Ele faz mais algumas flexões e então diz: — Pensando bem, a Irena é gostosa. Sabe se ela tem alguém?

— *Não sei.* — Coloco meu ensopado em uma tigela e digo de modo direto: — Com licença. — Desço das caixas de whey e passo por Alan, seguindo em direção ao meu quarto. Estou pensando: *Por favor, Deus, não deixe que Alan e Irena fiquem juntos.* Já ouvi Alan transando, e parece um dos berros motivacionais que ele dá para si mesmo, só que dez vezes mais alto.

Eu me sento na cama com as pernas cruzadas, começo a comer o ensopado, e tento pensar em algo positivo. *Vamos, Katie. Não é tão ruim.* Enviei um monte de formulários hoje, isso é bom. Talvez eu devesse entrar no Instagram agora. Postar alguma coisa divertida.

Mas, quando rolo as imagens na tela do celular, parece que elas estão rindo de mim. A quem estou querendo enganar com essas coisas falsas e felizes? É sério: a *quem* estou querendo enganar?

As lágrimas descem livremente pelo meu rosto agora, como se não ligassem de serem vistas. Todas as minhas defesas estão ruindo. Existe limite para meu autoengano de dizer que uma situação de merda é boa.

Em um ímpeto, tiro uma foto da minha rede. E depois do meu ensopado de nabo. Não se parece com nenhuma imagem de ensopado que eu já tenha visto no Instagram — é uma gororoba laranja--amarronzada, tipo comida de prisão. Imagine se eu postasse *isso* no Instagram. A verdade de merda. *Vejam meu jantar baratinho. Vejam minha meia-calça caindo da trouxa de roupas. Vejam todos os meus formulários para vagas de emprego.*

Deus do céu, estou perdendo o controle. Só estou cansada, digo a mim mesma com firmeza. Apenas cansada...

Meu telefone toca de repente e eu dou um pulo, com o susto, e quase derrubo o ensopado. E, por um milésimo de segundo, penso: *Um emprego, um emprego, um emprego?*

Mas é a Biddy. Claro que é ela.

Não contei para Biddy — nem para meu pai — a respeito da demissão. Ainda não. É claro que vou contar. Só não sei quando.

A verdade é que estou torcendo desesperadamente para nunca ter que contar a eles. De alguma maneira, espero conseguir resolver as coisas em segredo sozinha, arranjar um novo emprego e contar tudo a eles *depois* do acontecido de um jeito casual. *Sim, troquei de emprego. Nada de mais, estava na hora de mudar.* Para que eles pensem que foi uma escolha minha, um progresso natural. Para poupá-los do estresse e da preocupação. Para *me* poupar do estresse e da preocupação.

Porque, se eu contar ao meu pai que fui demitida da Cooper Clemmow... Ai, meu Deus. Só de pensar, já me encolho. Não vou ter de lidar apenas com o meu estresse; vou ter de lidar com a raiva justiceira dele. Meu pai vai espumar de ódio e me perguntar o que aconteceu... E no momento não me sinto forte o bastante para isso.

Biddy é diferente, mais razoável. Mas agora não é hora de perturbá-la. Ela já está ocupada demais com o negócio do *glamping* — dá para perceber que está sobrecarregada. Tem demandado mais dinheiro e mais tempo do que ela esperava, e tem consumido toda a sua energia. Eu não posso deixar a carga dela ainda mais pesada com os meus problemas.

Também não posso correr o risco de ela me oferecer dinheiro, o que sei que faria na hora. A herança é dela, e Biddy deve investir esse dinheiro nos negócios dela, e não *em mim*. Sinceramente, eu preferiria abrir mão da minha casa em Londres a deixar que Biddy a bancasse.

E pode ser que eu consiga um emprego novo amanhã. *Pode ser.*

— Oi, Biddy! — Passo a manga da blusa no rosto. — Como você está?

Biddy tem me ligado muito, desde o Natal. Na verdade, essa coisa toda de *glamping* tem sido uma distração — tenho conversado bem mais com ela. Eu a ajudei a encomendar móveis para os yurts, e já discutimos onde posicionar cada braseiro e cada banco. Ela também fez muitas perguntas a Alan sobre o site, e, sendo muito justa, preciso dizer que ele tem sido bem paciente. Na verdade, cá entre nós, Alan e eu somos os arquitetos desse projeto.

— Não estou incomodando você, querida? Você não está comendo? Estamos experimentando uma nova receita de tagine de cordeiro. Se por acaso decidirmos oferecer o jantar, acho que será... muito bom.

Muito bom. Na língua da Biddy, que não descreve as coisas como realmente são, isso significa totalmente delicioso. De repente, eu a imagino decorando um cordeiro marinado e aromatizado, salpicado com ervas da horta, enquanto meu pai serve um pouco de seu vinho tinto Cash & Carry.

— Ótimo! — digo. — Muito bem! Então, você queria falar sobre os cardápios?

— Não, não. Desculpa. Não liguei pra isso. Katie, a questão é que... — Biddy faz uma pausa. De repente, percebo que ela parece nervosa.

— Está tudo bem?

— Sim, tudo bem! Ah, querida... — Biddy parece que está se segurando.

— O que foi? Biddy, o que aconteceu?

— Ai, Katie. — Ela hesita. — As pessoas começaram a fazer reserva.

— O quê?

— Pois é! — Ela parece assustada. — Pelo site. Está tudo funcionando. Só hoje recebi cinco solicitações de reserva. Temos três famílias que fizeram reserva pro fim de semana da Páscoa e quatro na semana seguinte. Quatro famílias, Katie!

— Ai, meu Deus!

Até eu estou chocada. Eu sabia que as pessoas iriam, *em princípio.* Mas quatro famílias? Todas de uma vez?

— Bom, isso é incrível! Biddy, você conseguiu!

— Mas não *conseguimos!* — Ela dá um gritinho. — O problema é esse! Ai, querida, estou apavorada. Vamos receber hóspedes de verdade, e não sei como vamos lidar com eles, nem como vamos distraí-los... E se alguma coisa der errado? E seu pai não ajuda... Bom, ele é um homem bom, mas...

Ela para de falar e eu fico boquiaberta ao telefone. Nunca vi Biddy tão agitada.

— Você vai se sair muito bem! — digo, tentando tranquilizá-la. — Você vai servir um café da manhã delicioso e tem todas as atividades...

— Mas como vamos organizar tudo isso? Chamei a Denise do vilarejo para ajudar, mas ela só faz perguntas que não sei responder.

— Olha, coloque a Denise em contato comigo. Você quer que eu vá no fim de semana?

Quando digo essas palavras, sinto um aperto, um enjoo. Uma passagem de ida e volta para Somerset custa uma fortuna. Como vou pagar por ela? Mas agora já me ofereci...

— Ai, Katie. — Biddy parece se derreter. — Você viria? Nós contamos tanto com você, sabia? Quando você está por perto, parece que tudo se ajeita. Vamos pagar sua passagem, claro. E sei que você está ocupada com seu emprego incrível em Londres, e estamos *tão* orgulhosos de você, mas tem outra coisa... — Ela hesita, como se não conseguisse continuar.

— O que é?

Ela faz silêncio do outro lado da linha, e eu enrugo a testa sem entender. O que Biddy não consegue dizer?

— Biddy? Biddy, você ainda está aí?

— Katie, você não tem férias, não é? — pergunta ela de uma vez. — Não conseguiria nos ajudar, só no começo? Não poderia ficar uma ou duas semanas aqui? O tempo que puder.

— Biddy... — começo a falar automaticamente, e paro. Não sei o que quero dizer. Não esperava por isso.

— Eu sei, eu sei. — Biddy se arrepende na mesma hora. — Eu não deveria ter perguntado. Não é justo. Você está ganhando seu espaço no mundo e, se não puder vir, entenderemos totalmente. Tem sua carreira, sua vida, seu apartamento... Por falar nisso, como está indo a reforma?

— Ah, sim, está indo bem... Está... argh! Ai, meu Deus! *Aaaaargh!*

De repente, o mundo ficou preto. Por um instante assustador, acho que estou sendo atacada. Alguma coisa está me acertando, batendo, me cercando... Eu mexo os braços desesperada, ofegante, em pânico... E então, de repente, percebo o que aconteceu.

Minha *maldita* rede despencou.

Consigo me livrar de uma saia preta jeans que envolveu minha cabeça e olho ao redor, assustada. A rede está presa só de um lado. As coisas estão espalhadas por todo canto... Roupas, produtos para cabelo, livros, revistas. Vou demorar a vida toda para organizar tudo de novo. Minha sorte é que minha tigela de ensopado estava no chão e não foi derrubada.

Na verdade, isso não foi sorte.

— Katie? — A voz ansiosa de Biddy ressoa no telefone. — Katie, o que aconteceu?

Agarro o telefone.

— Está tudo bem, desculpa. Só derrubei uma coisa. Estou bem. Humm... — Tento organizar meus pensamentos. — O que você estava dizendo?

— Acho que não falei, querida, mas vamos te pagar!

— O quê? — pergunto sem entender.

— Se puder vir nos ajudar, nós te pagaríamos, claro. Você sabe que estamos querendo te pagar por tudo o que já fez, querida. E parece que agora temos dinheiro...

— Vocês... — Esfrego o rosto. — Me pagariam.

É uma oferta de trabalho. Recebi uma oferta de trabalho. Sinto vontade de rir histericamente, mas não faço isso. Mexo o ensopado, lutando contra meus pensamentos.

Uma ideia adentra minha mente, uma ideia que mal consigo conceber. Porque parece ser uma ideia que remete ao fracasso. À desistência. Como se tudo estivesse ruindo e virando pó.

Eu tinha tantos sonhos. Costumava ficar deitada na cama estudando o mapa do metrô e me imaginando como uma daquelas pessoas apressadas e confiantes que eu costumava ver nos passeios da escola à capital. Pessoas apressadas, com objetivos, metas, amplos horizontes. Eu havia me imaginado crescendo na carreira, como se subisse uma escada que poderia me levar a qualquer lugar se eu me esforçasse muito. Trabalhando com marcas internacionais, conhecendo pessoas fascinantes, aproveitando a vida ao máximo. E, sim, eu sabia que seria difícil. Mas talvez não tão difícil.

— Katie?

— Desculpa. Estou só.... pensando.

Eu não estaria desistindo, digo a mim mesma, confiante. Seria só... o quê? Uma reestruturação. Porque eu *posso* enfrentar isso. Mas talvez precise de um tempo primeiro.

— Biddy, espere um pouco — digo de repente. — Preciso checar uma coisa.

Largo o telefone, saio correndo do meu quarto e bato à porta de Irena. Ninguém abre, mas eu entro, dizendo a mim mesma que isso é urgente e que o deus de Irena vai entender.

O quarto é um mar de cabeças abaixadas, em silêncio. Merda. Está na cara que é um momento de oração ou algo assim, e que agora eu atrapalhei tudo. Mas não vou sair. *Tenho* que saber.

Na ponta dos pés, passo por pessoas de pernas cruzadas até chegar a Irena, que está sentada na cama, com os cabelos loiros brilhando, os olhos fechados e o rosto corado, absorto. Alan tem razão, eu me pego pensando: ela é *bem* bonita.

— Irena? — sussurro no ouvido dela. — Irena, me desculpe por interromper, mas é verdade que você quer alugar um quarto?

Irena abre os olhos e se vira para mim.

— Sim — sussurra ela. — É pra minha amiga Sonia.

Ela aponta para Sonia, que é ainda mais loira e mais linda do que Irena. Caramba. Alan vai achar que foi para o *céu*.

— Pode ficar com o meu.

— Ótimo! — Irena arregala os olhos. — Quando?

— Assim que combinarmos os detalhes. Me procure quando terminar aqui.

Saio na ponta dos pés de novo, sem conseguir parar de pensar. Como vou cuidar disso tudo? Não posso contar a verdade a Biddy. Ela está num momento tão... Não posso *de jeito nenhum* deixá-la preocupada comigo ou com meus problemas, isso não seria legal para ninguém.

Então... está bem. Vou fazer o seguinte: 1. Ajudar a Biddy e meu pai. 2. Não vou preocupá-los. 3. Dar um jeito na vida sozinha. 4. Contar a eles os detalhes conforme a necessidade, de preferência quando tudo voltar aos trilhos.

(5. Mesmo quando as coisas voltarem aos trilhos, eles não vão precisar saber de todos os detalhes dolorosos da minha vida. 6. Principalmente do fato de Demeter nem ter se lembrado se havia me despedido ou não. 7. Ou quando fui confundida com uma moradora de rua.) O que eu vou *dizer*? Aqui e agora? O que *dizer*?

Pego o telefone e respiro fundo.

— Biddy... existe uma... humm... possibilidade — digo ao telefone. — É difícil explicar... meio complicado... Bom, a questão é que eu *posso* ajudar vocês. Vou praí amanhã.

— Você vem? — Biddy parece surpresa. — Ah, querida! Por quanto tempo pode ficar?

— Não sei bem ainda — digo vagamente. — Preciso conversar com algumas pessoas... Fazer uns ajustes... Provavelmente duas semanas. Ou um pouquinho mais. Por aí.

— Então você vai tirar um período sabático? — pergunta Biddy. — Como aquela senhora simpática que há alguns anos queria aprender a fazer geleia, você lembra? Um período sabático do seu emprego na cidade grande? Seis meses, ela teve. Você acha que vai conseguir tanto tempo assim? — Percebo a esperança na voz de Biddy. Para ser sincera, não sei bem o que responder.

Seis meses. Com certeza *preciso* encontrar um emprego em seis meses.

— Vou ficar quanto puder — digo por fim, driblando a pergunta.

— Vai ser ótimo ver vocês! Estou ansiosa!

— Ah, Katie, eu também! — Biddy de repente fica muito animada do outro lado da linha. — Ter você em casa por algum tempo! Seu pai vai ficar animado; *todo mundo* vai ficar animado. Ah, querida, acho que podemos transformar esse *glamping* em alguma coisa com a sua ajuda...

Ela não para de falar, e eu deito na minha cama cheia de coisas, olhando para o teto manchado. A voz amorosa e animada de Biddy é como um bálsamo em pele ardida. Alguém me quer. Já estou animada para comer comida caseira, para ter um quarto com um guarda-roupa, com vista para as montanhas.

Mas, ao mesmo tempo, estou mais decidida a cada minuto. Vou dar um tempo, mas não vou desistir. Afinal, não tenho nem 30 anos ainda. Não posso deixar um contratempo destruir meu sonho, posso? Claro que não. Um dia vou trabalhar com *branding*. Ainda vou atravessar a Waterloo Bridge e pensar: *Esta é a minha cidade*. Eu vou chegar lá.

PARTE DOIS

CAPÍTULO DOZE

Três meses depois

— Certo — digo ao telefone. — Compreendo. Obrigada.

Guardo o celular e fico olhando para o nada. Mais um headhunter. Mais um discursinho sobre como o mercado está "difícil" no momento.

— Ainda aquela empresa farmacêutica? — A voz de Biddy me assusta e eu me viro para ela, sobressaltada. Eu já devia ter aprendido: nunca atenda headhunters na cozinha. — Eles esgotam você, querida! — acrescenta Biddy, colocando algumas beterrabas em cima do balcão. — Achei que era para ser um período sabático.

A culpa está me corroendo, e eu me viro, evitando olhar para ela. Tudo começa com uma mentirinha boba. Quando você vai ver, construiu toda uma vida fictícia.

A coisa toda começou uma semana depois da minha chegada. Um headhunter retornou minha ligação exatamente quando eu estava com meu pai e com Biddy. Tive que pensar rápido, e a única história que consegui inventar foi a de que a Cooper Clemmow estava me consultando para realizar um projeto. E, assim, essa se tornou minha desculpa para todas as vezes em que preciso atender telefonemas e sair de perto deles. Sempre que um headhunter retorna uma ligação minha, é a "Cooper Clemmow". E meu pai e Biddy acreditam totalmente em mim. E por que não acreditariam? Eles confiam em mim. Eu não deveria ter mantido essa versão dos acontecimentos para Biddy. Mas foi muito fácil. Fácil *demais*. Quando cheguei a Somerset, ela já havia dito ao meu pai que eu tinha tirado um período "sabático", e os dois pareceram aceitar isso. Eu não consegui nem pensar em desmentir essa história.

Aí não desmenti. Todo mundo acredita que tirei um período sabático, até a Fi, porque eu não podia me arriscar contando a verdade para ela e vê-la exposta em algum post no Facebook que Biddy poderia ler. Fi só disse: **Nossa, os empregadores são muito generosos no Reino Unido.** Então ela começou a contar sobre a vez em que foi aos Hamptons e bebeu margaritas cor-de-rosa, que tudo isso foi muito divertido, e que eu *tinha* de ir para lá. Eu nem soube como responder. No momento, minha vida não poderia estar mais distante de margaritas cor-de-rosa. E de macchiatos. Ou de cafés em bairros descolados. Quando entro no Instagram ultimamente, é só para promover a Fazenda Ansters.

Contei a Fi sobre o *glamping*, e ela demonstrou interesse fazendo algumas perguntas — mas, em seguida, perguntou de novo: **E aí, quando você volta pra Londres?** e **Você não sente SAUDADE de lá?** Colocando o dedo direto na ferida. Claro que sinto saudade de Londres. Então, ela começou a me contar sobre todas as celebridades que tinha visto em um bar de algum hotel naquele fim de semana.

E eu *sei* que ela continua sendo a Fi, minha amiga Fi, a Fi pé no chão, mas está cada vez mais difícil conciliar essa Fi glamorosa de Nova York com a amiga a quem eu podia contar tudo. Temos cada vez menos coisas em comum. Talvez eu *devesse* ir para Nova York, a fim de reavivar nossa amizade. Mas de onde vou tirar dinheiro para isso?

Bem, esse está longe de ser meu problema mais urgente. Tenho um trabalho a fazer. Quando estou indo ajudar Biddy com as beterrabas, meu telefone vibra no bolso avisando que chegou um e-mail. É da McWhirter Tonge, a empresa na qual acabei de fazer uma entrevista. Ai, meu Deus...

Como quem não quer nada, abro a porta da cozinha e saio. O sol de fim de maio aquece os campos que se estendem à minha frente. Vejo a fumaça subindo de uma das fogueiras da área dos yurts e consigo ouvir o grasnido das gralhas vindo de um bosque de olmos no Campo Norte. Não que eu esteja prestando atenção na paisagem ou admirando-a. Só quero saber desse e-mail que recebi. Porque nunca se sabe... *por favor...*

Quando toco a tela do celular, estou quase tendo um treco de tanta ansiedade. Fiz uma entrevista com eles na semana passada. (Disse ao meu pai e à Biddy que estava indo ver alguns amigos.) Foi a única entrevista que fiz, a única migalha de esperança que tive, o único formulário que entreguei que chegou a algum lugar. O escritório fica em Islington, e é minúsculo, mas as pessoas foram simpáticas, o trabalho parece bem interessante e...

Prezada Cat:
Muito obrigado por dedicar seu tempo a nos visitar semana passada. Foi bom conversar com você e foi um prazer conhecê-la, mas, infelizmente...

Por um momento, tudo parece escurecer. *Infelizmente.*

Deixo o telefone cair, piscando para afastar as lágrimas que encheram meus olhos. *Vamos, Katie. Calma.* Respiro fundo algumas vezes e ando de um lado para o outro. É apenas uma vaga de emprego. Um não. E daí?

Mas sinto um arrepio. Essa era minha única chance. Ninguém mais me chamou para entrevista nenhuma.

Bom, na verdade, isso não é totalmente verdade. Quando comecei a procurar emprego, recebi muitos e-mails me oferecendo vagas em *empresas com potencial* ou *oportunidades de desenvolvimento* ou alguma *experiência inestimável no mercado.* Precisei dar apenas uns três telefonemas para descobrir que tudo isso significa "sem salário", "sem salário", "sem salário".

Não posso trabalhar e não ter salário. Por mais experiência que ganhe. Já passei dessa fase.

— Tudo bem, Katie? — A voz de Biddy atrai minha atenção, e eu me viro, tomada pela culpa. Ela está colocando umas cascas dentro do vaso de compostagem e olha para mim com curiosidade. — O que foi, querida?

— Nada! — digo depressa. — É só que... sabe como é. Coisa de trabalho.

— Não sei *como* você consegue. — Biddy balança a cabeça. — Com tudo o que faz aqui mais todos esses e-mails que está sempre respondendo...

— Ah, sabe como é... — Dou uma risada esquisita. — Assim me mantenho ocupada.

Biddy e meu pai acham que, quando estou na frente do computador, estou conversando com meus colegas de trabalho em Londres. Trocando ideias. Não enviando currículo desesperadamente, um atrás do outro.

Eu me forço a passar os olhos pelo resto do e-mail da McWhirter Tonge:

... área incrivelmente forte... candidato com mais experiência... manter seu nome nos registros... interesse em nosso programa de estágio?

Programa de estágio. Todo mundo acha que só sirvo para *isso.*

Eu *sei* que o mercado de trabalho é competitivo, e *sei* que todo mundo o considera difícil, mas não consigo deixar de pensar *Onde foi que eu errei? Fui muito mal na entrevista? Sou ruim e ponto? E, se sou ruim mesmo... o que vou fazer? Um abismo enorme está se abrindo na minha mente.* Um buraco negro assustador. E se eu *nunca* conseguir achar um trabalho remunerado?

Não, pare. *Não devo* pensar desse jeito. Vou mandar mais uns currículos hoje à noite, ampliar a rede...

— Ah, Katie, querida. — Biddy se aproxima. — Eu estava pensando em perguntar, recebi uma mensagem mais cedo, e a mulher perguntou sobre sustentabilidade. O que devemos dizer mesmo?

— Devemos falar sobre os painéis solares — digo, contente por ter uma distração. — E sobre o chuveiro ao ar livre. Também sobre os vegetais orgânicos. E não devemos falar *nada* sobre a Jacuzzi do meu pai. Posso escrever essas coisas num papel pra você, se quiser.

— Você é incrível, Katie. — Biddy me dá um tapinha no braço e olha com cara feia para meu telefone. — Não deixe esses chefes de Londres perturbarem você, querida. Você está num *período sabático*, não se esqueça disso!

— Isso mesmo. — Abro um sorriso amarelo quando ela volta para a cozinha e me sento na grama. No momento, tenho a sensação de que sou duas pessoas. Sou a Cat, tentando viver em Londres, e sou a Katie, ajudando a cuidar de um *glamping*, e é bem cansativo ser as duas.

O bom disso tudo é que a fazenda está *linda* hoje. Vou dar uma volta mais tarde, tirar fotos e postar algumas nas redes sociais. Os painéis solares no vestiário do celeiro chamam minha atenção, e eu sinto uma onda de orgulho. Foi ideia minha montar aquilo. Não somos 100% sustentáveis na Fazenda Ansters — usamos uma caldeira suplementar e temos banheiros de verdade —, mas também não somos 100% não sustentáveis. Depois de algumas semanas de funcionamento, percebi que alguns dos clientes só querem saber de perguntar: *Vocês são sustentáveis? Porque isso é muito importante para nós.* Enquanto outros só perguntam: *Tem chuveiro de água quente ou vou morrer de frio? Porque eu nem gostei muito da ideia de fazer* glamping, *na verdade. Foi ideia do Gavin.* Então é ótimo poder cuidar desses dois lados.

Todo mundo adora o vestiário no celeiro, com seus armários de colégio e todos aqueles ganchos, mas gostam ainda mais da banheira vitoriana ao ar livre. É pintada com listras das cores do arco-íris —

inspiradas em um design do Paul Smith —, e circundada por uma minicerca linda. Mandei uma foto dela para o Alan, para que ele a colocasse no site. Mostrava a banheira colorida, com uma garrafa de champanhe em um balde de gelo ao lado e uma vaca olhando por cima da cerca, e Alan respondeu com: Uau, que legal! Olha, se até o Alan gostou, é bom *mesmo*.

A banheira vitoriana ao ar livre é tão popular que tivemos de estudar uma escala de turnos. Na verdade, *tudo* aqui é popular. Sempre achei que meu pai e Biddy conseguiriam se dar bem, o que não sabia era quanto eles se dedicariam a isso ou quanto esforço aplicariam para atingir esse objetivo.

E os yurts são *lindos*. Há seis deles, em pares. Estão tão próximos uns dos outros que um casal deixou os filhos no yurt ao lado, pertinho deles mas não tão grudado, uma distância que garante também privacidade. Além disso, cada um deles tem seu próprio deque e seu próprio braseiro. Meu pai conhece um marceneiro chamado Tim que lhe devia um favor. Então, Tim montou seis camas com madeira de demolição na fazenda, e elas são espetaculares. Têm pés enormes e exagerados, e no espaldar há as palavras FAZENDA ANSTERS entalhadas, e é possível até mesmo separá-las em duas camas de solteiro para as crianças. Temos alguns beliches também, porque percebemos que muitos pais gostam de ficar junto com os filhos, se eles forem pequenos, e os yurts são bem grandes. Os lençóis são de quatrocentos fios — conseguimos um bom fornecedor —, as almofadas têm estampa vintage, e todo yurt tem um tapete de lã de ovelha no chão.

Cada família recebe uma cestinha com leite, chá, pão... além de sabonete artesanal e orgânico da Fazenda Ansters. Biddy até procurou alguns fornecedores de sabonete orgânico na região, mas acabou percebendo que conseguiria fazê-los sozinha. Ela faz barras de sabão pequenininhas, com fragrância de alecrim, com o logo *FA* estampado em cima. E então, se o cliente quiser, pode comprar um sabonete grande para levar para casa. E é exatamente o que costumam fazer. Ela também oferece sabonete personalizado com qualquer inicial estampada, que as pessoas podem encomendar para dar de presente. Isso foi tudo ideia da Biddy. Ela é incrível.

Também investimos em Wi-Fi de qualidade. Não só razoável para os padrões do interior, mas *bom* de verdade. A conexão chega até nós a partir de uma torre a 32 quilômetros. Não é barata, e meu pai foi meio contra, mas eu conheço o povo de Londres. Os londrinos *dizem* que querem se afastar de tudo, mas, quando você avisa que tem Wi-Fi liberado, eles quase desmaiam de alívio. E felizmente nós temos sinal de celular na casa — mas não no campo nem na mata. Se quiserem ligar para o escritório no meio de uma trilha, não dá.

Meu pai criou uma trilha para ciclistas no campo e fez um mini-parquinho de aventuras e também um trailer meio cigano, nos quais as crianças podem brincar, se chover. À noite, acendemos lanternas ao longo do caminho da área dos yurts, e, sinceramente, parece uma terra encantada.

— Fazendeiro Mick! — Ouço gritos animados vindo do caminho até a mata. — Fazendeiro Mick!

Esta é a maior revelação de todas: meu pai.

Pensei que ele seria o problema. Pensei que ele não fosse levar isso a sério. Por isso, me sentei com ele uma semana antes de os primeiros hóspedes chegarem, e falei:

— Olha, pai, você tem que ser *gentil* com os hóspedes. É sério. É o dinheiro da Biddy. É o futuro de vocês. Tudo depende da sua simpatia, da sua disponibilidade em ajudar os hóspedes e de tornar a vida deles *mais fácil*. Entendeu? Se quiserem subir nas árvores, ajude-os a subir nas árvores. Se quiserem ordenhar as vacas, deixe que ordenhem. E não chame ninguém de "pessoas da cidade".

— Eu não faria isso! — disse ele, na defensiva.

— Faria, sim. E seja bem legal com as crianças — acrescentei para encerrar.

Meu pai ficou em silêncio pelo resto do dia. Naquele momento, temi que o tivesse ofendido. Mas agora eu sei: ele estava pensando. Estava criando um papel para si. E, assim como a Biddy tem me surpreendido com suas ideias, meu pai tem me surpreendido com o ser humano totalmente diferente em que se transformou.

— Fazendeiro Mick! Vamos brincar!

Meu pai aparece em um canto do vestiário do celeiro, acompanhado pelos trigêmeos de 3 anos que estão hospedados aqui esta semana. São dois meninos e uma menina, e eles são muito fofinhos e estão usando blusas escandinavas com listras.

E meu pai está com sua roupa de "Fazendeiro Mick". Ele começou a usar uma camisa xadrez colorida com um chapéu de palha e fala quase tudo com sotaque caipira. Enquanto anda, ele tenta equilibrar três sacos de feijão, todo desajeitado, mas as crianças não se importam.

— Quem quer andar de caminhonete? — pergunta ele, e as crianças gritam, animadas.

— Eu! Eu!

— Quem quer ver a vaca Agnes?

— Eu!

A vaca não é a Agnes. Agnes é a galinha garnisé, mas não vou corrigi-lo. Tanto faz.

— Quem está gostando das férias? — Ele pisca para mim.

— Eeeeu! — Os gritos das crianças são ensurdecedores.

— Vamos cantar agora! — Meu pai começa a puxar uma música.

— Fazenda Ansters, Fazenda Ansters, melhor lugar não há... Fazenda Ansters, Fazenda Ansters, é aqui que eu vou ficar... Quem quer uma bala de Somerset?

— Eeeeeu!

É sério, ele parece ser um verdadeiro recreador infantil. E ele não tem nada de bobo: de tempos em tempos, diz às crianças que elas estão tendo as melhores férias da vida. É basicamente uma lavagem cerebral. Os pequenos deixam a fazenda aos prantos, dizendo que sentirão saudade do Fazendeiro Mick, e muitos hóspedes já fizeram novas reservas por causa disso.

Com meu pai cuidando de todas as atividades para entreter as crianças, e Biddy fazendo potes e mais potes de geleia e todas as tarefas com os adultos, fico com receio de eles acabarem esgotados. Mas, sempre que digo isso ao meu pai ou à Biddy, eles dão risadas e têm outra ideia, como, por exemplo, oferecer aulas de como fazer bolinhas de feno. Durante a semana, temos um programa recheado de atividades, chamado Técnicas de Somerset. Tem aula que ensina a fazer cestos, aula de carpintaria, de forragem — e os hóspedes *adoram* tudo.

Então, basicamente, a inauguração do nosso *glamping* foi um estrondoso sucesso. Mas se eles vão conseguir ou não ter *lucro*...

Às vezes, só de pensar na quantidade de dinheiro que Biddy investiu nisso, fico angustiada. Ela não me conta exatamente quanto gastou, mas foi muito. E essa enorme quantia poderia ter sido guardada para a velhice dela.

Bom, não faz muito sentido ficar me preocupando com isso agora. O que posso fazer é ajudá-los a transformar este lugar num negócio rentável. O que quer dizer, para começo de conversa, que o "Fazendeiro Mick" precisa parar de distribuir balas de Somerset porque 1. Ele acaba esbanjando caixas e mais caixas todos os dias. 2. Ele come metade delas sozinho. 3. Um dos pais já reclamou do fato de o filho ter ganhado doce cheio de açúcar.

Os pais dos trigêmeos saem do yurt acompanhados por Steve Logan, que está levando a bagagem deles. Steve nos ajuda aos sábados, que são nossos dias mais cheios. E, apesar de ele ser muito irritante, também é irritantemente útil. Tem mãos enormes, então consegue carregar três bolsas de uma vez, e sempre age com uma cortesia ridiculamente exagerada para ganhar gorjetas.

— Cuidado ao pisar aqui, senhor — diz ele, enquanto coloca as malas da família no SUV. — Se cuidem. Façam uma boa viagem. Família adorável. Vamos sentir saudade.

— *Nós* é que vamos sentir saudades daqui! — exclama a mãe, que está com uma blusa toda listrada, assim como seus filhos, e segurando a almofada de lavanda feita na véspera. — Vamos sentir saudade de vocês todos. Fazendeiro Mick, Biddy e Katie, você é um anjo... — Ela me dá um abraço inesperado, e eu a abraço forte, porque eles são uma família adorável, e eu sei que ela está sendo sincera.

Aqui sou Katie para todo mundo. Claro. Nunca nem sequer *tentaria* ser Cat. Além de ser a Katie, sou uma versão da Katie que eu mesma não consigo reconhecer às vezes. Meu sotaque londrino desapareceu. Não tenho motivo para tentar parecer ser da cidade aqui. Sempre foi meio complicado me livrar do sotaque, e as pessoas que nos visitam não querem ouvir Londres, querem ouvir Somerset. O sotaque pesado de *Zummerzet*, do jeito como fui criada.

Minha franja também já não existe mais. Aquele penteado exigia muito de mim e não combinava comigo de verdade. Já nem é mais viável agora que não estou fazendo escova no cabelo todos os dias. Estou dando um tempo nos tratamentos capilares, o que quer dizer que o penteado liso se foi e voltei aos cachos naturais de Katie Brenner descendo pelas minhas costas, ao sabor do vento. Também não estou mais me preocupando com o delineador líquido nem com as três camadas de rímel. E guardei meus óculos "da cidade" em uma gaveta. Não dá mais para dizer que tenho um "look", mas ando tão ocupada que não me importo. Meu rosto também está um pouquinho mais cheio — são tantas refeições deliciosas — e bronzeado. Um monte de pequenas sardas apareceu no meu nariz. Eu não pareço mais a mesma.

Bom, talvez eu pareça uma versão diferente de mim.

— Que família linda — elogia Steve, enquanto os trigêmeos entram no SUV. — São uma família de anjinhos. Anjinhos do céu.

Lanço um olhar de fúria a ele. Steve já está *exagerando* e, se não tomar cuidado, vão achar que ele está sendo debochado.

Mas os olhos da mãe brilham ainda mais, e o pai enfia a mão no bolso.

— Olha... aqui está. Muito obrigado. — Ele entrega uma nota a Steve, e eu reviro os olhos. Isso só vai incentivá-lo a continuar agindo assim. Steve praticamente faz uma reverência quando a porta é fechada, e todo mundo acena quando o carro dá a partida.

É a última família da semana. Todos os yurts estão disponíveis agora.

Todos nós fazemos um breve silêncio, como se estivéssemos contemplando esse momento único. E então Biddy se vira para mim, une as mãos de modo profissional e diz:

— Certo.

E tudo começa.

O lance após o dia do check-out é que fica tudo bem, desde que não paremos nem um segundo. Biddy e eu pegamos nossos utensílios de limpeza no quartinho e cuidamos dos dois primeiros yurts. Depois de meia hora, Denise, do vilarejo, chega, e eu suspiro aliviada. Nunca tenho certeza se ela vai ou não aparecer.

Enquanto Denise assume a limpeza, Biddy e eu começamos a ajeitar e redecorar os yurts. Colocamos flores frescas nos vasos e itens novos na cesta. Trocamos o sabonete, deixamos raminhos novos de lavanda e um cartão de BEM-VINDOS À FAZENDA ANSTERS sobre a cama, cada um deles escrito à mão:

Para Nick, Susie, Ivo e Archie.
Para James e Rita.
Para Chloe e Henry.

Chloe e Henry são os filhos adolescentes de James e Rita, e eles querem ficar num yurt só deles. Não é comum recebermos adolescentes, e espero que haja distração suficiente para eles.

Para Giles, Cleo, Harrison, Harley e Hamish, e também o cachorro Gus!

Tem um feriado nessa semana. Na verdade, na semana passada também teve — as escolas parecem estar dando folgas em semanas diferentes este ano porque tem mais um feriado facultativo na próxima sexta, o que é ótimo para nós, já que as reservas dobram. Então, estamos lotados de famílias, com berços e beliches por todos os lados. Enquanto estico os lençóis, dou uma rápida olhada em meu telefone: Harley é uma garota. Certo. No caso de alguns nomes modernos, não dá para ter certeza.

Para Dominic e Poppy.

Pai divorciado com a filha. Ele mencionou isso duas vezes enquanto fazia a reserva pelo telefone. Disse que queria relaxar um pouco com a menininha, que a ex-mulher a mantém numa rotina muito rígida, na opinião dele, e que ela precisava brincar mais ao ar livre, e ele não concordava com muitas das decisões da ex... Dava para notar a dor dele pelo telefone. Triste.

Os visitantes sempre telefonam, embora seja possível fazer tudo pela internet. Dizem que é para checar alguns detalhes, mas acho que eles querem ter certeza de que o lugar existe de verdade, e que não somos psicopatas, antes de fazerem o depósito da reserva. Pensando bem, faz sentido.

Para Gerald e Nina.

Gerald e Nina são os avós de uma das famílias. Adoro quando vem gente de várias gerações.

Por fim, os yurts estão prontos. Biddy está fazendo chá na cozinha — sempre oferecemos chá quando os hóspedes chegam. Chá à vontade, com bolinhos de acompanhamento e geleia da Fazenda Ansters. (Disponível para compra.)

Nossa cozinha não é muito chique — os armários são de compensado e os balcões, de fórmica. Não é como as cozinhas "rústicas" que vemos em Londres, com seus fogões modernos e despensas, além de mesas de carvalho da Plain English. Mas temos lajotas originais, estendemos uma toalha de linho na mesa e penduramos bandeirinhas por todos os lados e... Bem, é o suficiente.

Estou voltando para a cozinha quando meu pai me alcança.

— Tudo certo? — pergunta ele.

— Sim, tudo certinho. — Sorrio para ele e toco o lenço ao redor de seu pescoço. — Bela bandana, Fazendeiro Mick. Ah, e eu queria contar que os chuveiros foram mencionados em um dos formulários de avaliação. Escreveram: *muito bons para uma área de* glamping.

— São muito bons pra *qualquer* lugar — diz meu pai, com uma voz brincalhona, mas percebo que ele está satisfeito. — Isso faz com que eu me lembre de uma coisa — acrescenta ele. — Vi algo que pode te interessar. Howells Mill, em Little Blandon. Foi transformada em apartamentos.

Fico olhando para ele, sem entender. Aquilo me parece totalmente fora de contexto.

— Belos banheiros — diz meu pai, percebendo que estou inexpressiva. — Chuveiros potentes.

Tá, ainda não entendi. O que os chuveiros potentes em Little Blandon têm a ver comigo?

— Se por acaso você estiver procurando, podemos ajudar você com a entrada, talvez. Os preços não estão ruins — diz ele.

E aí, de repente, entendo. Ele está sugerindo que eu compre uma propriedade em Somerset?

— Pai... — Nem sei como reagir. Como começar? — Pai, você *sabe* que vou voltar pra Londres...

— Bem, eu sei que esse é o seu plano. Mas você pode mudar de ideia, não é? — Ele lança um olhar demorado para mim, meio ansioso. — Vale a pena pelo menos saber quais são as opções, não acha?

— Mas, pai... — Paro, e então o vento sopra meus cabelos. Não sei quantas vezes posso dizer "Quero morar em Londres". Sinto como se estivesse dando murro em ponta de faca.

Ao longe, ouvimos o mugido das vacas. O céu acima de nós está azul, mas eu me sinto deprimida pela culpa.

— Katie, querida... — Meu pai faz uma careta de preocupação. — Tenho a sensação de que você está voltando a ser quem era nesses últimos meses. Você não está tão magra, não está mais tão ansiosa. Aquela moça de lá... não é você.

Sei que a intenção dele é boa, mas, no momento, suas palavras tocam num ponto muito sensível em mim. Tenho tentado melhorar minha confiança de um jeito tão desesperador essas semanas todas, dizendo a mim mesma que a perda do emprego foi só um contratempo. Mas quem sabe meu pai não acertou em cheio em uma coisa: talvez aquela moça *não* seja eu, talvez eu *não* sirva para morar em Londres, talvez eu devesse deixar a cidade para outras pessoas.

Uma vozinha dentro de mim já está protestando: *Não desista! Faz só três meses, você ainda pode conseguir!* Mas é difícil quando todos os recrutadores e departamentos pessoais parecem pensar diferente.

— Melhor eu voltar ao trabalho — digo, finalmente. Consigo esboçar um sorriso e, então, me viro e caminho em direção à casa.

Estou conferindo de novo as atividades que temos programadas para o dia seguinte quando Denise aparece à porta da cozinha, segurando uma grande caixa de plástico. É o que ela usa para recolher "o lixo dos hóspedes".

— Pronto — diz ela. — Já dei uma volta pela fazenda. Tudo tinindo.

— Ótimo! Obrigada, Denise — digo. — Você é incrível.

E ela é mesmo. De certo modo. Denise nem sempre aparece, mas, quando o faz, é muito minuciosa. Ela é dez anos mais velha que eu e tem três filhas, e sempre leva as crianças para a escola de manhã, com as tranças mais bem-feitas que já vi.

— Coisas que as pessoas deixaram pra trás. — Ela assente indicando a caixa.

— Eles deixaram muita bagunça? — pergunto de modo solidário.

É sempre uma surpresa ver como as boas famílias que usam roupas de bom gosto da Boden sabem ser bagunceiras. E não ter a menor consideração com os outros. Um grupo insistia em dar à alpaca Colin várias coisas para comer, por mais que tenhamos pedido que não fizessem isso.

— Você nem imagina! — Os olhos de Denise brilham triunfantes. — Olha isso! — Ela tira um vibrador em formato de coelho da caixa e eu levo um susto.

— Não! *Não!*

— O que é isso? — pergunta Biddy quando se vira do fogão. — É um brinquedo?

Droga, Denise. Não quero ter de *explicar* à minha madrasta o que é isso.

— É... só uma coisa — digo depressa. — Denise, guarde isso. Em qual yurt isso estava?

— Não sei — diz ela, dando de ombros, sem se preocupar.

— Denise! — Levo a mão à cabeça. — Já conversamos sobre isso, você precisa *etiquetar* o item perdido. Pra podermos enviá-lo aos hóspedes.

— Você vai mandar *isso* pelo correio? — Denise dá uma risadinha.

— Bem... — hesito. — Não sei. Talvez não.

— E isso? — Ela mostra um tubo de creme para Verrugas Genitais Persistentes.

— Ai, meu Deus. — Faço uma careta. — *Sério?*

— Mas tem uma blusa bonita. — Ela puxa uma camiseta roxa da caixa e a coloca na frente do corpo. — Posso ficar com ela?

— Não! Vamos dar uma olhada nisso tudo. — Espio dentro da caixa e ela tem razão, está cheia. Tem uma pistola de água, botas de borracha de criança, um monte de papéis, um boné... — Nossa, como eles fizeram bagunça dessa vez. — Meu telefone toca e eu o atendo. — Fazenda Ansters, como posso ajudar?

— Ah, oi! — É a voz alta da mãe de blusa listrada. — Katie, é você?

— Sim! Quem é...?

Merda. Qual é o nome dela? Já esqueci.

— Barbara! Estamos voltando. A cerca de vinte minutos. Nós esquecemos...

A voz dela fica mais baixa. O sinal anda tão ruim nas estradas da região que me impressiona o fato de ela ter conseguido ligar.

— É a Barbara? — Falo mais alto. — Barbara, está me ouvindo?

— ... muito delicado... — Sua voz de repente é cortada de novo em meio a um ruído de estática. — Tenho certeza de que vocês encontraram... você nem *imagina*, sinto muito...

Ai, meu Deus. Foi a Barbara que esqueceu o vibrador? Cubro a boca com a mão para não rir. Barbara, com aquela cara lavada, sem maquiagem, mãe dos trigêmeos?

— Humm...

— ... completamente *envergonhada*... tinha que ir buscar pessoalmente... Até já...

A voz dela some. Olho para o telefone silencioso.

— Acho que a dona está voltando.

— Ela falou que era dela? — Denise dá uma risadinha. — Eu mentiria.

— Não exatamente. Disse que era algo muito delicado e que estava com muita vergonha...

— Pode ser isso. — Denise mostra o creme.

— Ah, *merda*. — E eu me dou conta. — Sim, pode ser.

Olho para o vibrador e depois para o creme de verrugas genitais. Que dupla!

— Seria mais normal alguém voltar pra pegar a pomada, talvez? — pergunta Denise. — Se tiver sido comprada com receita, ou coisa assim?

— Mas daria pra comprar outra.

— O vibrador é mais caro...

Olho para Denise e uma onda repentina de histeria toma conta de mim.

— Que droga! — Minha voz está trêmula. — Qual deles vamos entregar a ela?

— Ofereça os dois.

— Não podemos dizer: "Aqui está o vibrador e um creme para verrugas genitais; escolha." — Levo as mãos à barriga, sem conseguir parar de rir.

— Descubra qual é — sugere Biddy do fogão. — Comece a conversar com ela sobre o assunto, e aí, quando tiver certeza do que ela veio buscar, vá pegar.

— *Conversar*? — Eu me inclino para a frente. — Que tipo de conversa devo começar com ela?

— Deixa comigo — diz Biddy. — Francamente, meninas! E coloquem isso numa sacola — acrescenta, decidida. — Seu pai vai não querer ver essas coisas espalhadas por aí. E, sim, eu *sei* o que é isso — diz ela, olhando para mim com os olhos brilhando. — Só que o design desse é diferente.

Uau, essa é a Biddy: sempre cheia de surpresas.

Dez minutos depois, o SUV estaciona. Eles devem ter vindo a toda a velocidade. Combinamos que a Biddy vai puxar assunto com a Barbara do lado de fora enquanto Denise e eu entramos na cozinha. E, assim que descobrirmos qual item ela esqueceu, vamos buscá-lo e trazê-lo em um embrulho discretamente.

— Barbara! — Biddy sai pela porta da cozinha. — Sinto muito que tenha tido que atrasar sua partida.

— Ah, é tudo culpa minha, sou uma tonta — diz Barbara, que saiu do SUV num pulo e está corada de vergonha. — Mas não ia conseguir relaxar enquanto não o pegasse de volta. Muitas coisas pra cuidar, não me dei conta. Mas *aquilo*...

Olho para Denise e estico o braço para pegar o vibrador com as sobrancelhas levantadas. Está *parecendo* que é o brinquedinho...

— É claro, querida — diz Biddy, daquele jeito confortador dela. — Ainda mais por ser um item tão *pessoal*.

— Ah, não é meu, exatamente — diz Barbara. — É do meu marido.

O quê? Denise e eu nos entreolhamos com os olhos arregalados, então afasto minha mão do vibrador e a coloco sobre o creme para verrugas genitais. Só pode ser isso. Com certeza.

— Embora ele ache que eu me divirto mais com aquilo do que ele — diz Barbara, com um sorriso simpático.

Denise não consegue se controlar ao meu lado.

— Pare com isso! — sussurro e agarro o vibrador de novo. Pego a sacola e me preparo para sair, mas não faço *ideia* de como vou olhar na cara da Barbara.

— Bem, Katie foi buscá-lo pra você — explica Biddy. — Ela já vem.

— Isso mesmo. — Minha voz está trêmula porque tento conter a histeria quando apareço na porta. — Aqui está. Humm... são e salvo.

Embrulhei o vibrador em formato de coelho num papel pardo e o coloquei dentro de uma sacola, para que ninguém veja o que não é para ser visto.

— Ah, estou *tão* aliviada — diz Barbara ao pegar a sacola da minha mão. — Acho que deixei em cima da cama ou algum lugar assim, não deixei?

Olho na hora para Biddy, com a boca fechada.

— Não sei bem, querida — diz Biddy, totalmente firme. — Mas parece ser o mais provável, não é mesmo?

— Eu vivo com a cabeça na lua! — acrescenta Barbara, suspirando.

— E o livro ainda nem foi comprado, então vocês podem *imaginar* como a situação é delicada. Como eu disse, fiquei envergonhada. É muita falta de profissionalismo esquecer o manuscrito de um livro nas férias!

Estou paralisada. Manuscrito? *Livro?*

— Você o embrulhou muito bem. — Barbara sorri e começa a abrir o papel pardo. — Melhor eu conferir se é o documento certo.

Merda, *merda*...

— Ah! — Tento pegar a sacola das mãos dela. — Pode deixar, eu desembrulho pra você.

— Eu posso fazer isso. — Ela começa a puxar o papel pardo e sinto o estômago revirar quando vejo o plástico cor-de-rosa de relance.

— Não tem problema! — digo com a voz estridente, arrancando a sacola das mãos dela. Ignoro seu grito de susto e corro para dentro.

— Papéis! — Jogo o vibrador no chão. — São os *papéis*.

Denise já está um passo à frente. Ela pegou todos os papéis da caixa e os colocou nas minhas mãos.

— Então, estão aqui. — Volto correndo lá para fora e entrego os papéis a Barbara, que parece meio abalada. — Sinto muito, acho que eles ficaram um pouco amassados...

— Não se preocupe. — Barbara começa a folhear as páginas. — Sim, é isso aqui. Mais uma vez, preciso dizer que estou *envergonhada*. É um material *bastante* delicado.

— Olha — digo sem forças. — Não precisa ficar assim.

— Já vimos coisas piores — diz Denise, colocando-se ao meu lado e sorrindo para Barbara.

— Imagino que sim. — Barbara hesita, e eu olho para ela, surpresa. Seu rosto está corado, está ficando bem vermelho. — Na verdade, além do livro, deixei outro... humm... item... eu *acho* que estava na sacola...

Por um momento, ninguém se mexe. E então, com a voz esganiçada, Denise diz:

— Claro.

Ela pega o vibrador em formato de coelho de novo e o entrega a Barbara. Não consigo olhar para ela. Não consigo olhar para lugar nenhum.

— Bem... divirta-se! — digo.

De alguma forma, conseguimos nos segurar enquanto Barbara volta para o SUV e vai embora. Então Biddy olha nos meus olhos e começa a rir, e isso faz com que eu também caia na gargalhada. Denise só balança a cabeça e diz:

— Ai, esses hóspedes...

Estamos morrendo de rir quando meu pai aparece e diz:

— Acordem, pessoal! Tem um carro entrando. A primeira família chegou.

As horas seguintes se passam como um borrão. Aos sábados é sempre a mesma coisa — um monte de rostos novos, nomes e perguntas, e todo mundo deve ser recebido com um sorriso acolhedor. *Esse é Archie... essa é Poppy.... esse é Hamish, ele é alérgico a lactose. Não escrevemos isso na ficha? Ah, mil desculpas...*

As famílias parecem bem bacanas, e eu gosto bastante de Gerald e Nina, que logo se sentam no deque, tomando gim-tônica e oferecendo a bebida a todas as outras famílias. Poppy já está com o pai, vendo todos os animais, enquanto Hamish, Harrison e Harley estão grudados em seus iPads — mas eu não sou a mãe deles, então não estou nem aí. Só me preocupo em saber se todo mundo fez o check-in, se foi recebido e se está acomodado. E a resposta é sim. Ou melhor, só faltam os Wilton.

Estou percorrendo os yurts, conferindo se tudo está ok, quando noto que Gus, o cachorro, já entrou em um campo de ovelhas.

— Ah, oi! — digo, indo até o yurt do dono dele. — Olá. O Gus é um cachorro muito bonzinho, só queria saber se você pode deixá-lo desse lado da cerca. As ovelhas ficam meio assustadas.

— Ah, claro — diz o pai, que eu lembrei que se chama Giles e que é de Hampstead. Ele é alto, grandalhão e está segurando um exemplar de um livro chamado *O acampamento gourmet*. Quando ele chega para pegar Gus, acrescenta: — Estamos ansiosos pra fazer a oficina de cestos amanhã.

— Vai ser divertido! E se você quiser um café da manhã inglês completo, basta se inscrever... A menos que queiram preparar o café por conta própria.

— Vamos preparar nosso café da manhã — diz Giles de modo resoluto e assovia para chamar Gus. — Na fogueira.

— Que legal! — digo, fazendo carinho na cabeça de Gus. — Bem, falo com vocês mais tarde.

Enquanto volto para a casa, eu me sinto... se não em êxtase exatamente, então satisfeita. Outro dia de troca de hóspedes quase finalizado. Estamos melhorando a cada semana. Denise está pegando nossos toques especiais, e Biddy está cheia de ideias, e...

— *Tão* autêntico. Maravilhoso *demais*.

Uma voz me faz parar. Uma voz alta e imponente. E parece ser a voz da...

Não.

— Que vista *incrível*! Olha, Coco. Veja essa vista. E tudo é orgânico?

Meu coração começa a bater forte. Não pode ser.

— ... absolutamente *adorável* encontrar culinária adequada no interior. Você vai ter que me recomendar um lugar...

Não *pode ser*. Mas é ela. É a Demeter.

Aqui.

Eu me sinto enraizada no chão, entre dois yurts, como uma gazela paralisada. A pessoa com quem ela está falando não está respondendo alto o suficiente para ser ouvida. Então, só consigo ouvir a voz da Demeter, falando de um jeito arrogante, fazendo aquelas perguntas típicas dela.

— E o rio é orgânico?... E *todos* os alimentos são produzidos na região?... Mas quando você diz *sustentável*...

Ainda estou parada, presa na grama. Preciso me movimentar. Tenho que me mexer. Mas não consigo. Meu rosto está pinicando e minha respiração está fraca. O que ela está fazendo *aqui*?

— Na verdade, é Demeter. — Eu escuto quando ela diz, daquele jeito meio orgulhoso quando vai explicar seu nome. — De-me-ter. Vem do grego arcaico.

De repente, vejo meu pai saindo da cozinha. Ele está segurando a pasta em que guardo toda a papelada, as fichas dos hóspedes, tudo o que meu pai e Biddy não querem ler na tela do computador.

— Pai — digo, me aproximando dele, me mantendo fora da vista.

— Quem são essas pessoas? Posso dar uma olhada... — Já peguei a pasta e estou mexendo na papelada, com as mãos tão trêmulas que mal funcionam. — Aqui está. São os Wilton.

Minha mente está a toda. Eu a conheço como Demeter Farlowe. Mas talvez seja o nome de solteira. Será que Wilton é o nome dela de casada?

Bem, e por que não poderia ser?

— James e Rita — leio. — *Rita*.

— Eu sei. — Meu pai ri. — Nome engraçado para uma mulher dessa idade. Pensei isso quando anotei.

— Então você fez a reserva? — Preciso de todas as informações que puder conseguir. Preciso saber *como isso aconteceu.*

— Ela ligou do carro dela. — Meu pai balança a cabeça, e então sua expressão muda. — Mas não me diga que não fiz a reserva direito. Porque fiz exatamente como você me ensinou, querida...

— Não, não é isso. Não é isso...

Minha cabeça está rodando. Acabei de ver o endereço na ficha: Stanford Road. É ela, com certeza. Sinto o peito apertado, não sei se consigo respirar.

Demeter. Aqui.

— Querida? — Meu pai olha para mim. — Katie?

— Ela não se chama Rita, tá? — digo. — Acabei de ouvi-la dizer isso. Ela se chama Demeter. De-me-ter.

— *Demeter*? — Meu pai parece bem confuso. — Isso não é um nome.

— É uma droga de um nome! — Sinto vontade de dar uma sacudida nele. Se ele tivesse escrito certo no começo... — É grego! Significa "deusa da colheita"!

— Bom, tem de tudo hoje em dia. De-me-ter. — Meu pai experimenta a palavra de novo, torcendo o nariz. E então ele me observa mais uma vez, parecendo confuso. — Querida, o que houve? É só um nome. Nada de mais.

Olho para ele em silêncio, meus pensamentos confusos na minha mente. Não sei nem por onde começar. *Nada de mais?*

— Tudo bem — digo finalmente. — Só não gosto de coisas erradas. Vamos precisar mudar o nome em todos os lugares e nas listas, e em tudo. E explicar sobre o bilhete. Não me parece profissional.

Meu pai caminha em direção ao vestiário, assoviando uma música animada, e eu me remexo onde estou. Ainda consigo ouvir uma conversa no yurt da Demeter. Deve ser a Biddy levando-a até lá, e elas talvez ainda estejam conversando. Dá para entender o papo. Demeter é exatamente o tipo de pessoa que monopoliza toda a atenção.

Lentamente, caminho em direção ao yurt. Quando me aproximo o suficiente para ouvir, fico parada e escuto com toda a atenção.

— Li sobre vocês no *Guardian*, claro. — Demeter está falando naquele tom prepotente. — E alguém me deu o folheto de vocês. Mas não me lembro quem foi. Então esse lugar é uma autêntica fazenda?

— Ah, sim — ouço Biddy responder. — A família Brenner tem mantido essas terras há mais de duzentos anos. Sou nova aqui!

— Que incrível — diz Demeter. — Apoio totalmente as práticas rurais autênticas. Estamos ansiosas para começar as atividades, não é, Coco?

Coco. É a filha dela. Na ficha, consta *Chloe*.

— Bem, vou deixar vocês à vontade — diz Biddy. — Se quiserem alguma coisa, podem ir à casa principal. Estou sempre lá. Eu, o Fazendeiro Mick ou a Katie. Você ainda não a conheceu, mas ela é a filha do Fazendeiro Mick. Minha enteada.

— Que *maravilhoso* — diz Demeter. — Muito obrigada. Ah, uma última pergunta. Os lençóis são orgânicos?

Já estou farta. Saio correndo em direção à casa. Só paro quando entro em meu quarto. Então bato a porta com tudo, me sento na cama e fico olhando para o papel de parede antigo e descascado. Estou ofegante. Como vou fazer para sobreviver a uma semana de Demeter? Não vou aguentar. Preciso ir embora daqui.

Mas não posso. Meu pai e Biddy precisam de mim. Ai, meu Deus... Escondo o rosto com as mãos. Maldita Demeter. Ela tem sempre que estragar *tudo*...

E então um pensamento aterrorizante me ocorre. Assim que Demeter me reconhecer, tudo vai ser revelado. Meu pai e Biddy vão descobrir que eu fui demitida. Que o "período sabático" foi uma mentira. E ficarão muito preocupados... Vai ser horrível...

Estou sentada na cama sem conseguir me mexer, abraçada a uma almofada, com a cabeça transformada num turbilhão. Isso é sério. Preciso me proteger. A prioridade é: *Demeter não pode me reconhecer*.

Ela me conhecia como Cat. Se me associar a algum lugar, será a Birmingham. Ela não pensaria em mim como a filha do fazendeiro de Somerset chamada Katie. E ela não é muito boa em reconhecer as pessoas. Será que posso enganá-la?

Lentamente, eu me levanto e me dirijo ao guarda-roupa velho de guerra. Há um espelho oval de corpo inteiro em uma das portas, e eu me analiso de modo crítico. Meus cabelos encaracolados estão diferentes. Minhas roupas são outras. Meu nome não é o mesmo. Meu rosto não está tão diferente, mas ela não é boa fisionomista. Meu sotaque está diferente, percebo. Consigo até forçar mais no sotaque de Somerset.

Numa inspiração repentina, pego uma paleta de sombra que Biddy me deu de Natal há alguns anos. Passo direto por todos os tons neutros e sigo para o azul e para o roxo. Passo as duas cores ao redor dos olhos. Em seguida, pego um boné que ganhei há anos da Bath & West Show e dou uma olhada de novo no visual.

Mais diferente da Cat, impossível.

— Olaarrr — cumprimento meu reflexo. — Sou a Katie Brennerrr. Moro nessa fazenda desde sempre. Nunca tentei irrr para a cidade grande.

Só há uma maneira de descobrir se esse disfarce funciona: testando.

Quando entro na cozinha, Biddy está sentada etiquetando a geleia e olha para mim, surpresa.

— Minha nossa, Katie! Essa maquiagem está... muito...

— Meu novo look — digo, sem entrar em detalhes, enchendo copos de limonada e organizando-os em uma bandeja. — Pensei em servir limonada à família que acabou de chegar, já que eles perderam o chá.

Quando sigo rumo ao campo, vou direto ao yurt da Demeter e me dou conta de que estou bastante ansiosa. Mas me forço a continuar, de cabeça baixa, um pé na frente do outro. Quando chego bem pertinho, paro e olho para a frente.

Ali está ela. Demeter. Em carne e osso. Chego a sentir um arrepio quando a vejo.

Ela está sentada no deque, sozinha, usando um típico figurino camponês de revista. Calças de linho cinza largas com uma camisa sem gola e sandálias de couro que parecem marroquinas.

— Não, Babington House dessa vez, não — diz ela ao telefone. — Fazenda Ansters. Sim, é *muito* nova. Você não viu a matéria no *Guardian*?

Ela parece convencida. Mas é claro. Ela encontrou a Última Novidade.

— Sim, atividades de artesanato. Uma experiência da vida na fazenda. Você sabe como amo comida orgânica... Absolutamente! Coisas simples. Comida da região, artes da região... Ah, sim, todos participamos... — Demeter para de falar e presta atenção por um instante. — *Mindfulness*. Foi *exatamente* o que eu disse ao James. Essas técnicas antigas... *Muito boas* para as crianças... Eu sei. — Ela concorda mexendo a cabeça sem parar. — De volta à terra, com certeza. E as pessoas são bem exóticas. O sal da terra, *totalmente*...

Algo dentro de mim começou a ferver. Exóticas? *Exóticas*?

— Preciso ir. Não faço *ideia* de onde minha família está... — Demeter ri. — Eu sei. Totalmente. Bem, eu mando notícias. *Ciao*!

Ela desliga o telefone, mexe no aparelho, tamborila os dedos nele algumas vezes e passa a mão pelos cabelos. Parece um tanto exaltada. Provavelmente está animada demais por ser uma das primeiras pessoas a testar algo de novo. Por fim, ela enfia o telefone no bolso e olha ao redor com um olhar rápido.

— Ah, oi — diz ela quando me vê.

Sinto o peito apertar, mas consigo me manter calma por fora.

— Olá. — Eu a cumprimento com meu sotaque mais interiorano. — Bem-vinda à Fazenda Ansters. Sou Katie, a filha do fazendeiro. Moro aqui desde sempre — acrescento para garantir.

Estou exagerando? Pareço desesperada para mostrar meu sotaque.

— Trouxe limonada — digo. — É caseira. Orgânica, claro.

— Ah, ótimo — diz Demeter, cujos olhos brilham ao ouvir a palavra "orgânica". — Pode trazê-la aqui?

Quando me aproximo do deque, minhas mãos estão tremendo. Com certeza ela vai me reconhecer. Com certeza ela vai olhar por baixo de meu boné e dizer *Mas espere aí*...

Mas isso não acontece.

— Katie, tenho uma pergunta... — Ela para quando o telefone toca. — Desculpe, só um segundo... Oi, Adrian? — Ela dá uma risada curta e resignada. — Não, não se preocupe, para que mais servem os sábados? Sim, acabei de chegar, e vi o e-mail que a Rosa mandou...

Meu corpo está formigando. Parece que estou no escritório de novo. Rosa. Adrian. Nomes que não ouço há tempos. Se eu fechar os olhos, me vejo lá, sentada à minha mesa, ouvindo o burburinho no escritório, digitando, com o barulho que a cadeira de Sarah faz ao arrastar no chão.

E agora eu me lembro do último dia: Flora me contou que Demeter estava em apuros. Algo relacionado a Sensiquo e um prazo. Bem, está claro que ela conseguiu sair dessa bem depressa. A voz da Flora toma minha mente: *Quando você está transando com um dos sócios, nunca está com tantos problemas assim, não é?*

— Ah, que bom saber — diz Demeter ao telefone. — Pode contar à equipe na segunda? Eles precisam muito de um ânimo... Sim... Tá. — Ela está andando pelo deque agora, como costuma fazer no escritório quando está dando um de seus chiliques. — Eu sei, a ideia do bem-estar da vaca foi ótima. Não consigo me lembrar de quem foi essa ideia...

Arregalo os olhos, chocada. Bem-estar da vaca? Foi *ideia minha*. Ela não se *lembra*?

Enquanto eu a observo andando de um lado para o outro, totalmente alheia à minha presença, uma onda de angústia me invade. Aquela era *minha* ideia, *meu* futuro, *minha* vida. Certo, não era uma vida perfeita tipo Farrow & Ball. Mas era a minha vida em Londres, e agora tudo acabou. E o pior é que não valeu para nada. Ela nem se lembra de mim. Eu estava toda preocupada em ser reconhecida. *Que piada*!

Por um instante, tenho vontade de derramar limonada na cabeça dela. Mas, em vez disso, fico parada, sem me mexer, como uma boneca de madeira, segurando uma bandeja, à espera de que ela termine a conversa e deixe o celular de lado.

— *Bem.* — Ela finalmente me dá atenção. — Por que não coloca a limonada aqui? Quero saber sobre essas atividades. — Demeter pega a folha de atividades em cima da mesa e aponta para ela com a unha bem-feita. — Tenho alergia a salgueiro e estou vendo que a atividade amanhã vai ensinar a fazer cestos com folhas de salgueiro. Também sou alérgica a cogumelo, então não posso participar da atividade de forragem na terça.

Sinto vontade de rir ou de explodir. Alergia a *salgueiro*? Só a Demeter mesmo.

— Compreendo. Bem, as atividades são opcionais, então...

— Sim, mas, se não fizer a do cesto, o que vou fazer? Obviamente, eu *paguei* para fazer cestos e forragem, então acho que deveria haver outra opção disponível para mim. É o que eu acho. Algo rústico. Ou talvez ioga? Vocês oferecem aula de ioga?

Meu Deus, que cretina insistente!

— Vou encontrar uma alternativa pra você — digo, do modo mais solícito de atender um cliente. — Encontrarei atividades sob medida.

As palavras "sob medida" funcionam maravilhosamente bem, como imaginei que funcionariam.

— Ah, algo sob medida seria *incrível.* — Demeter pega o copo de limonada. — Bem — diz ela, sorrindo, agora que já fez tudo girar ao seu redor. — É muito bonito aqui. Muito calmo. Tenho certeza de que serão dias maravilhosos e relaxantes.

Quando estou voltando para casa, sou tomada por um monte de emoções conflitantes. Ela não me reconheceu. Olhou para mim e não me viu, não me reconheceu. Isso é bom. Estarei segura. Meu segredo não será revelado. Tudo bem...

Ah, mas, eu não suporto ficar perto dela. Como serei educada a semana inteira? Como *fazer isso*? Sinto uma sensação de injustiça por dentro, não consigo me acalmar.

Eu poderia inundar o yurt dela. Fácil. Hoje à noite. Sair com uma lanterna, levar a mangueira comigo...

Não. Não, Katie, para.

Com muito esforço, interrompo o fluxo de sonhos de vingança que começou a passar pela minha mente. Demeter provavelmente é a hóspede mais influente que já tivemos. *Não posso* permitir que ela volte para Londres e diga a todo mundo que a Fazenda Ansters é uma droga. Temos que proporcionar a ela e à família dela uma estada agradável.

Ah, mas... mas...

Eu me sento em um toco de madeira e fico olhando para a vista pitoresca. Preciso melhorar meu humor antes de voltar lá para dentro, caso contrário, Biddy vai perceber que aconteceu alguma coisa. Depois de um tempo, Steve aparece, e, apesar dos pesares, eu sorrio.

Ele está com fones de ouvido e vem caminhando todo animado, fazendo movimentos esquisitos de dança com os braços. Reconheço esses gestos do tempo da escola. Talvez ele esteja ensaiando a dança que vai fazer no casamento.

Ai, meu Deus, provavelmente ele está. Levo uma das mãos à boca por um momento e então retomo o controle.

— Oi, Steve. — Aceno vigorosamente para atrair a atenção dele, que se aproxima, tirando os fones de ouvido. — Olha, pode ser que eu precise de ajuda amanhã. Uma das hóspedes quer uma atividade sob medida.

— Sob medida? — Steve faz uma careta. — O que seria?

— Não sei — suspiro. — Vou ter que inventar alguma coisa. Ela não pode fazer cestos porque é alérgica.

— Qual hóspede? — Steve olha para os yurts.

— Ela está no yurt Primavera. O nome dela é Demeter.

— De-me-ter? — Steve parece tão confuso quanto meu pai.

— Pois é. — Dou de ombros. — Vem do grego arcaico. Significa "deusa da colheita".

— *Colheita?* — Steve pensa por um momento. — Bom, ela pode colher uns morangos, se quiser.

Considero a sugestão dele. Será que Demeter ficaria impressionada com uma oficina de colheita de morangos?

— Talvez. Mas não é muito *artesanal*, né? Ela gosta de aprender coisas relacionadas à terra. Ou ioga, mas não temos aula de ioga.

— Olho para ele estreitando os olhos. — O que vai fazer amanhã? Ela pode acompanhar você nas suas atividades? Alguma atividade relacionada à fazenda, quem sabe?

— Vou percorrer o campo com a máquina de distribuir esterco.
— Steve dá de ombros. — Ela não vai querer fazer isso.

— *Distribuir esterco?* — Não consigo deixar de rir. — Ah, seria perfeito. *Oi, Demeter, bem-vinda à sua manhã de distribuição de esterco.*

— Deveria ter feito isso ontem — diz Steve. — Mas seu pai quis que eu consertasse umas cercas. — Ele lança a mim um de seus olhares de repreensão. — Olha, não vou culpar o pessoal que faz *glamping* nem nada... mas você viu como está a escada para o Campo Norte?

Balanço a cabeça concordando, mas estou distraída. Já consigo ver Demeter espalhando esterco com um trator. Demeter caindo. Demeter coberta de esterco.

— E o lixo — diz Steve. — Sei lá, eu sei que eles gostam de fazer piquenique e tudo, mas...

Ou Demeter pegando pedras. Demeter capinando o pasto com as mãos. Demeter *finalmente* tendo o que merece pelo que fez...

E agora uma ideia está crescendo dentro de mim. Uma ideia muito má. Uma ideia que me dá vontade de me parabenizar. Porque "sob medida" significa que estou no controle. Significa que posso fazer o que bem quiser com ela.

É isso. Finalmente vou dar o troco. Então Demeter quer coisas rurais? Quer a "experiência da vida na fazenda"? Algo "autêntico"?

Pois bem. Ela vai ter isso tudo. Pode apostar.

CAPÍTULO TREZE

A rotina na Fazenda Ansters se desenrola de modo que, depois do café da manhã, mais ou menos às dez horas, tocamos um sino e todo mundo que quiser participar das atividades se reúne no pátio. Hoje aparece todo mundo — e, enquanto as famílias esperam, há um burburinho animado. Todos parecem muito fotogênicos, então eu tiro umas fotos para o site — naturalmente, a família da Demeter é a mais fotogênica de todas.

Demeter está usando outro conjunto rural-chique de calça *cropped* de linho e blusa justa. A filha dela, Coco, parece uma modelo, com as pernas longas em shorts jeans e cabelos compridos e esvoaçantes. Imagino que ela já tenha feito fotos para a loja de roupas para adolescentes Topshop. Na verdade, ela provavelmente estará na capa da *Vogue* deste mês. O filho, Hal, parece descolado. Tem cabelos loiros e espetados, um rosto bonito e amigável, e não tem espinhas. Claro que não tem. Com certeza Demeter conhece alguma cura orgânica para espinhas que só está disponível para pessoas que vivem nas áreas nobres de Londres.

O marido, James, é esguio, tem um sorriso irônico e aqueles charmosos pés de galinha que homens de certa idade têm. Ele está conversando com os filhos, e os três estão rindo alto, então é claro que eles têm um relacionamento ótimo, além de serem lindos, de terem roupas lindas e, provavelmente, talentos e passatempos incríveis também. James está de calça curta e de camiseta cinza lisa, e com um sapatênis de camurça marrom, de uma edição limitada que eu vi na revista *Style* uma vez. Está na cara que ele gosta tanto de novidades quanto Demeter. Enquanto observo, Coco lhe dá um empurrão de brincadeira e então acomoda a cabeça em seu ombro, enquanto Hal fica mexendo no iPhone. O mais moderno, claro.

— Bom dia! — Meu pai cumprimenta o grupo. — E sejam bem--vindos à Fazenda Ansters!

Do nada, ouvimos vivas. Meu pai consegue fazer com que os hóspedes deem vivas toda semana, mas não faço ideia de como. Acho que ele já foi animador de festa em alguma vida passada. Ou apresentador de circo, quem sabe.

— Esperamos que vocês estejam animados pra um dia cheio de diversão hoje. — Meu pai pisca para as pessoas. — Crianças, vocês vão fazer o caminho de obstáculos do Fazendeiro Mick, e tem prêmio pra todo mundo!

Mais um viva é ouvido, e meu pai sorri.

— Adultos, vocês farão a oficina de cestos com o Robin. — Ele puxa Robin para a frente, que é um sujeito muito tímido, de barba, e é o especialista em produção de cestos da nossa região. (Ele também dá aula de madrigal, tem uma pequena cervejaria e cria furões. Somerset é assim.) — Jovens, vocês vão ter que decidir: cestos ou caminho com obstáculos? Só digo que nos cestos *ninguém* come bolo caseiro...

Vejo Coco e Hal franzindo a testa e trocando um olhar, tentando decidir se o caminho de obstáculos é chato demais ou se fazer cestos é pior ainda. Mas não posso me distrair com eles. Tenho que dar início ao meu plano com a Demeter. Apesar de ela não ter me reconhecido ontem, não vou dar chance ao azar. Ontem à noite mesmo, tingi meus cabelos encaracolados para criar um efeito *ombré* azul — eu sempre fazia isso quando ia a festivais de música. Para garantir, estou de óculos escuros hoje. De longe, pareço outra pessoa.

— Bom dia! — falo com o sotaque bem carregado e caminho na direção da Demeter. — Nós nos conhecemos ontem. Sou a Katie e vou levar você ao seu programa especial sob medida. É um programa para mente-corpo-espírito e tem o objetivo de renovar, relaxar e restaurar. Está pronta pra começar?

— Com certeza — responde ela e acena para sua família. — Tchau, pessoal! Divirtam-se!

— Você solicitou ioga, se não estou enganada — digo quando nos afastamos do grupo. — Infelizmente, não oferecemos aulas de ioga na Fazenda Ansters. Mas oferecemos uma prática druida antiga, o Vedari. Não é muito diferente da ioga, mas é *um pouco* mais desafiador.

— Vedari — repete Demeter. — Nunca nem ouvi falar.

— Poucas pessoas conhecem. É muito restrito, muito antigo, muito espiritual. Mas, pelo que fiquei sabendo, *acho* que a Gwyneth Paltrow é adepta.

Vejo os olhos de Demeter brilhando. Eu sabia que falar da Gwyneth Paltrow iria mexer com ela.

— Então, antes de qualquer coisa, faremos uma sessão individual de Vedari em um dos nossos espaços ao ar livre. Em seguida, vamos para outro lugar realizar nossa atividade especial hípica de relaxamento. Depois vamos almoçar. — Sorrio.

— Parece ótimo — diz Demeter, ouvindo com atenção. — *Exatamente* o que eu estava pensando. O Vedari me parece incrível. Preciso de algum equipamento?

— Só de si mesma. — Sorrio para ela com cara de boazinha. — Traga a si mesma. Está pronta?

Demeter está mexendo no telefone.

— Só um minuto — diz ela de modo distraído. — Quero dar uma olhada enquanto ainda temos sinal...

Aposto que sei o que ela está fazendo. E, como esperava, um momento depois, ela levanta a cabeça.

— Vedari! Aqui está. "A Associação Nacional Vedari... Antiga e poderosa... Complemente corpo e mente..." Parece incrível. Como não ouvi falar disso antes?

Porque eu inventei isso, sinto vontade de responder. *Porque aquele site foi inventado por mim e feito pelo Alan ontem à noite, em cerca de cinco minutos.*

— Como eu disse — respondo, sorrindo para ela. — É algo muito restrito. Vamos?

Guio Demeter pelos campos e abro bem os braços enquanto caminhamos.

— Como você deve saber, West Country é uma região muito espiritual. Há linhas de Ley por todos os lados, círculos de pedra antigos...

— Stonehenge — diz Demeter, atenta, de seu jeito sempre sabichão.

— Exatamente. Stonehenge é o mais famoso. Mas aqui na Fazenda Ansters temos a sorte de ter um círculo druida antigo. Não dá mais para vê-lo, mas ainda está aqui, e é o lugar perfeito para praticarmos nosso Vedari.

Estamos passando pelo Campo Olmo agora, e algumas vacas caminham em nossa direção. São vacas Jersey amarronzadas, e elas são dóceis, mas muito curiosas. Vejo Demeter tensa quando elas se aproximam. Ela está *com medo?*

— Você tem alguma experiência com vacas? — pergunto educadamente. Estou me lembrando da Demeter naquela reunião no trabalho, passando um sermão sobre o interior.

— Não exatamente — responde ela depois de uma pausa. — Elas são *bem grandes*, não? O que estão fazendo? — acrescenta, com a voz trêmula quando a vaca se aproxima dela, olhando para nós duas com seus lindos olhos escuros. — O que elas querem?

Demeter já está pálida, na verdade. Ai, meu Deus. Depois de todas as coisas que falou no escritório, ela também tem medo das vacas! Como a Flora!

— Não se preocupe — digo, sendo gentil. — Continue caminhando. Isso...

Nós duas transpomos uma cerca subindo numa escada improvisada, e eu levo Demeter por um campo de dois hectares. É um pasto normal. Costuma ser usado para o gado pastar, por isso há cocô de vaca seco por todos os lados, e tem um pequeno bosque de carvalhos. Tirando isso, não tem nada de especial. A vista nem é tão boa.

Mas, quando me viro para Demeter, faço uma cara de respeito.

— Esse é o Campo Sagrado — digo. — Os druidas viviam aqui e adoravam esse lugar, e há linhas poderosas de Ley aqui, subterrâneas. Se você se concentrar, vai conseguir senti-las. Mas precisa estar espiritualmente receptiva para isso. Nem todos os visitantes captam as vibrações.

Estou desafiando Demeter de novo. Não existe a *menor possibilidade* de ela fracassar em qualquer coisa que seja, nem mesmo em captar as vibrações druidas.

Ela fecha os olhos e, como era de se esperar, depois de cerca de três segundos, volta a abri-los e diz:

— Tem uma *aura* especial aqui sim, não tem?

— Você consegue sentir. — Sorrio. — Excelente. Vai ser fácil pra você. Agora, precisa vestir sua roupa Vedari. Pode entrar naquela mata.

Enfio a mão na minha sacola de juta da Fazenda Ansters e tiro um saco de lá de dentro. Eu o customizei e fiz um buraco para o pescoço e dois para os braços ontem à noite. É a roupa mais feia e malfeita do mundo, mas, quando a entrego a Demeter, consigo me manter séria.

— Não vou usar a roupa — explico — porque sou a líder da cerimônia. São os discípulos que usam a roupa.

Vejo o rosto dela se alterar quando ela pega o saco, e, por um momento terrível, acho que Demeter vai se recusar a vesti-lo.

— Acho que a Gwyneth Paltrow vende essas roupas no site dela — acrescento casualmente. — Caso você se interesse em dar continuidade à prática do Vedari.

— Certo. — Demeter arregala os olhos. — Nossa. É muito... *autêntica*, não é? — Ela toca o tecido áspero.

— Dá pra encontrar peças baratas — digo com seriedade. — Mas essa é a roupa verdadeira. Se pretende comprar uma roupa Vedari, ela *tem que ser* de West Country. Agora, vamos pra mata. — Meneio a cabeça em direção ao bosque. — A primeira parte da cerimônia se chama Beleza. Em seguida, vem a Verdade. E, por fim, a Contemplação. — Entrego a ela outra sacola de juta da Fazenda Ansters. — Pode colocar suas roupas aqui dentro. Tire seus sapatos também.

Sinto vontade de rir quando Demeter se esconde atrás de uma árvore. É inacreditável ver como uma pessoa inteligente pode se tornar uma tola que acredita em tudo assim que ouve as palavras "orgânico", "autêntico" e "Gwyneth Paltrow".

Mas não dou risada, continuo no personagem, pegando lama e galhos do chão e colocando tudo dentro de um recipiente de madeira. Quando Demeter reaparece, meio esquisita com o saco, aperto os lábios, tentando desesperadamente me controlar.

— Perfeito — consigo dizer, por fim. — Agora, como eu disse, começamos com a Beleza. A lama dessa mata tem a capacidade de restaurar a pele. Os druidas tinham esse conhecimento, por isso toda cerimônia começava com a aplicação de lama no rosto.

— Lama? — Demeter olha para a tigela, e consigo ver o desânimo em seus olhos. — *Essa* lama?

— Pense que será uma máscara druida. É *totalmente* natural e orgânica, com nutrientes antigos. — Esfrego a lama entre as palmas. — Veja isso. Linda.

Não é nada linda. É uma lama nojenta e fedida que tem uns pedacinhos de esterco no meio, com certeza.

— Certo. — Demeter ainda está olhando para a lama com medo.

— Tá. Então... a Gwyneth Paltrow faz isso também?

— Tenho certeza de que faz — digo com um sorriso sereno. — E você já viu a pele dela? Feche os olhos.

Quase acho que Demeter vai desistir, mas ela fecha os olhos e eu começo a passar lama em seu rosto.

— Pronto! — digo, animada. — Está sentindo as qualidades térmicas da lama? — Pego mais lama e a espalho no rosto dela. Passo nos cabelos também e esfrego. — Também serve como máscara capilar. Estimula o crescimento e evita que os cabelos fiquem grisalhos.

Meu Deus, que coisa maravilhosa! Começo a dar tapinhas na cabeça dela enquanto aplico a lama, e a coisa toda fica melhor ainda. Plaft, plaft, plaft. *Isso* é por ela me fazer pintar o maldito cabelo dela.

— Ai! — diz Demeter.

— Só estou melhorando sua circulação — digo depressa. — E agora, o esfoliante de casca de árvore.

— *O quê?*

Antes que ela consiga dizer mais alguma coisa, começo a esfregar alguns galhos na cara dela.

— Inspire — digo a ela. — Respirações lentas, profundas. Os aromas de casco da árvore natural vão te fazer muito bem.

— Ai! — diz Demeter de novo.

— Isso está fazendo maravilhas em sua pele — digo. — Agora, outra máscara de lama... isso vai penetrar *de verdade*... — Jogo mais uma camada de lama nela, depois dou um passo para trás e a observo.

Ela está *horrível*. O saco está todo torto nos ombros dela. O cabelo está todo molhado. O rosto está coberto de lama e, enquanto observo, um pedacinho cai no chão.

Mais uma risada está se formando dentro de mim, mas *não posso* rir. *Não devo.*

— Muito bem. — Consigo ficar séria. — Agora vamos para a primeira parte ativa da cerimônia. Nós a chamamos de Verdade.

Demeter toca seu rosto e se retrai.

— Você tem um pouco de água? — pergunta ela. — Posso tirar essa lama?

— Ah, não! — digo, como se estivesse muito surpresa. — Você deve deixar a lama, para obter o *verdadeiro* resultado. Vamos.

Eu a levo para um bosque, no campo. Consigo ver Demeter tentando desviar do esterco com os pés descalços, e preciso controlar a vontade de rir. Ah, Deus. *Não* posso rir.

— Bem. — Paro. — Fique à minha frente. Vamos ficar paradas por um momento. — Junto as mãos em uma posição de oração, como na ioga, e Demeter faz a mesma coisa. — Agora, incline-se pra frente de modo que suas mãos toquem o chão.

No mesmo instante, Demeter se inclina para o chão. Ela é muito flexível, na verdade.

— Muito bem. Agora, levante a mão direita em direção ao céu. Essa posição é a do Sentido.

Demeter levanta a mão imediatamente para o céu. *Meu Deus*, como ela é persistente. Sei que está esperando que eu diga *Uau, você é melhor do que a Gwyneth Paltrow* ou algo assim.

— Excelente. Agora levante a outra perna para o céu. Essa posição é a do Conhecimento.

Demeter levanta a perna e fica um pouco menos estável.

— Agora, levante a outra perna também — digo. — Essa posição é a da Verdade.

— O quê? Como vou conseguir levantar a outra perna também?

— É a posição da Verdade — digo com um sorriso que não consigo controlar. — Fortalece os membros e a mente.

— Mas é impossível! Ninguém conseguiria fazer isso.

— É uma posição avançada — digo, dando de ombros.

— Me mostre como fazer!

— Não estou usando a roupa Vedari — digo, como se estivesse me desculpando. — Então, infelizmente, não posso. Mas não se preocupe. Você é iniciante. Não exija demais de si mesma. Não tentaremos a posição da Verdade hoje.

Eu sabia: dizer isso é como balançar um pano vermelho na cara de um touro.

— Tenho *certeza* de que consigo — diz Demeter. — Tenho *certeza*.

Ela tenta levantar a outra perna e cai em cima do esterco.

— Merda. — Ela parece completamente irritada. — Tá, simplesmente não estou fazendo direito. — Ela tenta de novo e cai mais uma vez, mas num monte de esterco diferente.

— Cuidado com o esterco — digo educadamente.

Demeter faz mais cinco tentativas e em todas acaba caindo no excremento. Está totalmente lambuzada de cocô de vaca, com o rosto vermelho, furiosa.

— Já basta — digo com a voz serena. — O Vedari diz que uma pessoa não deve ir além dos limites da própria idade.

— *Idade*? — Demeter parece abismada. — Não sou velha!

— Vamos para a posição de Contemplação. — Faço um gesto para chamar Demeter a uma parte do pasto sem esterco. — Deite-se e eu usarei as pedras antigas dos druidas para fazer seus músculos e sua mente relaxarem.

Demeter observa o chão com atenção e então se deita.

— De barriga para baixo — explico.

Olhando com nojo para a lama que pode ser vista em meio à grama, ela se vira.

— Essa é a versão druida da massagem com pedras quentes — continuo. — É muito parecida, mas as pedras aqui não são aquecidas artificialmente. Elas têm apenas o calor natural da Mãe Terra.

Junto algumas pedras e as distribuo nas costas de Demeter.

— Agora, relaxe e contemple — digo a ela. — Sinta a energia das pedras penetrando em seu corpo. Vou deixar você meditando. Liberte sua mente — acrescento, olhando para trás e me afastando. — Sinta a aura antiga vinda das linhas de Ley. Quanto mais se concentrar, mais benefícios terá.

Caminho para longe e então me sento na grama, recostada em uma árvore. Apesar do sol, está ventando um pouco, então me protejo com meu casaco Barbour. Em seguida, pego meu iPad de dentro da sacola de juta e dou Play em um episódio antigo de *Friends*. Assisto, espiando de vez em quando para ver Demeter. Fico esperando até que ela se levante... mas ela não se levanta. Continua na mesma posição, firme e forte. É mais dura na queda do que imaginei. Na verdade, não consigo deixar de sentir uma irritante admiração por ela.

Finalmente, *Friends* termina, e volto para onde ela está deitada. Só Deus sabe como ela está se sentindo, deitada num campo frio, cheio de esterco, com um vento gelado.

— Agora vou retirar as pedras. — Começo a tirá-las das costas dela. — De acordo com a antiga crença, seus estresses serão retirados com elas. Como foi sua meditação? — pergunto, de forma bem serena. — Você se conectou a uma força superior?

— Ah, sim — disse ela. — Com certeza consegui sentir uma aura. *Sem dúvida.*

Quando Demeter se levanta, sinto uma onda de solidariedade por ela. Seu rosto está todo manchado de lama e marcado pela grama. Os cabelos viraram um ninho de passarinho. Os pelos das pernas e dos braços estão arrepiados, e de repente percebo que ela está batendo os dentes de frio. Merda. Não quero que ela tenha hipotermia.

— Fique com o meu casaco — digo, assustada, e tiro meu Barbour surrado. — Parece que você está congelando. Foi um início *muito* desafiador... Talvez desafiador demais.

— Não, obrigada, não estou com frio. — Demeter olha para o casaco de modo presunçoso. — E eu não achei desafiador demais, não. — Ela ergue o queixo daquele jeito arrogante de sempre. — Na verdade, achei tudo muito estimulante. Tenho uma aptidão natural para essas coisas.

De repente, a solidariedade que eu estava sentindo desaparece. Por que ela tem que ser tão *exibida*?

— Ótimo! — digo, educadamente. — Que bom que funcionou pra você!

Levo Demeter de volta pelos campos, observando sua pele arrepiada enquanto caminhamos. Ofereço o casaco mais duas vezes, mas ela se recusa. Caramba, que mulher teimosa!

— *Olha* — diz Demeter, de um jeito mandão, enquanto fecho a porteira do Campo Olmo. — Quero dizer uma coisa. Gostei da granola caseira no café da manhã, mas *realmente* acho que ela deveria incluir sementes de chia. Só uma sugestão. Ou goji berries.

— Já servimos goji berries — digo, mas Demeter não está ouvindo.

— Como chama aquela semente nova? — Ela franze a testa. — É a semente nova, o superalimento. Provavelmente você não vai encontrar em qualquer lugar. — Ela abre um sorriso gentil e condescendente, e eu me sinto arrepiada. Não, claro que não. Como teríamos a nova semente da moda aqui no interior, *onde cultivamos sementes*?

— Provavelmente não. — Eu me forço a abrir um sorriso educado. — Vamos passar pra próxima atividade.

A caminho dos estábulos, deixo Demeter trocar de roupa, e, quando ela pensa que não estou olhando, vejo que tenta tirar o grosso da lama. E então ela insiste em parar para checar os e-mails no celular.

— Trabalho com marketing — diz ela meio distraída enquanto lê as mensagens, e eu sorrio com educação. Marketing. Sim, eu me lembro disso.

— Certo, pronto. — Ela guarda o telefone e se vira para mim com seu jeito mandão. — Vamos aos estábulos.

"Aos estábulos" parece maior do que é. Há quatro divisões velhas e uma área pequena de depósito, mas apenas um cavalo. Temos Carlo desde sempre. Ele é um pangaré grande, e meu pai sempre diz que vai se livrar dele, mas não consegue fazer isso porque, na verdade, nós o adoramos. Ele não dá muito trabalho. Fica ao ar livre a maior parte dos dias e é um cavalo muito bonzinho. Mas preguiçoso. Preguiçoso demais.

Eu o levei para dentro ontem à noite, especialmente para isso. Também fiz um cartaz no qual está escrito SANTUÁRIO EQUINO e o pendurei no portão do estábulo.

— Bem! — digo, quando nos aproximamos. — Vamos à atividade de relaxamento equino. Você gosta de cavalos, Demeter? Vista isso.

— Entrego a ela um capacete, que provavelmente não serve direito nela, mas é só para deixar as coisas mais ajeitadas. Já sei que Demeter não sabe montar, porque ela comentou isso no trabalho, certa vez. Mas tenho certeza de que ela vai inventar alguma mentira e, como esperado, Demeter levanta o queixo de novo.

— Ah, cavalos. Então. Nunca montei, mas entendo *muito* de cavalos. Eles têm um espírito especial. Muito curativo.

— Totalmente — concordo. — E é o que vamos buscar hoje. Essa atividade tem tudo a ver com entrar em comunhão com os cavalos e dar continuidade às tradições antigas.

— *Lindo* — diz ela com ênfase. — Essas tradições antigas são *maravilhosas*.

— Esse cavalo é especialmente místico. — Eu me aproximo de Carlo e passo uma mão pela anca dele. — Ele traz calma às pessoas. Calma e paz.

Mentira. Carlo é tão preguiçoso que a emoção que ele causa na maioria das pessoas é frustração. Mas não hesito e continuo:

— Carlo é o que chamamos de um Cavalo da Empatia. Nós classificamos nossos cavalos de acordo com seus predicados espirituais, como Energia, Empatia e Detox.

Quando digo isso, percebo que exagerei. *Um cavalo de detox?* Mas Demeter parece estar engolindo tudo.

— Incrível — sussurra ela.

Carlo relincha, e eu sorrio para Demeter.

— Acho que ele gostou de você.

— É mesmo? — Demeter está corada e parece contente. — Devo montar nele?

— Não, não. — Dou uma risada. — Não é uma atividade de montaria. É uma atividade de *conexão*. E vamos usar um instrumento que foi criado nessa mesma fazenda, há muitas gerações. — Enfio a mão na sacola de juta e faço cara de admiração. — Isto — digo sussurrando — é um autêntico limpador de casco. Tem sido usado na Fazenda Ansters desde eras medievais.

Outra mentira. Ou talvez não, quem sabe? É um limpador de casco velho de ferro forjado que vive largado no estábulo desde sempre. Então, quer saber de uma coisa? Talvez *seja* medieval mesmo.

— Vamos limpar os cascos do Carlo seguindo o método tradicional e autêntico de Somerset.

— Ok. — Demeter assente. — Então, existem métodos diferentes em outros países, é isso?

— É um exercício de confiança — continuo, ignorando a pergunta dela, que na realidade foi bem sensata. — E de empatia. E de *troca*. Segure a pata da frente do Carlo e a levante. Assim.

Eu me encosto em Carlo, desço as mãos com firmeza pela pata dele, seguro o casco e o levanto. E então, me afasto.

— Sua vez. — Sorrio para Demeter. — Você vai sentir a força do cavalo canalizada em suas mãos.

Parecendo apreensiva, Demeter assume a mesma posição, passa as mãos pela pata do Carlo e tenta levantá-la. E, claro, ele não deixa. Ela se esforça na tentativa, mas Carlo sabe ser teimoso como uma mula.

— Tente falar com ele — sugiro. — Tente alcançar a alma dele. Apresente-se.

— Certo. — Demeter pigarreia. — Humm. Oi, Carlo. Eu sou a Demeter e estou aqui para limpar o seu casco.

Ela está puxando a pata dele, mas não está tendo sucesso. Quando Carlo trava a pata, é como se o casco tivesse sido soldado ao chão.

— Não consigo — diz ela.

— Tente de novo — sugiro. — Desça as mãos pela pata dele. Elogie o animal.

— Carlo. — Demeter tenta de novo. — Você é um cavalo maravilhoso. Eu me sinto muito ligada a você agora.

Ela puxa a pata dele desesperadamente, contorcendo o rosto todo manchado de lama, mas dá para ver que nunca vai conseguir.

— Olha, deixe eu tentar — digo, e Carlo levanta a pata. — Pronto. Pegue o limpador e tire a lama. Assim. — Retiro uma quantidade minúscula de lama e então entrego o limpador a Demeter.

Sinto muita vontade de rir quando vejo a expressão dela. Não a julgo. É um trabalho totalmente horroroso. Os cascos do Carlo são enormes, e a lama se compactou neles como concreto.

— Certo. Vamos lá. — Demeter começa a raspar a lama. — Nossa — diz ela depois de um tempo. — É bem.... difícil.

— É autêntico — digo com gentileza. — Algumas coisas são mais bem-feitas do "jeito antigo", não acha?

Como aqueles malditos questionários preenchidos à mão, penso. Eles também são feitos do "jeito antigo".

Quando Demeter termina de limpar os quatro cascos, está ofegante e suando.

— Muito bem — digo, sorrindo para ela. — Você não sente uma ligação maravilhosa com Carlo agora?

— Sim. — Ela mal consegue falar. — Eu... eu acho que sim.

— Ótimo! Agora é hora da nossa atividade de limpeza *mindful*.

Eu levo Carlo e o amarro. Depois, entrego a Demeter uma vassoura velha e digo com seriedade:

— Essa vassoura tem sido usada há muitas gerações. Dá pra *sentir* o trabalho honesto no cabo dela. Enquanto estiver tirando o esterco do estábulo, você também estará tirando o esterco da sua vida. — Entrego a ela um ancinho. — Isso pode ajudar. Jogue toda a palha suja no carrinho de mão.

— Desculpe. Espere um pouco. — Demeter está mexendo os olhos sem parar, e eu me lembro de tê-la visto assim no escritório. — Não entendi. — Ela levanta a vassoura. — Isso é... metafórico?

— Metafórico *e* real. — Balanço a cabeça, afirmando. — Muito inteligente da sua parte, Demeter.

— O quê? — Ela parece mais confusa ainda.

— Pra poder varrer o lixo metafórico, você deve varrer o lixo *real*. Assim, a atividade se torna *mindful*, e você se beneficia mais e mais. Por favor. Não fique parada. Comece. — Indico a palha cheia de esterco.

Demeter fica imóvel por um instante, parecendo surpresa. E então, como uma escrava obediente, começa a varrer com tanta dedicação que sinto mais uma onda de admiração.

Que bom para ela! Não reclamou, não fugiu nem brigou por causa da sujeira como as crianças da semana passada que disseram que queriam aprender "atividades de pônei" fizeram. E eles ainda falaram que era fedido demais. Acabei tendo de limpar tudo.

— Muito bem! — digo para incentivá-la. — Ótima atitude.

Vou para o sol e pego a garrafa de café — que preparei mais cedo — de dentro da sacola. Estou enchendo uma xícara quando Steve Logan passa por mim. Droga. Eu não precisava de ninguém testemunhando minhas atividades "sob medida".

— Por que ele está aqui? — pergunta Steve ao ver Carlo amarrado. Em seguida, olha para Demeter no estábulo. — Mas o que...

— Shhh! — Eu o seguro depressa e o puxo para que ela não nos ouça. — Não diga nada.

— Ela é hóspede?

— Sim.

— Mas está limpando o esterco.

— Eu sei. — Penso depressa. — Ela... humm... quis.

— *Ela quis?* — pergunta Steve, assustado. — Quem quer varrer merda nas férias? Ela é doida?

Steve parece tão fascinado que fico assustada. Se eu não tomar cuidado, ele vai começar a questionar Demeter. Abruptamente, decido me abrir com ele.

— Olha, Steve, na verdade tem mais coisa por trás disso. Mas se eu contar pra você... — Começo a falar mais baixo. — É um *segredo*, tá?

— Claro.

— Estou falando sério.

— Eu também estou. — Steve fala mais baixo, num sussurro sepulcral. — O que acontece nos estábulos fica nos estábulos.

O que Steve diz é *tão* nada a ver que sinto vontade de revirar os olhos, mas estou tentando explicar a ele o que está acontecendo, então não me dou ao trabalho. Em vez disso, faço um gesto para que nos afastemos ainda mais, para dentro da selaria, longe do alcance de Demeter.

— Conheço essa mulher — digo com a voz baixa. — De antes. De Londres. E ela... — Penso em uma maneira de explicar. — Ela aprontou comigo. Estou me vingando.

Tomo vários goles de café enquanto o cérebro de Steve assimila essas informações.

— Entendi — diz ele, por fim. — Entendi. Varrer merda. Legal. — E então ele franze o cenho como se de repente tivesse percebido o erro no plano. — Mas por que ela concordou em limpar todo o esterco?

— Porque eu disse a ela que era *mindful*, acho. — Dou de ombros. — Não sei.

Steve parece tão perplexo que não consigo evitar e acabo dando uma risada. Ele enche uma xícara de café e pensa no assunto enquanto vai bebendo e então diz:

— Vou te contar um segredo agora. Assim ficamos quites.

— Ah — digo meio cabreira. — Não, Steve, realmente não precisa...

— Kayla não quer mais transar comigo.

— *O quê?* — Arregalo os olhos, horrorizada.

— Não mais — explica. — Antes, sim, mas...

— Steve! — Levo a mão à cabeça. — Você não tem que me contar essas coisas.

— Bom, é verdade — diz ele, firme. — Pronto, agora você sabe. — Ele olha para mim de soslaio. — Pode ser que as coisas mudem.

— O quê? — Olho para ele. — O que pode mudar?

— Só estou colocando pra fora. — Ele olha para mim com aqueles olhos enormes. — Informação nova. Você pode fazer o que quiser com ela.

Ai, meu Deus. Ele quer dizer... Não. Não quero saber o que ele quer dizer.

— Não vou fazer nada com essa informação — digo com firmeza.

— Pense no assunto então. — Ele dá um tapinha na cabeça. — Apenas pense.

— Não! Não vou nem pensar nisso! Steve, tenho que ir. Até mais.

Saio correndo da selaria e paro de repente, surpresa. Demeter não está mais varrendo, tampouco está ao telefone ou andando impaciente de um lado para o outro. Ela está de pé ao lado do Carlo, com o braço por cima da crina dele, e ele abaixou a cabeça para abraçá-la.

Pisco os olhos admirada. É um truque que ensinei a Carlo há muitos anos, e ele *raramente* o faz espontaneamente. Mas ele está ali, abraçando Demeter com seu jeito de cavalo. Eu inventei o "cavalo da empatia" de brincadeira... mas agora percebo que é meio verdade. Os olhos da Demeter estão fechados e os ombros, curvados. Ela parece desprotegida e exausta, como se estivesse representando um papel, mesmo nas férias.

O problema da Demeter, penso enquanto a observo, é que ela não dá o braço a torcer. Ela não desliga. Mesmo quando está "relaxando", ainda assim continua sendo supercompetitiva e obcecada por sementes de chia. Talvez ela simplesmente devesse ficar vendo TV e comendo cereal durante um fim de semana inteiro para relaxar.

Faço um gesto para que Steve saia da área do estábulo em silêncio e então me sento em um balde emborcado. Os ombros da Demeter tremem um pouco e eu observo a cena, chocada. Ela está *chorando*? Bem, eu chorei na crina dos meus pôneis muitas vezes ao longo dos anos, mas nunca poderia imaginar que Demeter...

Ai, meu Deus. Será que minha atividade equina de relaxamento totalmente falsa funcionou? Minha ex-chefe relaxou *de verdade*?

Minha intenção não passava nem perto dessa. Mas, enquanto estou ali sentada observando Demeter e Carlo num momento só deles, não consigo deixar de sentir um calorzinho por dentro. Como acontece quando vemos uma criança dormindo, um carneirinho correndo ou até mesmo um maratonista bebendo água. Você pensa *Eles precisavam disso* e sente uma espécie de satisfação por eles, independentemente de quem sejam.

E a única coisa que me intriga agora é: por quê? Demeter tem uma vida perfeita. Por que ela está chorando de soluçar na crina do Carlo, pelo amor de Deus?

Depois de um tempo, ela levanta a cabeça, me vê e se sobressalta. Rapidamente ela enfia a mão no bolso à procura de um lenço e começa a secar o rosto.

— Estou só... fazendo uma pausa — diz ela depressa. — Acabei de varrer. O que vamos fazer agora?

— Nada — digo, dando um passo à frente. — Terminamos as atividades da manhã. Vamos pra casa da fazenda agora pra que você possa lavar o rosto, tomar um banho, o que quiser, antes do almoço. — Dou um tapinha carinhoso em Carlo e me viro para Demeter de novo. — Então, você gostou da atividade?

— Ah, foi *muito* boa. *Muito* desestressante. Você deveria oferecer isso a todos os hóspedes. Deveria estar no folheto. Na verdade, vocês deveriam ter um folheto à parte explicando todas as atividades.

Aquele comportamento mandão está de volta, mas estou mais interessada na Demeter que vi agora há pouco. A Demeter chorosa e vulnerável.

— Demeter — digo meio hesitante quando saímos da área do estábulo. — Você... você está bem?

— Claro que estou bem! — responde ela, sem olhar em meus olhos.

— Só estou um pouco cansada, só isso. Sinto muito por ter perdido o controle. É muito vergonhoso. Não sou assim, de jeito nenhum.

Ela tem razão. Esse não é o jeito dela — pelo menos não da Demeter que conheço. Mas talvez exista uma Demeter diferente que eu não conheça. E, durante todo o caminho para a casa, fico pensando.

O almoço é servido no celeiro e é uma oportunidade para todo mundo conversar sobre suas atividades durante a manhã. Todos os adultos que aprenderam a fazer cestos já estão lá quando nos aproximamos, e o burburinho parece animado. Olho para Demeter, tentando perceber se ela está se sentindo extenuada e se vai afrouxar um pouco as rédeas.

Mas não, claro que não.

Ela já levantou o queixo e apressou o passo. Consigo ver seus olhos tomados pela velha determinação de sempre.

— Oi! — Ela interrompe uma conversa entre Susie e Nick com sua energia de sempre. — Como foi a aula de cestos?

— Foi ótima — responde Susie. — Como foi a sua manhã?

— Ah, foi *incrível* — diz Demeter. — Totalmente *incrível*. Sabia que fiz uma atividade sob medida hoje? Um programa especial de mente-corpo-espírito. Recomendo muito. Foi desafiador, mas valeu muito a pena. Eu me sinto empoderada agora. Radiante. Ah, isso é lasanha vegetariana? É sem trigo?

Durante a refeição, ouço Demeter contar a todos os adultos que sua manhã foi excelente: muito melhor e mais autêntica do que a deles.

— Essa antiga prática Vedari... Ah, você não conhece? Sim, muito restrita... Eu *senti* a aura... Bem, sou quase uma especialista em ioga...

Todo mundo está falando sobre o que fez durante a manhã, mas a voz de Demeter se destaca no burburinho, um som constante, exibido, chamativo.

— Uma experiência totalmente empoderadora... Parece que a Gwyneth Paltrow... Eu *senti* o calor natural emanando das pedras... Não, ela não sentiu coisa nenhuma! Vi com meus próprios olhos. Ela estava congelando! Mas agora está falando como se tivesse acabado de encontrar o Dalai Lama e ele tivesse dito *Muito bem, Demeter, você é a melhor.*

Ela não mencionou Carlo nenhuma vez. Que interessante! Muito menos o fato de ele meio tê-la abraçado e de ela ter chorado. É como se ela tivesse arrancado a única parte real e verdadeira da manhã, escondendo-a onde ninguém pudesse vê-la.

E então o som cada vez mais alto de gritos e risos anuncia a chegada das crianças. Quando elas entram no celeiro, bastante animadas depois do caminho com obstáculos, Demeter se levanta de sua cadeira.

— Coco! Hal! Aí estão vocês! E James. Você estava vendo as crianças? Venham aqui, guardei três lugares pra vocês.

Enquanto a família da Demeter se acomoda nas cadeiras, eu me aproximo, fascinada. Aqui estão eles: a família perfeita, com roupas perfeitas, nas férias perfeitas. Imagino que eles vão conversar sobre o ambiente. Ou sobre aquela bandinha indie nova do show que foram ver no fim de semana, todos juntos, porque são uma família muito unida.

Mas na verdade ninguém fala nada. Todos pegam seus telefones, incluindo James.

— Pensei que tivéssemos combinado que não usaríamos o telefone durante as refeições — diz Demeter com uma voz estranha e brincalhona que nunca ouvi. — Pessoal? Pessoal? — Ela balança uma mão para atrair a atenção dos filhos, mas eles a ignoram totalmente.

Estou de olhos arregalados. Nunca vi ninguém ignorar a Demeter antes.

— Como foi o caminho de obstáculos? — Demeter coloca a mão em cima da tela do telefone de Hal, que olha para ela com cara feia.

— Foi legal — diz Coco, bem rápido. — Esse telefone está uma porcaria. Preciso de um novo.

— Seu aniversário está chegando — diz Demeter. — Perfeito. Vamos sair e escolher outro juntas.

— Meu aniversário? — Coco olha para Demeter com cara feia também. — Você quer que eu espere até o meu *aniversário*?

— Bem, vamos ver — diz Demeter, e abre um sorriso para a filha como nunca vi. É meio exagerado. Quase forçado. Meio... desesperado? Não. Devo estar vendo coisas.

— Experimentem a salada. — Demeter passa a tigela para Coco. — É orgânica. Deliciosa.

— A vovó diz que comida orgânica é uma enganação — rebate Coco, com uma voz tão impertinente que me dá vontade de dar uns tapas nela. — Não é, papai?

— É, sim... — diz James, distraído. — Só besteira.

Quase caio de cara no chão. *Como é?* James não curte comida orgânica? Como pode? É a *religião* da Demeter.

Coco encosta a cabeça no ombro de James, exatamente como eu a vi fazer hoje cedo — mas agora não parece um gesto meigo. Parece que... não sei. Excludente. Como se ela quisesse deixar a mãe de fora do grupo ou coisa assim. Olho para Demeter e vejo a dor tomar seu rosto. Ela franze o cenho e pega o telefone. Ao olhar para ele, parece cansada.

É como se a máscara tivesse caído de novo, e lá está ela: a outra Demeter. A Demeter cansada e estressada, que precisa abraçar um cavalo.

De repente sou tomada por uma sensação desconcertante. Estou sentindo... *pena* dela?

Estou tão surpresa que nem me dou conta de que alguém está puxando a manga da minha blusa.

— Com licença. Katie?

— Pois não? — Eu me viro com meu sorriso profissional de atendimento ao cliente e dou de cara com Susie. Ela é loira, os cabelos num corte chanel, short bege e uma camisa de malha branca com estampa de tênis Cath Kidston. *Mãe do Ivo e do Archie,* eu me lembro depressa. *Soube da fazenda ao pegar um folheto em um centro de recreação de Clapham.*

— Como vai? — pergunto de modo caloroso. — Estão aproveitando as férias?

— Ah, sim — responde ela, animada. — *Adoramos* a aula de cestos. Agora... — Ela hesita. — Bem, Nick e eu estávamos conversando com a Demeter sobre o Vedari, e nós adoraríamos conhecer essa prática.

— Como é? — pergunto sem acreditar.

— Podemos fazer o Vedari? — O rosto de Susie está animado e cheio de esperança. — Parece incrível!

Olho para ela sem dizer nada. Ela quer fazer o Vedari. Isso só pode ser *brincadeira.*

— Katie? — insiste Susie.

— Tá. — Volto a mim. — Bem... sim! Estou certa que sim. Vou dar uma olhada na programação. Vedari! Perfeito! Todos nós praticamos! Por que não? — Estou parecendo meio histérica, então digo: — Com licença, só um minuto.

Saio do celeiro e caminho em direção ao pátio, onde dou vazão aos meus sentimentos chutando um balde de feno. Não sei o que estava pretendendo de manhã, mas não deu *nada* certo.

CAPÍTULO QUATORZE

Na manhã seguinte, decido tomar coragem. Chega de ficar obcecada com Demeter. E daí que ela é minha ex-chefe? Já gastei muito tempo com ela. Hora de partir para outra.

Só que o problema com a Demeter é que ela monopoliza sua atenção, independentemente do que você faça. Ela é dessas. Às nove e meia, Biddy e eu já estamos sobrecarregadas com as exigências dela para o café da manhã. *Leite de amêndoas... Café mais quente... Tem broa de fubá?... Pode cozinhar meu ovo exatamente por cinco minutos e meio, por favor?*

Os filhos dela finalmente chegaram à mesa de café da manhã e eu os observo enquanto comem. É esquisito... parecem perfeitos e lindos de longe. Mas de perto não fico muito impressionada com eles. Coco faz cara de brava o tempo todo, e Hal não para de tentar irritá-la.

Os dois também são superexigentes, como a mãe. Eles pedem Nutella (não temos) e panquecas (não temos), e então Coco faz uma pergunta de um jeito tão grosseiro que me dá vontade de dar uma sacudida nela:

— Vocês não fazem vitaminas na hora?

Enquanto dou uma volta para encher os copos com água, vejo que Demeter está olhando o telefone e, de repente, se retrai.

— Ai, meu Deus. — Ela olha para a tela. — O quê? Não. — Ela rola a tela para cima, depois para baixo de novo. — O quê?

— O que houve? — pergunta James, e até eu fico curiosa. Demeter parece em pânico, como naquele dia no elevador. Deve ser mais uma de suas mancadas épicas.

— Só uma coisa do trabalho. Isso... isso não faz sentido. — Ela olha para o celular mais uma vez. — Preciso ligar para o Adrian.

Concentro todas as minhas forças para controlar minha curiosidade. Não vou mais focar na Demeter. Vou ver como estão os outros hóspedes. Saio, e Susie me cumprimenta com um sorriso.

— Oi! — digo. — Como você está? Não tenho certeza se vamos conseguir encaixar mais sessões de Vedari essa semana. — Faço cara de chateada. — Talvez na próxima vez.

— Ah. — Susie parece decepcionada. — Pareceu tão energizante.

— Mas como foi sua aula de cesto? — Tento mudar de assunto.

— Foi boa! Foi divertida. Bem... — Susie para de falar. Ela está tensa, percebo de repente. Aconteceu alguma coisa.

— O que foi? — pergunto, preocupada. — O que houve?

— Nada! É só que... bem. — Ela pigarreia. — Senti que alguns participantes monopolizaram a professora... — Ela se interrompe de repente quando outra mãe, Cleo, se aproxima.

Cleo é de Hampstead e é mais pé no chão do que Susie. Ela está com um vestido leve e um pingente de ametista em um cordão de couro, e os pés estão enfiados em botas pesadas — uma incongruência.

— Bom dia, Cleo! — cumprimento, tentando ignorar o fato de Susie estar olhando para ela descaradamente.

— Acabamos de preparar ovos e folhas de dente-de-leão pro café da manhã em nosso forno à lenha — diz Cleo, com sua voz rouca. — Salpicado com sumagre. Uma delícia.

— Tomamos o café da manhã da Biddy na casa da fazenda — diz Susie. — Superdelicioso.

— E fizermos aula de cestos ontem! — exclama Cleo, como se não estivesse nem um pouco interessada no café da manhã de Susie. — Fiz três cestos. Foi maravilhoso.

— Maravilhoso pras pessoas que pegaram as melhores folhas de salgueiro — murmura Susie, baixinho.

— Ah, e Susie... — Cleo se vira para ela. — Espero que o Hamish não tenha incomodado vocês com o violino hoje cedo. Ele tem muito talento, *infelizmente.*

— Deve ser um sofrimento pra você — comenta Susie, séria. — Tenho certeza de que, se você o deixasse em paz, ele acabaria sendo normal.

Ok, realmente tem alguma coisa estranha rolando entre Susie e Cleo. Pode ser que isso precise ser monitorado. Fico me perguntando se devo alertar a professora de cerâmica, mas, nesse momento, vejo Demeter saindo da cozinha. Ela está segurando o telefone com força e parece meio atordoada.

— Está tudo bem? — pergunto, animada, mas Demeter não responde. Será que ela nem sequer me enxerga?

— Demeter? — Tento de novo.

— Bem. — Ela volta a si. — Desculpe. Eu... não. Vai ficar tudo bem, com certeza. Só preciso... James! — Ela ergue a voz ao ver o marido saindo também e caminha na direção dele depressa. Não consigo ouvir a conversa deles direito, só algumas partes que me deixam doida de curiosidade.

— ... ridículo! — diz James. — Afinal, você tem os e-mails...

— ... não consigo encontrá-los. Esse é o problema...

— ... não faz sentido...

— Exatamente! É o que estou dizendo. Veja! — Demeter mostra o telefone a James, mas ele desvia o olhar, como se tivesse outras coisas mais importantes em que pensar.

— Isso vai passar — diz ele. — Sempre passa.

— Certo. — Demeter parece insatisfeita com essa resposta. Na verdade, ela ainda parece bastante estressada, mas visivelmente se recompõe e parte com todos os outros em direção ao micro-ônibus que os levará à aula de cerâmica.

E eu sei que isso não tem mais nada a ver comigo, só que, durante toda a manhã, enquanto faço a contabilidade com meu pai, não consigo parar de me perguntar o que está rolando.

O dia de fazer cerâmica é sempre bom. Primeiro, porque todo mundo ama cerâmica, não importa a idade. E segundo, porque a professora de cerâmica, Eve, é muito habilidosa na "ajuda" que dá às pessoas, de modo que o vaso, a jarra ou o que estiverem fazendo acabe de pé. As cerâmicas vão para o forno hoje à noite, e todos os clientes receberão suas obras até sexta — é um belo souvenir para levarem para casa.

Por esse motivo, espero ver um grupo feliz de pessoas voltando de micro-ônibus na hora do almoço. No entanto, o que vejo é uma procissão esquisita. Demeter e Eve estão na frente, e Demeter parece estar falando um monte de coisas *para* ela. Atrás delas, todo mundo está acompanhando, e eu consigo perceber que algumas pessoas reviram os olhos. Conforme eles vão chegando mais perto, consigo ouvir e acho que entendo o motivo.

— ... e então tivemos a sorte de fazer uma visita privada à coleção em Ortigia — Demeter está contando, toda orgulhosa. — Você já conheceu o curador, o Signor Moretti? Não? *Que homem!*

Eu tinha me esquecido de que cerâmica era uma das *especialidades* de Demeter. Aposto que ela alugou o ouvido da coitada da Eve a manhã toda.

— Bem-vindos de volta! — digo o quanto antes. — Eve, você deve estar exausta. Venha tomar uma bebida!

Acomodo Eve ao lado de Susie e de Nick, bem longe da Demeter, e então é aquela correria para servir o pão, a salada e as tortas de carne de porco caseiras, enquanto todos os hóspedes contam sobre a manhã que tiveram. Apesar de eu ter dito a mim mesma para não fazer isso, não consigo deixar de me aproximar da mesa da Demeter um pouco mais do que das outras famílias.

Minha opinião não mudou: eles são pessoas horríveis. Coco é abusada e grosseira. Hal ignora a mãe. E James, que deveria estar dando apoio a ela, parece que se encontra em outro planeta. Se eu já achava Demeter distraída, era porque ainda não conhecia o marido dela. Ele só sabe olhar para o telefone. Será que ele consegue se dar conta de que está de férias?

Enquanto servimos a sobremesa, eles começam a falar sobre uma peça da escola da qual Coco vai participar, e Demeter começa a se exibir falando de Shakespeare. Ela está contando sobre uma produção que viu na Royal Shakespeare Company que foi "monumental" e "inovadora", enquanto Coco boceja sem fazer cerimônia e revira os olhos.

Demeter também não colabora. Será que não consegue ver que todo mundo está entediado? Mas, ao mesmo tempo, percebo que ela está tentando ajudar, na verdade.

— Fala sério, mãe! — diz Coco, por fim. — Você não *para* de falar sobre isso! No fim das contas, você nem vai me ver na droga da peça...

— Claro que eu vou ver você!

— Não vai, não. Você nunca participa de nada. Sabe como a vovó te chama? Sra. Invisível. — Coco ri e olha para James. — Não é, papai? Ela sempre pergunta "Como está a Sra. Invisível?".

— Sra. Invisível? — Demeter parece calma, mas eu consigo ver sua mão tremendo enquanto segura o copo para beber um gole de água. — Como assim?

— A mãe invisível — explica Hal, desviando os olhos do telefone. — É verdade, mãe, você nunca está presente em nada.

— Claro que estou. — Demeter soa bem indignada, como já a vi outras vezes. — Vou a todos os eventos, a todas as reuniões de pais...

— E o meu jogo de basquete? — Hal lança um olhar magoado para ela. — Você pelo menos *sabe* que estou num time de basquete?

— Basquete? — Demeter parece confusa, seus olhos não param quietos de novo. — Basquete? Eu não... Quando... James, você sabia disso?

— O papai vai a todos os jogos — diz Hal. — Ele canta as músicas da torcida e tudo.

— Pare com isso, Hal — diz James, sério. — Ele está brincando com você, Demeter. Ele não joga basquete.

— Mas por que... — Demeter para de falar, está indignada. — Por que você... *James*? — Ela praticamente grita, mas o marido está com a cara no celular de novo. — Por favor, pode participar dessa conversa?

— Hal, pare com isso — diz James. — Peça desculpas.

— Foi mal — murmura Hal.

Espero James insistir. *Peça desculpas direito*, como meu pai teria feito comigo, mas ele não faz isso. Já está em outra. Não me importa se ele é inteligente e importante, porque, na verdade, ele é um *idiota*. Talvez ele seja um daqueles homens que não sabem lidar com o sucesso da mulher. Não faço a menor ideia do que levou Demeter a se casar com ele.

Hal continua comendo como se nada tivesse acontecido, enquanto Coco parte um pão. Demeter está encolhida e em silêncio. No momento, tudo que sinto por ela é muita pena.

Depois do café, os dois adolescentes saem da cozinha. Eu deveria ajudar Biddy com os pães da tarde, mas não posso sair. Estou completamente fascinada com o show de horrores que é a Demeter com a família. Fico ao lado do armário de carvalho antigo, onde consigo ouvi-los, dobrando e redobrando os guardanapos. Não que Demeter e James notem minha presença — eles estão presos como sempre na própria bolha.

— Então sua mãe me chama de Sra. Invisível. — Demeter leva a xícara de café aos lábios e, então, a pousa na mesa de novo, sem tocá-la. — Bacana.

James se retrai.

— Olha... desculpa. Você não deveria ter ouvido isso. Já falei pra minha mãe que ela está errada.

— Mas o que ela *quer dizer* com isso? — Demeter parece brava.

— Ah, por favor. — James coloca as mãos na mesa fazendo barulho. — Você sai toda noite. Quando não está trabalhando até tarde, está em alguma cerimônia de premiação...

— É o meu trabalho! — diz Demeter, parecendo angustiada. — Você sabe que eu tenho que fazer essas coisas, James...

— Demeter, eles me querem em Bruxelas. — James a interrompe nesse exato momento, e ela respira fundo. E fica pálida. O silêncio entre eles é tão longo e tão tenso que eu sinto vontade de interrompê-lo. Por fim, Demeter diz:

— Certo. — Ela engole em seco e faz mais uma pausa infinita. — Certo — repete. — Uau! Por essa eu não esperava.

— Eu sei. Desculpa. Eu ando... — Ele passa as mãos pelos cabelos. — Ando preocupado. É isso.

Fico imóvel ao lado do armário. Está claro que essa conversa é muito íntima. Eu deveria dar algum sinal de que estou aqui, mas não consigo. Não consigo desfazer o feitiço. Seguro um guardanapo com tanta força que meus dedos ficam brancos. Demeter respira fundo para falar, e eu percebo que ela está medindo as palavras.

— Pensei que já tivéssemos conversado sobre a questão de Bruxelas, James. Pensei que tivéssemos decidido...

— Eu sei o que decidimos. Eu sei o que estabelecemos. Eu sei o que falei. — James esfrega os olhos com as costas da mão. Demeter vira o rosto para o outro lado, está de cabeça baixa. Os dois são o retrato da tristeza.

Não consigo deixar de pensar naquela foto dos dois no mural da Demeter, para a qual eu sempre olhava. Ambos de pé no tapete vermelho, de black tie, passando a impressão de serem o casal mais bem-

-sucedido, glamoroso e estável do mundo. Mas veja como estão agora. Cansados, estressados, nem ao menos olham nos olhos um do outro.

— Mas? — pergunta Demeter, por fim.

— Eu menti, tá? — diz James sem conseguir mais se conter. — Eu disse que não queria ir para Bruxelas porque achei que era o que você esperava. Mas eu *quero*, e eles querem que eu vá, e estou cansado de ceder. É uma oportunidade excelente. Não vou ter outra assim.

— Ok. — Vejo os olhos de Demeter se movimentando com nervosismo. — Entendo. Sim. Está bem. Então... nós nos mudamos para Bruxelas?

— Não! Você tem o seu emprego... Tem a escola das crianças... — Ele espalma as mãos. — Eles falaram sobre um contrato de três anos. Depois disso, quem sabe? Espero conseguir outra ótima oportunidade em Londres. Mas, por enquanto... — James se inclina para a frente e espera Demeter olhar em seus olhos. — Eu *quero* isso. Você quis a Cooper Clemmow... Eu quero isso.

— Então está bem. — Ela mexe os dedos sobre a mesa. — Você tem que aceitar então. Vamos dar um jeito.

— Ai, meu Deus... Você é sempre tão *generosa*! — Ele faz uma careta, levando a mão à testa. — Desculpa. Tenho sido um idiota.

— Não, não — diz Demeter. — Isso não é verdade. Você está infeliz. Agora eu entendo.

— Sou um idiota.

— Um pouquinho idiota. — Demeter abre um sorrisinho relutante, e ele sorri para ela também, com aqueles charmosos pés de galinha.

Eles ficam em silêncio por um tempo. Os dois apenas olham um para o outro. Sinto que, mentalmente, estão organizando suas ideias. E agora talvez eu consiga entender *por que* eles se casaram. Mas, minha nossa! Que montanha-russa!

— Você me apoiou — diz Demeter, girando a xícara de café lentamente sobre o pires. — Quando fui para a Cooper Clemmow. Você me apoiou e recusou a oferta de Bruxelas. E está triste desde então. Agora consigo entender.

— Eu acho... — James bufa. — Acho que deveria ter sido mais sincero. Pensei que podia simplesmente *não querer* ir, se eu me obrigasse a pensar assim.

— Não tem como se obrigar a *não querer* as coisas. — Demeter abre um sorriso sarcástico para ele. — Idiota.

— Mas esse emprego é importante.

— Tudo bem. — Ela suspira com esforço. — Nós vamos conseguir. Vamos sobreviver. Qual o próximo passo?

— Eles querem conversar comigo. — James faz uma pausa. — Amanhã.

— *Amanhã?* — Demeter olha para ele, horrorizada. — Mas estamos de férias! Quando você ia...

— Vou para o aeroporto hoje à tarde. Vou e volto em... o quê? Setenta e duas horas.

— Setenta e duas horas? Por que tanto tempo?

— Eles querem fazer duas reuniões... — James segura as mãos dela. — Olha, eu sei que não é o ideal. Mas você está se distraindo aqui. É divertido. As crianças não vão nem perceber que saí.

— Está bem. — Demeter parece meio desanimada. — Acho que preciso me acostumar com a sua ausência.

— Temos que dar um jeito nisso. Mas será bom. — O rosto de James demonstra animação. Ele agora está com as energias renovadas. — Vou telefonar para eles confirmando. Amo você.

— Também amo você — diz Demeter, balançando a cabeça de modo relutante, como se estivesse dizendo aquilo só por dizer.

James se inclina para a frente e a beija com uma delicadeza que me surpreende. Então, ele sai do salão sem nem me notar. Demeter fica parada por um tempo. Parece meio estupefata. Seu rosto está mais exaurido do que nunca.

Mas, por fim, ela se levanta, pega o telefone e começa a escrever uma mensagem. Enquanto faz isso, seus olhos estão novamente brilhando. Ela até esboça um sorriso.

Bom, graças a Deus! Porque eu já estava ficando preocupada.

Ela termina a mensagem, pousa o telefone na mesa e se recosta na cadeira — e então me vê.

— Oi, Katie — diz ela, da forma imperiosa de sempre. — Eu queria perguntar para você se vamos fazer outra atividade sob medida amanhã. Porque é claro que não vou sair para pegar cogumelos.

Olho para ela sem reação, sem saber o que dizer. Nem sei mais como olhar para a cara dela.

Antes, eu só conseguia ver a chefe infernal com a vida perfeita e brilhante. Mas agora o que vejo é apenas uma pessoa. Uma pessoa com problemas, dificuldades e impasses, como todo mundo. Que está tentando fazer o seu melhor, ainda que não dê certo. De repente, eu me lembro dela deitada na grama, cheia de lama, com a roupa do Vedari, e mordo meu lábio. Talvez aquilo tenha sido um pouco drástico. Talvez tudo tenha sido meio drástico.

— Tá — digo. — Teremos, sim, Demeter. Vamos fazer uma atividade sob medida.

Uma atividade *bacana*, decido. Algo divertido. Vamos passar a manhã juntas, fazendo algo realmente gostoso. Estou meio que ansiosa por isso.

Um táxi chega para pegar James às três da tarde, e, pela janela da cozinha, eu o vejo entrar no carro. Demeter se despede dele com um beijo e, então, volta devagar. Está checando os e-mails de novo, e eu ouço quando ela exclama:

— *Não!* — Ela parece incrédula, como se de novo o mundo não fizesse sentido.

Ainda distraída, ela caminha em direção ao banco da mesa à qual seus filhos estão sentados.

— Mamãe. — Coco olha para ela com olhos arregalados. — Você se esqueceu de colocar meu casaco com capuz da Abercrombie and Fitch na mala.

— O quê? — Demeter parece confusa. — Capuz? Você está usando um casaco com capuz.

— Meu *outro* casaco. Este aqui está todo velho.

— Mas foi você quem fez sua mala, querida.

— Você disse que ia conferir!

— Coco... — Demeter leva uma das mãos à cabeça. — Não consigo cuidar da sua mala e de todo o resto. De qualquer modo, você está com um casaco de capuz. Está tudo bem.

— Ah, que ótimo! Então eu tenho que fazer tudo sozinha e ainda tenho que estudar. Porque você insiste em dizer que isso é *importante*. — Coco praticamente rosna para a mãe. — A Sra. Invisível dando ordens de novo.

— Não me chame assim, por favor. — Dá para ver que Demeter não está conseguindo manter a calma. — Você está com um casaco de capuz.

— Eu não *queria* esse casaco. — Coco puxa de qualquer jeito o casaco, da marca Jack Wills, que provavelmente custou umas 60 libras.

Estou ouvindo tudo, completamente indignada. Quem essa menina pensa que é? E, *meu Deus*, o que aconteceu com Demeter? Onde está a mulher-maravilha todo-poderosa que conheço do trabalho? Parece que ela desaparece assim que encontra os filhos, e fica só essa pessoa ansiosa e retraída que não reconheço. É esquisito. *É errado*.

Enquanto observo, o telefone da Demeter toca, e ela o atende na hora.

— Oi, Adrian — diz ela, parecendo assumir uma postura defensiva. — Sim, eu sei exatamente o que está acontecendo. Mas não entendo. Deve haver algum outro sentido nisso. Você chegou *a falar* com a Lindsay da Allersons? — Ela ouve o que é dito, e sua expressão parece nervosa. — Não, não pode ser — diz ela. — Não pode! Isso é loucura!

Ela se levanta e se afasta para conversar em particular. Os filhos ainda estão sentados à mesa de piquenique, com a cara na tela de seus telefones, como se estivessem possuídos, e alguma coisa na atitude deles faz com que eu fique fervendo de raiva.

Sei que não é da minha conta. Mas, meu Deus! Se eu achava a Demeter mandona, era porque não tinha visto os filhos dela ainda. Em um ímpeto, abro a porta da cozinha e saio.

— Oi! — digo, animada, ao me aproximar da mesa. — Como vocês dois estão? Aproveitando as férias?

— Sim, obrigada — diz Coco, sem se dar ao trabalho de olhar para mim.

— E o que fizeram para agradecer à sua mãe? — pergunto casualmente.

— O quê? — questiona ela, sem entender. Hal não responde, mas parece igualmente perplexo.

— Bom, sabem como é — digo, como se fosse óbvio. — *Ela* trabalha muito pra pagar as férias de vocês e comprar roupas de marca... — Faço um gesto indicando o casaco de capuz da Jack Wills. — Então *vocês* têm que agradecer.

Os dois parecem surpresos com o que eu digo.

— Ela gosta de trabalhar — diz Coco, por fim, revirando os olhos.

— Bom, a Biddy gosta de cozinhar — digo, dando de ombros. — Mas, ainda assim, vocês agradecem a ela com simpatia quando ela chega com os bolinhos.

— Não é a mesma coisa — diz Coco, parecendo irritada. — Ela é a nossa *mãe*.

— Ninguém agradece pelas férias — argumenta Hal, como se estivéssemos tratando de um assunto da pauta da Convenção de Genebra que ele, por uma questão de princípios, não quer abandonar.

— Bom, não sei — digo, parecendo bem simpática. — Porque, quando eu tinha a idade de vocês, minha família não tinha dinheiro pra viajar nas férias. Eu teria sentido muita inveja de vocês, que sempre viajam.

— Não viajamos tanto assim — diz Coco, parecendo emburrada, e eu sinto vontade de dar uns tapas nela. Já vi fotos dela na sala da Demeter. Esquiando. Em uma praia de areia branquinha. Rindo em um barco em alguma praia tropical.

— Só viajei para fora do país aos 17 anos — digo com simpatia. — E agora não tenho dinheiro pra viajar pro exterior. E *nunca* pude comprar um casaco da Jack Wills. Você tem sorte, Coco. Pensa só, Jack Wills!

Coco toca o casaco com cuidado, o mesmo casaco que ela estava esgarçando há pouco. Em seguida, ela olha para minha camisa de malha — da Factory Shop, sem etiqueta.

— Bom — diz ela em um tom menos prepotente. — É. Jack Wills é legal.

— Até mais — digo com tranquilidade, deixando-os sozinhos.

Eu me recosto em uma parede próxima, fingindo conferir minha prancheta de atividades, e me pergunto como isso vai se desenrolar. Mas, se eu estava esperando que os dois começassem a debater como vinham sendo mal-agradecidos com a mãe e como poderiam se retratar com ela, eu estava maluca. Eles ficaram em silêncio, com a mesma expressão chateada, olhando para o telefone, como se não tivéssemos falado nada.

Quando Demeter volta para a mesa, parece exausta e meio apavorada. Ela se senta, olhando para o horizonte e mordendo o lábio. Por um momento, ninguém diz nada. Mas então Coco desvia os olhos do telefone por um milésimo de segundo e murmura:

— Mamãe, as férias estão ótimas.

No mesmo instante, Demeter ganha vida. O cansaço desaparece de seu rosto, e ela olha para Coco como alguém cujo namorado acabou de dizer que vai se casar com ela, finalmente.

— Sério? — diz ela. — Você está se divertindo?

— Sim. Então, tipo... — Coco hesita, como se estivesse fazendo um baita esforço. — Sabe como é... Obrigada.

— Querida! É um prazer para mim! — Demeter parece radiante, simplesmente porque a filha fez um agradecimento meio esquisito. É de dar dó. É *trágico.*

— Sim — diz Hal, e essa única sílaba parece deixar o dia dela ainda mais perfeito.

— Bem, é incrível — diz ela. — É incrível só de estar com vocês.

Percebo que a voz dela está um pouco embargada, e seus olhos se mexem daquele jeito repentino e assustado que conheço tão bem. O que está acontecendo com ela? *O que está acontecendo?*

Nesse momento, meu pai se aproxima da mesa, com uma pilha de folhetos na mão.

— Bem — começa ele, de seu jeito charmoso —, posso dizer que vocês são excelentes hóspedes. Simplesmente incríveis. Recebemos muitos hóspedes, mas *vocês...* — Ele aponta o dedo com a pele marcada pelo tempo para Demeter, depois para Coco e, em seguida, para Hal. — *Vocês* estão no topo da lista.

— Obrigada — diz Demeter, rindo, e até Coco parece satisfeita.

— E, por esse motivo — continua meu pai —, gostaríamos de convidar todos os seus amigos pra virem no ano que vem. Porque temos certeza de que eles ficarão tão felizes quanto vocês. — Ele entrega a Demeter um maço de folhetos da Fazenda Ansters. — Espalhem por aí! Espalhem a alegria! Damos descontos de dez por cento pra todos os seus amigos.

Demeter pega os folhetos, e percebo que ela está achando o jeito do meu pai engraçado.

— Quer dizer então que somos os melhores hóspedes daqui, não é? — diz ela, entortando a boca.

— *De longe* — diz meu pai, de modo enfático.

— Então vocês não estão dando esses dez por cento de desconto a mais ninguém?

— Ah! — Meu pai pisca para ela. — Bem, seria injusto se não estendêssemos esse desconto a outros hóspedes. Mas esperamos que os *seus* amigos venham.

Demeter ri.

— Claro que sim. — Ela olha para o folheto algumas vezes, abre e analisa o layout. — Isso é bom — diz ela de repente. — Já tinha achado isso bom antes. Muito interessante, ótimo design... Quem produziu esses folhetos?

— São bons, não? — Meu pai parece satisfeito. — Foi a nossa Katie quem fez isso tudo.

— Katie? — Demeter parece um tanto surpresa. — A Katie... *A Katie?*

— Isso mesmo. — Meu pai olha para mim. — Katie, a Demeter gostou do seu folheto!

— Venha aqui! — Demeter faz um sinal de um jeito bem mandão, e sinto minhas pernas obedecendo ao seu chamado. Puxo meus cabelos azuis encaracolados para a frente do rosto, empurrando os óculos com firmeza pela ponte do nariz.

Sei que estou entrando em um terreno perigoso agora. Eu deveria dar uma desculpa e sair dali, mas não consigo. Fico meio ofegante, tomada de esperança. Percebo que ainda quero a aprovação dela. Ainda sou desesperada por receber elogios dela.

Demeter está lendo o folheto que eu fiz. Não só está lendo, como o está estudando com atenção. Está levando meu trabalho a sério. Por quanto tempo sonhei com isso?

— Quem escreveu esse texto? — Ela bate no folheto com as costas dos dedos.

— Eu.

— Quem escolheu a fonte e o papel?

— Eu.

— Ela fez o site também — diz meu pai, todo orgulhoso.

— Um amigo que entende tudo de informática me ajudou — digo.

— Mas você foi a responsável pelo conteúdo criativo? — Demeter olha para mim estreitando os olhos, pensativa.

— Bem... sim.

— O site ficou bom — diz ela. — E *isto* é incrível. Eu sei o que estou falando — diz ela ao meu pai. — Esse é o meu ganha-pão.

— Essa é a nossa Katie! — diz meu pai e passa a mão em meus cabelos. — Agora, se me dá licença...

Ele pega os folhetos e parte em direção a outro grupo de hóspedes, e faz o mesmo discurso que fez a Demeter.

— Katie, me diga uma coisa — fala Demeter, que não desgruda os olhos do folheto. — Você já fez *estágio*?

— Humm. — Engulo em seco. — Eu... eu estudei design.

— Bem, você tem ótimas ideias — diz ela, de modo enfático. — Eu mesma não faria melhor. Acho que você tem um talento raro. Gostaria *muito* que nossos funcionários fossem tão talentosos assim.

Olho para ela, pensativa. Eu me sinto meio perdida, para falar a verdade.

— Trabalho para uma empresa chamada Cooper Clemmow — continua ela. — Trabalhamos com *branding*. Aqui está meu cartão. — Ela me entrega um cartão da Cooper Clemmow, e eu o seguro meio anestesiada, meio querendo cair em uma risada histérica. — Se um dia pensar em sair daqui, se quiser tentar um emprego em Londres... pode me ligar. Pode ser que eu consiga lhe dar uma oportunidade de trabalho. Não faça essa cara de apavorada — diz ela, com gentileza. — Temos um escritório muito bacana. Tenho certeza de que você se daria bem lá.

— Obrigada — digo, minha voz não saindo direito. — É muito... Obrigada. Preciso...

Com as pernas bambas, eu me afasto dela, entro em casa, passo pela cozinha e subo para o meu quarto. Não olho para a direita, não olho para a esquerda. Coloco o cartão de visita sobre a cama com cuidado e olho para ele por um segundo. E então grito.

— Nãããããoooo!

Bato a cabeça na parede. Puxo meus cabelos. Grito de novo. Soco os travesseiros com força. Não dá para aguentar. Não acredito nisso.

Finalmente, finalmente consegui o que sempre quis. Demeter viu meu trabalho. Ela me elogiou. E quer me dar uma chance.

Mas do que isso me adianta agora?

Por fim, ofegante, caio numa cadeira e analiso minhas opções.

1. Descer as escadas, encontrar Demeter e dizer: *Adivinhe só! Sou eu, a Cat!* E com isso ela provavelmente vai enlouquecer, retirar a oferta de emprego, revelar a Biddy e a meu pai que minha história do "período sabático" é mentira e causar uma baita confusão. Pesadelo total.
2. Aceitar a oferta de emprego dela sob a identidade de "Katie" Brenner. Ser desmascarada na hora, ser processada por fraude e nunca mais conseguir um emprego. Pesadelo total.
3. Nem sei se existe uma terceira opção.

Meu cérebro fica rodando por meia hora. Mas não encontro uma solução. Só me sinto mais cansada, mais idiota e com a cabeça cheia. E Biddy deve estar precisando de ajuda. Então me levanto, desço a escada e começo a descascar batatas, o que é um bom calmante.

Pelo menos até meu pai entrar na cozinha, assoviando de forma animada e colocando seu chapéu de "Fazendeiro Mick" para o show de mágica que vai fazer mais tarde. (Ele não sabe fazer mágica, não mesmo. Mas por sorte as crianças o consideram muito engraçado independentemente do que faça, e os adultos ficam felizes ao verem os filhos contentes.)

— A tal Demeter gostou do que você fez, não foi? — pergunta ele para mim. — Nós sabíamos que você era talentosa!

— Como assim? — Biddy desvia os olhos da massa de torta que está moldando.

— Demeter. Ela é especialista em folhetos, parece. Eu contei pra ela que a Katie fez os nossos. Você tinha que ter visto a cara dela.

— Ah, Katie! — diz Biddy, toda feliz. — Que maravilha! Você contou pra ela sobre o seu emprego em Londres, querida? — continua ela, inocentemente. — Talvez vocês duas devessem... como se diz? Fazer *networking*.

Sinto uma onda enorme de pânico.

— Não! — grito. — Olha, não é adequado. Não enquanto ela estiver de férias. Vou guardar o cartão dela para entrar em contato depois.

— Depois? — Biddy parece não entender. — Querida, eu não deixaria essa oportunidade passar. Pode ser que ela se esqueça de você. Olha, se for esquisito pra você, eu posso tocar no assunto com ela. Qual é mesmo o nome da empresa em que você trabalha? Cooper Clemmow. É isso, não é?

Eu me sinto zonza. Isso não pode estar acontecendo. Biddy *não pode* falar com a Demeter que tenho um emprego importante numa empresa em Londres chamada Cooper Clemmow.

— Não! — repito, desesperada. — Olha, esse povo de Londres é bem estressado. Eles vêm aqui pra relaxar e escapar de tudo. Não gostam de quem fala de trabalho durante as férias. Eles... eles comentam no TripAdvisor! — acrescento, desesperada, e sinto uma onda de medo tomar conta de Biddy.

O TripAdvisor é aterrorizante. Já temos três comentários até agora, e adoráveis, mas todos nós sabemos que as coisas podem dar muito errado.

— Acho que ela tem razão, amor — diz meu pai para Biddy. — Não queremos parecer desesperados.

— Exatamente! É muito, muito importante. — Tento mostrar isso a Biddy. — *Não* fale de trabalho com a Demeter. *Não* pergunte onde ela trabalha. E não... — Eu sinto náuseas ao pensar nisso. — *Não* fale da Cooper Clemmow.

Volto a descascar as batatas e começo a me sentir um pouco fraca. Foi por pouco. Ainda está por pouco. Por um fio. Independentemente do que eu disser a Biddy, pode ser que ela decida ostentar meu emprego em Londres na frente de Demeter. Com uma única palavra errada, tudo pode vir à tona. Ai, meu Deus... Fecho os olhos, respirando com dificuldade. Será que devo abrir o jogo agora? Devo contar tudo a Biddy e ao meu pai? Mas eles vão ficar *tão* chateados, e já têm coisas suficientes com as quais se preocupar...

— Katie? — A voz de Biddy me assusta. — Querida, acho que está bom, você já descascou essa batata toda — diz ela, rindo, e eu olho para baixo, em transe. Estou descascando a mesma batata, sem parar, até que ela fica do tamanho de uma bola de gude.

— Verdade — digo, forçando um sorriso. — Estou desconcentrada.

— A propósito — diz Biddy —, eu queria contar antes. Adivinha? Nosso primeiro hóspede de pousada chega amanhã!

— Ah, que ótimo! — digo, distraída por um momento. — Que notícia incrível!

O quarto de pousada foi projeto de Biddy. Foi ideia dela ter uma acomodação "extra" na casa para as pessoas que não querem fazer *glamping*. É um quarto no andar de baixo com entrada independente — na verdade, era uma sala de estar que raramente usávamos. Biddy o pintou com tinta Farrow & Ball (sugestão minha), e meu pai transformou o banheiro de fora em um banheiro pequeno com chuveiro. Os lençóis também são de quatrocentos fios, como nos yurts.

— Quem é? — pergunto. — Vai ficar por muito tempo?

— Só uma noite — diz Biddy. — Ele deve estar querendo dar uma olhada nos yurts ou coisa assim. Ele queria ficar em um, mas eu disse que estavam cheios.

— Ele quer fazer alguma atividade?

— Ah. — Biddy parece confusa. — Não perguntei. Bem, vamos descobrir quando ele chegar. Ele tem um nome esquisito. Astalis. — Ela olha para suas anotações. — Será que é isso mesmo? Astalis?

O mundo parece escurecer por um instante.

— Astalis? — repito, com uma voz que não parece minha.

— Alex Astalis. — Biddy enruga a testa. — Será que ele é parente daquele outro Astalis famoso... Como ele se chama mesmo?

Alex está vindo para cá. Por que ele está fazendo isso? E então, no instante seguinte, sei *exatamente* por que ele está vindo para cá.

— Quando... — Estou tentando manter o controle. — Quando ele ligou, exatamente?

— Foi mais cedo — diz Biddy. — Umas duas e meia.

Duas e meia. Cerca de dez minutos depois de James dizer a Demeter que iria se ausentar. De repente, eu me lembro de Demeter sentada à mesa do almoço, mandando uma mensagem de texto, esboçando um sorriso. Ela não dorme no ponto, não é? Na verdade, não dormiu nadinha.

— Espero que ele ache a cama confortável. — Biddy está preocupada. — Eu a achei meio dura, mas seu pai disse que está boa...

— Tenho certeza de que vai dar tudo certo — digo, meio anestesiada.

Tenho vontade de dizer: *Ele não vai precisar da cama. Não vai precisar do quarto. Vai passar a noite toda no yurt com a Demeter.*

E eu estava toda boazinha com ela, achando que a vida dela era complicada — mas veja só! Assim que o marido sai de cena, ela chama o amante. Não esperou nem meia hora depois de James beijá-la e dizer que a amava. Ela é uma megera, uma *megera* egoísta...

E agora estou me torturando, imaginando Alex e Demeter juntos no yurt. Velas acesas. Movimentos atléticos sobre a pele de carneiro. Minha respiração está curta, alterada, ofegante. Eu me sinto um caldeirão de fúria e de frustração... e, sim, de inveja. Um pouco de inveja.

Muita inveja.

Então me sobressalto, em pânico. Merda. E se o Alex me reconhecer? Ele não deve ser um fisionomista tão ruim quanto Demeter. Ele é mais atento. Não posso aparecer na frente dele de maneira alguma, senão tudo vai por água abaixo...

Ok. Pare de surtar. Vai dar tudo certo. Vou ter que fingir que estou doente ou algo assim. De qualquer modo, não quero vê-lo. Não consigo pensar em nada pior do que isso.

— A que horas ele chega? — pergunto do modo mais casual que consigo. — Esse tal de Astalis?

— Só umas onze e pouco. Temos tempo suficiente pra preparar o quarto. — Biddy sorri para mim. — E o que você vai fazer com a Demeter? Ela me disse que você está preparando outra atividade sob medida. Vocês duas são um barato!

Olho para Biddy com o cérebro a toda a velocidade. Eu tinha me esquecido da atividade sob medida. Eu tinha me esquecido de que passaria mais uma manhã com Demeter. Algo "bacana", prometi. Algo "divertido". Bem, isso foi antes de eu saber que ela era uma megera egoísta, calculista e duas caras.

— Quer assar uns pães? — sugere Biddy. — Eu poderia ajudar você, nesse caso. — Mas digo que não, balançando a cabeça.

— Não, não se preocupe. Vou inventar alguma outra coisa. — Abro um sorrisinho para Biddy. — Pode ser que essa seja a última atividade da Demeter comigo. Quero pensar em algo absolutamente *perfeito*.

CAPÍTULO QUINZE

Encontro Demeter às dez horas na manhã do dia seguinte com minha postura mais alegre e simpática de "oi, pessoal". Ela está usando uma blusa cinza e shorts jeans, assim como Coco, além de galochas da Hunter. (Eu pedi a ela que calçasse algo confortável para caminhar.) Demeter tem pernas muito bonitas — claro que tem. Ela provavelmente está se achando parecida com a Kate Moss no Glastonbury e deve estar usando shorts de adolescente para ficar supersensual para Alex.

Sinto uma onda de ódio que poderia ser confundido com mau humor, mas consigo disfarçá-lo com um sorriso.

— E aí, Demeter! Bem-vinda à nossa caminhada na natureza sob medida. Vamos pra mata esticar as pernas e ver uma grande variedade de vida selvagem. O que acha?

— Bom, tudo bem. — Demeter parece meio desconfiada. — Há muito o que ver na mata?

— Ah, sim — respondo, com um sorriso meio amarelo. — Não se preocupe. Não vai ficar entediada. Passou protetor solar? — pergunto.

— O sol está quente hoje.

Não está só quente, está escaldante. Biddy besuntou todas as crianças com protetor solar mais cedo e fez picolés, que estarão prontos na hora do almoço.

— Estou usando protetor fator 50, na verdade — diz Demeter, meio exibida. — Uso um protetor de uma marca *incrível* que compro na Space NK; tem óleo de néroli e leite de argan....

— Ótimo — interrompo-a, antes que ela me enlouqueça se exibindo ainda mais. — Então vamos começar.

Só falei do protetor solar para parecer profissional. Para onde vamos, Demeter não vai precisar de protetor solar. Muá-ha-ha-ha-ha.

Eu a conduzo depressa pelos campos, e o sangue pulsa forte em minhas veias. Estou meio animada demais hoje. Acordei às cinco, totalmente alerta, já pensando muito em Demeter.

E no Alex. Nos dois, acho.

Bem, é o seguinte: meus pensamentos estão tomados por Alex, com Demeter aparecendo para participações especiais. O que é *ridículo*. Ele é só um cara que encontrei algumas vezes. Um cara que já deve ter se esquecido de que eu existo. Como ele entrou no meu cérebro? Por que eu me sinto tão... O que estou sentindo, exatamente?

Traída. Então me dou conta de que é exatamente assim que eu me sinto. Eu me sinto traída por ele ter escolhido alguém como Demeter, que é casada, tão inadequada, tão Demeter. Quando ele poderia ter...

Tudo bem. Antes que eu pareça totalmente trágica, tem uma coisa. Não vou dizer *Ah, como eu queria que ele tivesse se apaixonado por miiiimmmm*.... Bom, claro que gostaria que isso tivesse acontecido, mais ou menos, não é? Porém, é mais do que isso. É tipo *Você gosta mesmo de pessoas como a Demeter, Alex? Porque não consigo entender. Ela não tem seu senso de humor. Ela não tem sua leveza, sua irreverência tão aparente. Não consigo imaginar vocês dois juntos, simplesmente não consigo, não consigo, não consigo...*

— Oi? — diz Demeter, e eu me dou conta de que estou murmurando: "Não consigo".

— Só estou entoando um mantra Vedari — digo depressa. — Me ajuda a ficar concentrada. Agora, fique atenta pra ver os ratos-do-mato.

— Ratos-do-mato! — exclama Demeter.

— São criaturas minúsculas, parecidas com ratos, mas muito mais especiais. E há muitos deles nesse campo.

Não tem a menor possibilidade de ela conseguir encontrar um rato-do-mato, mas pelo menos assim ela larga um pouco do meu pé. E, como era de se esperar, caminhamos em silêncio, com Demeter observando tudo.

— Pronto! — Quando chegamos à beira da mata, eu me viro como uma líder de excursão. — Bem-vinda à Mata Ansters. Aqui, você verá um mundo biodiverso de animais, plantas e até de peixes, todos convivendo em harmonia.

— Peixes? — pergunta Demeter, e eu confirmo.

— Há riachos e lagos na mata que abrigam várias espécies muito raras.

Sabe como é. Isso provavelmente é verdade. Não importa.

Caminho em direção à parte mais densa e fechada da mata, e Demeter está olhando para os galhos com certo nervosismo. Nossa, que idiota que ela é por estar de shorts!

— Ai! — Ouço um grito de repente. — Raspei numa urtiga!

— Que azar — digo tranquilamente. Conforme continuamos andando, não consigo deixar de falar: — A verdade é que a urtiga gruda em quem se empertiga. Não acha?

Não sei se a Demeter entendeu a indireta. Ela está olhando para o caminho de mato alto à nossa frente e parece alarmada.

— Não se preocupe — digo para tranquilizá-la. — Vou abrir um atalho pra gente entre as árvores. Fique logo atrás de mim, assim vai ser mais fácil.

Pego um graveto grande e flexível e começo a batê-lo entre os arbustos e, sem querer querendo, com um movimento vigoroso, acerto a perna da Demeter.

— Ai! — diz ela.

— Ai, desculpa — digo, num tom inocente. — Não queria fazer isso de jeito nenhum. Vamos continuar. Olhe ao redor e você vai ver bétulas, olmos e plátanos, além de carvalhos. — Espero cerca de trinta segundos para ela olhar para as árvores e então continuo: — O que vai fazer hoje à noite, Demeter? Agora são só as crianças e você, não? Deve estar muito triste por seu marido não estar aqui. Tão solitária, sozinha em seu yurt. Só você, mais ninguém.

Enquanto falo, sinto meu ressentimento crescer. *Veja só*, a Demeter, com seus shorts jeans, tomando sol, preparando-se para uma noite tórrida de sexo.

— Eu sei, é uma pena. Essas coisas acontecem — diz ela, dando de ombros. Agora está olhando para as árvores ao nosso redor. — Qual delas é o plátano?

— Quer dizer, vocês vieram em *família*. — Forço tanto o sorriso que minhas bochechas começam a tremer. — Com seu adorável marido pra quem você fez juras de amor. Há quanto tempo estão casados?

— O quê? — Demeter parece confusa. — Humm... dezoito anos. Não, dezenove.

— Dezenove anos! Parabéns! Você deve amá-lo muito, *demais*!

— Humm... sim — confirma ela, meio atordoada. — Bem, nós temos nossos altos e baixos...

— Claro que sim. Quem não tem? — Dou uma risada estridente. Durante todo esse tempo consegui parecer totalmente calma perto dela. Mas hoje estou perdendo um pouco o controle.

— E então... Há muitas espécies interessantes de pássaros na mata? — pergunta ela, com sua expressão "alerta e inteligente" que não me agrada nem um pouco.

— Ah, sim — digo, ofegante. — Sem dúvida. — Aponto para cima quando um corvo voa de uma árvore. — Olha lá! Você viu?

— Não! — diz ela, e na mesma hora olha para cima. — O que é?

— Um pássaro muito raro — digo. — Muito raro mesmo. O grande... ostentador de crina.

Eu quase disse o *grande Demeter de crina*.

— Ele é da família do pássaro canoro, porém é muito mais raro — digo. — Muito predador. Um pássaro muito nocivo, nojento.

— É mesmo? — Demeter parece fascinada.

— Ah, sim. — Agora me empolguei. — Ele tira as fêmeas do caminho e não deixa que elas prosperem. Ninguém quer cruzar com ele na natureza. Ele é uma cobra. Egoísta. Bom, ele é bonito. Tem uma plumagem muito lisa. Mas é muito astuto. Muito vaidoso.

— Como um pássaro pode ser vaidoso? — Demeter parece confusa.

— Ele se alisa o tempo todo — digo depois de uma pausa. — E então arranca os olhos dos outros pássaros.

— Ai, *meu Deus*. — Demeter está com cara de quem quer vomitar.

— Porque ele tem que ser o pássaro-alfa. Ele tem que ter tudo. Não se importa se os outros pássaros na mata estão sofrendo. — Faço uma pausa. — Mas quando está com a guarda baixa e vulnerável, os outros pássaros se vingam dele.

— Como? — Demeter parece muito assustada.

— Eles têm suas artimanhas — digo com um sorrisinho. Espero Demeter fazer mais uma pergunta, mas ela se cala. Fica apenas me olhando de um jeito estranho, reverente.

— Eu estava lendo um livro sobre os pássaros da região ontem à noite — diz ela lentamente. — Não havia nada sobre o grande ostentador de crina.

— Bem, como eu disse, é muito raro. Um dos mais raros. Vamos? Faço um gesto para que continuemos, mas Demeter não me acompanha. Está olhando para mim como se nunca tivesse me visto. Ah, Deus, ela não suspeita de nada, não é? Será que a história do grande ostentador de crina foi longe demais?

— Você sempre morou no interior? — pergunta ela.

— Ah, sim — dou uma risada, aliviada por estar em um ambiente mais seguro. — Eu nasci na fazenda — acrescento, forçando o sotaque. — Meu pai fez várias marquinhas na parede da cozinha pra medir minha altura ao longo dos anos. Isso aqui é a minha casa.

— Entendo. — Demeter parece apenas um pouco mais tranquila, mas volta a me acompanhar, de qualquer forma.

— Você vai querer ver os lagos — digo a ela, olhando para trás. — A bela vida selvagem nos lagos. Vamos até lá agora.

Dizemos "lagos", mas é só *um* lago, na verdade. Um lago bem grande, bem fundo e uma lagoinha mais rasa, exatamente ao lado, que às vezes é um lago, e às vezes vira um pântano. Nessa época do ano, está um pântano. Cerca de um metro de lama empoçada, com sapos e coberta por um mato verde-claro.

E é para lá que Demeter está indo, quer ela saiba ou não. Quero que ela fique coberta de lama, pingando grama, gritando furiosa e então — cereja do bolo — imortalizada em uma foto, que se tornará viral, e que eu tenho certeza de que Flora sentirá *muito* prazer em disseminar para o mundo. Meu telefone está no meu bolso, protegido por um saquinho plástico. Está tudo pronto. O único problema vai ser conseguir enfiá-la no pântano. Mas, ainda que eu tenha que mergulhar primeiro, vou dar um jeito de isso acontecer.

Minha respiração fica mais ofegante conforme caminhamos. Meus ouvidos estão zunindo; estou atenta a todos os sons que vêm das árvores. De vez em quando, tenho um espasmo e penso: *Quero mesmo fazer isso?*

Não é melhor voltarmos pra fazenda?

Mas então me lembro da Demeter olhando para o celular, com aquele sorrisinho cínico, chamando Alex como quem pede uma pizza, assim que o marido saiu de cena. Demeter fazendo com que eu pintasse seu cabelo... Empurrando aquelas caixas e embalagens para reciclar em cima de mim... Reclamando do curto trajeto até o trabalho... Demeter olhando para a minha cara dentro do elevador na Cooper Clemmow. Ela nem sequer conseguia se lembrar se tinha me demitido porque, *claro*, a vida de uma funcionária qualquer que trabalha numa mesinha no canto da sala não tem nenhuma importância.

E eu estava sentindo pena dela. Que idiota! *Ela não precisa da minha piedade. Olhe só pra ela!* Observo de relance suas pernas compridas, cobertas em parte pelas galochas de marca. Aquele jeito confiante de caminhar, como se dissesse "sou eu quem manda". Se ela teve um breve momento de vulnerabilidade, já passou há muito tempo, e eu caí como uma patinha. Porque Demeter sempre foi especialista em usar as pessoas para resolver sua vida. O marido desapareceu? Ele chama o amante para ocupar o lugar dele. Deletou um e-mail importante? Deixa que a assistente resolva. De alguma maneira, ela sempre consegue ficar por cima.

Menos hoje.

— Somerset tem pássaros incríveis — digo, e a levo em direção aos lagos. — Há muitas espécies raras por aqui, então, conforme vamos caminhando, você deve olhar pra cima o tempo todo. Pra *cima*.

Não para baixo. Também não para a lama e para o óleo escorregadio que pode ser que eu tenha jogado aqui.

Quando damos a volta em um arbusto, vemos os lagos à nossa frente. O pântano é uma pequena área de ervas daninhas verde-limão. Não teria como parecer mais cintilante e nocivo. Não tem ninguém por perto. Todos os outros hóspedes estão a quilômetros daqui, colhendo cogumelos na floresta Warreton, e ninguém mais tem acesso a essa mata. O silêncio ao nosso redor é misterioso e causa expectativa. Consigo ouvir minha respiração, e nossos pés no chão estão cada vez mais enlameados, descendo em direção ao pântano.

— Olha pra cima — insisto. — Olha pra cima.

Tudo fica alagadiço por aqui. E muito escorregadio, mesmo sem o óleo de cânhamo. Não tem problema, desde que você tome cuidado, não ande muito depressa nem *pense* em correr. E é por isso que estou prestes a fazer Demeter correr.

— Uau! — sussurro como se estivesse animada de repente. — Está vendo os martins-pescadores? Milhões deles! Depressa! — Então, apresso o passo dando a impressão de estar correndo, mas tomo o cuidado de firmar bem os pés e me manter equilibrada. — Você primeiro. — Eu me viro e faço um gesto generoso a Demeter. — Vai na minha frente. Mas depressa! Depressa!

Como uma cliente empolgada na liquidação da Harrods, Demeter começa a correr na ponta dos pés, com os olhos voltados para o céu, avançando. Ela não vê o ponto onde a lama se torna escorregadia com óleo nem sequer percebe quando começa a deslizar — até seus pés finalmente tocarem a parte de óleo e ela não ter a menor chance. Ela escorrega em direção à lama, balançando os braços, parecendo uma snowboarder nada talentosa.

— Ai, meu Deus! — diz ela. — Ai... meu Deus!

— Cuidado! — grito vigorosamente. — Aí escorrega... Ah, *não*!

Estou observando com atenção, nem pisco. Quero curtir o momento inteiro. Quero ver cada instante: Demeter balançando os braços em pânico... Demeter escorregando do barranco... Demeter voando... O horror na cara dela quando percebe o que está prestes a acontecer...

E Demeter caindo no pântano. Não com um *splash*, mas com um *baque*. Há quase um metro de lama ali, e ela cai dentro dela, o barro voando em grandes gotas gosmentas, sujando seu rosto e seu cabelo. Ela está com mato verde na cabeça e no rosto, e eu consigo ver um inseto andando em seu ombro.

Yes! Isso não podia ter dado mais certo. Olha a cara dela!

Na mesma hora, ela tenta se levantar, mas não é tão fácil assim — e então cai várias vezes até conseguir ficar de pé. Nesse momento, Demeter está no meio do pântano, e, se eu tivesse planejado o ensaio fotográfico perfeito, seria exatamente como está acontecendo. Demeter ensopada, enlameada, sem dignidade e furiosa.

— Me ajude! — Ela balança a mão para mim, indignada. — Estou presa!

— Ah, coitada! — grito, pegando meu telefone. Tentando esconder a euforia. Tiro algumas fotos e então enfio o celular cuidadosamente na bolsa.

— O que você está fazendo? — grita ela.

— Estou indo te ajudar — digo tranquilamente. — Olha, você deveria ter sido mais cuidadosa aqui. Não deveria ter corrido.

— Mas você me disse para correr! — Demeter explode. — Você disse "Depressa!"

— Não importa. Em breve você estará de volta ao yurt. Vem. — Faço um gesto para ela.

— Estou presa — repete ela, lançando para mim um olhar de acusação. — Meus pés afundaram na lama.

— Levanta a perna. — Faço o gesto de tirar uma perna da lama, e Demeter me imita, mas, quando levanta a perna, a galocha não está no pé.

— Merda! — diz ela, balançando os braços de novo. — Minha galocha! Cadê minha galocha?

Ah, pelo amor de Deus!

— Vou pegar sua galocha — digo, me sentindo a mãe de uma criança de 3 anos. Entro no pântano, alcanço Demeter e procuro a bota na lama. Enquanto isso, ela está de pé apoiada em uma perna só, agarrada ao meu braço. — Achei. — Pesco a galocha desaparecida. — Vamos?

Eu me viro em direção ao barranco, mas Demeter não me acompanha.

— Por que você me falou para andar depressa? — pergunta ela em tom ameaçador e baixo. — Você *queria* que eu caísse na lama?

Sinto um leve espasmo de susto, mas consigo controlá-lo. Ela não tem como provar nada.

— Claro que não! Por que eu ia querer isso?

— Não sei — responde Demeter da mesma maneira ameaçadora. — Mas é esquisito, não é? E quer saber de uma coisa? Sinto que *conheço* você de algum lugar.

Ela analisa meu rosto e eu abaixo a cabeça coberta pelo boné.

— Ah, que ridículo! — Dou uma risada alta. — Sou uma garota de *Zumerzet*. Nunca fui pra *Londris* na vida. Nem sei onde fica *Chiswick*.

— Por que você falou *"Chiswick"*? — pergunta Demeter.

Eu me repreendo no mesmo instante. Merda. Idiota. Estou perdendo a concentração.

— Você não disse que trabalha em *Chiswick*? — digo do jeito mais leve que consigo. — Alguma coisa assim?

— Não, eu nunca disse isso. — Demeter segura meu braço com tanta força que dói. — Quem é você, *afinal*?

— Sou a Katie! — Tento me soltar. — Agora vamos voltar pra tomar um belo chá com leite... ou comer um pedaço de bolo... tortinhas com geleia...

— Você está escondendo alguma coisa de mim. — Demeter me puxa com raiva, e eu perco o equilíbrio.

— Ai! — Caio no pântano e sinto a lama cobrindo meu rosto. Ai, meu Deus, isso é nojento. Consigo me sentar, limpo o rosto e olho para Demeter, indignada. Todo o meu autocontrole desapareceu. Tenho a sensação de que pisaram no meu calo. E o calo está latejando.

— Não *ouse* fazer isso!

Jogo lama do pântano nela.

— Você é que não ouse! — Demeter joga lama em mim também.

— Não sei o que você está aprontando, mas...

— Não estou aprontando nada!

Engatinho para um dos lados do pântano e mergulho a cabeça na água limpa da lagoa ao lado, tentando fazer com que meus níveis de adrenalina voltem ao normal. Ok. Recomponha-se. Esse *não* era o plano. Preciso manter o controle. É a megera da Demeter, mas aqui ela é cliente. Não posso entrar numa guerra de lama com ela. Sei lá, não ficaria nada legal se isso saísse no TripAdvisor.

Mas... são as palavras dela contra as minhas. Quem vai acreditar em mim? Sabe como é. Se chegar a esse ponto...

Mais calma, eu me levanto. Meu rosto está limpo, todos os traços de lama se foram. Meu boné desapareceu em algum momento, mas não importa. Afasto os cabelos do rosto e os prendo em um coque. Tudo bem. Vou voltar à minha postura de líder de excursão profissional.

— Tá bem. — Eu me viro para Demeter. — Bem, acho que deveríamos terminar nosso passeio pela natureza. Peço desculpa por qualquer...

— Espere — diz ela, com a voz trêmula de repente. — Espere aí. *Cath.*

Meu estômago se revira de terror.

— Não, *Cat.* — Demeter se corrige, com os olhos estreitados. — *Cat.* Não é?

— Quem é Cat? — Consigo controlar minha voz.

— Não me venha com essa! — Demeter parece tão irada que quase sinto minha pele descolar do corpo. — Cat Brenner. É você, não é? Agora estou vendo.

Com um aperto no peito, percebo que estraguei meu disfarce. O chapéu, a maquiagem e os cabelos encaracolados. Tudo se foi. Como eu posso ter sido tão *burra*?

Por alguns segundos, minha mente gira ao redor das opções. Negar... fugir... pensar em outra coisa...

— Tá, sou eu — digo, por fim, tentando parecer tranquila. — Mudei meu apelido. Isso é algum crime?

Um corvo passa voando, grasnando, mas nós duas ficamos paradas. Estamos imóveis no pântano, cobertas de lama, olhando uma para a outra como se a vida estivesse pausada. Meu sangue está pulsando num acesso de terror, mas sinto um alívio estranho também. Pelo menos agora ela vai saber. *Vai saber.*

Os olhos de Demeter não param de se mexer, e ela está com aquela cara de "o mundo enlouqueceu?". Ela fica olhando para mim e, então, franze a testa, depois fica meio distante, como se estivesse consultando suas lembranças.

A partir desse momento, qualquer coisa pode acontecer. Qualquer coisa. Eu me sinto quase em pânico.

— Tudo bem, mas não entendo — diz Demeter, e percebo que ela está tentando, com certa dificuldade, se manter calma. — Não entendo, estou *tentando* entender, tentando assimilar isso tudo, mas não consigo. O que *diabos* está acontecendo?

— Não está acontecendo nada.

— Você arquitetou para me enfiar em um pântano! — Demeter começa a parecer agitada. — Você me mandou andar depressa para que eu caísse. Você tem alguma coisa *contra* mim?

Ela parece bem desinformada, bem *perdida*, e eu paro. Eu tenho alguma coisa *contra* ela? Por onde devo começar?

— E você me acertou com aquele graveto! — exclama ela, antes que eu possa responder. — Aquilo também foi de propósito. Essa manhã toda foi uma vingança, não foi? Essa *semana* toda foi uma vingança? — Estou vendo seus pensamentos em polvorosa, trabalhando, voltando, analisando tudo, até que ela me olha com desconfiança. — Ai, meu Deus! O Vedari existe, de fato?

— É claro que não! — explodo com a frustração acumulada. — Só alguém como você, que quer fazer tudo antes de todo mundo, cairia nisso. É de dar pena! Foi só *mencionar* a Gwyneth Paltrow que você topou na hora!

— Mas e o site?

— Eu sei. — Meneio a cabeça com satisfação. — Bem pensado, não foi?

Eu me sinto triunfante quando vejo a expressão dela de desânimo. *Rá. Você caiu.*

— Entendi — diz Demeter, do mesmo jeito controlado e calmo. — Então você achou que eu era idiota. Bem, parabéns, Cat, ou Katie, ou como quer que você se chame. Mas o que ainda não entendo é: por quê? Foi porque você perdeu seu emprego? Está me culpando por isso? Porque, *primeiro*, não foi culpa minha, e *segundo*, como eu disse para você na época, perder o emprego *não* é o fim do mundo.

Ela se endireita, apesar de estar no pântano, posando como a figura da chefe tolerante e benevolente, e minha ira começa a ferver de novo.

— Sabe de uma coisa, Demeter? — digo, tentando retomar minha dignidade. — Quando você não tem de onde tirar dinheiro e preferiria morrer a pedir grana a seus pais, então perder o emprego é o fim do mundo, *sim*.

— Bobagem! — diz Demeter de modo áspero. — Você vai encontrar outro emprego.

— Eu tentei. Muito! Não consegui nada! Pelo menos nada que me pagasse um salário. Mas não sou como a Flora. *Não posso* trabalhar e não receber nada. Tudo o que eu queria era morar em Londres, e naquele dia meu sonho se desfez, e claro que não foi culpa sua. Mas foi culpa *sua* não se lembrar se já tinha me demitido ou não. — Falo mais alto, angustiada. — Você estava com a minha vida nas suas mãos, nem mesmo se *lembrava* disso! Você me tratou como *Ah, novata qualquer de cujo nome não me lembro, acabei com a sua vida hoje ou não? Por favor, refresque minha memória.*

— Tudo bem — diz Demeter, depois de uma pausa. — Eu entendo. Meu comportamento foi... infeliz. As coisas estavam muito difíceis para mim naquela época...

— Como podiam estar difíceis? — Não consigo evitar e explodo. — A sua vida é perfeita! Você tem tudo!

— Do que você está *falando*? — Demeter olha para mim com os olhos arregalados.

— Ah, por favor! Não olhe pra mim assim! A sua vida é perfeita! Você tem emprego, marido, amante, filhos, dinheiro, boa aparência, roupas da moda, amigos famosos, convites pra festas, os melhores cortes de cabelo, uma porta Farrow and Ball, uma linda escada na frente de casa, férias... — Fico sem fôlego. — Você tem tudo! E está aí com essa cara de *de que vida perfeita ela está falando*?

Mais um instante de silêncio. Consigo ouvir minha própria respiração, curta e rápida. Nunca senti tanta tensão na vida, nunca. Então Demeter atravessa a lama até onde eu estou. Seu rosto ainda está todo sujo, mas consigo ver a fúria tomando seus olhos.

— Certo, *Katie* — diz ela. — Você quer a minha vida perfeita? Quer saber sobre a minha vida perfeita? Eu vivo cansada. O tempo *todo*. Meu marido e eu sofremos pra caramba tentando equilibrar dois empregos, mas precisamos do dinheiro porque, sim, compramos nossa casa dividindo o valor em prestações pesadíssimas e, sim, redecoramos tudo, o que provavelmente foi um erro, mas todo mundo erra, não é? Vou a almoços para fazer *networking* pelo meu trabalho. E participo de bancas de jurados pelo mesmo motivo. Festas, a mesma coisa. Uso saltos que me dão dores nas costas e olho no relógio de meia em meia hora, querendo fugir.

Olho para ela, perplexa. Estou me lembrando das caixas, das fotos no Instagram, dos tuítes animados. Demeter aqui, ali, em todos os lugares, brilhando e brilhante. Jamais, na vida inteira, eu imaginaria que ela não *gostava* disso.

— Nunca tenho tempo para encontrar os meus amigos — continua ela sem fazer uma pausa. — Sempre que chego tarde em casa, meus filhos me tratam mal. Já perdi tantos momentos da vida deles que choraria, se conseguisse, mas não consigo mais chorar por isso. Sou uma mulher de meia-idade num mundo de jovens, e um dia vou acabar perdendo o emprego por isso. Meus cabelos estão ficando brancos, como você sabe. E acho que estou com demência. Então, que se *dane* sua "vida perfeita"!

— *Demência?* — Olho para ela com olhos arregalados.

— Ah, e a escada que você mencionou: detesto aquela escada mais do que qualquer coisa no mundo. — Demeter começa a tremer da cabeça aos pés. Parece que ela chegou a outro nível de raiva. — Já tentou subir um lance de escada com um carrinho de bebê? Porque é um *pesadelo*. Aquela escada tem sido um sofrimento na minha vida. Sabe o que aconteceu na véspera do Natal quando minha filha tinha 5 anos? Eu estava tirando os presentes do carro e levando tudo lá para cima, mas ela estava coberta de gelo, eu escorreguei e caí. Passei o dia de Natal inteiro no hospital.

— Ah — balbucio, meio nervosa.

— Então não venha me falar sobre aquela maldita escada.

— Ah. — Engulo em seco. — Tá. Humm... desculpa por eu ter falado da escada.

Estou um pouco chocada, na verdade. Imaginei claramente Demeter desfilando escadaria abaixo com seu casaco de marca, toda exibida, como sempre, vivendo a vida perfeita de princesa. Mas agora essa imagem foi substituída por outras. Demeter subindo a escada com um carrinho de bebê. Demeter escorregando e caindo.

Esse tipo de coisa nunca me ocorreu.

— Tudo bem. — Parece que Demeter se acalmou um pouco. — E sinto muito por ter demitido você de modo tão insensível. Sinto muito mesmo. Eu estava ocupada naquele dia, mas isso não explica minha falta de respeito. Gostaria de pedir desculpas... Cat?

— Katie — digo de um jeito esquisito. — Cat não pegou.

— Katie, então. — Ela estende a mão cheia de lama e, depois de uma pausa, eu a seguro e nós nos cumprimentamos.

— Não conte ao meu pai nem a Biddy — digo de repente. — Por favor.

— Não contar a eles o quê? — Os olhos de Demeter brilham para mim. — Que você me jogou na lama? Não se preocupe, eu não pretendia fazer isso. Isso já é bem constrangedor para mim também.

— Não, não isso. Não conte pra eles que fui demitida. Eles acham... — Olho para o chão. — Eles acham que estou em um período sabático de seis meses.

— *Como é?*

— Eles entenderam tudo errado, e eu não consegui contar a verdade. Foi muito... — Paro de falar. — Não consegui.

— Então... o que... eles acham que você está num período sabático da Cooper Clemmow durante todo esse tempo? — Demeter parece não acreditar.

— Sim.

— E eles acreditam nisso?

— Eles acham que eu... Eles acham que sou bem importante na empresa. — Praticamente sussurro.

— Entendo. — Demeter está digerindo o que acabei de lhe contar. — O que você vai fazer quando o período de seis meses acabar?

— Vou arrumar um emprego — digo, com firmeza. — E, se não... bem, é problema meu. Vou dar um jeito.

— Certo. — Demeter ergue as sobrancelhas, desconfiada. — Bem, boa sorte com isso.

E então algo ocorre a ela.

— Ei, como você sabe da minha escada?

— Ah, isso. — Eu me sinto corando. — Bom, Flora me contou onde você morava, e eu... por acaso, eu estava nas redondezas.

— E você decidiu dar uma olhada na minha casa — conclui Demeter, desanimada. — E pensou: *Ela mora nessa casa, deve ser rica, a cretina.*

— Não! Bem... mais ou menos... — Faço uma pausa. — É uma casa maravilhosa. Eu vi que saiu na *Livingetc.*

— Achávamos que a revista acabaria rendendo mais aluguéis para sessões de foto — diz Demeter, de modo casual. — Mas ninguém quis fotografá-la.

— Ainda assim, é demais.

— Eu olho para ela e vejo boletos de financiamento — diz Demeter. — Mas as crianças adoram. Nunca poderíamos nos mudar dali.

Eu também nunca tinha pensado no financiamento. Achava que Demeter vivia uma vida de ouro, que não tinha que se preocupar com esse tipo de coisa.

— Você *sempre* age como se a sua vida fosse perfeita — digo abruptamente.

— Eu faço parecer que é — diz Demeter depois de uma pausa. — Não é o que todo mundo faz? Sempre pensei... peraí! — Ela se interrompe arfando. — Volte a fita. Eu *sabia* que tinha deixado passar alguma coisa. Você disse "amante"? Eu não tenho um amante!

Sinto uma pontada de raiva. É mesmo? Então ela vai continuar negando? Pensei que estivesse rolando um momento *bandeira branca* aqui, mas ela estragou tudo.

— Claro que tem — digo, sendo direta. — Todo mundo sabe.

— Todo mundo sabe o quê?

— Que você está ficando com o Alex Astalis.

— O quê? *O que* você está me dizendo? *O quê?*

Ah, minha nossa!

— Todo mundo *sabe* — repito. — Foi por isso que ele colocou você na Cooper Clemmow. Bom, é bem óbvio, Demeter. O jeito como vocês conversam... Estão sempre rindo e brincando...

— Somos velhos amigos! — diz Demeter. — Só isso! Meu Deus... Quem falou isso para você?

— O... o pessoal do escritório. — Não vou colocar Flora na fogueira. — Mas todo mundo sabe. Vocês não escondem tão bem assim.

— Não temos nada a esconder! — Ela praticamente explode. — Isso é só um boato ridículo! Fala sério, o *Alex*? Eu o adoro, mas qualquer mulher que se envolvesse com o Alex Astalis seria maluca.

Não acredito. Ela não vai admitir mesmo?

— Pare de negar porque todo mundo sabe que é verdade! — grito. — Por que Alex está vindo pra cá se ele não é seu amante?

Demeter se sobressalta.

— Como assim?

— Ele não foi muito discreto — digo, sem rodeios. — Ele não fez uma reserva com o sobrenome "Smith". Você telefonou pra ele assim que seu marido falou que ia pra Bruxelas, não foi? A Biddy disse que ele ligou às duas e meia. Bacana.

— *Como é?* — Demeter parece estar horrorizada. Será que ela não pode parar com essa ceninha de uma vez?

— Para de fingir! — exclamo, furiosa — Está me dando nos nervos!

— *Não estou fingindo!* — A voz de Demeter soa alta pela mata, e ela parece prestes a ter um surto. — Está me dizendo que Alex Astalis está vindo para cá? É verdade?

Ela está tão agitada que paro. Independentemente do que seja verdade, ela parece bem chocada com a notícia.

— Bem.... sim. Ele vai ficar no quarto extra da casa. Chega agora de manhã. — Olho no relógio. — São quase onze. Pode ser até que já tenha chegado.

Demeter não fala nada. Por um momento, acho que ela não ouviu. Mas então, segundos depois, ela se senta na lama, como se suas pernas não conseguissem mais sustentá-la.

— Ele vai me demitir — sussurra ela.

— O quê? — Estou abismada, quase querendo rir do que ela disse. — Não.

— Sim. — Seu rosto está pálido, e ela olha para o nada sem piscar. — Alex está vindo para cá para falar comigo, obviamente. — Ela conta os fatos nos dedos, como se estivesse resolvendo um problema de lógica. — Se ele quisesse fazer uma reunião, teria feito contato. Ele não fez. Então ele quer me pegar de surpresa. Só tem um motivo para isso: ele vai me demitir. Vai me dizer para pedir demissão. Alguma coisa assim.

— Mas... — Estou tão chocada que acabo sentando na lama também. — Mas por que ele iria demitir você? Você é a chefe! Você é a cabeça! Você é a coisa *toda*!

Demeter dá uma risada esquisita e se vira para mim.

— Você não está em contato com ninguém da empresa, não é?

— Não muito — digo sem jeito. — Eu sabia que as coisas estavam meio mal...

— Bom, elas pioraram. Nem sei como. Não consigo entender...

Demeter lentamente encosta a cabeça nos joelhos. Os cabelos úmidos caem no rosto, grudam no pescoço, e eu vejo a raiz branca aparente na base de sua cabeça. A cena faz com que ela pareça vulnerável de novo. É o lado que ela está tentando esconder do mundo — como naquele momento com Carlo. Enquanto eu a observo, encolhida como um animal acuado, sinto algo esquisito e diferente, como se eu quisesse dar um tapinha em suas costas para confortá-la.

— Olha — digo. — Talvez não seja o que você está pensando. Talvez ele esteja vindo pra cá de férias. Pode ter visto o folheto em cima da sua mesa, decidiu vir descansar...

Demeter levanta a cabeça.

— Você acha isso mesmo?

Consigo ver a esperança lutando contra o desespero em seu rosto sujo de lama.

— Bem, pode ser. Afinal, o folheto é muito bom. — Tento piscar para Demeter. Ela ri, e a tensão diminui um pouco.

— É muito bom mesmo. Repito tudo o que disse antes: você tem talento, Katie. A verdade é que eu não deveria ter demitido você. Eu deveria ter me livrado daquela Flora que não serve para nada. Você sempre foi mais proativa, mais animada... — De repente, ela se dá conta. — Espere. Foi você! — E estica um dedo. — Foi você quem teve a ideia da vaca, não foi? Ela é a base de toda a reformulação da marca.

— Ah, sim, fui eu.

A esperança floresce em meu peito. Talvez a Demeter... talvez ela...

— Eu adoraria ajudar você na sua carreira — diz ela, como se lesse minha mente. — Ainda mais agora que eu sei quem você é de fato. Mas não terei como te ajudar se eu for demitida... — Ela se interrompe, arregalando os olhos de repente. — Ai, meu Deus, já sei. Katie, descubra para mim. Você precisa descobrir.

— O quê? — Olho para ela com os olhos arregalados.

— Vá conversar com o Alex assim que ele chegar. Jogue conversa fora. Descubra se ele veio me demitir. Você é capaz de fazer isso, eu sei que é.

— Mas...

— Por favor. — Ela segura minhas mãos. — *Por favor*. Se eu souber que ele quer me demitir, terei condições de me defender. Terei alguma chance de me salvar. *Por favor*, Katie, *por favor*...

E não sei se é porque ela finalmente acertou meu nome, ou se é o olhar desesperado dela, ou se é porque acho que fui malvada com ela o suficiente nessas férias, então acabo concordando.

CAPÍTULO DEZESSEIS

Nunca vi ninguém cambalear de choque antes.

Mas Alex cambaleia. Ele cambaleia assim que me vê. Ele cambaleou mesmo. (Para ser justa: ele está descendo um barranco quando me vê, pode ser que tenha a ver com isso também.)

Estamos na única parte de jardim propriamente dito que temos na fazenda — é um pequeno gramado e alguns canteiros de flores com um barranco que leva ao campo onde todos os yurts estão. É para lá que levamos os hóspedes para tomarem uma xícara de chá de boas-vindas. Biddy deve ter feito a mesma coisa com Alex.

— Meu Deus! — Ele tira os óculos e estreita os olhos para olhar para mim com uma das mãos na altura das sobrancelhas. — Katie. Quer dizer... Cat... Quer dizer... É *você*?

É meio-dia, e muita coisa aconteceu desde a minha conversa com Demeter — a maior parte disso foi sabão e bucha. Tinha *muita* lama para limpar.

Descobri, assim que voltei para a casa, que Alex havia telefonado para avisar que estava a meia hora dali. A maior preocupação de Demeter era que ele a encontrasse e a demitisse antes que ela tivesse a oportunidade de preparar sua defesa. Então, encontrei um esconderijo para ela no depósito de lenha, e ela me agradeceu de um jeito modesto, sincero.

Sinto que talvez eu não tenha conhecido a Demeter na Cooper Clemmow. Não a *verdadeira* Demeter. Quero conversar com ela de novo. Tirar mais uma camada de verniz. Descobrir quem ela realmente é por baixo de todo esse sucesso, das roupas de marca e do papo sobre celebridades.

Mas, neste momento, isso não é uma prioridade. A prioridade é que eu fiz uma promessa a ela — independentemente de isso ter sido inteligente ou não —, e devo fazer o melhor que puder para cumpri-la. Mesmo que a presença de Alex me desequilibre consideravelmente. Embora haja um letreiro dentro da minha cabeça no qual eu leio: *ele não está transando com a Demeter, no fim das contas... ele não está transando com a Demeter, no fim das contas...*

Argh. *Para com isso,* cérebro. E daí que ele não está transando com a Demeter? O que isso quer dizer? Nada. Pode ser que esteja transando com outra pessoa. Pode estar *apaixonado* por outra pessoa. Pode ser que não me considere nem um pouco atraente. (O mais provável. De fato, *mais* provável ainda levando em conta nosso último encontro.)

Durante o banho, voltei e repassei minha história inteira com Alex, e senti vontade de morrer. Sejamos francos, a última vez em que o vi, gritei com ele e falei que ele "tinha tudo de mão beijada". Também disse que pensei que existisse uma "faísca" entre nós. (Quem faz isso? Resposta: só eu, Katie, a mais propícia a encontrar um cara e conseguir estragar tudo.)

A situação não é exatamente ideal. Mas eu preciso manter minha parte no acordo e então vou nessa. Não vou me deixar abalar...

Ai, *meu Deus!* Quando me aproximo dele, já estou abalada.

Eu tinha me esquecido de como ele é atraente. Ele está mais magro, com calça jeans surrada e uma camisa polo laranja desbotada, os cabelos escuros brilhando à luz do sol. E então penso de repente:

Ele não está de terno. Claro que não vai demitir a Demeter. Mas então eu me lembro: *Ah, ele nunca usa terno. Isso não quer dizer nada.*

O olhar dele é tão intenso e interessado que parece que está lendo tudo o que está se passando na minha cabeça: meus sentimentos, o esconderijo da Demeter, tudo. Mas é claro que não está. *Acorda,* Katie.

Decido lançar mão de uma abordagem supercasual, apesar de não saber se vai ser convincente.

— Oi — digo.

(Devo dizer: *É Alex, não é?*, e franzir o cenho, como se não conseguisse me lembrar de quem ele é. Não. Isso não vai colar. Ele vai saber que estou fingindo e tudo vai ficar pior ainda. Certo. Tá bem.)

— *É você!* — exclama ele. — Cat.

— Katie — corrijo. — Pode me chamar de Katie.

— Você está diferente. — Ele ergue a sobrancelha, como se tentasse descobrir o que mudou em mim. (O que é uma reação bem masculina. Uma garota saberia na hora: *o cabelo dela está azul e encaracolado, ela parou de usar delineador, engordou um pouco, está com sardinhas, e cadê os óculos que ela costumava usar?*)

Agora ele está caminhando na minha direção dando pulinhos, como se caminhar fosse algo lento demais para ele, mas como se também não quisesse correr.

— Que maluquice! O que você está fazendo aqui?

— Eu moro aqui.

— Você mora aqui? — Alex olha para mim. — É seu emprego agora?

— Sim. Mas é minha casa também. Sempre foi.

— Mas... — Ele passa a mão pelos cabelos, daquele jeito dele. — Espera. Você mora em Birmingham, não é isso?

E, apesar de ter decidido que *não* iria analisar tudo o que ele diz, não consigo me conter. Nunca falei nada sobre Birmingham com ele. Isso quer dizer que ele falou sobre mim com alguém? Quer dizer...

Não. Pare. Não quer dizer *nada.*

— Eu já trabalhei em Birmingham — digo. — Demeter não entendeu direito. Mas ela não se apega muito aos detalhes. Ou aos assuntos dos funcionários recém-contratados.

Cruzo os braços e olho para ele de modo inexpressivo. Estou fazendo um jogo aqui. Quanto mais grosseira eu for em relação a Demeter, mais chances de Alex revelar coisas sobre ela. Ou pelo menos ele nunca vai desconfiar que estou tendo essa conversa *por ela.*

Ou vai?

Alex é tão esperto que eu não ficaria surpresa com nada, mas posso me esforçar.

— Você sabe que ela está aqui? — pergunto. — Veio aqui pra fazer uma reunião com ela? Ou simplesmente viu o folheto e decidiu tirar uma folga?

Todos os meus sentidos estão em alerta máximo enquanto espero pela resposta dele, mas parece que Alex não ouviu a pergunta.

— Você falou com ela? — pergunta ele lentamente. — Com a Demeter, é o que estou perguntando.

— Demeter! Claro que não! Nós nos cumprimentamos e só... — Dou de ombros. — Ela nem me reconheceu num primeiro momento. Típico.

— É típico? — pergunta Alex, com uma animação repentina. — É *mesmo?* Você trabalhou pra ela. Você sabe... — Ele para de falar e passa a mão no rosto, parecendo inesperadamente desolado.

— Sei o quê?

— Ah, agora não importa. Agora já foi.

Ele fica em silêncio, e consigo ver linhas ao redor de sua boca formarem pequenas depressões. Depressões de ansiedade.

Sinto um aperto no peito. Ele não está com cara de quem viu um folheto e decidiu tirar férias. Está com cara de alguém com uma missão que não quer cumprir.

O que, na verdade, é muito insensível da parte dele, eu acho. Não combina com o clima da Fazenda Ansters. Ser demitido não está em nossa lista de atividades relaxantes.

— Então a família toda dela está aqui? — pergunta ele, depois de uma pausa.

— Sim. Eles estão se divertindo muito. Bem, devo dizer a Demeter que você está aqui? Na verdade, não sei onde ela está...

— Não! Não conta pra ela ainda. Espera só... — Ele para de falar. — Olha, eu não sabia que você estaria aqui, Katie. Isso... isso complica as coisas.

— Complica o quê? — Olho para ele do jeito mais confuso que consigo simular.

— Demeter — diz ele sem pensar, e então se retrai. — Merda. Sabe, eu *não* esperava encontrar você aqui. Você está me tirando do eixo. — Ele me olha como se estivesse me acusando.

— Bom, não me importa o que seja — digo, conseguindo parecer totalmente desinteressada. — Só não briguem nem se desentendam. Pra não perturbar os hóspedes.

— Brigar? — repete ele, com uma risada sem graça. — Pois eu acho que vamos brigar. Se não acontecer coisa pior.

Eu me obrigo a dar de ombros e então fico calada por um instante. Tenho a sensação de que ele quer desabafar. Consigo ver isso em seus olhos sofridos, o modo como mexe os dedos, a maneira como fica olhando para mim...

— Olha, eu acho que devo te dizer uma coisa — fala ele de repente. — Posso contar com a sua discrição?

— Claro.

— As coisas vão ficar esquisitas, *sim*. Tenho que contar a Demeter que ela está sendo desligada da Cooper Clemmow.

E, apesar de saber que isso poderia acontecer, sinto uma onda de choque tomar conta de mim. Não consigo imaginar Demeter sendo demitida. Tudo parece invertido. Demeter é uma alma criativa, cheia de inspiração. É ela quem une as ideias. Demeter lidera; os outros a seguem. Ela é a chefe. Ela simplesmente *é*.

Tarde demais, percebo que não demonstrei qualquer reação de surpresa. Merda!

— Estou muito chocada — digo depressa —, tanto que não consigo nem reagir. Estou anestesiada.

Pronto. Espero ter sido convincente.

— Eu sei. — Alex faz uma careta. — Pode acreditar, não foi uma decisão fácil. Sabe, a Demeter é brilhante, todos nós sabemos disso. Mas há algumas questões... Adrian acha... Bem, *todo mundo* acha... que as coisas não têm sido, digamos assim, muito boas.

— Sei. — Fico me perguntando se ele pode contar mais. — Então, qual foi... tipo, o fator *decisivo*?

— Ai, meu Deus — Alex bufa. — Tem tanta coisa. Mas o que aconteceu com a Allersons foi imperdoável... — Ele se interrompe e olha ao redor para ver se não estamos sendo observados. — Isso é segredo, tá?

— Claro — concordo com seriedade. — Temos um lema aqui: o que acontece nos estábulos fica nos estábulos.

Acho que peguei pesado com Steve antes. Esse lema do estábulo é bom demais.

Alex parece confuso.

— Não estamos em um estábulo.

— Isso se aplica à fazenda toda. Você estava falando sobre a Allersons.

— Sim. Bem, não sei o que você ficou sabendo, mas... basicamente a Demeter foi à Allersons há algumas semanas. Você conhece a Allersons Holdings? — pergunta ele de repente, e eu confirmo balançando a cabeça. — Eles querem uma reformulação completa da marca da rede de restaurantes Flaming Red. Um *baita* trabalho. E parece que a Demeter deixou todo mundo lá bastante impressionado. Ela teve muitas ideias a respeito de pesquisa, oficinas, queria criar um "road show"... Resumindo, ela foi brilhante na reunião. Todo mundo concorda com isso.

— E daí?

— E daí que ela não deu continuidade.

— Ela tinha que dar continuidade?

— Sim, ela tinha que continuar, inferno! Mas ela surtou e ficou achando que a Allersons estava enrolando por algum motivo. Depois passou essa mensagem a Rosa e Mark, e então ninguém se deu ao trabalho de ir atrás.

— E a Allersons enrolou mesmo?

— Não! Eles estavam esperando por ela! Por nós! Parece que eles mandavam e-mails e ela respondia tentando acalmá-los. Mas está claro que eles estavam pensando uma coisa enquanto ela estava com a cabeça na... *lua*. Então eles acabaram ligando diretamente para o Adrian ontem de manhã, e ele não entendeu nada!

— Então... tipo... — Minha mente está fazendo as conexões aos trancos e barrancos. — Você *falou* com a Demeter sobre isso?

— Claro! Nós nos falamos várias vezes por telefone por causa disso ontem. Mas essa é a pior parte: ela parece completamente confusa. Ela bate o pé e diz que não cometeu erro *nenhum*, que foi culpa da Allersons, e que, quando ela voltar das férias, vai nos mostrar. Mas temos o histórico das mensagens provando o contrário. A coisa toda foi uma bagunça. Adrian desistiu de falar com ela. Todo mundo desistiu dela. Eles acham que ela perdeu a noção. — Alex parece bem triste.

— Então é por isso que ela está sendo demitida? — pressiono. — Por um incidente?

— Houve outras coisas. — Ele cruza os braços diante do corpo esguio, parecendo perturbado. — Ela também deu um fora ao mandar um e-mail para a pessoa errada. Com certeza você ficou sabendo disso.

Eu me retraio.

— Sim.

— Ela teve que se humilhar perante a Forest Food, foi feio. Depois, teve o problema com a Sensiquo...

— Eu também me lembro disso — digo, rememorando os gritos da Rosa com Demeter no banheiro feminino. — Mais ou menos, na verdade. Bom, ouvi algumas coisas sobre o assunto.

— Ela se desculpou com a Sensiquo, mas, outra vez, foi um drama enorme e desnecessário. E também, de modo geral, recebemos muitas reclamações a respeito da liderança dela, do modo dela de lidar com os funcionários, todas aquelas esquisitices... — Ele leva o punho cerrado à testa, frustrado. — Simplesmente não entendo. Trabalhei pra Demeter no meu primeiro emprego, e ela era incrível. Era brilhante. Incentivava todo mundo. Controlava tudo. Sim, eu sei que ela sempre foi um pouco impulsiva, um pouco inconstante, mas era o jeito dela. A gente passava por cima disso por causa das ideias geniais dela. E, basicamente, ela mantinha tudo sob controle. Ela liderava bem. Mas agora... — Ele suspira. — Não sei o que aconteceu com ela. Eu me sinto um tolo por ter contratado a Demeter, por ter defendido...

— Você chama isso de *defesa*? — Não consigo controlar minha incredulidade. — Vir demiti-la durante as *férias* dela?

— Fiz o máximo que pude por ela, tá? — O olhar dele é intenso e sua postura é defensiva. — Melhor fazer isso aqui do que vê-la chegar pra trabalhar na segunda e ser chamada pelo Adrian, na frente da equipe toda. Eu *me ofereci* pra vir até aqui, acredite ou não. Estou tentando dar a ela um pouco de dignidade e espaço... — Ele para de falar de repente. — Bem, você não deve ligar pra isso. Eu achava que você detestava a Demeter.

— Ah, eu detesto — digo depressa. — Foi ela quem me demitiu, lembra? Cretina. Ela merece tudo isso.

— Ela não é uma cretina — diz Alex lentamente. — Sei que todo mundo acha que ela é, mas não é. Ela tem má fama, e não entendo o porquê.

Sinto vontade de dizer: *Sei o que você quer dizer. Estou começando a ver a Demeter de um jeito diferente.* Mas é claro que não posso falar isso. Então, pego uma centáurea e começo a puxar as pétalas dela — um péssimo hábito que tenho.

— Katie! — A voz de reprovação de Biddy chega aos meus ouvidos. — Deixe a coitada da centáurea em paz.

Abro um sorriso. Biddy é assim mesmo: sempre me pega no flagra. Ela está chegando ao jardim com a bandeja cheia, e eu corro para ajudá-la. Na bandeja, há uma garrafa térmica com café, xícara e pires, leiteira, dois bolinhos com geleia e nata, uma fatia de bolo de limão e alguns biscoitos com gotas de chocolate.

— Ai, *meu Deus*, Biddy — digo, meio que sussurrando enquanto a ajudo a colocar tudo sobre a mesa de ferro forjado do jardim e abro um guarda-sol para proteger a comida. — Será que isso vai ser suficiente para ele?

— Eu queria dar as boas-vindas pra ele direito! — sussurra ela em resposta. — Ele é o nosso primeiro hóspede na casa! Sr. Astalis! — Ela se levanta. — Por favor, venha tomar um café da manhã típico de West Country e depois levo você ao seu quarto.

Quando Alex se senta à mesa, parece meio atônito, mas dá um sorriso charmoso para Biddy e elogia tudo.

— Esses bolinhos! E a geleia... é caseira?

Por fim, Biddy volta para dentro, e Alex pousa o bolinho no prato.

— Não vou *conseguir* comer isso tudo — diz ele. — Desculpa, mas não vai dar. Tomei café da manhã na estrada há uma hora.

— Não se preocupe. — Dou uma risada. — Biddy só queria te receber bem.

— E "receber bem" seria a gíria em Somerset para "paciente infartado"? — Alex olha para o prato de nata, e eu rio de novo.

— Sério, você precisa experimentar o bolo de limão dela. É incrível.

— Vou fazer isso. — A expressão dele parece séria. — Mas não agora. — Ele envolve o bolo de limão em um guardanapo e coloca a mão espalmada sobre a mesa. — Já chega de postergar, preciso cumprir minha missão. Você sabe onde a Demeter está?

Sinto o estômago revirar. *Não dê nenhuma informação.*

— Deixe a Biddy levar você ao seu quarto primeiro — digo com tranquilidade. — Por favor. Não vai demorar muito. Ela está tão animada com a sua hospedagem. Na verdade... — Hesito. — Você é o nosso primeiro hóspede de pousada.

— Sério? — Alex parece surpreso. — Pensei que esse estabelecimento já estivesse todo em funcionamento.

— Está. A parte de *glamping*, sim. Mas a pousada é nova, e Biddy está bem nervosa...

— Bem, detesto ter que decepcioná-la. — Alex toma um gole de café. — Mas provavelmente nem vou usar o meu quarto.

— Não vai passar a noite aqui? — Tento não parecer desanimada. Porque é claro que fiquei desanimada.

— Só reservei um quarto para o caso de as coisas demorarem mais do que o esperado. Vou pagar, claro — diz ele, depressa. — Mas não pretendo ficar. Não quero prolongar isso mais do que o necessário.

— Ainda assim, vai nos dar uma boa avaliação no TripAdvisor? — pergunto, sem conseguir me controlar, e Alex ri.

— Com certeza. Dez estrelas.

Sorrio para ele.

— Só vai até cinco.

— Cinco e meia, então. — Ele bebe o resto do café e olha para mim em dúvida, como se me cumprimentasse pela primeira vez. — Então, Katie Brenner. Como tem andado?

— Ah, sabe como é... Desempregada. — Ele se retrai, e eu continuo: — Não, tudo bem. De verdade, tudo bem. Tenho ajudado meu pai a tocar esse negócio. E a Biddy. Ela é minha madrasta.

— Vocês começaram isso aqui do nada? — Ele faz um gesto para abranger toda a área.

— Sim.

— Só vocês três?

Confirmo balançando a cabeça, e Alex pega o folheto da Fazenda Ansters, que Biddy deixou na bandeja. Ele o analisa por um minuto e então olha para mim.

— Sabe de uma coisa? Vi isso antes e pensei: *Parece um trabalho da Demeter*. Você aprendeu com ela, claramente. Parabéns!

Sinto uma alegria por dentro, mas me limito a responder:

— Obrigada. Ah, e, a propósito... por favor, não comenta com meu pai e com a Biddy que você me conhece, pode ser?

— Ué? — Ele parece surpreso.

— É... complicado. Eles não sabem que eu conheço a Demeter. É...

— Paro de falar. — Bom...

— Tudo bem — concorda Alex depois de uma pausa. Ele parece confuso e até meio ofendido, mas paciência. Não posso explicar tudo. De qualquer modo, é possível que ele nem fique aqui tempo suficiente para voltar a falar com Biddy, menos ainda com meu pai.

Sirvo mais uma xícara de café a Alex, que levanta uma das mãos.

— Não, preciso mesmo ir.

E então ele toma mais um gole, pensativo. (Uma coisa que aprendi aqui: sessenta por cento das pessoas que dizem "Não, obrigado" quando oferecemos mais café acabam bebendo mais duas xícaras.) Durante algum tempo, ficamos em silêncio e só ouvimos o som das risadas das crianças carregado pelo vento. Acho que elas estão com meu pai agora, fazendo algo relacionado a espantalhos. Depois disso, vão andar de barco no lago. Impossível dizer que elas não se divertem.

Estou me sentindo meio sem jeito e sem saber o que dizer, então Alex interrompe o silêncio:

— Olha, pensei muito no que você disse no seu último dia na Cooper Clemmow. Aquilo me tocou. Passei uma ou duas noites sem dormir. Quase telefonei pra você.

Ele *o quê*?

Estou completamente chocada. Para ganhar tempo, desvio o olhar, mexendo numa colher. Quero perguntar *sobre o que você está falando exatamente? O que quis dizer? Por que passou noites em claro?* Mas, ao mesmo tempo, não quero entrar nesse assunto. É tudo muito vergonhoso.

— Certo. — Cometo o erro de olhar para ele e vejo que ele está olhando diretamente para mim com seus olhos escuros.

— Veja só você — diz ele com delicadeza, e sinto um frio na barriga. O que isso quer dizer? E por que ele está olhando para mim desse jeito? Ai, meu Deus...

271

Ok, preciso confessar: todo o meu plano de não me deixar abalar foi por água abaixo. Nem sei o que está me afetando. Os olhos dele? A voz? Só... ele?

— Bem — digo de maneira séria e profissional. — Sinto muito, mas preciso ir... fazer uma coisa.

— Claro. — Alex parece voltar a si, e o brilho de seus olhos desaparece. — Você deve estar muito ocupada. Sinto muito por ter tomado o seu tempo. — Ele pousa a xícara de café na mesa. — Vamos lá. Faz ideia de onde Demeter pode estar? Seu pai achou que ela estava com você.

— Demeter? — digo, dando de ombros. — Desculpa, não faço ideia. Mas tenho certeza de que está por aí. Se eu a vir, posso avisar que você quer falar com ela.

— *Se* você a vir... — Ele estreita os olhos para olhar para mim sob o sol. — Não vai contar nada pra ela, tá? De acordo com as regras do estábulo.

— *Contar* alguma coisa pra ela? — repito, como se a ideia fosse uma maluquice. — Claro que não. Nadinha.

— Você vai ser demitida! — revelo, assim que chego ao depósito de lenha. — É tudo verdade! Adrian decidiu demitir você, e é por causa da Allersons e daquele e-mail da Forest Food, além da coisa com a Sensiquo, e da sua atitude com seus funcionários e... sabe como é. Tudo.

— *Tudo?* — Demeter olha para mim de dentro do depósito de lenha parecendo alguém que passou um mês como refém num cativeiro. Diferentemente de mim, ela não tomou uma chuveirada, porque ficou com medo de encontrar Alex. Tem lama seca no rosto, poeira nos cabelos e serragem nos ombros; está assustada, parecendo o monstro do lago. Acho que fui direta demais.

— Bem, sabe como é — digo, tentando parecer mais diplomática.

— Todos os seus erros. E... bem. Essa questão com os funcionários.

— Que questão com os funcionários? — Ela olha para mim no escuro, com aquele olhar confuso, míope, *incrivelmente* frustrante.

— Bem... — Dou de ombros sem jeito. Não vou ter que desenhar, né?

Ficamos em silêncio. Demeter está batendo o pé no chão de um jeito nervoso e repetitivo. Ela olha ao redor como um animal encurralado.

— Conte o que aconteceu com os funcionários — diz ela abruptamente. — Você era um deles.

Ai, meu Deus, não!

— Olha. Não é nada.

— Claro que é!

— Não é! Sei lá, foi uma coisa ou outra... — Paro de falar, estou me sentindo mal.

— Está na cara que houve mais do que uma coisa ou outra — diz Demeter, de modo sério. — Katie, estou perguntando como colega. Faça uma avaliação. Uma avaliação completa e sincera. Não se reprima.

Ai. Ela está falando *sério*?

— Não posso. — Eu me remexo. — Seria... esquisito.

— *Esquisito? Esquisita* é como eu me sinto agora, me escondendo de um homem que já foi meu subordinado num depósito de lenha, vendo minha carreira descer pelo ralo, sentindo que estou enlouquecendo.

— Ela leva a mão à cabeça, e vejo lágrimas inundarem seus olhos.

— Você não sabe como está sendo para mim. Não consigo entender. *Não consigo entender.* — Ela bate as mãos na cabeça, e olho para ela, chocada. — Nada faz sentido. Acho que estou mesmo sofrendo de demência. Mas não posso admitir isso a ninguém. A ninguém. Nem mesmo a James.

— Você não está sofrendo de *demência* — digo, assustada. — Isso é um absurdo!

Mas Demeter está balançando a cabeça sem parar, como se não conseguisse me ouvir.

— As coisas mudam. As coisas... elas não fazem sentido. E-mails. Mensagens. — Ela enruga a testa, como se estivesse se lembrando. — Todos os dias da minha vida são vividos num estado de... basicamente... pânico. Sim. Pânico. Tento manter o controle de tudo, mas falho. Falho *claramente*, como minha demissão iminente pode provar.

— Ela enxuga as lágrimas dos olhos. — Me desculpe. Não sou assim.

— Olha — engulo em seco e me sinto cada vez mais inquieta. — Você é excelente no que faz. Você me inspirou muito e tem ideias incríveis...

— Me conte sobre os funcionários — interrompe ela. — Onde eu errei? Por que eles me odeiam?

Estou prestes a dar a resposta boazinha: *Eles não odeiam você*. Mas alguma coisa na expressão dela me impede. Respeito essa mulher. Ela merece mais do que isso.

— Bem, vamos falar da Rosa. — Escolho um nome aleatoriamente.

— Ela se sente... — Hesito, tentando decidir como dizer.

Ela se sente como se você pisasse nos dedos dela com seus sapatos Miu Miu.

— Ela sente que nem sempre você a incentiva a crescer profissionalmente — digo com cuidado. — Tipo, você não deixou que ela assumisse o projeto de atletismo da prefeitura.

— Ela está chateada comigo por *isso*? — Demeter parece incrédula.

— Bem, o projeto teria dado destaque a ela...

— Meu Deus! — Demeter fecha os olhos. — Não acredito nisso. Quer saber a verdade? Eles não queriam que *ela* assumisse o projeto.

— Como é? — Agora sou eu que fico surpresa.

— Escrevi um e-mail recomendando-a, e nós enviamos um portfólio, mas ela não conseguiu a nota.

— Por que você não contou pra ela? — pergunto.

— Rosa é sempre muito sensível. *Supersensível*, até. — Demeter dá de ombros. — Achei que deveria protegê-la e falar que precisava dela. Para manter a confiança dela em alta.

— Ah. — Fico pensando. — Bem, talvez você tenha mantido a confiança dela, mas...

— Agora ela me odeia — conclui Demeter. — Sim. Entendo como isso pode ter acontecido. Consequências não premeditadas e essas coisas todas. — O rosto dela se contrai de um jeito esquisito, e eu vejo que ela está bem chateada, mas tenta esconder. — Não vou cometer *esse* erro de novo. Quem mais?

— Tá — digo, e me sinto pior do que nunca. — Então... Mark. Ele te odeia porque você roubou o destaque dele com aquela reformulação da marca daquele hidratante.

— *Sério*? — Demeter parece estupefata. — Mas foi um enorme sucesso. Ganhamos prêmios. Aquilo impulsionou a carreira dele.

— Bem, eu sei. Mas ele tinha as próprias ideias e você chegou pra negociar, assumiu tudo e o deixou envergonhado... — Mordo o lábio. — Só estou dizendo o que as pessoas comentam... — Paro de falar, assustada com a raiva que vi no rosto de Demeter de repente.

— Eu salvei a pele dele — diz ela, enfatizando. — Eu *salvei*, caramba! Aqueles designs que ele criou foram feitos com pressa e ficaram aquém dos padrões. Mark é talentoso, mas ele faz muitos frilas por fora. *Sei* que é isso o que ele faz em casa. Ele é *ambicioso*, mas fica sobrecarregado, e isso acaba ficando evidente. — Ela se cala de repente e parece se acalmar. — Mas eu poderia ter sido mais diplomática — acrescenta. — Quando tenho uma boa ideia, me esqueço de todo o resto. É uma péssima mania que eu tenho.

Não sei nem o que comentar, então fico quieta por um tempo. Consigo ver que a cabeça da Demeter está tomada de pensamentos, e não é à toa.

— Então a Rosa me odeia e o Mark também — diz ela, com uma voz esquisita. — Mais alguém?

— Ódio não é a palavra certa — corrijo-a depressa, apesar de ser exatamente a palavra certa. — É só que... acho... que eles não se sentem muito respeitados. Por exemplo, você sabia que o Mark ganhou o prêmio Stylesign de Inovação?

Demeter vira a cabeça e me observa como se eu fosse maluca.

— Claro que eu sabia. Eu o nomeei. Faço parte do quadro de avaliadores. E eu mandei pra ele um cartão depois da premiação. — E então, ela franze o cenho. — Bom, será que mandei mesmo? Sei que *escrevi*...

— Você *o quê*? — Olho para ela, boquiaberta. — Bem, você *contou* pra ele que o nomeou?

— Claro que não — responde ela. — É anônimo.

— Então ninguém no escritório faz ideia de que você o ajudou?

— *Não sei* — diz Demeter impacientemente.

— Bem, você deveria saber! — praticamente grito com ela. — Você deveria levar algum crédito nisso! Demeter, você está me deixando maluca! Você é *muito* mais legal do que parece. Mas você precisa se ajudar!

— Eu não entendo — diz ela, meio soberba, e eu quase explodo, irritada.

— *Não* faça as pessoas ajustarem a sua roupa. *Não* faça as pessoas pintarem o seu cabelo. *Não* diga a Hannah que ela está fazendo drama por estar tendo um ataque de pânico.

— O quê? — Demeter parece horrorizada. — Eu *nunca* disse isso. Eu *nunca diria* algo assim. Eu apoiei muito a Hannah em todos os seus problemas...

— Eu me lembro muito bem — interrompo. — Você falou assim com a Hannah: *ninguém acha que você está fazendo drama*. Para ela, isso pareceu: *você está fazendo drama*.

— Ah. — Demeter parece penalizada. — Ah, entendo.

Ficamos em silêncio, e eu sei que ela está pensando nisso.

— Talvez nem sempre eu comunique o que quero comunicar — concluiu ela, por fim.

— Temos uma expressão pra isso — digo. Se é para ser sincera, melhor falar logo. — Dizemos que a pessoa está "sendo Demeterida".

— Ai, meu Deus! — Ela parece ainda mais chocada. Completamente chocada.

Ficamos em silêncio por mais um tempo, e eu sei que um ou outro pensamento está tomando a mente de Demeter. E como é de se esperar, um momento depois, ela diz:

— Mas o meu cabelo! Você me odeia porque pedi para você retocar minha raiz?

— Bom... — Não sei bem como responder, mas felizmente parece que Demeter não precisa de uma resposta.

— Porque isso eu não entendo — continua ela de modo enfático. — Pensei que éramos todas amigas. Se você me pedisse para retocar sua raiz, Katie, e se eu tivesse tempo, claro que eu retocaria. *Claro que faria isso.*

Ela olha bem nos meus olhos, sem piscar, e eu percebo que acredito nela. Acho mesmo que ela está sendo sincera. Ela retocaria minha raiz sem pestanejar e não se sentiria ofendida.

A cada revelação, um padrão fica mais forte. Acredito que, de certo modo, Demeter é o *oposto* do que todos pensamos dela. Talvez ela seja descuidada —, mas não é vingativa. Ela não está pisando em todo mundo com seus sapatos Miu Miu de propósito — só não está sendo cuidadosa para saber onde pisa. Obviamente, ela acha que todo mundo é como ela: concentrado em ter grandes ideias e fazer com que funcionem, sem se preocupar muito com os pormenores. O problema é que as pessoas — os funcionários — se importam com os pormenores, sim.

Quanto mais me dou conta da verdade, mais frustrada me sinto com ela. Tudo poderia ser muito diferente se ela tomasse mais cuidado.

— Olha, não ajuda muito o fato de você sempre errar o nome de todo mundo. E o modo como você olha pras pessoas, como se não se lembrasse de quem elas são... Isso não é *legal*.

Pela primeira vez em nossa conversa, Demeter parece verdadeiramente consternada.

— Tenho um leve problema de reconhecimento facial — diz ela, com sinceridade. — Mas é só um detalhe. Venho escondendo isso muito bem ao longo da vida. Nunca me deu problemas no trabalho.

Meu Deus, que perversa! Sinto vontade de estrangulá-la.

— Você não conseguiu esconder, não! — digo. — E isso causou problemas! Porque, olha só, você está prestes a ser demitida, e essa é uma das causas. As pessoas acham que você não se importa com elas. Se você contasse pra todo mundo que tinha um problema... — Paro de falar quando uma ideia surge em minha mente. — Talvez seja por isso que você se confunda com as coisas. Isso *é um problema*. É como ter dislexia. Você pode procurar ajuda, apoio... — Paro de falar enquanto Demeter balança a cabeça, negando.

— Quem me dera. Não é isso. É pior. — Ela abre um sorrisinho amarelo para mim. — Pesquisei sobre início de demência no Google. Tenho todos os sintomas.

— Mas você é totalmente apta! — digo, ficando bem estressada com essa conversa. — Você é sã, lúcida, você é *nova*, pelo amor de Deus...

Demeter balança a cabeça.

— Mando e-mails que não lembro de ter enviado. Confundo datas. Não me lembro de coisas com as quais concordei. Tem todo esse problema com a Allersons. Tenho *certeza* de que eles me mandaram esperar. Eles estavam esperando uma pesquisa que haviam encomendado. — Ela faz uma careta. — Mas agora todo mundo está dizendo que eles não falaram isso. Então o problema deve ser comigo. Devo estar perdendo a sanidade. Felizmente, consigo pensar rápido, então consigo me sair bem de muitas situações. Mas não de todas.

Eu me lembro da Demeter no escritório, olhando para o telefone como se nada no mundo fizesse sentido, virando-se para Sarah com aquela expressão confusa, impotente, chamando atenção para um anúncio aleatório qualquer. E agora, claro, tudo parece ser um mecanismo de defesa.

Esse pensamento faz com que eu me remexa, incomodada. Não acredito que Demeter possa ser outra coisa além de uma mulher poderosa, inteligente, no controle da situação, só meio ruim em liderar pessoas.

Ela está andando de um lado para o outro no depósito de lenha, com uma expressão desesperada no rosto. Parece estar tentando resolver alguma equação envolvendo Teorema de Pitágoras e a teoria das cordas, tudo de uma vez.

— Tenho certeza de que vi aquele e-mail — diz ela, de repente. — Eu imprimi. Eu *tinha* o papel.

— Então onde ele está?

— Só Deus sabe. Não no meu computador, chequei várias vezes. Mas... — Ela se sobressalta de repente. — Espere. Será que eu coloquei na minha bolsa de ráfia?

Ela parece paralisada. Nem ouso responder para não perturbá-la.

— Coloquei. Acho que coloquei. Levei um monte de e-mails para casa... — Demeter passa a mão no rosto cheio de lama. — Eles não estão em cima da mesa. Também já olhei lá. Mas será que podiam estar naquela bolsa? Está pendurada na maçaneta da porta do meu quarto há semanas. Eu nem... será que ficou lá?

Ela olha para mim desesperada, como se esperasse uma resposta. Uma resposta sincera. O que eu sei a respeito da bolsa de ráfia dela? Por outro lado, deixar um monte de e-mails em uma bolsa é a *cara* da Demeter.

— Talvez — afirmo. — Claro.

— Preciso tentar, pelo menos. — Abruptamente, ela começa a se ajeitar. — Preciso tentar.

— Tentar o quê?

— Vou para Londres. — Ela olha diretamente para mim. — Ainda é meio-dia. Posso ir e voltar até a noite. As crianças estão ocupadas, elas nem vão perceber que saí.

— Você vai ao escritório? — pergunto, confusa.

— Não! — Ela dá uma risada. — Não posso nem arriscar chegar perto do escritório. Não, eu vou para casa. Preciso ver o que posso salvar das minhas coisas lá. Se eu tiver qualquer chance de lutar, preciso de munição.

— Mas e o Alex? — pergunto. — Ele está aqui. Está esperando você.

— Você pode contar a ele o que estou fazendo quando eu sair. Ele pode querer correr atrás de mim. Bom, conhecendo o Alex como eu conheço, talvez não faça isso... — Demeter me olha de esguelha. — Só preciso de mais um favor, Katie. Você me dá cobertura?

CAPÍTULO DEZESSETE

Dar cobertura. Por quanto tempo?

Vinte minutos se passaram e Demeter acaba de sair. Eu a levei para dentro da casa, fiquei de guarda enquanto ela tomava um banho rápido e depois vigiei enquanto ela partia de carro. Agora, preciso ver o que Alex está fazendo.

Ele não está mais no jardim, e, quando bato à porta do quarto dele, ninguém responde. Então vou até a cozinha e o vejo sentado à nossa mesa de fórmica, olhando para as geleias da Biddy. Quando eu chego, ele se vira com uma expressão esquisita do tipo "Como assim?", que não entendo. Ele está se divertindo? Ou está inquieto?

Será que está com *pena*?

Olho depressa para Biddy — o que está acontecendo? —, mas ela sorri para mim com simpatia. Está na cara que ela não desconfiou de nada.

— Oi — digo, cabreira.

— Oi, Katie — responde Alex, a voz meio contida. — Olha só, eu estava conversando com o seu pai e soube que você está num período sabático em uma empresa chamada Cooper Clemmow?

Parece que alguém jogou uma bomba na minha cabeça. Tudo começa a ruir por dentro, enquanto por fora estou parada, imóvel. Só consigo olhar para ele, impotente, pensando: *Não. Por favor, não. Nããããooo.*

— Não que você esteja descansando, não é, querida? — comenta meu pai, rindo. — Eles ligam pra ela o tempo todo pedindo conselho em relação a uma coisa ou outra...

— É mesmo? — pergunta Alex, com a mesma voz esquisita. — Que falta de consideração da parte deles!

Estou com vontade de sumir. Quero desaparecer.

— Ah, ela está sempre no computador e falando ao telefone, discutindo coisas sobre essas "marcas" que eles fazem. — Biddy se intromete. — Todo mundo quer a nossa Katie.

— Esses executivos de Londres... — Alex balança a cabeça.

— Exigentes demais — diz meu pai. — Afinal, ela *está* em um período sabático, não é?

— Essa é uma pergunta muito boa — diz Alex, assentindo. — Acho que você chegou ao X da questão, Mick, se podemos dizer assim.

— Bem... — De alguma maneira, eu consigo falar, apesar de meus lábios estarem tremendo. — Não... não está tão claro.

— Sim, estou achando isso também. — Alex olha em meus olhos, e vejo que ele parece confuso e preocupado. Ele não vai revelar nada a Biddy nem ao meu pai. Não agora, pelo menos. — E aí, você sabe onde a Demeter está?

— Ela... humm, acho que não está aqui — digo, olhando ao redor da cozinha várias vezes.

E isso não é mentira.

— Por que você não leva o Alex pra conhecer a fazenda? — sugere Biddy. — Pode ser que encontrem a Demeter pelo caminho. Você já conhece Somerset, Alex?

— Não, é minha primeira vez aqui. Não conheço nada do interior. É tudo um mistério pra mim. Não tenho nem um par de galochas.

— Vamos ter que resolver isso! — Biddy abre a porta da cozinha e conduz Alex para fora. — Respire esse ar — diz ela. — Isso vai limpar seus pulmões das impurezas da cidade.

Alex parece estar achando graça e, obedecendo, começa a inspirar. Olha ao redor, para a paisagem de montanhas e de campos, como se algo tivesse chamado sua atenção, e de repente dá um passo à frente, estreitando ainda mais os olhos.

— Não conheço nada do interior — repete —, então... isso é só uma ideia, tá? Se vocês cortarem aquele arbusto *ali*... não aproveitariam mais a paisagem?

Ele está indicando um arbusto no lado esquerdo. Acho que pesa um pouco na paisagem, sim, mas estamos acostumados com ele.

— Ah. — Meu pai parece surpreso. — Talvez você tenha razão. Sim. Acho que você tem razão. — Ele olha para Biddy. — O que você acha?

— Nunca tinha pensado nisso antes, mas sim. — Biddy parece confusa. — Minha nossa, conversamos tanto sobre como melhorar a paisagem...

— E ele viu logo de cara — diz meu pai. Ele e Biddy ficam observando Alex, meio encantados.

— Como eu disse — acrescenta Alex, educadamente. — É só uma ideia. O interior é um mistério pra mim. — Ele olha na minha direção. — E então, vamos ao tour?

Não há um "tour" oficial na Fazenda Ansters, então levo Alex em direção ao pátio. Qualquer coisa que o tire de perto do meu pai e da Biddy.

— E então, Moça do Sabático — diz ele assim que nos afastamos.

— Para com isso. — Não olho para ele nem paro de andar.

— *Por quê?*

— Porque... por vários motivos. Bom, tem o principal. Meu pai.

— Ele reclamaria muito se descobrisse que foi demitida? — Alex parece surpreso. — Ele me passou a impressão de ser o tipo de pai que te apoia em todas as coisas.

— E ele é assim! Não que ele fosse me passar um sermão. É que... Faço uma careta, tentando separar meus sentimentos e mostrar apenas os que posso controlar. Nunca falei sobre meu pai com mais ninguém e me sinto fora da minha zona de conforto.

— Não suporto decepcioná-lo — digo, por fim. — E não vou saber lidar com ele se o decepcionar. Ele chega a apoiar até *demais*, sabe? Não sabe lidar com as coisas quando elas não dão certo pra mim. Ele odeia Londres, odeia que eu tenha decidido morar lá... Se eu contar pra ele sobre a demissão, vai ser mais uma confirmação de que Londres é um lugar péssimo. E a questão é que talvez eu não *precise* contar nada pra ele. — Eu me forço a parecer mais otimista. — Talvez eu consiga outro emprego e possa omitir a verdade. Ele não vai precisar saber.

Mesmo enquanto digo essas palavras, elas parecem desesperadamente otimistas. Mas eu preciso ter esperança, não é? Deve haver milhares de empregos em Londres. Só preciso de um.

— Isso não é um emprego? — Alex abre os braços. — Administrar esse lugar?

— Não é o emprego que eu quero. — Mordo o lábio. — Sei que pode ser um sonho pra muita gente, mas eu adorava o mundo da publicidade. Adorava trabalhar em equipe, criar e... não sei. Todo aquele agito. É *divertido*.

— Às vezes, sim. — Alex olha para mim com os olhos brilhando, e de repente me lembro de nós dois na cobertura da Cooper Clemmow. *Aquilo* sim foi *divertido*. Eu ainda me lembro da sensação do vento frio do inverno no meu rosto. Ou será que me lembro é da sensação de estar com Alex? Até hoje, fico arrepiada quando estamos juntos, só nós dois.

Será que ele também está arrepiado? Provavelmente não. Eu olharia para ele agora, para analisar sua reação, mas tudo parece meio confuso de repente.

— Então o que vai fazer se o "sabático" terminar e você não tiver encontrado um emprego? — Alex interrompe o silêncio. — O que vai dizer ao seu pai?

— Não sei. Não pensei nisso ainda. — Começo a andar um pouco mais depressa. Não quero ter que pensar nisso. — Você quer dar uma olhada no... — Penso em algo na hora. — Nas ovelhas? Temos ovelhas, vacas...

— Espera um pouco. O que é isso? — Chegamos ao pátio, e Alex está olhando para o maior celeiro, onde meu pai guarda todas as tranqueiras dele. — É algum material pra fazer cerveja? Posso dar uma olhada?

— Er... claro — digo, distraída ao ver Denise saindo da casa. — Oi, Denise. Posso falar com você rapidinho? A Susie não está se sentindo muito bem hoje. Você pode dar um pulo lá pra trocar as roupas de cama e ver se ela está bem.

— Não está se sentindo muito bem? — rebate Denise, com aquela cara de brava. — Você viu as garrafas vazias do lado de fora do yurt dela? Vou falar por que ela não está se sentindo *muito bem*...

— Bom... — Eu a interrompo com simpatia. — Ficaria muito feliz se você pudesse fazer isso por mim. Obrigada, Denise.

— Prosecco. — Denise diz a palavra com raiva. — Cinco garrafas no total. *Prosecco.*

Já ouvi muitas vezes a opinião de Denise sobre bebida. Sem falar do presunto de Parma.

— Independentemente do que ela beber, ela é uma *cliente*. Não julgamos nossos clientes, tá bem? — Estou prestes a começar um pequeno discurso sobre atendimento ao cliente, quando ouço um barulho vindo do celeiro.

— Merda! — grita Alex lá de dentro, e eu tomo um susto. Não me diga que ele se machucou, era só o que me faltava...

— Você está bem? — Corro em direção ao celeiro. — Você não deveria ficar aí...

— Esse lugar é uma doideira!

Quando entro no celeiro, Alex se vira para mim com um sorrisão. O rosto dele está cheio de poeira e teias de aranha, e eu, num ímpeto, ergo a mão para limpá-lo — e então paro, envergonhada. O que eu estava pensando em fazer? Passar a mão no *rosto* dele?

Alex olha para a minha mão levantada, e eu consigo perceber que ele está pensando a mesma coisa. Então, ele volta a olhar para mim, bem nos meus olhos. A poeira nos envolve, e eu tento me convencer de que é por causa dela que estou sem ar. Não porque estou caindo de...

De quê? *Desejo* parece a palavra errada, mas é isso mesmo. Tem um clima tenso e provocante entre nós. Aconteceu em Londres e está acontecendo aqui de novo. Sei que não estou imaginando coisas. Aos poucos, Alex limpa o rosto, e seus olhos escuros brilham como se ele também tivesse percebido.

— Esse lugar é um baú do tesouro — diz ele. — Olha isso! — Ele toca o enorme barril que meu pai comprou para produzir a cerveja Fazenda Ansters Original. Que desperdício de dinheiro!

Dou de ombros.

— Meu pai fazia cerveja.

— E aquilo? — Ele aponta a geringonça atrás do material da cerveja. — Aquilo é um tear?

— Pensamos que ficaríamos ricos tecendo lã de alpaca. Meu pai é o que podemos chamar de...

— Empreendedor?

— Eu ia dizer "iludido". — Dou uma risada. — Nunca ganhamos dinheiro com essas coisas.

— E aquilo? — Ele aponta para o jukebox dos anos cinquenta.

— Ah, íamos dar umas festas meio rock and roll. — Não consigo deixar de rir ao me lembrar disso. — Meu pai fez um penteado com topete e tudo.

— Isso funciona?

— Vou ver se tem tomada. — Passo por ele, procurando a ponta do fio, e sinto minha caixa torácica roçar na de Alex. Porque o celeiro é um lugar bem apertado. (Tá, na verdade, posso ter esbarrado nele de propósito ao passar.)

— Desculpa — digo.

— Sem problemas — diz ele, com uma voz que não consigo decifrar. — Precisa de uma mãozinha?

Quando ele segura minha mão, não consigo deixar de sentir um arrepio. Depois de todas as fantasias que tive, estou aqui, sentindo a mão quente dele na minha. Apesar de não estarmos exatamente *de mãos dadas*, digo a mim mesma. Estamos só segurando nossas mãos. Temporariamente. Num movimento muito prático, necessário.

Por outro lado, ele ainda não soltou minha mão, nem eu a dele. O que é... esquisito? Olho para ele em meio à poeira do celeiro escuro, e seus olhos estão tão indecifráveis quanto sua voz. Ou talvez eles estejam sendo claros, e eu simplesmente não ouse acreditar na mensagem que me passam. Porque o que estou vendo no olhar dele é bem explícito.

— Katie? — Ouço a voz do meu pai e me sobressalto, soltando a mão de Alex. — O que você está fazendo aí dentro? — Ele está me olhando do pátio, segurando o chapéu de Fazendeiro Mick.

— Estou mostrando uma coisa pro Alex — digo, afastando minha mão para bem longe da dele.

— Ah, é mesmo? — Meu pai olha com certa desconfiança para Alex. — E que coisa é essa?

Seu tom de voz é instantaneamente reconhecível, assim como sua expressão. É como se ele quisesse dizer *Peguei você no flagra no celeiro, né?* Francamente. Só porque estou aqui dentro sozinha com um homem?

Olha, para ser sincera, meu pai *já* me pegou no flagra no celeiro algumas vezes. (Na festa de fim de ano da escola; aquela vez depois do festival de sidra; uma vez quando eu estava com Steve — *Nossa*, foi constrangedor.) Mas agora, hellooo.... sou adulta!

— O Sr. Astalis ficou interessado no material pra fazer cerveja — digo.

— Vou falar uma coisa, Mick — diz Alex. — Sempre quis fazer minha própria cerveja. Na verdade... — Ele parece estar pensando. — Posso comprar seu equipamento cervejeiro? Vou colocá-lo em minha garagem.

— Comprar? — O rosto do meu pai se ilumina por um milésimo de segundo. E, em seguida, ele adota sua expressão de "negociante" (ou seja, uma expressão de desconfiança e rabugice). — Bem, olha. A verdade é que estou pensando em voltar a fazer cerveja. Esse equipamento é valioso. Teria que saber qual é a sua oferta primeiro.

Meu rosto está vermelho de vergonha. Meu pai *não* estava pensando em voltar a fazer cerveja, e o Alex deve ter percebido isso. Mas ele não perde a compostura.

— Entendo — responde ele, com seriedade. — Vamos chegar a um preço justo. Você se lembra de quanto pagou?

— Vou descobrir. — Os olhos do meu pai brilham. — Espere um pouco, vou conferir meus registros. — Ele se vira depressa e praticamente sai correndo dali.

— Você quer mesmo começar a fazer cerveja? — pergunto, desconfiada.

— Claro que quero! — diz Alex. — Seu pai pode me dar as dicas. — Ele me dá um sorriso tão alegre que não tenho como não desconfiar de que ele fez isso, pelo menos em parte, por outro motivo. Mas não consigo imaginar qual motivo seria além de pura generosidade.

(A menos que ele saiba que o material vale uma fortuna. Não deve ser isso.)

— Ah, outra coisa — diz ele de repente. — Melhor eu te contar. Sua instituição de caridade.

— Minha instituição de caridade? — repito, sem entender.

— Sabe a sua instituição de caridade em Catford? Decidimos que vai ser uma das nossas instituições oficiais do ano que vem.

— O quê? — Olho para ele, boquiaberta.

— Eu ia arrumar um jeito de te contar. Bem, já contei. — Ele abre os braços. — É oficial. Ano que vem, vamos arrecadar dinheiro pro Centro Comunitário Church Street em Catford, e pra pesquisa sobre o câncer.

Quase não consigo falar. Ele prestou atenção. Ele se lembrou.

— Na verdade, fui visitá-los — continua ele, contando os detalhes com os olhos brilhando. — Conversei com as crianças. Conheci os líderes. E você tem razão. Eles são ótimos.

— Você foi a Catford? — Isso é surpreendente. Não consigo acreditar. — Você foi a *Catford*?

Por um momento, Alex não responde. Ele está mexendo nos botões do jukebox, com a mandíbula contraída.

— Como eu falei, fiquei comovido — diz ele por fim, meio sem jeito. — Sobre aquilo que você falou no escritório. Não quero ser um cara que teve tudo de mão beijada, um idiota que não consegue enxergar além do seu mundinho privilegiado. Eu me senti bem envergonhado, se quer saber. Você estava ali, fazendo algo pra sua comunidade, criando laços, fazendo a diferença...

Ai, meu Deus. É isso o que ele acha? Sinto a cabeça ferver de culpa. Eu, criando laços com minha comunidade?

— Alex — interrompo. — Olha, eu... não criei laço nenhum. A verdade é que... nunca fui visitar o centro comunitário.

— O quê? — Ele olha para mim, chocado.

— Uma menina me deu um panfleto e me falou sobre o centro. — Mordo meu lábio, envergonhada. — Só isso.

— Um *folheto*? — Ele fica olhando para mim. — Pensei que você estivesse superenvolvida na causa. Não é à toa que eles não sabiam quem você era. Não consegui entender.

— Bem, eu me envolveria! — emendo, na mesma hora. — Se não tivesse me mudado. Tenho certeza de que se trata de um grande projeto e tudo...

— E é! É um projeto maravilhoso. — Ele olha para mim sem acreditar. — Por que estou falando pra *você* sobre o *seu* projeto comunitário?

— Porque... er... você é uma ótima pessoa? — pergunto e arrisco um sorrisinho.

Para meu alívio, Alex esboça um sorriso. Acho que ele consegue ver o lado engraçado disso.

— Bem, então vou levar você pra conhecer o seu projeto de caridade qualquer dia desses — diz ele ironicamente.

— Er... obrigada! — Olho nos olhos dele. — É sério. Obrigada.

Encontrei a tomada do jukebox e estou prestes a perguntar ao Alex se ele quer vê-lo funcionando quando, então, ele olha para seu relógio de pulso.

— Droga, me distraí. — Ele franze o cenho. — Você faz ideia de onde a Demeter pode estar?

Meu estômago se revira com apreensão e olho meu próprio relógio. Faz 25 minutos que ela saiu. Já é um tempo razoável, não?

— Olha — digo. — Alex, preciso te contar uma coisa. — Esfrego o nariz, evitando olhar em seus olhos. — A Demeter, ela....

— O quê?

— Na verdade, ela...

— *O quê?*

Para falar a verdade, estou bem nervosa. No calor do momento, parecia óbvio que eu deveria ajudar Demeter. Parecia ser o certo a fazer. Mas agora preciso admitir que...

— Ela... foi pra Londres.

— *Londres?* — Alex olha para mim intensamente. — Quando?

— Faz uns 25 minutos.

— Mas o que... Por que... — De repente, ele se dá conta. — Espera. Você *estava* com ela. Você *contou* a ela?

— Avisei a ela, sim — digo, tentando conter o nervosismo.

— Não acredito nisso — diz Alex, com a voz calma. — Você quer dizer que, depois que conversamos, você contou a ela que seria demitida?!

Foi exatamente isso o que aconteceu, não há motivo para negar.

— Ela merecia saber! Demeter é mais do que aparenta. Ela contribuiu muito com a Cooper Clemmow. Vocês não podem simplesmente mandá-la embora...

— Não me importa o que você acha da Demeter, você não podia ter falado nada com ela. — Alex parece bastante irritado. — E se ela acha que pode escapar da situação fugindo...

— Ela não está fugindo! Ela está procurando um jeito de se salvar! Tem um e-mail ou alguma coisa assim... shh! — Eu me interrompo quando vejo meu pai se aproximando. — Não nos conhecemos, lembra?

Alex me lança mais um olhar irritado e então se vira para meu pai com seu sorriso charmoso.

— E aí, Mick? Qual é o tamanho do prejuízo?

— Eu paguei isso. — Meu pai mostra um número rabiscado. — Vamos ficar na metade?

— Vou pensar a respeito. — Alex guarda o papel no bolso. — Preciso continuar o tour. Katie, você pode me mostrar mais da fazenda? Acho que ainda não terminamos.

O tom dele é de ameaça, e sinto um aperto no peito, mas então me lembro: ele não é mais meu chefe, certo?

— Claro. O que você quer conhecer?

— Ah, muita coisa, eu diria — responde ele, olhando para mim, sem sorrir dessa vez. Ele sai do celeiro com passos firmes, e meu pai vai atrás dele.

— Você é um homem de negócios, não é, Alex? — pergunta ele.

— De certo modo, sim. — Alex sorri para meu pai de novo. — Obrigado pela atenção, Mick, mas agora quero muito que a Katie me mostre... — Ele se vira para mim. — Os estábulos, não?

— Podemos ir aos estábulos — sugiro, dando de ombros.

— A nossa Katie vai mostrar o que você quiser — diz meu pai, todo solícito. — O que você precisar saber, pergunte a ela.

— Vou fazer isso — declara Alex, com o mesmo tom de ameaça. — Vou fazer.

Em silêncio, eu me viro e então caminhamos em direção aos estábulos. Só voltamos a falar quando estamos mais afastados de meu pai. E então Alex para. Ele pega o telefone e lê as últimas mensagens enquanto eu espero, atenta.

— Ah, que fiasco — diz ele por fim. — Venho até aqui para poupar a Demeter de uma situação pior, e o Adrian agora está perguntando se eu já falei com ela. — Ele indica o telefone. — E você me diz que ela *esteve* aqui, mas que foi embora?

— Ela não foi *embora*! — digo. — Ela vai enfrentar a situação, mas quer ter uma chance de se defender. Tem um e-mail da Allersons que ela acha que pode estar no escritório da casa dela.

— Então ela foi pra casa? — Os olhos dele brilham com a nova informação. — Pra Shepherd's Bush?

Eu me repreendo. Não precisava ter dado esse detalhe.

— Olha... importa pra onde ela foi? Você não vai até Shepherd's Bush pra garantir, vai? Pode ser que não a encontre. Você deveria esperar aqui. Ela vai voltar mais tarde, e assim você pode...

Hesito. Não vou dizer *E então você pode demiti-la.*

— Assim vocês podem resolver as coisas — concluo. — Fala com o Adrian que ela foi fazer trilha e que você não conseguiu falar com ela ainda. Ele não tem como saber.

Alex faz outra cara feia para mim, mas percebo que ele vê que estou com a razão. Embora ainda não pareça feliz, ele não vai sair correndo para Shepherd's Bush atrás dela. Na verdade, ele parece furioso.

— Você não tinha o direito de interferir — diz ele. — Não tinha. Não tinha mesmo. Você não trabalha mais na Cooper Clemmow. Não faz ideia de quais são os problemas...

— Eu sei que a Demeter merece uma chance! — De algum modo, consigo mostrar firmeza. — Ela não é tão má quanto todo mundo pensa! E abordá-la assim, sem aviso... não é justo. Ela merece um tempo pra reunir todas as provas de que precisa. Merece um julgamento justo. Todo mundo merece um julgamento justo.

Paro, ofegante. Acho que estou convencendo o Alex. Posso ver isso em seu olhar.

— E tem mais... — hesito. Vou me arriscar a dizer isso?

— E tem mais *o quê*? — pergunta ele.

— Tem mais... E acho que você concorda comigo, só precisa admitir isso. Existe o risco de estar acontecendo uma grande injustiça. Você não quer fazer parte disso, ou quer?

Alex ainda está em silêncio e olhando para mim. E eu entendo. Tornei a vida dele muito mais complicada. As pessoas detestam isso.

— *Certo* — diz ele, por fim, dando um tapa no telefone, irritado. — Demeter vai ter um julgamento justo. Ela pode demorar o quanto quiser. O que faço enquanto isso?

— O que você quiser. — Abro bem os braços. — Você é o cliente.

Alex olha ao redor, ainda com o cenho franzido, como se nada que ele vê pudesse animá-lo.

— Vocês têm Wi-Fi?

— Claro que sim. E posso achar um lugar pra você trabalhar. Mas é um desperdício — digo baixinho.

— O quê? — Ele se vira de repente.

— Bem, você está aqui agora. Você veio ao interior. Poderia se divertir. — Paro. — Ou será que você se diverte demitindo as pessoas?

Não consegui me conter e percebo que agora toquei num ponto muito sensível. Ele faz uma careta e olha para mim.

— Legal. Obrigado. Pelo jeito, sou um ditador, doido por poder e controle.

— Bem, você disse que se ofereceu pra fazer isso. Como vou saber que esse não é o seu passatempo? Soltar pipa, fazer cerveja, demitir pessoas.

Sei que estou me arriscando, mas não me importo. Passei muito tempo em Londres me sentindo inferior aos outros. Quietinha. Observando todo mundo falar. Mas agora estou no meu território e vou virar a mesa. O que pode ser imprudente e até ingênuo, mas eu não ligo. Eu *quero* pressionar Alex. *Quero* fazer com que ele reaja. É arriscado, mas acho que sei até onde posso ir.

E, como é de se esperar, por um momento, parece que ele vai explodir. Mas, logo em seguida, esboça um sorriso relutante.

— É assim que você fala com os seus hóspedes de pousada? — pergunta ele por fim. — Você detecta o lado mais sensível deles pra provocá-los?

— Ainda não sei — digo, dando de ombros. — Como eu falei, você é o primeiro cliente dessa categoria. O que você está achando?

Estou me sentindo animada: acertei. Alex não fala nada por um tempo e fica só olhando para mim com aquele sorrisinho nos lábios. Meu cabelo está caindo no meu rosto; em Londres, provavelmente, eu o ajeitaria. Mas aqui eu nem ligo.

Como se pudesse ler mentes, Alex olha para o meu cabelo.

— Seu cabelo ficou encaracolado. E *azul*. Isso costuma acontecer em Somerset?

— Ah, sim. Temos nossos eventos de moda aqui. Sou a garota da capa da *Vogue Somerset*, você não sabia?

— Aposto que é mesmo — diz Alex.

Alguma coisa em sua expressão me dá um calor por dentro. Ainda estamos brigando, não? Eu engulo em seco, o vento despenteia meus cabelos e meus olhos estão fixos nos dele. Por um milésimo de segundo, não sei o que dizer.

— Tudo bem. — Alex parece se recuperar. — Tem razão. Se eu vim até aqui, é melhor aproveitar o lugar. Então... o interior. Me conte tudo. — Ele se vira, observando a vista panorâmica além de todas as construções.

— Contar tudo sobre o interior? — Não consigo deixar de sorrir. — Como se você fosse um cliente que está pensando em reposicionar a marca?

— Exatamente. O que é isso tudo? Tem o verde, claro — diz ele, como se estivesse diante de um painel na Cooper Clemmow. — A vista... Turner... Hardy... Não suporto o Hardy, na verdade... — Alex para quando algo chama sua atenção. — Espera. O que é aquilo?

— Aquilo? — Acompanho o olhar dele, além dos estábulos, até o pátio. — É o Defender.

— É *espetacular*. — Alex caminha apressadamente em direção a ele e passa a mão pelo velho Land Rover, admirando-o. Tem cerca de 20 anos, está coberto de lama, com o vidro do para-brisa colado com fita transparente por causa das rachaduras. — Ele é próprio pra estradas de terra, não é?

— Bem, não chega a ser um trator.

Agora os olhos de Alex estão brilhando.

— Nunca dirigi numa estrada de terra. Estrada de terra *de verdade*.

— Você quer dirigir? — pergunto e estendo as chaves para ele. — Vamos, Moço da Cidade. Arrebenta.

Alex atravessa o pátio e sai pelo portão de trás, então acelera quando chegamos ao pasto.

— Cuidado — repito, várias vezes. — Não tão rápido. *Não* vai atropelar a ovelha — digo, enquanto ele segue dirigindo. Para ser justa, ele fica bem no canto da estrada e segue numa velocidade razoável. Mas, assim que fechamos a porteira do pasto atrás de nós, Alex parece um pinto no lixo.

O campo é uma bagunça enorme, cheia de obstáculos, sem cultivo — na verdade, nós ganhamos dinheiro de projetos governamentais para deixar a vegetação crescer. Alex reduz descendo pela lateral do campo, e depois acelera e volta como um doido. Se a estrada não estivesse tão seca, estaríamos deslizando agora. Ele sobe alguns morros num ângulo que faz com que eu me segure à alça de segurança e então avança por uma elevação e atravessa o topo. Ele literalmente solta uma exclamação quando o carro meio que voa (ainda que por um ou dois segundos), e eu não consigo deixar de rir, mesmo batendo o ombro por causa dessa decolagem.

— *Minha nossa!* — grito quando descemos. — Você vai...

Paro de falar. Droga. Ele está indo em direção a um buraco. O problema é que ele não sabe que é um buraco porque está coberto de mato.

— Vai devagar — peço, meio tensa. — Devagar!

— Devagar? Está maluca? Essa é a melhor coisa que fiz na minha vi... aaaaah!

O Defender cambaleia, e, por um momento assustador, acho que vamos capotar. Minha cabeça bate no teto. Alex é arremessado em direção a janela. Ele acelera, quase como se tentasse tirar o Defender do buraco com o poder da mente.

— Vai! — Estou gritando. — Vai!

Com os pneus cantando e o motor roncando, conseguimos nos livrar do buraco, avançando aos trancos e barrancos por algumas centenas de metros, e então paramos. Olho para Alex e tomo um susto. O rosto dele está coberto de sangue, que também escorre pelo queixo. Ele desliga o motor e nós ficamos nos olhando, ofegantes.

Por fim, eu digo:

— Quando eu disse "Arrebenta", não quis dizer literalmente.

Alex dá um sorrisinho e logo franze a testa, olhando com mais atenção para o meu rosto.

— Estou bem. Mas e você? *Está tudo bem?* Você levou uma baita pancada. Sinto muito, não fazia ideia...

— Vou sobreviver. — Levo a mão à testa, que já está com um galo. — Ai.

— Meu Deus, me desculpa. — Ele parece envergonhado.

— Não precisa pedir desculpa. — Sinto pena dele. — Todo mundo já fez isso alguma vez. Eu aprendi a dirigir nesse campo. Fiquei presa no buraco, tive que ser retirada com um trator. Toma. — Enfio a mão no bolso e pego um lenço. — Seu rosto está todo sujo de sangue.

Alex limpa o sangue do rosto e então olha pelo para-brisa.

— Onde estamos?

— No pasto. Vem, vamos sair do carro.

O dia está lindo. Já deve ser mais de uma hora, e o sol está alto num céu sem nuvens. O mato é grande, o capim cresceu muito e não venta muito forte. Só consigo ouvir as lavercas cantando bem acima de nós, com aqueles grasnados infinitos.

Pego o cobertor que sempre deixamos no porta-malas do Defender e o estendo na grama. Tem uma caixa de sidra que também deixamos ali, guardada embaixo de uma proteção, então pego duas latas.

— Se quiser conhecer Somerset — digo, jogando uma lata para ele —, precisa beber a sidra local. Mas cuida...

Tarde demais. Ele abriu a lata e o líquido voou para todo lado.

— Desculpa — digo, sorrindo. — Eu ia avisar. As latas foram um pouco chachoalhadas.

Abro a minha esticando o braço, e, durante alguns instantes, ficamos ali, sentados ao sol, bebericando sidra. E então Alex fica de pé.

— Tá, me conte sobre Somerset — pede ele, com os olhos brilhando.

— O que é aquele monte ali? E de quem é aquela casa no horizonte? E quais flores são aquelas amarelinhas? Quero saber tudo.

Não consigo deixar de rir dele. Ele é interessado em *tudo*. Consigo imaginá-lo conversando com um astrofísico numa festa e pedindo para que ele explique o universo.

Mas eu gosto disso nele também. Fico de pé e o acompanho pelo campo e conto tudo sobre a paisagem, a fazenda, as flores e o que mais desperta o interesse dele.

Por fim, o sol está quente demais para continuarmos andando e nos sentamos no cobertor.

— E esses pássaros, quais são? — pergunta Alex quando estica as pernas, e sinto certa satisfação por ele ter notado aquelas aves. Poderia não ter prestado atenção.

— São lavercas. — Tomo mais um gole de sidra.

— Eles não calam a boca, não é?

— Não — respondo, dando uma risada. — São meus pássaros preferidos. Você acorda cedo, sai e... — Paro, deixando aquele som familiar tomar conta de mim. — Parece que o céu está cantando pra você.

Ficamos em silêncio mais uma vez, e Alex parece estar prestando muita atenção aos grasnados. Pode ser que ele nunca tenha ouvido as lavercas antes. Não faço a menor ideia de onde ele foi criado.

— Eu chamei você de Moço da Cidade — digo, meio hesitante. — Mas você é mesmo? Onde cresceu?

— Acho que sou um moço "das cidades". — Ele inclina a cabeça como se estivesse relembrando alguma coisa. — Londres, Nova York, Xangai por um tempo, Dubai, São Francisco, Los Angeles por seis meses quando eu tinha 10 anos. Acompanhávamos meu pai no trabalho.

— Uau!

— Já morei em 37 casas e estudei em 12 escolas.

— Sério? — Eu o encaro com os olhos arregalados. — Trinta e sete casas? Isso é mais do que uma *por ano*.

— Moramos na Trump Tower por alguns meses; foi legal... — Ele vê minha cara e se retrai. — Desculpa. Sei que sou um idiota privilegiado.

— Não é culpa sua. Você não deveria... — Paro de falar, mordendo o lábio. Preciso abordar algo que tem me incomodado desde que o reencontrei. — Olha, me desculpa pelo que falei no escritório. Que você tinha um pai famoso que te deu uma carreira.

— Tudo bem. — Ele sorri, e aquele sorriso me diz que ele já ouviu isso muitas vezes.

— Não. — Balanço a cabeça. — Não está tudo bem. Foi injusto. Não sei nada do início da sua carreira, se você teve ajuda...

— Bem, claro que tive ajuda — diz ele calmamente. — Eu acompanhei o meu pai durante toda a minha infância. Eu ia ao escritório dele, ao estúdio... Aprendi com ele. Então, sim, isso foi uma vantagem. Mas o que ele podia fazer? *Não* me ensinar sobre o próprio trabalho? Isso é nepotismo?

— Não sei. — Estou confusa. — Talvez não exatamente. Mas não é... — Paro de falar.

— O que é?

— Bem — digo sem jeito. — Não é justo, eu acho.

Ficamos em silêncio. Alex se recosta e olha diretamente para o céu azul, com o rosto indecifrável.

— Você sabe os nomes dos pássaros — diz ele. — Viveu na mesma casa durante toda a infância. Tem uma história de duzentos anos pra manter você nos eixos. Seu pai te ama mais do que qualquer coisa no mundo. Dá pra perceber isso em trinta segundos. — Ele faz uma pausa. — Isso também não é justo.

— Meu *pai*? — digo, surpresa. — Como assim? Tenho certeza de que o seu pai também te ama.

Alex não diz nada. Olho para o rosto dele pelo canto do olho, e ele não se mexe, só pisca os olhos. Será que entrei num terreno proibido? Mas foi ele quem tocou no assunto...

— Seu pai não... — Paro. Não posso perguntar *Seu pai não te ama?* — Como é o seu pai?

— Supertalentoso — diz Alex, num tom de voz mais lento. — É inspiração pra muita gente... E um merda. Totalmente manipulador. Muito frio. Ele tratava minha mãe muito mal. E, se quer saber, não foi ele quem me deu meu primeiro emprego.

— Mas você tinha o sobrenome dele — digo, sem conseguir me controlar.

— É. — Seu rosto se enruga como se ele estivesse brincando, mas Alex não está sorrindo. — Eu tinha o sobrenome dele. Isso ajudou por um lado, mas, por outro, atrapalhou. Meu pai fez muito inimigos pelo caminho.

— Mas e a sua mãe?

— Ela tem... problemas. Fica deprimida. E é muito retraída. É involuntário — diz ele na mesma hora, e eu consigo detectar uma atitude de defesa meio infantil.

— Sinto muito — digo, mordendo o lábio. — Eu não sabia.

— Passei boa parte da minha infância com medo. — Alex ainda está olhando para o céu. — Tinha medo do meu pai. E às vezes da minha mãe. Sempre me sentia como um peixe, inquieto e sempre fugindo. Tentando evitar... as coisas.

— Mas você não precisa mais fugir — digo.

Nem sei ao certo por que digo isso. Só sei que de repente ele parece alguém que ainda é inquieto e que está sempre fugindo. E talvez um pouco exausto também. Alex se deita de lado, apoia a cabeça na mão e olha para mim com um sorriso torto nos lábios.

— Quando você se acostuma a ser inquieto e fugir, fica difícil parar.

— Imagino que sim — digo, bem lentamente. Ainda estou assustada com a história das 37 casas. Fico tonta só de pensar.

— Mas o que o *seu* pai... — Alex interrompe meus pensamentos e eu reviro os olhos.

— Ai, meu Deus! Meu pai. Se ele tentar vender um conjunto de banheiro pra você, *não* aceita, tá?

— Seu pai é incrível — diz Alex, me ignorando. — Ele é forte. Você deveria contar a verdade sobre o trabalho, sabia? Esse seu segredo... é errado.

Demora um pouco para que as palavras dele façam sentido, mas, quando fazem, respiro fundo.

— Você acha isso mesmo?

— Como ele vai se sentir quando descobrir que você escondeu um segredo tão importante dele?

— Pode ser que ele nunca saiba.

— Mas e se *souber*? E se ele souber que você não contou com a ajuda dele quando estava com problemas? Vai ficar arrasado.

— Você não sabe se vai! — Não consigo me controlar. — Você não sabe nada sobre o meu pai.

— Sei que ele criou você sozinho. — O tom de Alex não é muito tranquilo. — Biddy me contou tudo mais cedo.

— *Biddy* contou isso pra você?

— Acho que eu fiz perguntas demais pra ela quando percebi que você morava aqui. Fiquei interessado. Ela me disse que, quando conheceu a sua família e viu como o seu pai te amava, pensou que, se tivesse apenas *um pouco* desse amor, seria feliz.

Se eu consigo tocar nos pontos mais sensíveis de Alex, ele com certeza sabe fazer a mesma coisa comigo.

— Sei que meu pai me ama — digo com a voz embargada. — E eu também amo o meu pai. Mas não é tão simples assim. Ele se sentiu *muito* traído quando fui embora. Nunca vai aceitar que eu seja londrina...

— Mas você é londrina? — diz Alex, e eu me sinto envergonhada. O que mais ele vai derrubar do castelo de cartas que é a minha vida?

— Você acha que eu não sou londrina? — pergunto, com a voz embargada. — Você acha que não posso sobreviver na cidade?

— Não é isso! — diz Alex, parecendo surpreso. — Claro que você pode sobreviver na cidade, sendo linda e talentosa como é. Essa não é essa a questão. É só que... — Ele hesita. — Acho que você já se machucou mais do que consegue ver.

Ahh, cansei.

— Você mal me *conhece* — digo, e estou furiosa. — Você não pode chegar aqui e ficar falando da minha vida...

— Talvez eu veja as coisas de um jeito diferente, sob outra perspectiva. — Ele me interrompe de modo sensato, e de repente me lembro de quando Alex olhou para a paisagem e viu de cara o que havia de errado nela. Então balanço a cabeça, ignorando o pensamento. Aquilo era uma paisagem. Eu sou *eu*. — Só sei — continua Alex — que você tem a sua casa na fazenda, sua família, as pessoas que você conhece desde sempre... E isso é muito importante. Você sabia que eu não criei raízes em lugar nenhum? Pois é. — Ele faz um gesto para si. —*Nenhuma* raiz. Mas e você? Você tem raízes e asas.

Desvio o olhar.

— Isso é irrelevante.

— Não é irrelevante. E, de qualquer modo, não é só a sua família, é... — Ele faz uma pausa. — Não sei, o modo como você fala sobre a terra. Sobre as lavercas. Está em você. É a sua herança. Você é uma garota de Somerset, Katie. Não deve negar isso. Não tem que perder seu sotaque, mudar o cabelo. Essa é você.

Fico em silêncio por um instante, pensando no que ele disse, tentando reagir com calma.

— Quer saber por que me livrei do meu sotaque? — pergunto finalmente. — Eu estava no banheiro no meu primeiro emprego em Birmingham e ouvi duas garotas conversando. Rindo de mim. Elas me chamaram de caipira. Quis bater nas duas. — Eu me deito de barriga para cima, ofegante ao me lembrar disso.

Alex pensa nisso por um momento, e então assente.

— Um dia, eu estava no banheiro da escola e ouvi dois meninos do ensino médio conversando. Eu tinha acabado de ganhar um prêmio de design. Eles achavam que meu pai tinha feito o projeto todo por mim. Quis socar a cara dos dois.

— E você socou?

— Não. E você?

— Também não.

Alex toma um gole da sidra e eu faço o mesmo. O céu está num azul intenso e calmo nesse momento. Não se ouve nada além do grasnado incessante das lavercas.

— Você não tem que escolher entre Londres e Somerset — diz Alex. — Pode ter as duas cidades, com certeza.

— Meu pai faz com que eu sinta que tenho que escolher. — Sinto uma pressão familiar. — Ele torna a coisa toda uma situação de ou uma ou outra.

— Então você precisa *mesmo* conversar com ele. Não tenho dúvidas disso.

— Quer parar de ter sempre razão? — As palavras me escapam, e não consigo detê-las. De repente, ofegante, eu me levanto e começo a andar em círculos. Minha cabeça está a mil por hora; meus ouvidos zunem. Não consigo mais ouvir nada do que Alex fala, nem sua voz da razão. Mas, ao mesmo tempo, desejo que ele diga alguma coisa de novo. Acho que não ouvi direito.

Sendo linda e talentosa como é. Linda.

Quando me viro, vejo que ele também se levantou. Está muito quente, e sinto o suor descendo pelos meus braços. Num impulso, tiro a camisa, ficando só com uma regata fininha. Vejo Alex hesitar diante do que vê. Percebo que ele me olha de cima a baixo, e o desejo está estampado em sua cara. Rá. Então, de fato, eu estava certa sobre o olhar dele no celeiro. E agora tenho certeza: *havia* uma faísca entre nós em Londres. Eu não precisava pedir desculpas nem sentir vergonha de nada.

Quando me aproximo dele, meus níveis de desejo estão nas alturas também. Mas não é tão simples assim. Eu não desejo só o Alex. Desejo ter controle. Quero afastar a Katie insegura e defensiva, com todos os seus medos e receios de ser humilhada. Quero me sentir empoderada. Nunca fui o tipo de mulher que toma a iniciativa, mas agora eu entendo o que posso fazer.

Vou até o Defender, pego mais duas latas de sidra, entrego uma delas a Alex.

— Dia quente — digo. — Tudo bem se eu tomar um pouco de sol? — E, antes que eu desista da ideia, tiro a regata.

Pronto. Foi uma iniciativa boa ou não? Nunca fiz algo tão ousado na vida e me sinto meio sem fôlego.

Estou usando um sutiã ótimo — de renda preta, muito bonito —, e Alex olha diretamente para os meus seios, como se estivesse numa espécie de paraíso torturante. Quando abro minha lata de sidra, ele começa a se mexer. Sem falar nada, pega a lata dele e a abre.

O clima está totalmente eletrizante. Minha mente está confusa, e mal consigo respirar. Só consigo pensar: *estou aqui, de sutiã* e *tomara que eu não tenha me enganado* e *o que vai acontecer agora*?

— Acho que também vou tomar sol — diz Alex, tirando a camisa. Seu peito é mais esguio do que eu esperava, parece o de um menino, com uma faixa escura de pelo do umbigo para baixo. Não consigo desviar o olhar dele. — Demeter vai demorar pra voltar — acrescenta. Ele não para de me olhar, e sinto minha respiração mais pesada. E pensar que eu me preocupei com a "química" que ele tinha com a Demeter. Bom, química é o que estou vendo agora.

— Muito tempo — digo, minha voz carregada. — E ninguém vai perturbar a gente aqui. Podemos tomar sol a tarde toda. — Digo só para enfatizar. — O quanto quisermos.

— Por sorte, eu trouxe protetor solar — diz ele, olhando nos meus olhos, e entendo exatamente o que ele quer dizer. Quase dou uma risada, mas estou desesperada demais para isso.

— Qual o fator do seu protetor? — Dou um passo à frente e desço a mão pelo seu peito. — Porque o sol está bem quente aqui.

Em resposta, ele me abraça pela cintura e pressiona o peito no meu, e desce a mão depressa pelo cós da minha calça jeans. Quando sinto seu cheiro — uma mistura de suor, sabonete e de Alex —, uma onda de desejo ainda mais forte me invade. *Meu Deus*, eu preciso disso.

Sexo não tem feito parte da minha vida há muito tempo, e consigo sentir meu corpo despertando, como um urso depois de hibernar. Cada terminação nervosa. Cada pulsação...

— Olha, eu quis tomar sol com você assim que nos conhecemos — diz Alex com a boca no meu pescoço, seus lábios tocando minha pele, me arrancando um suspiro.

— Eu também — respondo, abrindo a calça jeans dele, tentando avançar com as coisas.

— Mas eu era seu chefe. Teria sido esquisito... — Ele hesita e se afasta, franzindo a testa. — Espera. Você *quer* isso? Sei lá, você não... Isso é um *sim*?

Quando eu estava no ensino médio, fiz judô por três anos. Sem pensar duas vezes, passo o pé por trás da perna de Alex, faço com que ele se desequilibre e o jogo no chão, ignorando seu grito assustado.

Subo nele e olho fixamente em seus olhos, me sentindo mais no controle da minha vida agora como há muito não me sentia. Eu me inclino para a frente, toco seu rosto e encontro seus lábios para um beijo longo, doce, e, pela primeira vez, penso: *você. Finalmente você.* A boca de um homem é como sua personalidade, eu acho. (E foi por isso que nunca gostei de beijar Steve.) E então eu me sento, tiro o sutiã e o jogo para o lado, e me delicio com a reação instantânea e inconfundível de Alex.

— É um sim — digo, e me inclino para beijá-lo de novo. — Não se preocupe. É um sim.

CAPÍTULO DEZOITO

Acordamos assim que anoitece, com uma brisa fresca em nossa pele. Alex olha para mim, e eu vejo um sorriso preguiçoso em seu olhar. Mas, logo depois, a realidade vem à tona.

— Merda. — Ele se levanta. — Que horas são? Nós *dormimos*?

— É o ar do interior — digo. — Derruba todo mundo.

— São seis horas. — Percebo que ele está fazendo cálculos mentais. — A Demeter já deve ter voltado.

— Talvez. — Sinto o cor-de-rosa da paixão esmaecer um pouco. Não quero que a bolha estoure. Mas Alex já está saindo da bolha, o rosto atento, os dedos movendo-se depressa enquanto ele fecha os botões.

— Tá. Precisamos voltar. Eu tenho que... — Ele para de falar e eu termino a frase em minha mente. *Demitir a Demeter.*

Ele volta a ficar perturbado e estressado com isso. Talvez alguns chefes gostem de demitir as pessoas e mostrar seu poder, mas não é o caso dele.

Eu assumo o volante dessa vez, e, enquanto voltamos para a fazenda, não consigo me controlar. Acabo dizendo o que penso:

— Você não está feliz com o que tem que fazer, não é?

— Com o quê? Ter que demitir minha amiga e mentora? Que engraçado... mas não. E eu sei que ela vai tentar se esquivar, o que vai tornar tudo ainda mais difícil.

— Mas mesmo se ela não fosse sua amiga e mentora?

Alex fica em silêncio e com a expressão séria quando passamos por uma parte mais acidentada no terreno. E então, ele suspira:

— Olha, você me pegou. Não sirvo pra ser chefe.

— Eu não disse isso! — falo, irritada. — Não foi o que eu quis...

— Mas é verdade — interrompe ele. — Essa coisa de administrar... eu detesto isso. Não tem nada a ver *comigo*. Nunca deveria ter assumido essa responsabilidade.

Continuo dirigindo e me sinto meio sem saber o que dizer. O famoso Alex Astalis se sente inseguro em relação ao seu trabalho?

— Você já sacudiu uma bússola e viu a seta girando, tentando encontrar um lugar pra parar? — pergunta ele, de repente. — Pois então, meu cérebro é assim. Ele está bem confuso.

— Demeter está assim — digo. — Totalmente desnorteada.

— Se você acha que a Demeter está mal, eu estou dez vezes pior. — Alex sorri, sem graça. — Mas quem é chefe não é assim. Eles são focados. Eles conseguem separar as coisas. Gostam do processo. E daquelas reuniões chatas e que não acabam nunca. — Ele estremece. — Tudo o que eu detesto, os chefes amam. Mas, ainda assim, sou chefe.

— Ninguém gosta de reuniões chatas e que não acabam nunca — protesto. — Nem os chefes.

— Tá, talvez não todos os chefes gostem. Mas muitos gerentes curtem. A galera do biscoito.

— *A galera do biscoito*? — pergunto, rindo.

— É como costumo chamar esse pessoal. Eles entram na sala de reunião, se sentam lá, pegam um biscoito e se recostam com o ar de contentamento, do tipo *Bom, se melhorar estraga, né?* É como se eles estivessem se preparando para um voo longo e só quisessem espaço para esticar as pernas e não se importassem com mais nada.

— Então você não é da galera do biscoito. — Abro um sorriso.

— Eu nem me sento nas reuniões. — Alex parece se exaltar. — Isso deixa todo mundo irritado. E não sei lidar com conflito. Não sei gerenciar pessoas. Fico entediado. Atrapalha minhas ideias. E é *por isso* que eu não deveria ser chefe. — Ele sorri, olhando para a paisagem do lado de fora da janela. — Cada vez que você é promovido, acaba fazendo menos do que originalmente queria fazer. Não acha?

— Não. Se eu fosse promovida, faria sempre *mais*. Mas estou no extremo oposto em relação a você.

Alex faz uma careta.

— Isso faz com que eu pareça ultrapassado.

— Você é antigo. Em anos de prodígio.

— Anos de prodígio? — Alex começa a rir. — É tipo anos de cão? Quem disse que eu sou um prodígio?

— Você criou a Whenty quando tinha 21 anos — argumento.

— Ah, sim — diz ele, como se tivesse se esquecido disso. — Bom, aquilo foi só... Sabe como é. Sorte. — Ele muda de assunto. — Posso abrir a porteira?

Eu observo enquanto ele abre a porteira, depois entro com o carro e espero até que ele a feche e entre no Defender de novo. O motor ainda está ligado, mas, por um momento, não me mexo. Estamos numa espécie de terra do limbo, e quero descobrir mais sobre ele enquanto tenho chance.

— Foi sorte mesmo? — pergunto, em dúvida. — Ou você acha que podia estar tentando impressionar o seu pai?

Sinto vontade de acrescentar: *é por isso que você não suporta conflitos?* Mas não vou dar uma de Freud.

Alex fica em silêncio por alguns instantes, e consigo ver que seus pensamentos não param, seus olhos demonstram essa agitação.

— Provavelmente — diz ele, por fim. — Provavelmente ainda esteja. — E então ele se vira para mim, com um sorriso cúmplice. — Quer parar de ter razão?

Retribuo o sorriso — *touché* — e volto a dirigir. Sinto que Alex precisa continuar desabafando, e, como esperava, depois de alguns segundos, ele respira fundo.

— Às vezes, tenho medo de que minhas ideias possam secar — diz ele, com um tom esquisito. — Não sei bem o que seria de mim sem elas. Às vezes, acho que sou só um recipiente vazio voando por aí, baixando ideias e nada mais além disso.

— Você é um cara engraçado, lindo, sexy — digo sem rodeios, e ele sorri para mim como se eu estivesse brincando.

Vejo que ele não está fingindo: realmente sente isso. Não acredito que *eu* preciso animar Alex Astalis.

— O que você faria — pergunto, num impulso — se não saísse viajando pelo mundo e criando conceitos de marcas premiadas?

— Boa pergunta. — O rosto dele se ilumina. — Viveria numa fazenda. Dirigiria um Defender. *Há anos* não me divertia assim. Comeria os bolinhos da Biddy. — Paramos no pátio, e Alex pousa sua mão sobre a minha no volante. — Beijaria uma moça linda todos os dias.

— Você teria que achar uma fazenda com uma moça linda — digo.

— Mas todas as fazendas não têm moças lindas? — Ele olha para mim com os olhos escuros, intensos. — Essa tem.

Linda. Essa palavra de novo. Quero pegá-la nas mãos e guardá-la num potinho para sempre. Mas só sorrio para ele, como se talvez não o tivesse ouvido, e digo:

— Nem todas.

— Eu procuraria no Google, então. Suíte com banheiro, pastos com ovelhas, moça linda com pequenas sardas que parecem pozinho mágico. — Ele toca meu nariz. — Na verdade, acho que só tem *uma* assim.

Ele se inclina para me beijar — e vejo de novo o Alex doce e delicado que tem sido uma grande surpresa. Na verdade, estou me apaixonando por esse cara, e não consigo encontrar nem um motivo para não fazer isso. Bom, só a voz da Demeter em minha mente: *qualquer mulher que se envolvesse com o Alex Astalis seria maluca.*

Por quê? Preciso conversar com ela.

— Talvez você não devesse mais ser chefe — digo, sentindo minha cabeça meio zonza. — Não sei se você está feliz assim.

— Talvez você tenha razão. — Ele assente com o olhar distraído, e de repente se concentra em mim. — E *você*, Katie, deveria ser chefe. E vai ser, um dia. Será uma grande chefe.

— *O quê?* — Olho para ele sem acreditar.

— Ah, sim. — Ele assente, decidido. — Você tem todos os requisitos. Coisas que eu não tenho. Você tem jeito com as pessoas. Eu fiquei observando você mais cedo falando com a faxineira. Você sabe o que quer e faz acontecer, e nada te impede. Você leva jeito.

Olho para Alex e me sinto meio perplexa. Ninguém nunca disse nada assim para mim, e minhas defesas e inseguranças acabam vindo à tona. Será que ele está apenas sendo gentil? Mas não parece estar querendo só me agradar. Seu tom de voz não entrega nenhuma segunda intenção. Parece que ele está dizendo o que realmente vê.

— Vamos. — Ele abre a porta. — Não posso mais adiar esse momento ruim. Vamos ver se a Demeter voltou.

Estou meio que torcendo para que Demeter já tenha voltado, que nos receba com sua prepotência e fique andando de um lado para o outro com as pernas compridas contando que resolveu tudo, que conversou com Adrian e que tudo está *maravilhoso* agora. Mas não vemos nem sinal dela.

A luz da tarde desapareceu, e meu pai já acendeu uma fogueira no centro da área dos yurts. Nas noites de terça, sempre acendemos uma fogueira, assamos linguiça, marshmallows e cantamos. Todo mundo adora fogueira com cantoria depois de algumas cervejas — apesar de as músicas que cantamos dependerem muito de quem são os hóspedes do *glamping*. (Há pouco tempo, recebemos um *backing vocal* do Sting. Foi incrível. Mas, na semana passada, recebemos um pai que conhecia todo o repertório do Queen e achava que sabia cantar também. Foi *péssimo*.)

Biddy está caminhando por entre os yurts e acendendo as lanternas por onde passa, então ela olha para mim e sorri quando me aproximo.

— Oi — digo, ofegante. — Você viu a Demeter por aí?

— *Demeter*? Não, querida. Pensei que ela tivesse ido pra Londres.

— Ela foi. Mas achei que já estivesse de volta... — Suspiro com ansiedade, e então olho para Alex. Ele está de pé no limite da área dos yurts, olhando com tristeza para o telefone. Deve estar lendo e-mails.

— Olha, você não pode fazer nada por enquanto — digo, tocando o ombro dele. — O que acha de sentar perto da fogueira e... relaxar?

A fogueira costuma trazer à tona a criança interior das pessoas, e espero que ela desperte o lado brincalhão dele, de que tanto gosto. Quando nos sentamos na grama, as chamas lançam uma luz tremeluzente no rosto dele. O estalar familiar da fogueira acalma minha ansiedade de imediato, e o cheiro é como o de qualquer outra noite em que ficamos na frente do fogo. Eu me viro para ver se ele também está curtindo, mas sua expressão parece tensa e preocupada. Sabendo qual é a situação, não é à toa que ele esteja assim.

O lado bom é que todas as outras pessoas parecem estar se divertindo. Todos os presentes estão assando marshmallows, inclinados para a frente com seus espetos. Às vezes, Giles atiça o fogo para conseguir chamas maiores, e eu me inclino na direção dele com educação.

— Olha... Isso não é um meio perigoso pras crianças?

— Mas é divertido — diz ele, embora pare de fazer aquilo. Ele bebe um gole de sua cerveja e eu respiro aliviada.

A última coisa de que precisamos é de uma chama enorme queimando as sobrancelhas das pessoas. Temos baldes cheios de água em pontos estratégicos, mas, mesmo assim... Do outro lado da fogueira, parece que está acontecendo um impasse.

— Pare com isso! — exclama Susie, de repente, e eu percebo que uma baita discussão está acontecendo. — Ninguém mais consegue olhar! — diz ela a Cleo, de um jeito irritado. — Seus filhos pegaram os melhores lugares, todos os espetos...

— Pelo amor de Deus — fala Cleo, com o sotaque arrastado. — É só uma fogueira. Relaxa.

— Vou relaxar quando os meus filhos puderem assar marshmallows assim como os seus.

— Então vamos lá, então vamos lá! — A voz do meu pai surge, e todos olhamos para ele e o vemos pulando sem parar. Está segurando baquetas e usando calça branca, um colete e tem sinos amarrados às pernas. Os acordes de uma sanfona estão sendo reproduzidos pelo aparelho de CD, posicionado na grama.

— La-la-la... — Ele começa a cantar um verso qualquer. — La-la-la... e um, e dois...

— Fazendeiro Mick! — gritam as crianças como se ele fosse uma celebridade. — Fazendeiro Mick!

Cubro a boca com a mão, tentando não rir. Nos últimos dias, meu pai vem falando sobre a dança Morris, mas não pensei que ele iria *dançar* de fato. Afinal, o que ele sabe sobre dança Morris?

Ele ainda está murmurando e pulando e, de vez em quando, bate as baquetas. Não dá para chamar aquilo de dança. É mais um... batuque. Os adultos estão observando como se não soubessem se aquilo é uma piada ou não, mas as crianças estão todas pulando e gritando junto com ele.

— Quem quer ser minha assistente? — Meu pai pega uma ripa de madeira coberta de sinos do colete e diz às crianças: — Quem quer participar da dança?

— Eu! — gritam todas, tentando pegar a ripa. — Eeeeu!

Vejo Poppy toda animada. Ela é a menininha que está aqui sozinha com o pai solteiro, e parece ser muito boazinha. Mas Cleo empurra Harley para a frente.

— Harley, você dança, querida. Harley faz balé, jazz e teatro todos os sábados...

— Pelo amor de Deus, *para com isso!* — explode Susie. — Poppy, por que você não dança, querida?

— Parar com o quê? — pergunta Cleo, parecendo ofendida. — Só estou dizendo que a minha filha sabe dançar...

Olho para meu pai, e ele percebe na hora o que está acontecendo.

— Todo mundo dançando! Crianças, vamos! E um, e dois, e um, dois, três...

— Katie. — Ouço uma voz me chamar e me viro. Vejo o filho de Demeter, Hal, do meu lado.

— Oi, Hal! Você já assou um marshmallow? — E então eu o observo com mais atenção. Está pálido e piscando os olhos com força. — Hal, o que foi? O que está acontecendo?

— É a Coco. — Ele parece um pouco desesperado. — Ela... ela está bêbada.

Felizmente ela saiu do yurt a tempo. Eu a encontro vomitando numa moita perto dali e passo um braço ao redor do seu corpo para ajudá-la, enquanto desvio o olhar e penso: *ai, credo, que nojo. Anda logo com isso*.

Quando ela parece estar um pouco melhor, eu a levo para a ducha. Não vou colocá-la debaixo do chuveiro — apesar de estar com vontade de fazer exatamente isso —, só molho uma esponja e a limpo um pouco, e então a levo para o yurt.

Sei lá, podia ser pior. Ela podia estar em coma. No momento, consegue andar e falar, e a cor já está voltando ao seu rosto. Ela vai sobreviver.

— Desculpa. — Ela não para de murmurar isso. — Eu sinto muito.

Quando entramos, eu me retraio. Então é isso o que acontece quando dois adolescentes ficam sozinhos por um dia. Há pratos e migalhas por *todos* os lados — acho que eles assaltaram a despensa de Biddy —, além de embalagens de doces, telefones, um iPad, revistas, maquiagem... E, no meio de tudo isso, uma garrafa de vodca pela metade. Que bacana!

Eu levo Coco para a cama, faço com que se acomode nos travesseiros, e me sento ao lado dela. Indico a garrafa de vodca e suspiro, perguntando:

— *Por quê?*

— Não sei — responde ela, dando de ombros de um jeito bem defensivo. — Eu estava entediada.

Entediada. Olho para as revistas e para o iPad. Penso na fogueira, nos marshmallows e em meu pai andando de um lado para o outro como um doido para manter todos entretidos. Penso em Demeter trabalhando loucamente para pagar pelas roupas de marca dos filhos.

Eu deveria ter levado a bendita *Coco* para catar o *estrume* do estábulo, era isso o que eu deveria ter feito.

— Onde você pegou essa garrafa?

— Eu trouxe de casa. Você vai contar pra minha mãe? — Coco parece preocupada.

— Não sei. — Olho sério para ela. — Olha, sua mãe te ama muito. Ela trabalha pra caramba pra comprar todas as coisas boas que você tem. E você não está sendo muito legal com ela.

— Nós agradecemos pelas férias — diz ela, defendendo-se.

— Ah, então é assim? Vocês agradecem uma vez e pronto? E aquela besteira de "Sra. Invisível" que andei ouvindo? Se tem uma coisa que a sua mãe não é, é invisível. E sabe de uma coisa? Isso machuca. E muito.

Vejo Coco e Hal se entreolhando, se sentindo meio culpados. Acho que os dois são bonzinhos, só pegaram o costume de pegar no pé da mãe. E o pai deles não tem ajudado muito nesse sentido. Mas ele não está aqui agora. E então outra coisa me ocorre. Se Demeter conseguiu esconder suas qualidades de seus funcionários, provavelmente fez a mesma coisa com os filhos.

— Olha — digo. — Você *por acaso* sabe o que sua mãe faz no trabalho?

— *Branding* — responde Coco, num tom tão desanimado que fica claro que aquilo não significa nada para ela.

— Ok. E você tem ideia de como ela é maravilhosa no que faz? Tem ideia de como ela é inteligente, esperta e brilhante?

Tanto Coco quanto Hal parecem não entender. Está na cara que eles nunca nem pensaram nisso.

— Como você sabe sobre o trabalho da minha mãe? — pergunta Hal.

— Eu trabalhava na mesma área. E, pode acreditar, a mãe de vocês é uma lenda. Uma *lenda*.

Dou um tapinha na cama, e, depois de um momento, Hal se senta ao meu lado. A sensação que tenho é de que estou contando uma história para os dois dormirem. *Era uma vez um monstro assustador chamado Demeter, só que ela não era assustadora, nem um monstro.*

— Sua mãe tem um monte de ideias — digo a eles. — É super-criativa. Ela vê uma embalagem e, na mesma hora, sabe o que tem de certo e de errado com ela.

— Sei — diz Coco, revirando os olhos. — A gente sabe disso. Quando vamos ao supermercado, ela dá pitaco, tipo, em todas as embalagens.

— Pois é. Vocês sabiam que ela já ganhou um monte de prêmios por esses pitacos? Vocês sabiam que ela é uma inspiração para grandes equipes fazerem um excelente trabalho? Ela consegue pegar um monte de ideias e transformá-las em um conceito, e, assim que ela fala o que deve ser feito, você pensa: *claro.*

Olho para eles e vejo que os dois estão me acompanhando com atenção.

— A mãe de vocês consegue conquistar a atenção de uma sala cheia de gente. Ela faz as pessoas pensarem. Não dá pra ter preguiça perto dela. Ela é original, é inspiradora... Ela é *minha* inspiração. Eu não seria quem eu sou sem ela.

Falei isso mais para causar um efeito do que por qualquer outro motivo — mas, quando ouço o que digo, percebo que estou sendo sincera. Se não fosse a Demeter, eu não teria aprendido tudo o que sei. Não teria criado o folheto da Fazenda Ansters do jeito que fiz. Talvez não tivéssemos decolado com o *glamping.*

— Vocês têm muita sorte de ter a mãe que têm — concluo. — E eu sei disso porque não tenho mãe.

— A Biddy não é sua mãe? — Coco parece confusa.

— Ela é minha madrasta. E ela não me conhecia quando eu era menor. Cresci sem mãe, então sempre observei essas coisas. Eu analisava a mãe de todo mundo. E a mãe de vocês é uma das melhores. Ela está passando por um momento muito ruim no trabalho agora, vocês sabiam disso?

Coco e Hal olham para mim, inexpressivos. Claro que eles não sabiam disso. Outro problema da Demeter, pelo visto, é seu instinto protetor. Proteger Rosa para que ela não soubesse que tinha sido rejeitada. Proteger os filhos para que não soubessem que ela estava estressada. Manter o mito da vida linda e perfeita.

Bom, já chega. Essas crianças não são mais bebês. Podem muito bem ajudar a própria mãe.

— Talvez ela não tenha contado pra vocês. Mas podem acreditar, as coisas estão ruins. E vocês podem ajudar sendo solícitos e valorizando o que ela faz, e podem manter o yurt arrumado e não ficar pedindo coisas, nem reclamar, nem encher a cara de vodca. — Olho para Coco, e ela desvia o olhar.

— Não vou fazer mais isso — fala ela, mas eu mal consigo ouvir o que diz, de tão baixo que ela fala.

— Vou arrumar o yurt — diz Hal, que parece disposto a consertar as coisas.

— Ótimo. — Eu me levanto para sair. — E Hal, fique de olho na Coco. Não deixe a sua irmã sozinha. Qualquer problema, podem me chamar ou chamar o adulto que estiver mais próximo. Volto em meia hora pra ver como vocês estão. Tudo bem?

Hal assente.

— Sim.

— Você vai contar pra minha mãe? — pergunta Coco da cama. — Por favor!

O rosto da menina está pálido, e ela perdeu aquele ar irritante de garota chata. Ela parece ter uns 10 anos agora. Mas não vou pegar tão leve com ela.

— Depende — digo, e saio do yurt.

Quando atravesso o pátio, encontro meu pai sentado sozinho num banco, tomando uma lata de cerveja. Está sem o chapéu do Fazendeiro Mick, os sinos estão paradinhos ao seu lado, e ele parece exausto.

— Oi, pai. — Eu me sento ao lado dele.

— Oi, querida. — Ele se vira para olhar para mim, estreitando os olhos numa expressão carinhosa. — Aonde você foi correndo agora?

— Coco. — Reviro os olhos. — Bebeu demais. Tive que ajudá-la.

— *Bebeu* demais? — Meu pai olha para mim com os olhos arregalados e então dá de ombros. — Todos fazem isso. Eu me lembro de quando você chegou de uma festa num estado deplorável. Você tinha mais ou menos a idade dela.

— Eu também me lembro. — Faço uma careta. Eu tinha tomado muitos Black Velvets, se me lembro bem. Não foi um dos meus melhores momentos, *com certeza*.

— Fiquei muito preocupado com você. Passei a noite do seu lado, como um bobão. — Ele sorri. — Você acordou ótima e bateu um pratão de ovos e bacon!

Eu havia me esquecido de que meu pai havia ficado junto de mim o tempo todo. Ele devia estar bem estressado. E estava sozinho, não tinha com quem dividir aquilo.

— Me desculpa. — Dou um abraço nele de repente.

— Não precisa se desculpar. Pra que mais servem os pais? — Ele beberica a cerveja e, quando ergue o braço, os sinos de sua roupa tilintam.

— Gosto da dança Morris — digo. — É engraçada.

— Bom, isso distrai as crianças, não é? — Meu pai abre outro sorriso, mas ainda vejo indícios de cansaço em seu rosto.

— Olha, pai... Não exagera, tá? Nem você nem a Biddy. Vocês estão investindo muita energia nisso.

— Mas está valendo a pena, não é? — Ele estende um braço em direção à fogueira, para as pessoas animadas, para os yurts. — Finalmente alguma coisa deu certo, Katie, *você* fez dar certo.

— *Todos* nós fizemos dar certo — corrijo-o. — Acho que o "Fazendeiro Mick" representa cerca de cinquenta por cento do nosso sucesso.

— Rá! — Ele acha graça. — Isso me rejuvenesce. — Ele toma mais um gole da cerveja, e, por um momento, ficamos em silêncio. Então ele diz, meio cansado: — Você também precisa tomar cuidado pra não exagerar, querida.

— *Eu?*

— Vi você no computador esses dias. Parecia estressada. Eles não podem exigir tanto assim de você. Você já está fazendo muitas coisas.

Ele dá um tapinha nas minhas costas, e sinto o estômago revirar tanto que tenho que fechar os olhos por um momento. Fico meio tonta de repente ao perceber que Alex tem razão. Isso é péssimo. Não posso continuar mentindo para o meu pai sobre o meu emprego. *Não posso.*

— Pra falar a verdade, pai... — começo, mas me sinto mal. Como vou falar isso? Por onde começo? E se ele ficar bravo?

— Sim, querida? — diz ele, distraidamente. Está olhando para a frente, para alguém que se aproxima. Provavelmente alguém que resolveu dar uma volta.

— Pai, preciso falar com você sobre uma coisa. — Engulo seco. — Tem a ver comigo... e... com o meu emprego em Londres...

— Ah, é? — Ele fica um pouco mais sério. Está na cara que ele não gosta muito de conversar sobre esse assunto. Se ao menos soubesse o que estou prestes a contar.

— Bem, a questão é que... — Esfrego o nariz e me sinto ainda pior. — É que... O que aconteceu foi que...

— Dave! — grita meu pai, e eu paro de falar. — Dave Yarnett! O que você está fazendo aqui, seu velho?

Dave Yarnett? Olho sem acreditar para Dave, tão familiar, com sua jaqueta preta de couro de sempre. Sua pança está coberta por uma camisa de malha da Calvin Klein velha, a barba grisalha está aparada, e seus olhos brilham quando ele se aproxima.

— Mick! — Ele dá um tapinha nas costas do meu pai. — Não posso ficar muito tempo. Só queria que você desse uma olhada no meu último lançamento. Está interessado em tapetes? Tapetes persa?

— Não precisamos de tapetes — digo de imediato, e Dave lança um olhar de reprovação para mim.

— Olha, Katie, estou oferecendo uma baita oportunidade pro seu pai aqui. Todos esses hóspedes de vocês... Eles têm casas para mobiliar, não têm? Estou aqui com esses tapetes de um cara de Yeovil. Antiguidades persas, de fato. Alguma mobília também. Que tal vocês darem só uma olhada?

— Desculpa, Katie. — Meu pai dá outro tapinha no meu ombro. — Vou só dar uma espiadinha. Volto já.

Conheço meu pai. Ele nunca resiste a dar uma olhada na van do Dave Yarnett.

— Está bem, sem problemas. — Dou de ombros, sentindo o alívio tomar conta de mim. Conto para ele depois, num momento melhor. Quando ensaiar o que devo dizer. E talvez depois de ter tomado uma ou duas doses de vodcas. — Olha, *não* compre tapete nenhum — digo, enquanto meu pai se afasta com Dave. — Não sem antes me consultar. Somos sócios agora!

Fico ali sentada por mais um tempo, observando o céu mudar de tom gradualmente, de um azul médio a um tom mais escuro. A van do Dave desaparece, e vejo meu pai caminhando em direção à fogueira de novo. Só espero que ele não esteja planejando nos transformar no Empório dos Tapetes da Fazenda Ansters.

Decido voltar para perto da fogueira e assar um marshmallow e comer alguma coisa doce. Mas, enquanto ando naquela direção, vejo um carro familiar chegando na casa. Ai, meu Deus, é a Demeter.

Acelero o passo e dou uma corridinha para chegar à entrada quando Demeter sai do carro. Ela está pálida, com as sobrancelhas franzidas e cara de exausta, e caminha segurando um pedaço de papel para o qual não para de olhar.

Estou prestes a cumprimentá-la, mas uma voz surge primeiro.

— Oi, Demeter.

É Alex saindo pela porta da cozinha. Está segurando o telefone e olhando para ela com seriedade. Como um assassino.

— Precisamos conversar — diz ele. — Biddy disse que podemos usar a sala de estar.

Fico completamente chocada. Era *isso* o que ele estava fazendo. Arrumando a câmara de execução.

— *Agora*? — Demeter parece meio assustada. — Alex, acabei de chegar. Preciso de um tempo, preciso de uma chance...

— Você teve muito tempo. Um monte de chances. — A voz dele está embargada, e percebo que ele está se esforçando muito para fazer isso. — As coisas têm piorado há meses. Já passamos dos limites. Demeter, você *sabe* disso. As coisas estão um caos. E é por isso que precisamos conversar.

— Primeiro preciso resolver umas coisas. — Demeter fecha a porta do carro e então caminha na direção dele com as pernas bambas, os olhos escuros como sombras no rosto pálido. — Por favor, Alex, me dê até amanhã.

— Demeter. — Ele dá um passo na direção dela, o rosto sério, evitando contato visual. — Não quero fazer isso, você *sabe* que não quero, mas preciso. As coisas fugiram do controle, e não podemos continuar assim. Vamos inventar uma história pra imprensa. Você vai receber uma boa indenização... — Ele para. — É melhor irmos para um lugar mais reservado.

— Não vou a nenhum lugar mais reservado. — Demeter balança a cabeça com teimosia. — Alex, tem outro lado nisso. Tem coisa que não faz sentido. Preciso explicar a você.

Mas Alex não está ouvindo.

— Nós sabemos que você assumiu uma responsabilidade enorme — pressiona ele, como se estivesse lendo um texto. — Muito grande mesmo, mas não é sua culpa...

— Pare com esse discurso ensaiado, Alex! — grita Demeter. — Escute o que tenho a dizer. Eu fui para casa hoje. Procurei alguns e-mails antigos, tentando... não sei. Tentando entender o que está acontecendo, droga! — Ela indica um saco grande que eu ainda não tinha visto, lotado de e-mails impressos.

— Mas o que é *isso*? — pergunta ele sem acreditar, enquanto algumas das impressões começam a ser espalhadas pelo vento.

— Estavam no meu sótão. Eu imprimo muitos e-mails — diz Demeter de modo defensivo. — Sei que é meio ultrapassado, mas... Bem, encontrei isso. — Ela pega o papel, e Alex olha para ele, sem interesse.

— É um e-mail.

— Veja! — exclama ela, balançando o papel. — *Veja direito!*

Alex leva os dois punhos cerrados ao rosto.

— Você vai *me matar* — diz ele com a voz abafada. Ele olha para ela. — *Tá, o que é?* — Ele pega o papel, lê, e volta a levantar a cabeça, inexpressivo. — É um e-mail da Lindsay, da Allersons. Repassado a você pela Sarah há duas semanas. O que tem?

— Leia em voz alta.

Por um momento, parece que Alex vai entrar em combustão. Mas ele começa a ler:

— "Cara Demeter, obrigada por isso, e devo dizer que agradecemos muito pela paciência constante..."

— Pare um minuto. — Demeter levanta a mão. — Minha *paciência constante*. Está vendo? Minha *paciência constante*.

Alex franze o cenho.

— O que tem isso?

— Por que a Allersons agradeceria pela minha "paciência constante"? Eles falaram que estavam esperando uma atitude. Então por que eu teria precisado ser paciente?

— Vai saber! — Alex ignora isso. — É só um modo de falar.

— Não é! É crucial! Esse e-mail comprova a *minha* versão das coisas. Eles me disseram para parar tudo até segunda ordem. Eu me lembro de ter lido e respondido isso. Você consegue ver que eu achei que tinha enlouquecido? — Ela mostra o papel. — Mas não enlouqueci!

— Meu Deus, Demeter! — Alex parece irritado. — Já passamos por isso. Sarah nos mostrou a troca de e-mails. *Nada* ali prova o que você está dizendo...

— Pois então, essa é a questão! — Ela o interrompe, tremendo.

— Qual é a questão?

— Não sei exatamente. Pelo menos... — De repente, ela parece hesitante e menos Demeter do que antes. — Sei que parece maluquice, mas talvez alguém tenha invadido minha conta de e-mail e... não sei. Mexido nas minhas mensagens.

— Meu Deus! — Alex está com cara de "só me faltava essa".

— Alex, eu *sei* que recebi um e-mail da Lindsay me dizendo que a Allersons queria dar um tempo. Dizia que eles estavam esperando o resultado de uma pesquisa. — Demeter fala mais alto, agitada. — Eu li isso! Eu *vi* isso!

— Tá, então me mostra agora. Está no seu laptop?

— Não. — Demeter parece cansada. — Ele... desapareceu. Fui a Londres procurar a impressão, mas não encontrei, só encontrei isso. Esse e-mail também não está no meu computador. Eu *sei* que parece loucura... mas veja. Isso é uma prova. Veja! — Ela mostra o papel para ele, que relutantemente o segura. — Se você me der tempo para procurar nas minhas impressões antigas... Tenho certeza de que invadiram meu computador ou *qualquer* coisa assim...

— Pare de insistir nisso! — Alex parece bem irritado. — Demeter, sou seu amigo há muito tempo e estou avisando: pare de sair por aí dizendo esse tipo de coisa. Fica parecendo... — Ele para. — Quem faria isso, de qualquer modo? E por quê?

— Não faço a *menor* ideia. — Demeter parece desesperada. — Mas não faz sentido, nada faz sentido...

— Ei — eu me intrometo. Estou olhando para o e-mail por cima do ombro do Alex e algo chama minha atenção. — Vejam o endereço de e-mail. Deveria ser demeter.farlowe@cooperclemmow.com. Mas esse foi enviado a demeter_farlowe@cooperclemmow.com. É uma conta de e-mail totalmente diferente.

Até mesmo Alex fica em silêncio. Ele olha para o endereço com atenção, franzindo o cenho.

— Ai, meu Deus. — Demeter pega o papel da mão dele. — Nunca tinha *percebido* isso.

— Há inúmeras explicações possíveis — começa Alex. — Pode ser.... não sei. Uma mudança do departamento de T.I. Ou quem sabe você não criou outra conta de e-mail e não se lembra...

— Eu, criar uma conta de e-mail? — pergunta Demeter, sem acreditar. — Está de brincadeira? Eu não saberia nem por onde começar! Sarah faz todas essas coisas para mim. Ela organiza meus e-mails, encaminha as coisas, é a única pessoa que... — Demeter para de falar, e nos entreolhamos. Estou sentindo um desconforto enorme.

Sarah.

Parece que uma cortina caiu. De repente, consigo ver. *Sarah. Ai, meu Deus!*

O rosto da Demeter fica pálido. Percebo que a mente dela está trabalhando tão rápido quanto a minha, sem parar. Sarah. *Sarah.*

Tudo faz sentido. Mudança de e-mails... Mensagens desaparecendo... Sarah e sua paciência exagerada e hostil... Demeter parada no escritório, olhando para o telefone como se pensasse estar ficando louca...

— A *Sarah*? — digo, finalmente.

— A Sarah — repete Demeter, ainda parecendo abalada. — Meu Deus.

— O quê? — Alex está olhando de Demeter para mim, de mim para Demeter. — Quem é Sarah?

Demeter parece incapaz de falar. Então eu respiro fundo, tentando organizar os pensamentos bagunçados.

— Ela é a secretária particular da Demeter. Sabe... aquela moça de rabo de cavalo. Ela basicamente cuida da vida da Demeter. Escreve e-mails por ela. Está sempre se passando por ela. E encaminhando os e-mails da Demeter de volta para ela mesma quando eles são deletados. Então, ela poderia perfeitamente... Bem... — Solto um suspiro. — Fraudar as coisas.

— Por quê? — Alex parece abismado. — Por que alguém faria isso?

Mais uma vez, Demeter e eu nos entreolhamos. É difícil explicar o clima que há em uma empresa para alguém que não vive lá dentro quarenta horas por semana.

— Para me ferrar — diz Demeter, com a voz fraca. — Pelo menos é o que imagino.

— Mais uma vez... Por quê?

— Minha relação com ela não tem sido... perfeita. — Demeter está retorcendo as mãos magras.

— Ela nunca perdoou você por ter demitido o namorado dela — digo. — Ela me mandou uma mensagem falando sobre isso. Parecia muito amargurada. E se ela guarda esse rancor de você desde aquela época, se ela queria se vingar...

— Tá, vamos parar por aí — interrompe Alex, parecendo alarmado. — Essas acusações são *bem sérias*.

— Pense, Demeter — continuo, ignorando Alex. — Ela cuidava dos seus e-mails. Podia habilitar contas diferentes. Controlar quais e-mails você via e quais não via, escrever respostas em seu nome, enviar algumas coisas e deletar outras... Quer dizer, ela poderia desenvolver uma conversa totalmente falsa, se quisesse.

Estou me lembrando de como Sarah se gabava a respeito dos muitos e-mails que ela enviava no lugar de Demeter. "Fui a Demeter *a tarde toda*", ela costumava dizer, daquele jeito sofrido. E quem checava aquilo? Aposto que Demeter nunca fazia isso.

— Já chega! — diz Alex. — Não temos prova de nada.

— Isso é prova! — Demeter mostra o papel para ele. — Isso é, sim! Não faz sentido nenhum! E havia outros e-mails como esse. Eu *vi*.

— Mas você disse que respondia a essas mensagens *também* — diz Alex.

— Sim. — Demeter parece ficar desanimada. — Respondia. — Ela passa os dedos pelas sobrancelhas, parecendo desesperada. — Ai, meu Deus, nada faz sentido...

— Você conferia o endereço de e-mail para o qual estava respondendo? — pergunto. — O endereço da Lindsay?

— O quê? — Demeter olha para mim. — Claro que não. Eu só buscava nos meus contatos.

— Pois é. — Dou de ombros. — Acho que suas respostas nunca chegaram a Lindsay. E podemos *provar* isso — digo, repentinamente inspirada. — Pergunte a Lindsay se ela enviou essa mensagem pra Demeter. — Aponto o papel. — E se ela disser que não...

— Entrar em contato com a Allersons? — pergunta Alex, sem acreditar. — A Allersons não quer mais falar com a gente!

— Então faça uma busca no computador da Sarah. Vocês podem rastrear todas essas coisas...

— Você enlouqueceu? — Ele me encara com os olhos arregalados.

— Você tem *ideia* do estado em que se encontra o moral dos nossos funcionários no momento? Você acha que vou chegar contando essas histórias malucas? Demeter, você é uma velha amiga e eu sinto profundo respeito por você, mas acabou. *Acabou.*

— Você ainda não desistiu de demitir a Demeter? Depois de tudo isso? — pergunto, sem acreditar.

— Não tem "isso"! — explode ele. — Demeter, quando você disse "prova", pensei que estivesse falando de *prova* de verdade. De algo *sólido*. Não de um e-mail e de uma teoria doida. Desculpa. Você teve sua chance, mas agora já deu.

E pelo jeito com que ele diz isso, meu coração acelera.

— Alex, espere até amanhã — pede Demeter, parecendo desesperada. — Vamos ver o que acontece de hoje para amanhã.

— Tem gente me pressionando. Preciso fazer isso. — Ele passa a mão no rosto, com cara de tristeza. — Bem, se você se recusa a conversar a sós, se está realmente se recusando...

— Pare! — Minha voz surge em pânico. — Pare, não demita ninguém!

— Você está demitida. — A voz de Alex parece um tiro. — Pronto.

— Você não pode fazer isso — grito, irritada. — *Retire* o que você falou!

Mas Alex já está indo em direção ao pátio, de volta aos yurts. A fogueira ainda está acesa, e alguns dos hóspedes cantam ao som de um violão. Steve Logan se juntou ao grupo, e consigo vê-lo dançando "Brown Eyed Girl".

— Você não pode fazer isso! — grito de novo ao sair atrás de Alex.
— Você nem a demitiu direito. Isso é contra a legislação da União Europeia!

Não tenho ideia se isso é verdade, mas provavelmente é.

— *Por favor*, Alex — diz Demeter, correndo ao meu lado. — Esse e-mail é prova de que algo estranho está acontecendo. E, se você não consegue...

Ela para de repente quando meu pai aparece no escuro, balançando seus sinos para ela.

— La-la-la... e um, e dois, e um, dois, três... — Ele bate as baquetas com alegria para Demeter, e ela se retrai, soltando o e-mail.

— Merda! — grito ao ver o papel voar para longe.

— Pegue o e-mail! — grita Demeter, correndo atrás do papel desesperadamente. — Pegue!

Nós duas saímos correndo como doidas atrás do papel que voa em direção ao fogo, tropeçando nos pés das crianças no escuro, causando gritos de susto e de dor, mas não estamos ligando para isso. *Temos que pegar aquele papel.*

— Licença... preciso passar... — Passo por Cleo e por Giles, que estão deitados na frente da fogueira enquanto Nick dedilha o violão.

— Não me diga! — diz Cleo, irritada. — Tem espaço pra todo mundo, viu?

— Ai, meu Deus — diz Demeter, tentando pegar o papel, sem sucesso.

— Pega!

— Estou tentando...

— *Não!* — grito, assustada, ao ver Giles pegando outro atiçador para aumentar as chamas da fogueira. — Não, não, *não faça isso...*

Mas é tarde demais, ele já fez. As labaredas aumentam e alcançam o papel que está voando. Em vinte segundos, ele se transforma num monte de cinzas.

Queimou tudo.

Fico tão atordoada que não consigo me mover por uns trinta segundos. Em seguida eu me viro para Demeter, e ela parece um fantasma.

— Demeter, vai ficar tudo bem — digo, meio desesperada. — *Eu* acredito em você. Algo estranho aconteceu, sim, *com certeza...* merda! — Eu me assusto ao ver uma faísca subindo por sua calça. — Sua perna! Fogo! *FOGO!*

Para meu horror, a barra da calça de linho da Demeter começou a pegar fogo. Ela deve ter encostado nas labaredas enquanto tentava alcançar o papel.

— Não! — diz ela, como se aquilo fosse o fim do mundo, e começa a bater o pé, tentando apagar as chamas.

— Água! — grita papai, largando os sinos e correndo. — Fogo! Peguem os baldes!

— Estou passando, estou passando, estou passando, gente... — A voz estridente e alta do Steve surge acima da comoção. De repente ouço gritos de susto e de surpresa, e Demeter está encharcada de água gelada, da cabeça aos pés. Steve está parado ao lado dela, com um balde vazio e uma cara de satisfação.

Não acredito que ele fez isso.

— Bem... obrigada — diz Demeter, tremendo e afastando os cabelos molhados do rosto. — Suponho que deva agradecer. Mas você precisava virar a água *toda* em cima de mim?

— Saúde e segurança — diz ele. — Além disso, você merece. Não merece, Katie? — Ele dá uma piscadela para mim, e eu fico olhando para ele, lívida.

— Steve, seu *babaca*. — Estou quase irritada demais para falar. — Você é um grande *babaca*.

— Só estou te ajudando — diz ele, sem parecer arrependido. — Ela foi má com você, então pronto. Isso aí. Não mexe com a Katie — acrescenta ele, de modo ameaçador para Demeter. — Não mexe com ela, a menos que você não queira que *eu* não fique sabendo.

— Isso nem faz sentido! — digo, com vontade de bater nele. — O que você está tentando dizer?

— Estou dizendo o que é, Katie. — Steve olha para mim com os olhos arregalados. — Estou dizendo o que é.

— Você mandou ele fazer isso comigo? — pergunta Demeter, sem acreditar.

— Não! — nego, alarmada, mas eu nem sei se Demeter está ouvindo o que falo. Parece que ela está no limite da paciência, sem se preocupar mais com as pessoas ao redor.

— Você já não fez o suficiente? — Ela balança a cabeça. — Você já não me puniu o bastante? O que mais você vai fazer? Vai me amarrar e soltar os cachorros em cima de mim? Pelo amor de Deus, Katie. Eu *sei* que fui muito insensível quando demiti você, eu *sei* que você acha que arruinei a sua vida, mas foi o que eu tive que fazer, tá? Era o meu trabalho! — Ela praticamente está berrando agora. — Eu *tive* que demitir você. E eu sei que foi difícil, mas às vezes é preciso fazer esse tipo de coisa! Você tem que...

— Que história é essa? — Meu pai aparece. — Do que ela está falando, querida?

Eu salto como um gato escaldado e me viro para ver meu pai olhando para Demeter com os olhos arregalados e confusos.

— *Merda* — exclama ela, levando a mão à cabeça. — Katie, eu não quis dizer isso.

— Ela conhece você de Londres? — Meu pai parece ainda mais confuso. — Katie, quem *é* ela?

— Ela trabalha na Cooper Clemmow — diz Steve, com uma importância exagerada. — Eu pesquisei sobre ela no Google. "Demeter Farlowe" é o nome dela. E *ele* trabalha lá. — Steve aponta para Alex, que está mais quieto. — São os chefes da Katie em Londres. É isso que *eles* são.

Meu pai está olhando para Demeter e para Alex, com a mandíbula tensa.

— Por que vocês não falaram quem eram? — pergunta ele, olhando para os dois. — Qual é o grande segredo?

— Bem. — Demeter olha para mim. — É... delicado...

— Vocês vieram aqui pra demitir a Katie? — pergunta ele, irado, de repente. — Porque isso não vai acontecer! Não vai acontecer! — Ele praticamente berra. — Ela tem sido uma boa funcionária, a nossa Katie. — Ele se vira para Alex, que dá um pulo. — Ela fica no computador o tempo todo, atendendo telefone, trabalhando o tempo todo... Mesmo durante o tal período *sabático* dela... Sei lá, que tipo de chefes vocês são, afinal? Isso é exploração! É isso que é.

— Pai, para! — Levanto uma das mãos, desesperada. — Não é nada disso. Eles não vieram me demitir. A verdade é que... — Engulo em seco, meio inconstante. — Eu tentei contar mais cedo...

As lágrimas estão escorrendo pelo meu rosto. Sei que todo mundo está olhando para mim em choque, e Demeter ali, toda encharcada, e Alex... Alex está olhando para mim com a expressão mais gentil e triste que eu já vi...

— Pai, preciso falar com você — digo. — Com você e com a Biddy. Agora.

O "o que" é fácil. É o "por que" que é mais difícil.

Mesmo tendo explicado exatamente o que aconteceu, os motivos exatos por eu ter sido demitida, e que estava tentando voltar ao mercado de trabalho, eu ainda não disse tudo a eles, de fato. Meu pai e Biddy estão calados, sentados em um sofá velho de chintz cor-de-rosa na sala de estar — tudo aquilo parece uma conversa normal.

— Mas Katie... — fala meu pai, por fim, e ele não precisa dizer mais nada. Parece profundamente chocado, como se o mundo não fosse como ele pensava. E a culpa é minha.

— Pai... — Paro de falar, com o rosto pálido por conta do esforço para não chorar. — Não quis deixar vocês preocupados. Pensei que ia arrumar outro emprego logo...

— Então é *isso* o que você tem feito — diz Biddy, delicadamente.

— Eu me candidatei a muitos empregos. *Muitos*... — Fico exausta só de lembrar quantas empresas procurei. — Achei que vocês nunca precisariam saber. — Mordo o lábio e fecho os olhos, desejando voltar três meses no tempo, para que eu tivesse a chance de fazer tudo diferente. — Sinto muito. — Por fim, abro os olhos. — Sinto muito, pai...

— Katie, não precisa se *desculpar* — diz ele, com a voz carregada de uma emoção que não consigo decifrar. — Querida, não tem nada do que se desculpar. Você passou por dificuldades, e eu só queria que nós tivéssemos ficado sabendo... Queria que pudéssemos ter ajudado... Só isso.

Ele se inclina para a frente e segura minhas mãos.

— Katie, só queremos a sua felicidade. O resto não importa. Não importa. Volte pra cá. Administre a Fazenda Ansters pra nós. Você é brilhante, brilhante, e, se eles não conseguem enxergar isso, nós enxergamos. Não é, Biddy?

Não sei como reagir. Olho para Biddy, e ela está balançando a cabeça, franzindo a testa.

— Mas Mick — diz ela, com aquele jeito de falar, baixinho, contido. — Acho que não é tão simples assim. Não acho que a Katie *queira* fazer a vida e a carreira dela aqui. Você quer, querida? Ou estou enganada?

Nunca senti tanta tensão nesta sala; parece que o ar está pesado. Preciso falar. Preciso contar a verdade. Mas sem magoar meu pai.

— Pai... — Minha voz treme a ponto de eu mal conseguir falar. — Quero morar em Londres. Ainda quero tentar. Sei que você nunca vai entender, mas é o meu sonho. — Passo a mão pelo rosto, me sentindo desesperada. — Mas não quero te magoar. Se eu for pra Londres, sei que você vai ficar magoado. E estou num impasse. Não sei o que fazer. Eu não... não posso...

Minhas palavras são uma mistura incoerente na minha mente. Lágrimas escorrem pelo meu rosto de novo. Olho para meu pai, e ele parece triste.

— Katie! — diz ele, e solta o ar. — Querida. Por que você achou que eu não queria que você fosse pra Londres?

Ele está falando sério?

— Bem... olha. — Engulo em seco. — Tipo, porque você fala que Londres é cara, perigosa e suja... Porque acha que eu devia comprar um apartamento em Howells Mill...

— Mick! — exclama Biddy. — Por que você mandou a Katie comprar um apartamento em Howells Mill?

— Foi só uma *sugestão* — diz meu pai, parecendo pressionado.

— Eu me sinto culpada o tempo todo. *O tempo todo.* — Quando digo as palavras em voz alta, sinto um alívio enorme. E medo também. Estou entrando em áreas que eu não ousava entrar antes. Mas talvez eles precisem disso.

— Sabe do que mais? *Eu* quero dizer uma coisa. — A voz de Biddy me dá um susto. Quando me viro para ela, surpresa, vejo que seu rosto está corado. Ela parece nervosa mas decidida. — Sempre tento me manter de fora dos conflitos de vocês. Tento não dar palpite. Mas acho que agora *tenho* que fazer isso. Porque estou vendo duas pessoas que amo... Amo vocês dois, vocês sabem disso, não é? — pergunta ela, com o rosto ainda mais corado. — Vejo duas pessoas que estão se magoando, e não aguento mais. Mick, será que você não consegue ver que a Katie está sendo pressionada quando você diz que ela deve comprar uma casa em Howells Mill, pelo amor de Deus? Por que ela faria isso? E você sabe o que pensei durante a nossa última viagem pra Londres... — Biddy se vira para mim e acrescenta: — Falei pro seu pai que ele deveria pedir desculpas a você por algumas coisas ridículas que ele falou.

Ela levanta uma das mãos quando meu pai abre a boca para protestar.

— Eu *sei* que você se preocupa com a Katie, Mick. Mas oito milhões de pessoas moram em Londres com segurança, não é isso? Nem todas foram atacadas e baleadas, não é?

Meu pai parece meio envergonhado. Enquanto isso, estou tão perplexa com a eloquência repentina da Biddy que não consigo reagir.

— Mas tem mais uma coisa, Katie. — Ela se vira para mim. — Olha, não somos bobos. Sabemos que a vida em Londres é difícil e cara, e tudo o mais. Vemos as manchetes, assistimos aos noticiários. Você parece sempre tão otimista, como se fosse um sonho realizado... Mas não deve ser tão fácil assim o *tempo todo*. Ou é?

Há uma longa pausa. Quero me agarrar às pernas da Biddy e não soltar nunca mais.

— Não — admito, por fim. — Não é, nem um pouco.

— A vida de ninguém tem que ser perfeita. — Biddy se inclina para a frente e passa um braço ao redor do meu corpo, com firmeza. — Não exija tanto de si mesma, querida. Quem quer que tenha inventado que a vida tem que ser perfeita é uma pessoa muito má, na minha opinião. Claro que não tem que ser! E pare com essa bobagem de não querer magoar o seu pai — diz ela. — Como você poderia magoá-lo?

Aos poucos, quase sem querer, olho para meu pai. Nos olhos dele, que sempre foram meu ponto de apoio, meu norte. Olho para aqueles olhos de um azul profundo e me permito ver o amor dele por mim. Brilhando, quase sem hesitar.

Acho que Biddy não entendeu muito bem. Acho que magoei meu pai um pouco. Mas talvez eu tenha feito isso só por simplesmente ter crescido.

— Querida... — Meu pai solta aos poucos. — Me desculpa. Eu sei como você deve ver as coisas. E vou ser sincero: não sou a pessoa que mais adora Londres. Mas, se você gosta de lá, talvez eu também aprenda a gostar. — Ele olha para Biddy e acrescenta, depressa: — Vou passar a gostar. *Vou sim.*

— Bem, pode ser que não precise. — Tento rir. — Se eu continuar desempregada.

— *Aqueles idiotas...* — Meu pai cerra um punho sem perceber, e Biddy apoia a mão em seu braço.

— Mick — diz ela. — Katie não é mais uma garotinha. Ela vai encontrar o caminho dela. Deixe que ela faça isso. E agora é melhor voltarmos pra lá, não acha?

Ao se levantar, ela dá uma piscada para mim, e eu não consigo evitar um sorriso.

CAPÍTULO DEZENOVE

Não estou muito a fim de voltar à cantoria em volta da fogueira. Por isso, vou até a cozinha, na intenção de tomar um pouco de chá, e encontro Demeter sentada à mesa, com roupas secas e uma toalha enrolada na cabeça.

— Ah. — Paro na hora. — Oi.

— Acabei de falar com a Biddy — diz Demeter. — Ela me falou que eu iria encontrar você aqui. Katie, preciso pedir desculpas. Eu não queria trair sua confiança.

— Não se preocupe, está tudo bem. — Dou de ombros, sem jeito.

— Eu já queria contar ao meu pai, de qualquer modo. Você só me forçou a me adiantar.

— Mesmo assim. Não deveria ter feito aquilo, sinto muito. — Demeter mexe na manga da blusa por alguns segundos, séria. — Acho que também tenho que te agradecer — diz ela, olhando para mim. — Soube que você foi muito solícita com a Coco. O Hal me contou.

— Certo — confirmo, balançando a cabeça. Consigo entender isso. O coitado do Hal parecia meio em pânico com a coisa toda. Ele provavelmente viu a mãe e não conseguiu evitar contar o que aconteceu.

— E eu não sei *o que* você falou com eles, Katie, mas o Hal deixou um buquê na minha cama. Ele colheu as flores no jardim, então vou ter que me desculpar com a Biddy — acrescenta, rindo. — E a Coco...

— Ela para de falar, seus olhos estão arregalados. — Nunca vi Coco tão conciliadora. Tão *madura*.

— Bem, acho que ela começou a ver o mundo do seu ponto de vista. Demeter... — Hesito. Como vou dizer isso? — Acho que você deveria ser um pouco mais dura com os seus filhos — digo, por fim. — Acho que eles não dão valor ao que você faz.

Há uma longa pausa. Demeter ainda está mexendo na manga da blusa. Ela vai estragá-la se não parar de fazer isso.

— Eu sei. — Ela suspira. — Mas não é fácil. Eu mal tenho tempo de ver os dois. E me sinto tão culpada. Então, quando eles pedem as coisas, eu quero agradá-los.

— Com os seus filhos, você é uma pessoa totalmente diferente do que é no escritório. — Tento mostrar isso a ela. — *Totalmente* diferente. E não num bom sentido.

— Eu sei. — Ela parece um pouco desanimada. — Mas, por passarmos pouco tempo juntos, a última coisa que quero é causar conflito...

— É. Não deve ser fácil. Ainda mais com o seu marido longe... Eu ouvi sua conversa com ele no celeiro — digo, sendo bem honesta. — Me desculpa.

— Não precisa se desculpar. Não fomos muito discretos, na verdade. — Demeter solta um longo suspiro. — Essa situação sem dúvida é algo que precisa ser trabalhado.

— Sinto muito — digo de novo. — Quer dizer... Sinto muito por você estar vivendo um período tão difícil.

— Tudo bem. — Ela se recosta na cadeira, os olhos fechados como se estivesse cansada, e vejo as linhas de expressão ao redor deles. — Não, não está tudo bem, é difícil. Conseguir encontrar um equilíbrio entre duas carreiras e filhos... — Ela solta o ar, endireitando-se de novo. — James tem tentado desesperadamente não se encantar por esse emprego importante, por causa da pressão que colocaria em mim. Nesse meio-tempo, estive tão preocupada com o trabalho que nem sequer percebi isso. Mas vamos chegar lá. Talvez possamos repensar tudo... — Ela se interrompe. — Bem, o que estou dizendo? Isso não vai mais ser problema, não é? A partir de agora, vou ficar o tempo todo em casa. — Ela abre um sorriso amarelo. — Essa é uma das vantagens de perder o emprego.

— O quê? — digo, horrorizada. — Não diga isso. Isso não vai acontecer.

— Katie, você é um amor, mas não tenho mais como escapar. Alex e eu concordamos em não falar mais nada hoje, mas amanhã... — Ela dá de ombros. — Ele quer fazer uma reunião às dez da manhã para falar sobre as coisas de modo oficial. A indenização, o acordo... esse tipo de coisa. Há toda essa questão burocrática quando alguém é demitido — acrescenta. — Você sabe disso.

— Então você tem outra chance! — digo, animada. — Ele pode voltar atrás. Ninguém o ouviu hoje, não havia testemunhas, nada foi assinado... Ou você já foi demitida oficialmente, por acaso?

— Não importa — diz Demeter, balançando a cabeça. — Eu serei.

— Só se você aceitar. Só se não lutar. Você não viu os outros e-mails da sacola?

— Sim. Mas a maioria é muito velha. Eu não tinha me dado conta. Então... Não tenho nada.

— Olha, Demeter. — Ligo a chaleira elétrica, sentindo minha energia voltar. — Acho que a Sarah andou aprontando com você. Não só com os seus e-mails, mas com a sua agenda, com as suas mensagens, com tudo. Ela está tentando fazer você *duvidar* de si mesma.

Eu me lembro de Sarah dizendo daquele jeito calmo: "Era na terça, Demeter. Sempre *terça*." E Demeter olhando para ela com cara de confusa.

— Eu pensei a mesma coisa — diz Demeter, depois de uma longa pausa. — Tudo faz sentido agora. Não percebi porque foi aos poucos. Foram só alguns deslizes, a princípio. Alguns e-mails que sumiam... documentos apagados... algumas confusões minhas com datas... Eu achava que tinha dado uma orientação a Sarah, e ela insistia, sem pestanejar, que eu não tinha feito isso. Mas os erros foram ficando maiores. Piores. Apavorantes. — A angústia toma conta do rosto dela. — Eu não ousava chamar atenção aos meus próprios erros. Eu achava mesmo que tinha... alguma coisa. Eu pesquisava sobre demência no Google toda semana.

— Isso é muita maldade! — digo, e estou furiosa. — Ela tem que ser demitida!

— Mas quem vai acreditar nisso? — Demeter parece desesperada.

— Eu mesma quase não consigo acreditar. Sei lá, eu *sei* que sou bem distraída, principalmente quando estou estressada. Eu me esqueço de responder aos e-mails, de falar algumas coisas com o James... E o jeito que tratei você, Katie... — Ela leva as mãos ao rosto. — Mais uma vez, me desculpe. Eu estava sob muita pressão naquele dia. Parecia que o mundo todo estava enlouquecendo, inclusive eu.

— Está tudo bem — tranquilizo-a, e estou sendo bem sincera.

— Olhei de novo minha agenda daquele dia, sabia? — acrescenta Demeter, um pouco desanimada. — Sarah havia ticado o item *Falar com Cat*, como se eu já tivesse feito isso. E eu duvidava *tanto* de mim que pensei... De verdade, pensei que... — Ela parece inquieta de novo. — *Como* eu pude ter duvidado tanto de mim?

— Mas você não vê? Era isso o que ela estava fazendo com você. Você é naturalmente insegura, e ela sabia disso. Ela é uma pessoa má. Precisamos desmascará-la.

— Não temos prova. — Demeter balança a cabeça. — Muito disso seria a palavra dela contra a minha. E tenho certeza de que ela tem sido muito esperta e já apagou todos os indícios.

— Ninguém é *tão* esperto assim. Podemos chamar um perito em informática...

— Você acha que alguém vai deixar um perito em informática entrar no prédio? — Demeter ri alto. — Você viu a reação do Alex, e ele deveria estar do *meu* lado. Todas as pessoas na Cooper Clemmow vão querer que eu desapareça sem criar problema. Não passo de um estorvo constrangedor de meia-idade. Eles vão me dar uma boa indenização... — Ela para de falar.

Demeter parece bastante desanimada. Ela não é assim. Essa mulher arrasada não pode ser a Demeter. Eu não vou *deixar* que seja.

— Demeter, você precisa lutar! Quando as pessoas pensam que você desistiu, é aí que você deveria pisar no acelerador e dobrar a velocidade.

— Isso me parece familiar. — Demeter franze a testa levemente. — É uma frase de alguém?

— É daquele livro *Enfrentando o problema* — admito, bem tímida.

— Acabei comprando um exemplar. Com desconto.

— Ah! — O rosto dela se ilumina. — É bom, não é?

— É, sim. Principalmente o capítulo que diz *Não deixe a cretina da sua secretária ganhar, porque você não está só deixando que ela ganhe, está deixando a liga do mal vencer.*

Demeter acha graça, mas eu não. Estou falando muito sério.

— Se você não vai entrar nessa briga, eu vou. Independentemente do que acontecer. — Eu me aproximo da mesa, tentando incentivá-la. — Mas você não pode deixar que tirem você de lá com essa palhaçada. Você é a *chefe*, Demeter.

— Obrigada. — Demeter estende uma das mãos e aperta a minha. — De verdade.

— Você contou pro seu marido? — pergunto, quando a ideia me ocorre.

— Já falei com ele. — Demeter suspira. — Mas ele não consegue entender. A primeira reação dele foi: "Vamos processá-los." É a cara do James isso. — Ela esboça um sorriso. — Mas não tem muito o que ele possa fazer de Bruxelas, para ser sincera.

— Entendo — afirmo. — Então vamos fazer o seguinte. Vamos pensar a noite toda e faremos uma reunião amanhã cedo.

Demeter balança a cabeça, sem acreditar.

— Você acha mesmo que podemos convencer o Alex?

— Nós *temos* que convencê-lo. — Eu faço uma pequena pausa e então digo do jeito mais casual possível: — Você sabe onde ele está?

— Agora, você quer dizer? Não sei. — Demeter me analisa. — Eu tenho pensado numa coisa. Vocês dois estão...

— Não. — Eu sinto o rubor subir pelo meu rosto. — Quer dizer, nós, nós... — Pigarreio e me levanto para fazer uma xícara de chá.

— Ai, meu Deus — exclama Demeter, enquanto me observa. — Vocês *estão*. Eu sabia. Ai, meu Deus. Vocês não estão apaixonados, estão?

— Não! — Minha voz se altera. — Claro que não. Não seja ridícula...

— Katie, olha só. Não se apaixone. — Ela parece quase desesperada. — Proteja-se. Não deixe que ele ganhe seu coração.

— Por que não? — Tento parecer bem tranquila.

— Porque você vai se machucar. Alex é... — Demeter para de falar, franzindo a testa. — Ele é adorável, mas não consegue se comprometer. O que ele ama é a novidade. Cidades novas, ideias novas, coisas novas. No momento, você é a maior novidade, mas, em pouco tempo...

Eu me lembro de Alex na cobertura, andando de um lado para o outro, animado com aquelas experiências virtuais como se fossem reais. Então, afasto a ideia da minha mente. Porque é irrelevante.

— Olha, Demeter, tudo bem — digo, da maneira mais firme que consigo. — Não é *sério*. Não estou esperando que dê em alguma coisa, é só... você sabe. Diversão.

— Bom, desde que seja só isso, tudo bem. — Demeter olha para mim de modo desconfiado. — Mas eu conheci várias namoradas dele e vi muitas se machucarem. Sabe qual é o apelido dele? É "Alex Só Vai". Porque, quando ele desencana, não volta atrás. Ele não gosta de figurinha repetida. Já vi garotas brilhantes e inteligentes esperando por ele e nutrindo esperanças... — Demeter balança a cabeça. — Mas no fundo elas sabem que ele nunca vai voltar atrás.

— Então por que elas ainda têm esperanças? — Não consigo deixar de perguntar.

— Porque é da natureza humana esperar coisas impossíveis. — Ela olha para mim. — Você fez marketing. Sabe disso.

— Olha, não se preocupe. — Desvio o olhar do dela. — Não tenho expectativas, esperanças nem nada assim. Como eu disse, é só diversão. *Diversão.*

— Tudo bem. — Ela assente e então olha para o relógio. — É melhor eu voltar para o yurt. Até amanhã de manhã. Obrigada, Katie. — Ela se levanta e então se aproxima de mim e me beija. Quando faz isso, alguém bate à porta da cozinha.

— Oi — diz Alex, entrando. — Oi, Demeter.

— Oi, Alex. — Ela lança a ele um olhar desconfiado. — O que foi?

— Vim ver a Katie.

O olhar dele encontra o meu, e posso ver que a intenção neles é muito visceral. Prendo a respiração, me lembrando do que aconteceu no campo. Por um momento, não consigo falar, fico tomada pelo desejo.

— Oi — digo.

— Você está bem?

— Sim.

Meu corpo todo está tremendo, querendo uma noite inteira, deliciosa e sem interrupção com esse homem que faz com que eu me sinta derretida. Quero o toque dele. Mas também quero sua voz. Os pensamentos, as piadas, as preocupações, as tristezas, as teorias e as ideias. Todas as partes secretas dele que nunca pensei que existissem.

— Bom, vou deixar vocês à vontade — diz Demeter. — Para resolverem o que tiverem que resolver. — Ela lança um olhar de reprovação a Alex, e eu quase dou uma risada.

— Demeter, está tudo bem — digo, quando ela chega à porta.

— Sério. O que você acabou de falar... — Faço um gesto para o meu coração. — *Não vou deixar.*

Mas Demeter balança a cabeça.

— Você acha que não vai.

CAPÍTULO VINTE

Perto das seis da manhã, encosto o pé no tornozelo nu de Alex.

— Ei, você — digo. — Moço da Cidade.

Não dormimos a noite toda. Ficamos só cochilando, rindo e devorando um ao outro em uma bolha de nós dois e mais nada. Mas agora os pássaros estão cantando, os raios de sol atravessam as cortinas e a vida real começa de novo.

— Hummm — murmura ele, despertando.

— Você precisa ir pra sua cama.

— O quê? — Alex vira o rosto todo amassado para mim. — Está me mandando embora?

— A Biddy vai ficar muito brava se você não estiver lá. Você é o primeiro hóspede dela. Vá experimentar o quarto, pelo menos. E tem mais, você não vai querer usar o meu chuveiro. É fraco, só pinga.

— Já, já — diz Alex, beijando meu ombro nu, me puxando em direção ao seu corpo. Impossível resistir. Ele parece uma força magnética que me arrasta para ele.

Mas então, um pouco depois, quando terminamos, fico me perguntando se fizemos barulho, e o empurro com mais firmeza.

— Vá e seja um bom hóspede. Vejo você no café da manhã.

— Tá bem. — Ele revira os olhos e afasta o edredom. Acho que o fato de eu dizer que o chuveiro só pinga foi decisivo. Ele me dá a impressão de ser um cara exigente com a ducha. — Vejo você no café da manhã então — diz ele, caminhando em direção à porta de cueca samba-canção. O que não é muito discreto, mas, se ele encontrar a Biddy, pode dizer que...

Ah, sei lá. Pode dizer o que ele quiser. Ela não é idiota.

Eu espero até ter certeza de que ele foi embora para poder me mexer. Então saio da cama e tomo minha ducha pinga-pinga. Visto uma calça jeans e uma camiseta e saio da casa na outra direção. Corro até a grama coberta pelo sereno do yurt de Demeter. Bato e entro.

Demeter está sentada na cama de madeira da Fazenda Ansters, com um pijama de moletom cinza e um dos nossos cobertores de pelo de alpaca sobre os ombros. Está bebendo água de um squeeze e digitando sem parar no laptop.

— Então — diz ela, como se estivéssemos apenas continuando a conversa da noite anterior. — Me lembrei de uma coisa. Tem um monte de e-mails impressos no meu escritório.

— No seu escritório? — Penso nos montes de papel no chão da sala da Demeter. — Mas será que a Sarah não mexeu neles e se livrou de tudo o que podia incriminá-la?

— Não os do armário. — Demeter olha para mim com os olhos brilhando. — Ela não sabe da existência deles.

— Ela *não sabe*? — repito, surpresa. Tem algo na vida da Demeter de que Sarah não saiba?

— Ela ficava tão irritada comigo por imprimir e-mails que eu fazia isso escondido dela. E então eu os guardava em um armário grande. Deve haver centenas deles lá dentro. O armário está trancado. — Ela faz uma pausa. — E eu tenho a chave. Aqui no meu chaveiro.

— Centenas? — Fico olhando para ela. — Por que você guardava centenas de folhas impressas?

— Não comece! — diz Demeter, na defensiva. — Acho que eu acreditava que poderia precisar deles um dia.

— Bom, você precisou — acrescento.

— Sim — concorda ela, com seriedade. — Parece que sim.

Ela olha nos meus olhos e sinto uma repentina onda de confiança. Uma convicção. Ela vai vencer essa. Demeter volta a digitar e consigo ver seus olhos tomados de ideias de novo. Ideias e raiva.

— Você parece diferente hoje — digo, hesitante. — Você parece... estar empenhada.

— Ah, eu estou — diz ela, e sinto uma firmeza nela que me dá até vontade de comemorar. A mulher forte e determinada que conheço voltou! — Não sei o que me deu ontem à noite. Mas acordei hoje e pensei... *Como é que é?*

— Exatamente! *Como é que é?*

— Não vou deixar minha própria secretária me ferrar, porra.

— É isso aí!

— A única coisa que me ocorreu foi que... — Ela faz uma pausa e passa a mão na testa. — É que acho que a Sarah deve ter agido com outra pessoa. Algumas informações que ela manipulou saíram de reuniões das quais ela não participou.

— Ok — digo, depois de pensar um pouco. Minha mente já busca as possibilidades. — Então, quem você acha que...

— Rosa — diz Demeter, desanimada. — Só pode ser.

— Ou o Mark — digo.

— É. — Demeter faz uma careta. — Ou o Mark. Igualmente possível. Mais algum suspeito?

De repente, eu me dou conta de que não estou sendo sensata. Não deve ser nada divertido pensar que tantas pessoas querem ver seu mal.

— Olha, não pense nisso — digo depressa. — Independentemente de quem tenha sido, nós vamos descobrir. Mas agora precisamos pensar num plano.

Meia hora depois, Demeter e eu estamos caminhando lado a lado em direção à cozinha. Temos uma estratégia traçada e agora só precisamos encontrar Alex. O que não é difícil, já que ele está sentado à mesa da cozinha, meio chocado enquanto Biddy empilha cogumelos em seu prato. Um prato no qual já há três linguiças, quatro fatias de bacon, dois ovos fritos, dois tomates e o famoso pão frito da Biddy — que, sinceramente, é um pedaço do *céu*. (Se o céu tivesse quatrocentas calorias por fatia.)

— Maravilha — diz Alex. — Já tem muito. Não! — Ele quase grita quando Biddy se aproxima com outra frigideira. — Chega de bacon, obrigado.

— Então, como eu disse, Alex. — Meu pai parece estar concluindo uma conversa. — É uma oportunidade única, que um empreendedor esperto como você perceberá depressa. Bem... — Ele olha rapidamente para mim e morde uma torrada, comendo um pedaço. — Vamos deixar o assunto de lado, por enquanto. Quer suco, Alex?

— Que oportunidade? — pergunto, interessada.

— Nada! — responde meu pai com um sorriso forçado. — Estou só batendo papo com o Alex. Pra passar o tempo.

— Está tentando vender alguma coisa pra ele? *Não* faça isso — digo, com os olhos arregalados.

— Fiquei interessado em uma transação envolvendo tendas indígenas que o seu pai me contou — diz Alex, sério.

— *Transação envolvendo tendas indígenas?* — repito, abismada. — Pai, o que você está *aprontando*?

— Tentando expandir a franquia! — diz ele, na defensiva. — Não dá pra dormir no ponto, querida. Tem um lugar perto de Old Elmford. O Dave Yarnett pode arrumar umas barracas pra gente...

Balanço a cabeça, desesperada.

— Pensei que tivesse dito pra não comprar as barracas do Dave Yarnett.

— Eu poderia ser o Grande Cacique Mick! As crianças iriam adorar.

— Pai, pode parar com isso! *Não* vamos comprar tenda indígena nenhuma e você *não* vai se vestir de índio. — Fico me perguntando se devo começar um sermão sobre o que é politicamente correto, mas decido não fazer isso. O momento não é adequado. — Por vários motivos — concluo. — E, de qualquer modo, precisamos conversar com o Alex. Então, poderia... — Faço um gesto para que ele se desloque, e meu pai se afasta um pouco para abrir espaço à mesa. — Será que você pode pedir que ninguém mais entre aqui? — pergunto a Biddy. — Precisamos de cinco minutos.

— Bom dia, Alex — cumprimenta Demeter e se senta à frente dele.

Ela está com uma camisa branca e limpinha hoje, e os cabelos estão brilhosos (ela os secou com secador no meu quarto), e parece calma e focada no assunto.

— Bom dia. — Alex não parece muito contente ao vê-la diante dele. — Olha, Demeter, não precisamos ter pressa, podemos deixar isso pra mais tarde...

— Preciso de mais um dia — interrompe-o Demeter. — Me dê um dia.

— Ah, mas que droga! — Alex olha para ela revoltado, e depois para mim. — Eu sabia que vocês estavam aprontando.

— Um dia. — Eu a apoio. — Só isso. Não é nada.

— Não posso esperar mais um dia — diz ele. — Já contei pro Adrian que te dei a notícia.

— Não fizemos uma reunião — rebate ela. — Você não explicou meus direitos. Não foi nada oficial. Pode me dar mais um dia. *Tem que* me dar.

— Sim, você tem que dar — reforço. — Do contrário...

Alex olha para mim de modo desconfiado.

— Do contrário o quê?

— Do contrário, você é um babaca. Desculpa, pai — acrescento.

— Pega ele, Katie, meu amor! — Meu pai faz um brinde, todo feliz. — Pega ele!

— Estamos falando do meu sustento — diz Demeter, com calma.
— E ele não vai desaparecer assim. Depois de todas as chances que dei a você, Alex, depois de todo o apoio, você me deve mais do que isso. E você sabe disso. — Ela parece determinada, quase desdenhosa.

Por um momento, ninguém se mexe. Dá para ver pelo brilho no olhar de Alex que ela o pegou. Ele está pensando... pensando... E então, quebrando o feitiço. Ele suspira.

— Tudo bem. Vamos supor que você tivesse mais um dia. — Ele dá de ombros como se quisesse dizer: "E daí?"

— Há outros e-mails impressos no escritório. Centenas deles, enfiados no meu armário. — Demeter apoia a mão na mesa como um político. — Vou analisá-los.

Alex balança a cabeça.

— Demeter, você não vai conseguir entrar naquele escritório sem que o Adrian te persiga. Ele vai levar você pro RH, e você vai sair sem conseguir fazer nada.

— Já pensamos nisso — digo. — Sou eu quem vou lá. Vou fingir que voltei pra pegar alguma coisa. Ninguém vai desconfiar de mim.

— Vou dar a chave do armário para ela. — Demeter pega seu chaveiro e o balança. — Vou escrever uma carta dando permissão para ela entrar. Com data anterior à do dia. Quem vai impedir a entrada da Katie?

— Pode ser que dê certo — admite Alex.

— *Vai dar.*

— Muffins? — Biddy entra caminhando apressada até a mesa, com um cesto de muffins. — Tem de maçã... amora... Alex! — Ela olha desanimada para o prato dele. — Você não está comendo!

— Estou, sim — diz ele depressa, e enfia um monte de comida na boca. Ele se recosta na cadeira, mastigando, e então balança a cabeça. — Tem mais uma coisa. Adrian está esperando que eu avise que concluí o processo hoje. Que finalizei tudo direitinho. Que encerrei o caso.

— Bom, não dê notícia nenhuma — diz Demeter, impaciente.

— Como?

— Diz que ficou sem sinal.

— *O dia todo?*

— Ou mande um e-mail. Dê uma desculpa.

— Que desculpa?

— Não sei! — rebate Demeter. — Seja criativo! Esse não é seu ponto forte?

— Me perdoem por ouvir a conversa — desculpa-se Biddy, sorrindo. — Mas querem uma ajuda?

Demeter e Alex olham para Biddy, como se a chaleira de repente tivesse começado a falar.

— Bem, não sei se você pode nos ajudar com isso, Biddy — diz Demeter, com educação. — É claro que se você *pudesse* fazer meu chefe largar do meu pé por um dia, eu ficaria muito grata. — Ela ri baixinho.

Alex assente.

— Eu também.

— Fácil — diz Biddy. — Vocês têm o número do telefone dele?

Alex olha surpreso para Demeter, e então um sorriso malvado aparece em seu rosto e ele entrega o telefone a Biddy.

— Aqui está o número do celular dele. Mas ele ainda está em casa.

— Melhor ainda. — Biddy sorri. — Vamos pegá-lo desprevenido. Ah! — diz ela a Demeter. — Ele sabe que o seu nome de casada é Wilton, não sabe?

— Sabe — responde Demeter, intrigada.

— Ótimo!

Todos nós observamos enquanto Biddy tecla o número e respira fundo.

— Alô? — diz ela. — É o Adrian? Aqui é a Biddy, a esposa do dono da Fazenda Ansters, em Somerset. — Percebo que ela está falando com um sotaque mais suave, exatamente como eu fazia. — Sinto muito informá-lo, senhor, mas a Sra. Wilton e o Sr. Astalis estão se sentindo muito mal. *Muito mal.*

Consigo ouvir algum tipo de exclamação dele no outro lado da linha, e Biddy ouve com calma.

— Muito mal mesmo — repete ela. — Sim, a noite foi difícil aqui, senhor, os dois sofreram muito, coitados. Então eles pediram para avisar o senhor.

Mais uma reação do outro lado da linha, e Biddy pisca para nós.

— Ah, não, senhor — diz ela, calmamente. — Não tem como eles falarem ao telefone. Mas tenho uma mensagem pro senhor. O Sr. Astalis pediu para que eu avisasse o senhor que, como ele está muito mal e doente, ainda não conseguiu terminar *totalmente* o trabalho que veio fazer aqui. — Ela ouve com calma mais uma reação alterada do Adrian. — Isso mesmo, não terminou totalmente, mas ele vai concluir assim que puder. O que quer seja — diz ela, inocentemente.

Olho para Alex. Ele está balançando a cabeça lentamente, parecendo ultrajado e, ao mesmo tempo, prestes a cair na gargalhada.

— É uma pena — continua Biddy. — E nas férias, ainda por cima. Bem, eles estão de cama. Vamos chamar o médico mais tarde. Devo mandar seus cumprimentos, senhor? Flores? Um buquê de Somerset pra cada um deles?

Ela ouve a resposta e então desliga.

— Ele desejou melhoras — diz Biddy, piscando um olho e devolvendo o celular a Alex.

— Você é incrível, Biddy — elogia ele, levantando a mão para cumprimentá-la. E isso me faz sentir uma onda de orgulho. Então ele se vira para Demeter e dá de ombros. — Pronto, já foi. Agora você tem o seu dia.

CAPÍTULO VINTE E UM

Eu tinha me esquecido do cheiro de Londres, da agitação, das multidões. Eu tinha me esquecido de como era sair pela escada do metrô para a cidade iluminada pelo sol, cercada por pessoas de todos os tipos e pensar: *eu poderia fazer qualquer coisa, ir a qualquer lugar, ser quem eu quisesse.*

A Fazenda Ansters é como um círculo. É o que realmente é. Onde a gente basicamente fica dando voltas e mais voltas, caminhando com tranquilidade, nunca divagando. Mas Londres parece uma teia de aranha. Há um milhão de possibilidades, um milhão de direções, um milhão de caminhos. Eu havia me esquecido dessa sensação de... de quê? De estar prestes a fazer alguma coisa.

E, nesse momento, eu não teria como me sentir mais determinada. Depende de mim. Katie Brenner. Quando me viro em direção à Cooper Clemmow, sinto um frio na barriga, mas tento me controlar.

Demeter e Alex não estão comigo. Eles pararam em um café, a duas estações de metrô daqui, porque a última coisa que eles queriam era encontrar Adrian. Mas ambos estão grudados no telefone. Estou em contato com eles o tempo todo. Como se lesse minha mente, Demeter me manda uma mensagem:

Já chegou? bjo

Paro e escrevo uma resposta:

Quase. Tá tudo bem. bjo

Ao passar pelas grandes portas de vidro, Jade, a recepcionista, olha para mim, surpresa.

— Ah, oi — diz ela. — É Cat, não é? Você não...

— Saí? Saí, sim. Mas preciso subir, tudo bem? Deixei umas coisas no escritório e nunca voltei pra buscar. Então, você sabe, eu viria... — Ai, meu Deus. Estou começando a ficar nervosa.

Jade assente.

— Tudo bem.

— Tenho uma carta da Demeter autorizando a minha entrada. — Quase explodo, sem conseguir me conter.

— Eu disse que tudo bem. — Jade me olha de um jeito esquisito, rabisca algo em um cartão de visitante e aperta o botão para liberar minha entrada.

Certo. Primeiro obstáculo vencido. Ao entrar no elevador, estou nervosa, mas não tem mais ninguém ali, e chego ao andar da agência em segurança.

Enquanto atravesso aquele corredor familiar, tudo parece surreal. Tudo é como antes. O mesmo piso preto e brilhoso; a mesma rachadura na parede logo depois do banheiro masculino; o mesmo cheiro forte de café e de produto de limpeza e difusores de odores Fresh'n Breezy. (Eles costumavam mandar brindes, que Sarah dispensava. Acho que ainda mandam.)

Pronto, aqui estou eu, em nosso escritório. Tudo está como sempre foi, com a parede de tijolos aparentes, as mesas brancas e o cabide de homem nu — apesar de haver uma nova máquina vermelha de café no canto, com um monte de sachês de café solúvel em cima. Procuro a minha mesa, mas ela não está mais ali. Eles mudaram tudo. Não existe sinal de que eu um dia tenha passado por aqui.

O escritório está bem vazio. Sem Rosa, Flora, Mark, sem Liz — e Sarah também não está à mesa. Graças a Deus. Calculei minha chegada cuidadosamente para uma e quinze da tarde, pois sei que ela costuma almoçar nesse horário, mas, ainda assim, é um grande alívio.

Hannah está sentada à sua mesa e olha na minha direção quando entro.

— Oi! — Ela olha para mim através de seus óculos. — Uau. Cat. Como você está?

— Bem — respondo. — E você?

— Ah, bem, tudo bem... — Ela olha ao redor. — Acho que muita gente está almoçando. Você não vai esbarrar com ninguém agora.

— Não se preocupe. — Hesito e então acrescento meio casualmente. — Na verdade, só preciso pegar umas coisas na sala da Demeter. Algumas coisas que eu deixei aqui e que ela guardou pra mim.

— Ah, tudo bem. — Hannah assente, acreditando na minha desculpa. — Bem, vou dizer que você deu um pulinho aqui, pode ser?

— Sim, por favor.

— Deve ser esquisito pra você, estar de volta... — diz ela, como se tivesse pensado naquilo no momento.

— Sim. — Forço um sorriso. — É, sim.

É mais do que esquisito. Está me deixando um pouco irritada até. Estou irritada com a minha reação. Pensei que ficaria bem quando voltasse; pensei que tudo já tivesse passado. Mas agora, ali, parece que os últimos meses não foram nada, e a mágoa continua grande.

Enquanto analiso o escritório vazio, percebo de repente que é quarta-feira. Flora, Rosa e Sarah devem estar bebendo no Blue Bear. Os encontros aos quais eu teria ido se ainda estivesse trabalhando aqui. Tudo parece ter acontecido há muito tempo.

— E aí, você já arrumou outro emprego? — A voz de Hannah interrompe meus pensamentos.

— Não.

— Ah. Você ainda mora em Catford?

— Não, tive que voltar pra casa.

— Ah, que pena — diz Hannah, parecendo meio sem graça. — Sinto muito. Bom, tenho certeza de que você vai conseguir outro emprego... Você se candidatou a algum?

Essa pergunta é bem idiota. A própria Hannah se dá conta disso na hora e fica vermelha de vergonha.

— Vou pegar minhas coisas — digo, para sair de perto dela. — Foi muito bom ver você.

Ao entrar na sala da Demeter, olho para trás, e vejo que Hannah está concentrada em seu trabalho de novo. Fica claro que ela não está nem um pouco curiosa para saber o que estou fazendo, assim como Jon, que está sentado bem no canto. Eu nunca falei muito com ele.

Tentando parecer natural, vou até o armário. Isso deveria demorar trinta segundos, no máximo. Colocar os e-mails impressos em uma bolsa, sem me preocupar em conferir nada, pegar tudo e ir embora. Desdobro o saco de lixo que levei e o coloco no chão. Pego o chaveiro da Demeter, destranco a porta em silêncio, abro o armário e me preparo para tirar montes e montes de papel.

O armário está vazio.

Por um momento, não consigo entender o que meus olhos veem. Imaginei que encontraria algo totalmente diferente: montes e montes de impressões desorganizadas, bem ao estilo da Demeter. Mas nada parecido com isso.

Fecho a porta do armário e volto a abri-la, como se fosse capaz de fazer uma mágica. Mas ainda está limpo, branco e vazio. Olho ao redor para o restante da sala da Demeter com uma forte sensação de medo.

Está tudo organizado. Muito organizado. Não há pilhas de nada em lugar nenhum. O que aconteceu?

Estico a cabeça para fora da porta e abro um sorriso simpático para Hannah.

— Está tudo muito organizado aqui dentro! O que aconteceu?

— Ah, foi a Sarah — responde Hannah, ainda concentrada na tela.

— Você sabe como ela é. A Demeter saiu de férias, então ela falou: "Finalmente! Posso dar um jeito no escritório dela!"

— Mas o armário está vazio. — Tento dizer as palavras com calma. — Foi onde deixei minhas coisas, mas não tem mais nada aqui.

— Espero que Hannah não seja curiosa o suficiente para questionar por que minhas coisas ficaram no armário da Demeter e, conforme o esperado, ela não diz nada.

— Ah. — Ela faz uma careta e dá de ombros. — Desculpa, não faço ideia.

— Então a Sarah tem a chave do armário?

— Er... sim — diz Hannah de modo vago. — Deve ter, porque eu vi que ela mexeu aí ontem. Ela pegou um monte de papéis. — Hannah olha para mim, e percebo seu cérebro funcionando. — Ai, meu Deus. Aquilo era seu?

Olho para ela, inexpressiva. *Um monte de papéis.* Levados daqui. Todos os e-mails, todas as provas desapareceram. Minha garganta está apertada. Não sei se consigo respirar. O que vou dizer a Demeter?

— Olha, vou falar com a Sarah que você esteve aqui e talvez ela possa resolver isso.

— Tudo bem. Não precisa incomodar a Sarah.

— Não é incômodo nenhum. Ou posso falar com a Demeter... — Hannah fala mais baixo. — Na verdade, está correndo um boato de que ela vai ser demitida.

— Sério? — De algum modo, consigo falar. — Bem, eu vou continuar procurando na sala dela, pra garantir...

Mas, depois de dez minutos, eu tenho certeza. Não tem mais nada aqui. Nenhum indício físico de nada. Sarah deve ter passado aqui como um tufão.

Não posso ficar aqui para sempre. Tenho que sair. Preciso pensar... Sinto o peito comprimido pelo pânico quando deixo a sala da Demeter, desço a escada e chego ao lado de fora. Vejo a tela do meu celular se acender e há uma mensagem da Demeter:

Como tá indo? bjo

Resmungo. Minhas pernas se movem automaticamente. Sou a única esperança que ela tem no momento. *Não posso* falar que o plano foi por água abaixo. Preciso pensar em outra coisa. Ir ao cesto de lixo para procurar? Mas o lixo é recolhido nas terças à noite. Ir ao computador da Sarah e procurar evidências ali? Mas como posso fazer isso na frente da Hannah? E como eu descobriria a senha?

Vamos, Katie. Pense, pense...

E então me dou conta. O Blue Bear. A Sarah está lá agora. Pode ser que ela me conte alguma coisa lá, estando de guarda baixa. Se eu conseguir fazer com que ela fale, se eu conseguir fazer com que ela relaxe e confie em mim...

Reunindo toda a minha determinação, pego o telefone e envio uma mensagem para Demeter:

Saí um pouco do plano. bjo

Imediatamente, ela manda uma resposta:

Como assim???

Mas eu guardo o telefone e o esqueço. Não posso conversar com ela agora. Preciso me concentrar.

Quando entro no Blue Bear, naquela atmosfera boêmia e barulhenta, vejo Rosa e Sarah perto do bar e sinto o estômago revirar de nervosismo.

— Cat? — Sarah me vê na hora. — Cat! Ai, *meu Deus!*

Depois de todas as conversas com Demeter, comecei a imaginar Sarah quase como um demônio. Mas é claro que ela não é assim. É a mesma Sarah linda, de cabelos ruivos presos para trás, os olhos azuis muito bem-delineados e os dentes brancos brilhando num sorrisão.

— Olha, Rosa, é a Cat! — diz ela. As duas abrem os braços, e, no minuto seguinte, estamos todas nos abraçando, como se fôssemos grandes amigas. — Como você *está*? — pergunta Sarah. — Sentimos sua falta!

Fico meio assustada com a recepção delas. Pensei que todo mundo já tivesse se esquecido de mim. Mas elas estão aqui, realmente interessadas em mim e na minha vida, o que, de certa forma, é... legal.

Apesar de *Cat* me parecer um nome bem esquisito agora.

— O que você está fazendo aqui? — Rosa quer saber, e eu dou de ombros.

— Eu estava por perto e me lembrei que vocês sempre bebem na quarta-feira.

— Você nunca veio beber, né? — Sarah olha para mim mais atentamente. — Mas convidamos você.

— E aí, onde você está trabalhando agora? — pergunta Rosa, e eu me sinto um pouco humilhada.

— Não estou trabalhando. Pelo menos não com publicidade, por ora. Na verdade... estou trabalhando em Somerset, em uma fazenda.

A expressão de susto que elas fazem me faria rir se eu não estivesse me sentindo tão mal. Eu não pensei que isso fosse me afetar tanto: eu ali, sem emprego, enquanto elas se gabam dos delas. Mas a sensação não é boa. Na verdade, para ser sincera, se não fosse pela Demeter, eu provavelmente inventaria uma desculpa agora para poder ir embora.

— Cat. — Rosa parece realmente chateada. — Isso é péssimo. Você é muito talentosa.

— Algo que a *Demeter* nunca notou — diz Sarah e aperta meu braço. — Aquela megera.

— Como está a Demeter? — pergunto, tentando parecer casual.

— Ah, você nem imagina. — Sarah faz cara de vitoriosa. — Ela foi demitida!

— Não! — Levo uma das mãos à boca, arfando, e na verdade estou um pouco chocada. Porque é claro que ela *não foi* demitida, não exatamente, não ainda. Mas obviamente o boato é esse.

— Pois é! — Sarah mostra os dentinhos brancos de novo. — Não é ótimo? Tudo vai mudar. A *Rosa* vai administrar o departamento, como deveria ser desde o começo. — Ela abraça Rosa.

— Bem. — Rosa dá de ombros, como se estivesse sendo modesta. — Não sabemos se vou. Vou continuar fazendo isso enquanto eles decidem o que fazer.

— E eles vão ver que você é a melhor pessoa pra isso! — insiste Sarah. — Essa vaga tinha que ter sido sua desde sempre. O departamento vai ter outro clima! Chega de *drama*!

— Por que a Demeter foi demitida? — pergunto, assustada.

— Por *tudo*. — Sarah revira os olhos. — Você sabe como ela é. Finalmente, Adrian disse: *Ok, já entendi. Ela é uma cretina demente. Precisa ir embora.*

— Ei. — Rosa está calada, pensando. — Cat. Você sabia que a Flora vai embora?

— É mesmo? — pergunto, surpresa. — Não, eu não sabia. Meio que perdemos o contato. Pra onde ela está indo?

— Vai viajar. Vai embora em um mês. Então... — Ela olha para mim com ansiedade.

— Então?

— O que acha de se candidatar à vaga dela?

Sinto uma onda de desânimo. Me candidatar à vaga da Flora?

— Isso! — exclama Sarah, animada. — Ótima ideia! Que bom você ter vindo aqui, Cat!

— O salário seria melhor dessa vez — diz Rosa. — Sei que você tem capacidade, Cat. Já vi o seu trabalho. E vou dizer uma coisa:

não sou como a Demeter. Quero *ajudar* as pessoas a crescerem. Você tem um grande futuro pela frente, sabia?

Em minha cabeça, ouço um murmúrio esquisito. Nada parece muito real. *Um trabalho. Um salário melhor. Um grande futuro.* Quer dizer, *se* Demeter não conseguir o emprego dela de volta... *Se* Rosa me quiser trabalhando para ela... Tenho que dar a mim mesma uma chance de melhorar de vida, não tenho?

Eu me sinto como um polvo amarrado, sendo puxado em todas as direções.

O barman colocou três taças e uma garrafa de champanhe no balcão. Rosa paga a bebida e se vira para mim.

— Vem. Bebe com a gente. Sempre ficamos naquele cantinho nos fundos. A Flora já está lá.

— Nem sempre bebemos champanhe às quartas — diz Sarah, piscando. — Mas veja só, a bruxa morreu!

Dentro do bolso, meu telefone começa a vibrar. É como se Demeter estivesse me cutucando, e instantaneamente sou tomada por uma onda de culpa. O que há comigo? Não há duas opções aqui, só uma: *fazer a coisa certa.* Olho para Sarah e para Rosa, tentando organizar minhas ideias, pensando num jeito de começar a conversa.

— Você deve ter sofrido muito trabalhando com a Demeter — digo a Sarah. — Você já pensou em... sei lá... se vingar dela de alguma maneira?

Sarah olha para mim com aqueles olhos azuis.

— Como assim?

Meu estômago se aperta diante da expressão dela. Será que ela percebeu alguma coisa? Não, não pode ser. Mas preciso provar que estou do lado dela, rápido.

— Bom, vocês não vão acreditar... — Tento parecer natural e falante. — Mas a Demeter apareceu na fazenda da minha família nas férias. E eu me vinguei dela por tudo. Vejam!

Sinto um aperto no peito ao pegar meu telefone. Demeter não ficaria nada feliz se soubesse que estou mostrando a foto dela, toda despenteada e suja de lama no pântano. Mas, por outro lado, não consigo pensar em outra maneira de conquistar a confiança da Sarah.

— Não acredito! — exclama Sarah ao ver a imagem. — Isso é impagável! Me conta, quero saber todos os detalhes! Manda essa foto pra mim?

— Claro! — respondo com calma. *Pode esperar deitada.*

— Você é incrível, Cat! — diz Sarah quando Rosa pega o telefone para dar uma olhada. — Poderíamos ter contado com a sua ajuda. — Ela me envolve num abraço rápido.

— Vamos — diz Rosa e faz um gesto para que eu pegue uma das taças. — Pega outra. Flora está esperando.

O pub é um daqueles com cubículos, corredores e degraus por todos os lados. Atravessamos um corredor vermelho escuro, com velhas imagens de paisagens londrinas tomando as paredes. Então, lá no fim, Rosa abre uma porta para um espaço sem nada nas paredes, com sofás confortáveis e estantes com livros antigos.

— Uhu! — Flora cumprimenta Rosa com um toque de mãos. — Champanhe! Aí sim!

— E olha só quem a gente encontrou no bar! — diz Sarah, fazendo um gesto para mim.

— Cat! — grita Flora, se aproximando para me abraçar. — Que saudade! Que barato.

— Uhuhuhu, a bruxa morreu! — exclama Sarah, abrindo a garrafa de champanhe. — Finalmente!

— Vamos brindar — diz Flora, animada.

— E olha o que a Cat tem aprontado. — Sarah pega meu telefone e mostra a Flora a foto da Demeter na lama. — Você não me contou que tinha comprado uma filial interiorana da DA!

— Ai, meu Deus! — Flora arregala os olhos e cai na risada. — Ai, meu *Deus*! Cat, você é um gênio!

— DA? — repito. — O que é isso?

— DA — diz Sarah, parecendo confusa. — Você sabe.

— Cat não ficou sabendo — diz Flora, entregando uma taça de champanhe para mim.

— Você não ficou sabendo? — Sarah está assustada. — Mas a Flora disse que você estava participando.

— Claro que a Cat estava participando — diz Flora, impaciente. — Estava, sim. Só que eu nunca contei *exatamente* o que estava rolando.

Ela se vira para mim.

— E aí você foi demitida. Aquela *cretina maldita*. Você está bem? Não tem respondido às minhas mensagens!

— Estou bem, sim. E então... O que tem rolado? O que é DA?

Olho nos olhos de Sarah e vejo que ela baixou a guarda comigo.

— Demeter Anônimos, claro — diz ela, rindo. — Dividimos nossas piores histórias envolvendo a Demeter e ajudamos umas às outras.

— O que você achou que fazíamos toda quarta-feira? — Flora bebe um gole de champanhe. — Sinceramente, precisamos disso. Se não fosse isso, já teríamos enlouquecido.

— A pior vez foi quando ela fez a Sarah ferver aquelas ervas chinesas nojentas. — Rosa enruga o nariz. — Você se lembra disso? Aquele *cheiro*. Eu acho que foi antes de você chegar, Cat.

— Não! — Flora balança a mão com a boca cheia de champanhe e então engole tudo e se vira para mim. — O dia em que você retocou o cabelo dela!

— Ai, meu Deus, sim. — Sarah cobre a boca com a mão.

— A raiz branca! — grita Rosa. — Eu tinha me esquecido disso. Cat, você ganhou! A pior história da Demeter. — Ela bate a taça dela na minha, e eu abro o maior sorriso que consigo, apesar de minha mente não parar. Enquanto Rosa está enchendo as taças, pego meu telefone como se fosse checar as mensagens, clico em gravar e volto a colocá-lo dentro do bolso.

— E então, o que aconteceu? — pergunto de modo inocente. — Como a Demeter foi demitida?

As três trocam olhares conspiratórios e triunfantes.

— Vamos. — Flora incentiva Sarah. — Conta para ela. Sarah é *brilhante*. Ela conseguiu fazer a Demeter ser demitida. — Flora bate a taça na de Sarah. — Sarah é a melhor.

— Fomos nós todas — diz Sarah de modo contido. — Foi um trabalho em equipe. De muito tempo. Não é, Rosa?

— Muuuito tempo — diz Rosa, séria.

— Uau! — Olho para as três com os olhos arregalados. — Mas como vocês conseguiram... Quer dizer, o que aconteceu? Acho que soube de um problema com a Allersons...

— A Sarah é muito esperta — diz Flora, orgulhosa. — Ela mandou pra Demeter várias informações erradas, pra que ela não pudesse terminar o projeto. E então cuidou pra que os executivos da Allersons não conversassem com a Demeter pelo telefone. Caso contrário, teria sido descoberta. Viu? Brilhante.

— Eu mandei pra eles o número errado do celular. — Sarah abre um sorriso angelical. — E sempre atendo o telefone da Demeter na sala dela, então foi fácil.

— Mas o modo como você lidou com os e-mails — diz Rosa —, ainda não sei *como* você fez aquilo.

— Ah, a Demeter é péssima com tecnologia — explica Sarah. — É ridiculamente fácil enganá-la. — A voz dela tem um quê de desdém, o que me deixa muito chocada.

— Mas mandar o e-mail pra Forest Food foi uma tacada de mestre — comenta Flora.

— Bem, estava na pasta de rascunhos dela — diz Sarah, com um sorrisinho malvado. — Eu só dei um empurrãozinho.

— Você se lembra disso, Cat? — Flora se vira para mim. — Do e-mail?

— Lembro vagamente! — Forço um sorriso. — O que aconteceu, de fato?

— Bom, a Demeter redigiu um e-mail furioso... sabe como é, descontando toda a raiva, e salvou na pasta de rascunhos. Então a Sarah foi até o computador dela e o enviou. — Flora começa a rir. — Foi coisa de dez segundos. A Demeter nem sequer *se questionou* se tinha enviado ou não.

— Sempre saiba o que tem na pasta de rascunhos do seu chefe — diz Sarah, com aquele sorrisinho torto de que me lembro bem.

Tento sorrir, mas estou me lembrando da cara da Demeter na época do e-mail. Ela ficou em pânico, pálida. E aqui estão as três, pensando que ela não tem sentimentos, brindando à tristeza alheia com champanhe.

Elas a transformaram num monstro. Acho que *literalmente* se esqueceram de que Demeter é um ser humano.

— E você mexia na agenda dela? — pergunto, forçando outro sorriso. — Porque ela sempre se confundia...

— Ah, o tempo todo! — Sarah pega o telefone e imita Demeter, até mesmo o olhar desesperado dela. — *Merda! Merda! Sabia que essa reunião era na sexta... Como isso foi acontecer? Como isso foi acontecer?*

Ela a imita tão bem que todo mundo cai na risada. Mas eu estou sendo tomada por uma fúria tão grande que tenho medo que ela venha à tona a qualquer momento. *Como* elas podem ser tão cruéis?

— Mas e se você fosse descoberta?

— Não havia o menor perigo — diz Sarah, gabando-se. — Eu simplesmente negaria. Não tem prova nenhuma, nenhum indício. Deletei todos os e-mails falsos de todos os lugares assim que os enviei.

De repente, eu me lembro da Sarah pegando o telefone da mão da Demeter e mexendo nele. Administrando tudo. Controlando tudo.

— Quanto ao lance da agenda... — Sarah dá de ombro. — É a palavra dela contra a minha. Todo mundo *sabe* que a Demeter não tem jeito. Quem acreditaria nela?

— Você poderia escrever um livro! — diz Flora a Sarah. — *Como se vingar da sua chefe abusiva.* Você é brilhante mesmo.

— Todo mundo foi brilhante — diz Sarah. — Rosa, você foi demais com o prazo da Sensiquo. Ela ficou arrasada com essa jogada. E Flora, você me passava informações o tempo todo...

— Você não faz ideia, Cat — diz Flora. — Foi um trabalho em equipe mesmo. Um trabalho épico.

— Estou vendo! — Consigo parecer simpática. — Então, acho que a única coisa que não entendi aqui foi... o motivo.

— O motivo? — repete Flora, assustada. — Como assim o motivo? Nós tínhamos que fazer com que ela fosse demitida. Sei lá, era um caso de saúde, né? — Ela olha para as outras em busca de apoio. — Olha, a gente precisa de *terapia* depois de ter essa mulher como chefe!

— Sem dúvida, Demeter não faz bem pra saúde — diz Sarah. — Ela é um pesadelo. A diretoria não conseguia ver isso.

— Sei que o que fizemos foi até um exagero. — Rosa parece ser a única a se mostrar um pouco arrependida. — Mas isso iria acontecer de qualquer jeito. Sei lá, a Demeter não pode gerenciar um departamento. Ela é avoada! Não tem o mínimo de organização!

— Só aceleramos o que era inevitável — diz Sarah. — Aquela vaga tinha que ter sido da Rosa desde sempre.

— Mas e a Demeter? — Mantenho o mesmo tom tranquilo e nada ameaçador. — E se vocês deixaram a mulher maluca? E se ela começou mesmo a pensar que estava com demência?

Todas se calam por um momento. Dá para perceber que ninguém pensou nisso.

— Ah, pelo amor de Deus — diz Flora, por fim. — Estamos falando da *Demeter*. — Como se a Demeter não valesse nada, como se não tivesse direitos, ponto de vista, como se ela fosse só uma subespécie. Olho para ela, sentindo um arrepio.

Controle-se, digo a mim mesma, *não provoque, deixe pra lá*... Mas eu sei que não posso fazer isso.

— Vocês disseram que a Demeter é abusiva — falo com delicadeza. — Mas nunca vi abusos da parte dela.

— Mas ela abusava, sim! — Rosa dá uma risadinha. — Você viu o jeito dela, era um pesadelo!

— Não, ela não abusava de ninguém, ela se impunha. E não tinha nenhum tato. Mas ela não abusava de ninguém. — Respiro fundo, tentando ficar calma. — E vocês aí, em cima dela como urubus.

— Urubus? — Sarah parece estar ofendida.

— Não é o que vocês são?

— Pelo amor de Deus, Cat — diz Flora, olhando para mim. — Pensei que você concordasse com a gente.

— Concordasse com isso? Em fazer uma pessoa ser demitida mexendo com a cabeça dela? Destruindo sua sanidade? Olha, desculpem se sou chata, mas não, obrigada.

— Olha, Cat — diz Rosa, de modo defensivo. — Com todo o respeito, você *saiu* da Cooper Clemmow, você *não* estava lá, você *não* sabe como a Demeter é...

— Sei, sim — falei. — E eu escolheria ter a Demeter como chefe mil vezes, mas não escolheria trabalhar com vocês. — Vou andando até a porta com o coração aos pulos, desesperada para ir embora. Mas, quando abro a porta, eu me viro e observo os rostos agressivos.

— Sabem o que é mais triste nisso tudo? Eu admirava muito todas vocês. Eu quis *ser* vocês, mais do que qualquer coisa. Mas agora eu consigo perceber... Vocês são horrorosas.

— *Como é?* — pergunta Flora, abismada.

— Vocês ouviram. Horrorosas.

Deixo a palavra pairar por alguns segundos e então fecho a porta.

E agora quase uma hora se passou. Não demorou muito para que Demeter e Alex chegassem a Chiswick e encontrassem comigo num pequeno café, onde ouviram minha gravação e descobriram toda a verdade. Quando a gravação termina, nenhum de nós diz nada. Eu me senti vingada. Alex parecia arrependido. Mas Demeter... Demeter estava chocada.

De certo modo, deveria ter sido uma vitória para ela. Deveríamos estar comemorando. Mas como comemorar quando você acaba de saber que várias pessoas querem o seu mal?

Por fim, Alex respirou fundo e disse:

— Certo, vamos mostrar isso ao Adrian.

— Sim — disse Demeter, num tom estranhamente desanimado.

— Vamos.

E eu não falei nada, só me levantei da mesa com eles.

Agora eles estão numa sala da Cooper Clemmow com Adrian. Estou do lado de fora, esperando por eles na área da recepção.

A secretária do Adrian, Marie, está à mesa dela, digitando. Ela se mostrou bem surpresa quando entramos, mas não me fez nenhuma pergunta. Marie é discreta assim mesmo. Eu não faço ideia do que está acontecendo lá dentro, mas imagino. E então, quando estou quase entrando em transe, ouço chamarem meu nome.

— Cat?

— É a Cat!

São elas. Rosa, Flora e Sarah. Elas devem ter me visto ao voltarem do almoço, e agora estão caminhando na minha direção, perplexas e com uma atitude hostil.

— O que você está fazendo aqui? — pergunta Flora, como se estivesse me acusando quando me levanto do sofá. — Está esperando pra falar com o Adrian?

— Veio falar com o Adrian sobre a vaga da Flora? — Rosa balança a cabeça. — Porque não está aberta. Você não deve passar por cima de mim.

Olho para ela e digo:

— Você não administra o departamento, então isso não tem nada a ver com você.

— Ela vai administrar — diz Sarah, de modo leal.

— Duvido — respondo, e Rosa puxa o ar, irada.

— Meu Deus, Cat — diz Flora, lançando um olhar de desgosto para mim. — O que aconteceu *com você*?

— O que aconteceu *comigo*?

Como se tivéssemos combinado, a porta da sala do Adrian se abre. Quando ele sai, acompanhado do Alex e da Demeter, parece profundamente chocado e triste. Seus cabelos grisalhos estão despenteados, e, com a expressão séria, ele diz:

— É inacreditável. Porra, é muito difícil...

Ele para ao ver Rosa, Sarah e Flora de pé diante dele, e seu rosto fica ainda mais sério. Adrian franze as sobrancelhas, e, por um instante, acho que ele vai gritar. Mas apenas olha bem para cada uma delas e diz:

— Vamos conversar. Nenhuma de vocês está autorizada a voltar para suas mesas. Fiquem aqui.

Ele faz um gesto para as cadeiras na área da recepção, e então se vira para Marie.

— Cancele meus compromissos pelo resto do dia.

— Claro — diz ela, do jeito inabalável de sempre, e pega o telefone.

Rosa está olhando para mim com cara de quem de repente entendeu tudo, assustada. Ela empalidece um pouco e quase sinto pena dela. *Quase*. Flora está olhando com cara de quem está surpresa para Demeter, como se ela tivesse renascido dos mortos. Sarah ainda está mostrando os dentes daquele jeito desafiador, mas vejo inquietação em seus olhos, e suas mãos não param de se retorcer. Não faço ideia do que ela pode estar pensando agora... E quer saber? Não me importa.

Dou as costas para o grupo e olho para Demeter, que está com a expressão chocada e com os olhos marejados depois da reunião.

— Você está bem? — pergunto.

— Estou. Ou pelo menos *vou* ficar. — Ela fecha os olhos por um momento. — Katie, não sei o que dizer. Você é incrível. Se não fosse por você... Bem, venha aqui.

Demeter me puxa e me abraça forte.

— Obrigada — diz ela em meu ouvido. — Mil vezes obrigada.

Quando nos afastamos, consigo ver Flora olhando para nós duas, embasbacada. Diferentemente das outras duas, ela ainda não parece muito apavorada. Acho que ela não se deu conta totalmente do que está acontecendo.

— Não entendo — diz ela. — Vocês duas são *amigas*? Eram amigas esse tempo todo?

— Bem... Não somos amigas, *exatamente* — digo enquanto Demeter fala:

— Tivemos nossos altos e baixos.

Então eu me lembro da Demeter chafurdando na lama, coberta por folhas e terra. Olho para ela e sei que ela está se lembrando de coisas parecidas.

— Acho que o amor que sentimos pela ioga nos uniu *de verdade* — diz ela, sem se alterar. — Se é que podemos chamar de ioga. — Ela ergue a sobrancelha para mim, e eu *não quero* começar a rir, mas não consigo me segurar. Quanto mais penso no que fiz Demeter passar (no saco, nas pedras, no estábulo, limpando esterco), mais me dá vontade de rir.

— Me desculpa — digo, arfando. — Me desculpa mesmo, Demeter. Não *acredito* que fiz aquilo tudo.

— Nem eu — diz ela, e de repente começa a rir também. Quando olho para Flora, ela parece ainda mais surpresa.

— Demeter e eu temos que conversar — diz Alex, se aproximando. — Mas nós dois queremos te pagar o maior drinque possível sem que você corra o risco de ser *envenenada*. Podemos nos encontrar aqui em uma hora?

— Ótimo! — digo, tentando ignorar os olhares de Flora, Rosa e Sarah. — Até mais.

— E mais uma vez obrigada, Katie. — Demeter segura minha mão e a aperta de novo. — Muito obrigada.

— Você *ainda* não consegue acertar o *maldito* nome dela, não é? — pergunta Sarah, e eu me viro, surpresa. Sarah está olhando para Demeter, tremendo de ódio, mas ainda com uma expressão desafiadora. — É *Cat*.

— Não é, não, Sarah. — Lanço a ela o olhar mais duro que consigo. — É *Katie*.

Passo por elas, meio atordoada, mas sinto uma leveza tomar conta de mim assim que saio daquele ambiente pesado. Quando chego às portas de vidro, é como se uma reação retardada me atingisse. Está tudo bem! Conseguimos! Demeter está vingada!

Praticamente desço a escada saltitando, com um sorriso enorme no rosto. Fico me perguntando como vou enrolar para passar uma hora até encontrar Demeter e Alex de novo, e já estou ansiosa para tomar nossa bebida, quando meu telefone vibra indicando o recebimento de uma nova mensagem. Quando o pego, eu me pergunto, meio maluca, se Demeter já está me chamando no escritório.

Mas a mensagem não é dela. É de uma agência de publicidade digital chamada Broth, para a qual enviei currículo há algumas semanas. Prendo a respiração enquanto abro o e-mail e analiso as palavras:

Cara Sra. Brenner... interesse na vaga de assistente júnior... impressionados com seu currículo e gostaríamos de marcar uma entrevista... por favor, entre em contato para agendarmos um horário...

Fico de pé, surpresa, segurando meu telefone, com o sangue correndo pelas veias. Uma entrevista. Uma entrevista de verdade. Ai, meu Deus!

CAPÍTULO VINTE E DOIS

Começo no próximo mês. O salário é bem parecido com o que eu recebia antes, e a empresa fica em Marylebone. Estou pensando em morar em algum lugar a oeste dessa vez. Talvez em Hanwell, que é bem barato.

As duas mulheres que me entrevistaram foram bem simpáticas. Elas adoraram meu portfólio e disseram que eu ia *amar* as saídas com o pessoal no happy hour. É um ótimo lugar para se trabalhar — já consegui perceber isso. E elas me telefonaram para oferecer a vaga enquanto eu estava no trem de volta para casa. Elas me querem mesmo! Tenho tudo que sempre quis. Então não sei por que não me sinto tão empolgada.

Na verdade, eu sei exatamente por quê.

Primeiro, duas semanas se passaram, e não vejo Alex desde que estivemos em Londres. Depois daquele dia maravilhoso, acabei passando a noite na casa dele, e foi *tudo* como eu sempre sonhei. Parecia até que eu tinha tomado alguma droga muito pesada. Ele mora num apartamento grande em Battersea, com uma varanda que tem vista para o rio (se você se inclinar para a frente para olhar), e nós fizemos sexo a noite toda com todas as luzes de Londres piscando e nos acompanhando. Depois, tomamos o café da manhã perfeito, com croissants e mais sexo. E então ele disse que iria ligar, mas...

Tá, parei.

Não vou ser *esse* tipo de pessoa. Nem vou contar quantas vezes mandei mensagem para ele. (Cinco.) Nem quantas vezes ele me respondeu. (Uma.)

E, de qualquer modo, o problema não é ele. A verdade é que não foi só Alex quem fez com que eu me sentisse menor e decepcionada. Foi a Demeter. Diferentemente do Alex, ela tem sido boa em manter contato. Conversamos por telefone quase todos os dias. Mas suas reações têm sido um pouco esquisitas.

Pensei que, quando contasse sobre o emprego novo, ela ficaria feliz por mim. Mas está toda estranha. A princípio, chegou a dizer que eu não deveria aceitar o emprego, já que ela estava certa de que eu poderia conseguir coisa melhor. (O quê? Ela enlouqueceu?) Depois, voltou atrás e disse:

— Não, você tem que aceitar.

E então ela começou a fazer um monte de perguntas para mim a respeito do emprego e do que eu iria fazer, exatamente. Só que agora ela pareceu perder o interesse. Não temos falado sobre o assunto ultimamente.

E, durante todo esse tempo, uma pergunta incômoda e sem resposta faz com que eu me sinta meio vazia sempre que me ocorre: por que *ela* não me ofereceu um emprego?

Ela podia ter feito isso. Sei lá, eles precisam de novos funcionários na Cooper Clemmow, porque rolou uma demissão em massa desde que tudo foi revelado. Sarah foi demitida. Rosa foi demitida. Flora estava saindo para viajar, de qualquer modo, e por isso não foi demitida, mas não vai receber nenhuma carta de referência. Na verdade, nenhuma delas vai receber. O que quer dizer que terão muita dificuldade para conseguir um emprego agora.

Embora isso seja melhor do que um processo, que é o que poderia ter acontecido. Deveria, na verdade. Elas merecem, principalmente a Sarah, e eu disse isso a Demeter um monte de vezes. Às vezes, acho que eu fiquei com mais raiva do que aconteceu do que ela. Eu *adoraria* ver Sarah no banco dos réus, chorando com seu lenço de estampa retrô, com o rímel todo borrado...

Mas Demeter decidiu que não vai processar ninguém. Ela acha que às vezes é preciso ser pragmático. Não quer que a história toda vaze na imprensa. Não quer saber de tribunal. Não quer ficar conhecida como a mulher cuja equipe a prejudicou. Quer seguir em frente. E Adrian está disposto a apoiá-la, independentemente de qual seja a decisão dela. Então, caso encerrado.

Demeter levou o restante do departamento para almoçar e aproveitou para explicar algumas coisas. Ela contou ao Mark que *ela* o havia nomeado ao prêmio Stylesign. Explicou que Rosa *não* tinha sido selecionada para o projeto da prefeitura. Pediu desculpas por ter sido avoada e por não ter sido mais atenciosa antes. Em seguida, explicou exatamente por que as três tinham sido demitidas. Aparentemente, fizeram uns três minutos de silêncio. Eu queria ser uma mosquinha para ver essa cena.

Então, está tudo certo no departamento de novo — aparentemente, muito mais feliz do que antes. Mas tem algumas falhas, claro. E não sei o que estão fazendo em relação a isso. Nem consigo perguntar.

Mas quem se importa? Eu *tenho* um emprego. Um baita emprego. Não tenho motivo para me sentir magoada com Demeter. Nem com Alex. Tenho coisas mais importantes para fazer, como treinar a Denise para assumir meu lugar aqui.

— Tá, vamos tentar de novo. — Assumo uma expressão de *glamper* e arregalo os olhos. — Oi! Nós acabamos de chegar. Aqui é a Fazenda Ansters?

Estou na cozinha, conversando com Denise, que precisa trabalhar sua simpatia.

— Claro que é a Fazenda Ansters — responde ela, sem ânimo. — Está escrito na placa.

— Não, você não pode falar isso. Tem que dizer apenas: "Sim, isso mesmo! Muito bem!"

— "Muito bem" por ter saído de férias? — diz Denise com ironia, mas eu a ignoro.

— Tá, agora sorria. Diga algo como: "Que cachorro lindo!"

— Os clientes que têm cachorros são os piores — diz Denise. — Um saco, na verdade.

— Bem, eles pagam seu salário. Então sorria e brinque com o cachorro. Entendeu?

— Tá bem! — explode Denise. — Que cachorro lindo — diz ela de modo meloso, com um sorriso irritado. — Mal podemos esperar pra receber seu lindo cachorro. Na verdade, nós já o amamos porque ele é muito maravilhoso. Viu? Eu sei fazer isso — diz ela, fungando. — Posso continuar limpando agora?

Eu acho graça, mas não demonstro. Acho que ela vai aprender.

— Como estão as coisas? — Biddy entra na cozinha segurando algumas cenouras da horta, e sinto uma familiar onda de culpa me invadir. Acontece sempre que vejo meu pai ou a Biddy. Ou seja, umas cem vezes por dia.

Mas não deixo transparecer. Biddy não permite que eu me sinta culpada. Nem por *um momento*. Assim que começo a dizer como me sinto mal por ter de deixá-los, ela fica bem irritada.

— Temos muito, muito orgulho de você — diz ela, segurando minhas mãos. — Você nos deu tanto, Katie. Sem você, não teríamos nada disso, nadinha. Você fez sua parte, minha querida. Agora vá atrás dos seus sonhos. Você merece.

E eu sei que ela está sendo sincera. Mas é outro motivo pelo qual não me sinto tão empolgada como esperava. Adoro este lugar. Talvez eu esteja me permitindo gostar mais dele agora. Tenho orgulho do negócio, do meu pai com sua roupa de Fazendeiro Mick, dos yurts todos iluminados por lanternas à noite. A Fazenda Ansters se transformou em uma coisa linda. Vai ser difícil ir embora.

— Precisa de ajuda com elas? — pergunto para Biddy, indicando as cenouras. Estou enrolando as mangas quando ouço uma voz atrás de mim que me faz achar que estou tendo alucinações.

— Oi, Katie.

É o... *Alex?*

— Katie! Ah, que ótimo, você está aqui. — Outra voz me chama, e eu hesito. *Demeter?*

Eu me viro... Não estou tendo alucinações. Os dois estão aqui em Somerset. Na porta da cozinha. Demeter está com uma de suas roupas modernas de Londres, e Alex cortou o cabelo, consigo notar. Estou tão assustada que mal consigo falar.

— Mas o que... — Olho de um para o outro. — O que vocês estão *fazendo* aqui?

Alex sorri.

— Como sempre, você vai direto ao ponto. Foi ideia da Demeter, então a culpa é dela. Poderíamos ter só ligado...

— A Katie merece mais do que um telefonema — diz ela.

— Você só queria um motivo para vir aqui de novo e comer os bolinhos da Biddy. — Alex cutuca Demeter no ombro. — Pode admitir. Nós dois queríamos.

— Talvez — disse Demeter, começando a rir.

— Mas o que vocês estão fazendo aqui? — Tento de novo.

— Está bem — diz Demeter. — Vou fazer isso *direito* — esclarece ela, fingindo reprovar Alex. — Sem interrupções. — Em seguida, ela se vira para mim. — Katie, andei conversando com o Adrian sobre você. E gostaríamos muito que você fosse conversar com a gente na Cooper Clemmow.

Fico boquiaberta. Tento dizer algo sensato, mas as palavras não saem direito.

— "Por favor" — interrompe Alex. — Você não disse "por favor". Não tem modos.

— Eu já tenho um emprego — digo.

— Com a Broth. — Alex assente. — Não se preocupe, esses caras me devem uma. Vamos resolver isso, se for preciso. Você ainda não assinou nada?

— Não, ainda não...

— Ótimo! — diz Demeter, toda contente. — Como você sabe, temos algumas vagas para preencher na empresa, e queremos que você assuma uma delas. Desde que você impressione o Adrian, o que certamente irá fazer. Por favor! — conclui ela, abrindo um de seus sorrisos radiantes e repentinos.

— Você está sendo disputada! — exclama meu pai, vindo da cozinha. — É isso aí, dona Katie!

— Mick! — Alex o cumprimenta com alegria. — Mick, senti saudade. Como estão as tendas indígenas?

— Não muito boas. — Meu pai fica um pouco desanimado. — Aquele Dave Yarnett é um safado mentiroso. Tendas indígenas pra crianças, não foi? Não servem pra gente. — Ele balança a cabeça, irritado, e depois se alegra. — Então vocês estão oferecendo um emprego pra Katie?

— É só uma *entrevista* — digo depressa.

— Se ela puder ser dispensada por essa tarde — diz Demeter olhando para a minha roupa, uma calça jeans e uma camiseta da Factory Shop. — Você tem outra roupa?

— Tipo... agora? — De repente, eu me dou conta da situação. — Estamos indo *agora*?

— Depois do almoço — diz Alex com firmeza. — Biddy, pode trazer o banquete da fazenda Somerset.

— Mas as minhas roupas. — Estou tentando pensar no que tenho que esteja limpo e passado. Então levo as mãos à cabeça. — *Meu cabelo.*

— Nada que uma escova rápida não resolva. Mas... — Demeter me observa com mais atenção. — Katie, o que aconteceu com a cor do seu cabelo?

— Ah, a cor. — Mordo o lábio. — Bom, eu queria me livrar do azul, então pintei de castanho. Mas... — Mal consigo admitir a verdade. — Era uma tinta falsificada do Dave Yarnett.

— Não! — exclama Alex, fingindo estar horrorizado.

— Pois é! No que eu estava pensando? Mas ele estava aqui, e tinha umas caixas no carro, então... E não tinha produto suficiente no pacote pra cobrir meu cabelo todo. Está muito *ruim*?

— Não *tão* ruim, mas... — Demeter hesita de modo diplomático. — Talvez você possa retocar. — E abre um sorrisinho torto. — Posso fazer isso para você, se quiser.

É algo muito íntimo, tingir o cabelo de alguém. Certamente é algo que quebra o gelo. Enquanto Demeter pinta meu cabelo, conversamos como se fôssemos velhas amigas.

Conto a ela sobre a noite na semana passada que passei com meu pai vendo fotos antigas. Vi fotos da minha mãe que nunca tinha visto, revi imagens da minha infância das quais eu tinha me esquecido. Biddy ficou perto do fogão por um tempo, cuidando das panelas, como se estivesse cabreira demais para participar. Mas então eu a chamei para que visse uma foto minha num burrinho em frente ao mar, e fiz um gesto indicando uma cadeira ao meu lado, para que ela se sentasse com a gente. Passamos o resto da noite, nós três, vendo fotos antigas, ouvindo meu pai falar, e eu me senti mais parte da família do que nunca.

Então Demeter me conta que James começou naquele emprego importante em Bruxelas.

— Na primeira noite, eu me senti muito sozinha — diz ela, fazendo uma careta. — Temos uma cama *muito* grande, sabe? Uma cama francesa de carvalho que encomendamos. E quando só tem uma pessoa nela... Bom. — Ela solta um suspiro. — É uma cama enorme e antiga.

— Aposto que sim — digo, mordendo o lábio ao ouvir sobre a cama francesa de carvalho deles. Sinto até vontade de perguntar: *o carvalho é orgânico?*, mas controlo a língua. Demeter está se abrindo comigo, e isso é bacana.

— Então, na noite seguinte, fiz diferente — continua ela. — Coloquei um monte de almofadas na cama e deixei nosso novo cachorrinho dormir lá também. Nunca deixamos que ele entrasse nos quartos. Mas no final correu tudo bem.

— O que o James vai dizer sobre o cachorro? — Não consigo deixar de perguntar.

— Vai ficar furioso. — Ela abre um sorriso para mim no espelho.

— Bom, ele não devia ter ido para Bruxelas.

Ela parece bem mais tranquila do que o normal. Está franzindo a testa bem menos. Não está com os olhos inquietos. Sua vida parece administrável e agradável, mesmo com James longe. Parece uma Demeter diferente.

E eu me pego pensando que talvez a Demeter que eu conheci antes não fosse a verdadeira Demeter. Talvez fosse uma versão estressada, cansada e vítima de perseguição. Talvez *essa* mulher confiante e feliz de agora seja a Demeter de verdade. Foi *ela* a contratada por Alex. Era *ela* quem Demeter deveria ter sido o tempo todo.

Depois que a tinta é aplicada e retirada, começamos a fazer uma escova na frente do espelho da minha penteadeira. Demeter usa o secador e espirra produtos aleatoriamente no meu cabelo, enquanto conto a ela sobre minha vida em Londres. Sobre a minha *verdadeira* vida em Londres. O apartamento em Catford, a rede e as caixas de whey do Alan. A vez que fiz compras com Flora e entrei em pânico por causa de dinheiro e quando fui confundida com uma sem-teto. Nós duas rimos muito, e eu me lembro de ter pensado no passado se ela sabia rir. Bem, ela sabe. Quando há motivo para rir.

Mas, em seguida, ela fica mais pensativa.

— Eu vi seu Instagram antigo — diz ela, e eu sinto o rosto corar. Há meses não posto nada no meu perfil. — Você passava uma imagem muito diferente.

— Bem... — Dou de ombros. — Sabe como é. O Instagram permite isso.

— Verdade. — Ela assente. — Tudo ali é incrível. Mas não se pode acreditar em tudo. Nem nas suas coisas... nem nas coisas dos outros. — Ela olha para mim e desvia o olhar de novo. Sei o que ela quer dizer. Está perguntando *por que você achou que a minha vida era tudo isso, sendo que a sua era toda inventada*? E ela tem razão.

Tive um bom tempo para pensar sobre isso — e acho que acreditei nisso porque *queria muito* acreditar. Queria que Londres *fosse* cheia de princesas perfeitas como Demeter, vivendo vidas perfeitas de princesa.

— Então, essa entrevista... — digo, encontrando o olhar dela no reflexo do espelho. — O que eu devo falar?

— Apenas seja você mesma — responde ela. — Não precisa ficar preocupada. Alex e eu já sabemos que você é brilhante. Só precisamos que o Adrian descubra isso também, o que sei que vai acontecer.

— Fácil pra você dizer isso.

Na verdade, estou bem nervosa em relação à entrevista.

Para dizer a verdade, estou apavorada.

— Vou contar uma coisa para você, Katie — fala Demeter, brincando com o fio do secador de cabelos. — Voltei ao trabalho e senti sua falta. Queria saber sua opinião sobre as coisas, queria que você estivesse lá.

— Também senti sua falta — admito.

E é verdade. Senti falta da voz dela. Daquele tom cheio de opinião, irritante e dinâmico. Ninguém enfrenta a vida como Demeter.

— Certo. Serum. — Demeter começa a espalhar o produto entre os dedos. — O *segredo* do serum é o toque — diz ela de sua maneira normalmente exibida.

— Demeter... — Reviro os olhos. — O que você sabe sobre penteados?

— Nada — diz ela sem hesitar. Ela remexe meus cabelos algumas vezes. — Pronto. Brilhante, não?

Não consigo deixar de sorrir.

— Está perfeito, obrigada. Vamos. — E só quando chegamos à porta eu faço a pergunta que está tomando minha mente, mas que ainda não ousei fazer: — E então... Vou fazer a entrevista pra minha antiga vaga?

— Tudo mudou — responde ela depois de uma breve pausa. — Então, não exatamente.

Sinto um desânimo repentino, mas tento escondê-lo. Ela não vai me oferecer um estágio ruim e não remunerado, não é? Ela não faria isso. *Não faria.*

— Mas estou no mesmo nível? — Tento parecer tranquila e casual.

Só que Demeter está procurando algo na bolsa e não parece ter ouvido a pergunta.

— Venha — diz ela, levantando a cabeça. — O tempo está passando. Vamos.

Não falamos nada sobre a vaga durante o almoço, quando nos despedimos do meu pai e da Biddy, nem durante o trajeto até Londres. Alex conta histórias absurdas sobre sua infância, e Demeter atende vários telefonemas de trabalho pelo telefone do carro, e os dois querem saber como estão indo as coisas na fazenda.

Às quatro da tarde, chegamos a Londres. Às quatro e meia, estou na recepção da sala do Adrian, tentando me lembrar de todo o jargão relacionado à publicidade. Às cinco da tarde, estou dentro da sala do Adrian, nervosa demais, e ele e Demeter analisam meu portfólio. Adrian tem um comportamento calmo e tranquilo e está analisando tudo com atenção.

— Gosto disso — diz ele em alguns momentos, apontando para uma página, e Demeter assente. Eu apenas abro a boca e volta a fechá-la. Fico bem feliz com essa trégua.

Minha última entrevista foi bem diferente. Não foi nem de longe tão *intensa*. Adrian já me fez um milhão de perguntas sobre assuntos diferentes, alguns bem técnicos, e eu me sinto meio cansada. Fico repassando as respostas, pensando: *Será que respondi direito à pergunta sobre logos? Deveria ter falado o que acho sobre a reestruturação da marca Fresh'n Breezy? Estou usando demais o termo "DNA do design"? (Será que isso é possível?)*

E agora os dois fazem um silêncio que me assusta enquanto analisam meu trabalho. Sinto que estou passando mal de nervosismo, ansiedade, esperança...

— Então. — Adrian de repente olha para mim e eu me sobressalto. — A Demeter me contou que, desde que saiu da empresa, você montou um negócio do zero. — Ele pega o folheto que está escondido embaixo de meu portfólio. — Já tinha visto isso. É bom. — Ele assente. — E tem uma boa lábia?

— Katie engana como ninguém — diz Demeter. — Eu tinha *certeza* de que você tinha ido a todos os melhores restaurantes de Londres. — Ela pisca para mim. — E eu já vi como ela se vira rápido. É um raio.

— Como você sabe, estamos reestruturando a equipe no momento — continua ele. — Mas ainda não finalizamos o processo. Vai ser difícil por um tempo. Está disposta?

— Com toda certeza — digo, tentando não começar a tagarelar. — Claro.

— E você consegue gerenciar equipes? — Ele olha para mim com atenção, como se essa fosse a pergunta mais importante de todas.

Na minha cabeça, surge a pergunta: *por que ele está me perguntando isso?* Mas não permito que ela me distraia. Apenas respondo do jeito mais profissional que consigo.

— Sim — confirmo. — Gerenciei e treinei os funcionários da fazenda. Já gerenciei hóspedes. Sei lidar com as pessoas.

— Pode acreditar — diz Demeter, com sinceridade. — Ela consegue convencer as pessoas a fazerem o que elas nem querem. Essa garota sabe gerenciar uma equipe.

— Ótimo. — Adrian observa meu portfólio de novo, e então olha para mim, com o rosto cheio de marcas de expressões se abrindo num sorriso. — É um sim. Bem-vinda de novo, Katie. Vamos acertar os detalhes salariais que, acredito, atenderá às suas expectativas.

Detalhes salariais. Isso quer dizer... Um alívio enorme toma conta de mim. É remunerado. É um emprego remunerado! Durante a entrevista toda eu não quis perguntar, mas é para um emprego remunerado! Graças a Deus, graças a Deus...

— É um sim. — Demeter olha para ele com atenção. — Mas é um sim *sim*?

Está na cara que ela está usando um código que só Adrian vai entender.

— É um sim *sim*. — afirma Adrian para ela. — Sem a menor dúvida.

Demeter parece muito mais do que feliz.

— *Ótima* decisão — diz. Então, ela se inclina para a frente para me abraçar, e o abraço é tão forte que chego a arfar. — Muito bem, Katie. — A voz da Demeter está estranhamente embargada, como se ela tentasse conter a emoção. — Estou *muito* orgulhosa.

— Obrigada! — Quando ela me solta, esfrego o nariz, ainda meio confusa. — Mas não entendi. Por que me perguntou a respeito de gerenciar equipes? Uma assistente de pesquisa não gerencia equipe.

— Não — diz Demeter, e então olha para mim com carinho. — Mas uma diretora de criação, sim.

Estou em choque. Diretora de criação. *Diretora de criação.*

Estou na sala da Demeter, segurando uma xícara de chá, mas não ouso beber nela, com medo de derrubá-la.

Diretora de criação. Eu. Katie Brenner.

— Você não faz ideia de como tenho tentado isso — diz Demeter, que está andando pelo escritório e parece quase mais feliz do que eu. — Eu *sabia* que você tinha potencial, mas tive que convencer o Adrian. — Ela balança a cabeça. — Homens. Têm a mente muito limitada. Eu falei com ele assim: *"Essa* é a funcionária que deveria ter ficado! Deveríamos ter demitido todas as outras!" Bem, demitimos as outras — admite, como se estivesse pensando melhor.

— Ainda não consigo acreditar — digo. — Tem certeza? Sei lá, será que vou dar conta?

— Claro que vai — diz Demeter, toda feliz. — Você vai se reportar diretamente a mim, e eu vou te ensinar tudo. Você é rápida. E tem boa intuição, isso é o principal. É o que *não dá* para ser ensinado. Vai ser perfeito, nós duas trabalhando juntas. Sei que será. Você vai ser uma segunda eu.

Não consigo segurar a risada.

— Demeter, ninguém poderia ser uma segunda você.

— Vou treinar você. — Ela olha para mim com os olhos brilhando. — Assim você pode começar a ir a alguns eventos do mercado no meu lugar. E *eu* ficarei em casa com a Coco e o Hal.

— Parece ótimo. — Tento esconder minha animação enorme. Eventos do mercado!

— Acho que preciso de um pouco de tempo na vida para... outras coisas — diz Demeter. — Para a família, para os meus filhos.

Caminho até o quadro e olho para a colagem familiar de imagens da Demeter. Sucesso na carreira, sucesso na família, atitudes legais, de modo geral... E então vejo algumas fotos novas, que me chamam atenção. É da família toda na Fazenda Ansters. Ali estão Demeter e James ao lado do yurt, com taças de champanhe enquanto bandeirinhas tremulam ao vento. Coco está sentada em cima de um fardo de feno, parecendo uma modelo fotográfica posando para uma revista, com suas pernas compridas e bronzeadas. Vejo Hal, encostado numa porteira, sorrindo para uma vaca curiosa. Quem vê essas fotos pensa: *aqui está uma família que não se preocupa com nada no mundo.*

Pelo menos outras pessoas podem pensar isso. Mas eu, não. Não mais.

— Oi. — Uma voz à porta faz com que nos viremos, e vejo Alex sorrindo para mim. — Estava procurando vocês no andar — reclama ele com a Demeter. — Você poderia ter me dado a notícia. Muito bem, Katie. Bem-vinda de novo à Cooper Clemmow.

— Obrigada! Ai, meu Deus. — Penso em algo de repente. — Vou ter que dizer ao pessoal da Broth que não posso aceitar a vaga.

— *Bem feito*, Broth — diz Alex, brincando, e eu dou outra risada. — Não se preocupe — acrescenta ele ao ver minha cara de culpada. — Mas pense que alguma outra pessoa de sorte vai conseguir esse emprego. Todo mundo sai ganhando.

Não consigo deixar de imaginar outra pessoa desesperada à procura de um emprego como eu, sentada na cama com uma rede para colocar as roupas, sentindo-se triste... E então recebendo um telefonema e ouvindo uma ótima notícia. Alex tem razão: é uma situação na qual todos ganham.

— Então... — Ele olha para Demeter com atenção. — Pode nos dar um minuto?

— Estou na *minha* sala — diz Demeter, revirando os olhos. — Um minuto. — Ela passa por ele, pela porta. Alex a fecha, e ficamos sozinhos.

— É um bom dia. — Ele olha para mim com os olhos brilhantes.

— Um bom dia *mesmo*.

— Bem, você merece, Katie Brenner. Mais do que ninguém. Vem aqui.

Ele me envolve num abraço. Em dez segundos, estamos nos beijando, e eu não sei de mais nada. Minhas pernas estão bambas.

Não. Não posso fazer isso no escritório.

— Para! — Eu me afasto dele, com a voz embargada. — Vou ser demitida antes de começar!

— Você é deliciosa, sabia? — Ele acaricia meu cabelo.

— E você também.

A mão dele está tocando a minha, brincando com meus dedos, e eu sorrio para ele, pensando que nunca me senti tão feliz quanto me sinto agora.

— Você fez muito por mim, Katie — diz ele, quebrando o silêncio.
— Sabia?

— Digo o mesmo!

— Não. — Ele balança a cabeça. — Você não entende. Você me viu como realmente sou. Você me fez pensar nas coisas.

— Ah, sim, quais coisas?

— O que você tem em Somerset. Sua rotina. Sua base.

— Minha base? — Dou uma risadinha.

— Biddy, seu pai, a fazenda. — Ele abre os braços. — Base, base, base, quero ter base. — Quando olha para mim, percebo que não está brincando. Está falando muito sério. — Nunca tive base. — Um espasmo toma seu rosto, como se ele estivesse tentando afastar a lembrança. — Mas nunca é tarde demais, né?

— Não, claro que não. Você só tem que... — Paro, já sentindo que estou pisando em ovos. — Decidir ficar. Se comprometer. Entrar em contato com as pessoas e *estar* com elas e... deixar que elas se tornem sua base.

Ficamos em silêncio, e Alex está olhando para o meu rosto, com a testa franzida, como se estivesse tentando aprender algo muito difícil comigo.

— Você tem razão — diz ele abruptamente. — Eu fujo, sempre fujo, que droga! Bom, não quero mais fugir. Quero estabilidade. Quero amor — diz ele, e sinto um arrepio quando ele diz isso. — Sabe? Amor duradouro de verdade. Bem, é o que todo mundo quer, não é?

— Acho que sim. — Sinto uma alegria tomando conta de mim.

— Acho que você vai ser feliz assim. E então... — Hesito. — Fará as pessoas que ama felizes também.

Ficamos em silêncio de novo, tensos. Com os olhos escuros, ele ainda observa meu rosto. O olhar dele nunca pareceu tão intenso.

— Concordo — diz ele, baixinho. — Tenho uma visão diferente agora, estou me comprometendo. É isso.

Ele bate o punho cerrado na outra mão como se tivesse tido uma ideia.

— Vou pra Nova York.

O quê?

Será que eu ouvi direito?

— Vou procurar o meu pai — diz ele repentinamente animado. — Porque eu tenho ignorado a existência dele e guardado ódio por muito tempo. Está tudo errado. Não está? Afinal, estamos na mesma área. Talvez devêssemos tentar trabalhar juntos.

— Você vai *morar* em Nova York? — Estou tão desanimada que minha voz falha.

— Ainda não tenho certeza. Só sei que quero ter o mesmo tipo de relacionamento que você tem com seu pai. Talvez nós dois sejamos muito ruins, mas podemos pelo menos tentar, não é?

— Mas... — Ainda estou me esforçando para lidar com esse baque. — E o seu emprego?

— Ah, a Cooper Clemmow precisa de mim em Nova York na semana que vem — diz ele como se fosse algo simples. — A American Eletrics quer que eu cuide da reestruturação da marca deles, e *não* no cargo que estou no momento — diz ele, decidido. — Esquece isso. Percebi que não tenho preparo para administrar. Mas posso criar. E quero criar uma vida inteira nova. Uma vida com a família como base. Estável. Pra sempre.

Ele fica em silêncio. De algum modo, consigo abrir um sorriso incentivador, apesar de sentir uma grande tristeza tomar minha mente. Pensei...

Não, pode parar. Não importa o que pensei.

— Uau. Nova York. Bom, isso é... — Paro de falar, minha voz não está muito estável. — Uma ótima ideia.

— É, não é? — Alex assente, animado. — E foi *você* quem me deu essa ideia.

— Que maravilha! — digo com a voz estridente. — Fico muito feliz por você.

Quanto mais animada eu falo, mais minha garganta se aperta e mais difícil fica piscar. Estou em choque; não tinha me dado conta. Eu deixei que ele ganhasse meu coração. Deixei. Não percebi que estava fazendo isso, mas ele está aqui, envolvido em tudo o que amo.

De repente, percebo que Demeter está nos observando à porta. Ela deve ter chegado há pouco, porque, pela expressão dela, tenho certeza de que ouviu. E, apesar de não dizer nada, ouço sua voz em minha mente, muito clara: *Alex Só Vai... Quando desencana, não volta atrás... Muitas namoradas... Não se apaixone... Proteja-se.*

Me proteger. Sinto minhas faculdades mentais entrando em ação. Consigo sentir todos os meus instintos de autodefesa despertando. Porque tem uma coisa de que preciso me lembrar: a vida está boa no momento. E eu não vou estragá-la indo atrás de um homem. *Não vou* atrás de coisas impossíveis. Por mais que parecêssemos estar nos dando bem.

— Ei, Demeter — digo, do modo mais casual que consigo. — Pode nos dar mais um minuto?

Demeter se vira olhando para mim mais uma vez de modo solidário. Eu me viro para Alex e respiro fundo, com o coração aos pulos.

— Bom, não sei o que você imaginava pra nós dois, mas... sabe... — Forço um sorriso tranquilo. — Nós dois provavelmente vamos... seguir caminhos diferentes a partir de agora. Sem mágoas. Foi divertido, não foi?

— Ah. — Alex parece meio abalado. — Entendi. Está bem.

— Bom, Nova York fica muito longe daqui! — Dou uma risada. — Você vai estar ocupado, eu vou estar ocupada...

— Sim, bem, eu *tinha pensado...* — Ele para de falar e balança a cabeça, como se estivesse pensando em algo ruim. — Mas... tudo bem. Entendido.

— Tá. — Pigarreio. — Melhor... assim. Resolvido.

Ficamos em silêncio na sala, sem jeito. Respiro fundo algumas vezes, com o olhar distante, tentando manter a calma. Sinto vontade de me parabenizar por ter resolvido as coisas na minha vida de modo tão eficiente, e também quero chorar.

— Vou daqui a uma ou duas semanas — diz Alex por fim, com cautela. — Eu ia perguntar se você gostaria de ir lá pra casa hoje à noite.

— Certo. — Engulo em seco, tentando manter minha atitude e *não* deixar transparecer o quanto eu o desejo.

Não é só pelo sexo nem pelo modo como ele me faz rir nem por suas ideias repentinas, aleatórias e sempre divertidas. É o compartilhamento, são as confidências, as camadas que ele me deixa ver. E acho que foi assim que deixei que ele entrasse no meu coração. E eu realmente deveria dizer: *não, vamos terminar por aqui.* Mas não sou tão forte.

— Tá — digo por fim. — Isso pode ser divertido. Só diversão — acrescento para enfatizar. — *Diversão.*

— Claro, só diversão. — Alex parece prestes a dizer algo mais quando seu telefone toca. Ao tirá-lo do bolso, faz uma careta para a tela. — Desculpa. Você se importa se eu...

— Claro que não! Fica à vontade!

A interrupção é exatamente o que preciso para reorganizar meus pensamentos e me restabelecer. Caminho até a janela, com o queixo erguido, falando com firmeza comigo mesma.

Certo. É isso. Só diversão. É um interlúdio. E vou aproveitar isso do jeito que é. Repito: a vida está boa no momento. Não, está excelente. E, quando Alex desaparecer de novo, *não vou sofrer.* Porque dá para deixar as pessoas entrarem no nosso coração e depois tirá-las de lá. Moleza.

CAPÍTULO VINTE E TRÊS

Criei o perfil @minhavidanaotaoperfeita e já tenho 267 seguidores! Posto fotos sem filtro, sem pose, só com legendas, e nada boas para o Instagram, e isso acabou se tornando um dos passatempos mais divertidos que já tive.

Uma foto de uma multidão mal-humorada na plataforma do metrô: *minha ida não tão perfeita para o trabalho*. Uma foto de uma bolha horrorosa no meu calcanhar: *meus sapatos novos não tão perfeitos*. Uma foto do meu cabelo ensopado: *o clima não tão perfeito de Londres*.

O mais incrível é ver quantas pessoas estão me seguindo. Mark, do trabalho, postou uma foto na qual aparece comendo um donut, com a legenda: *minha dieta saudável não tão perfeita*. Biddy postou uma foto de uma calça rasgada, que ela estragou na cerca de arame farpado, com a legenda *minha vida rural não tão perfeita*, o que me fez rir muito.

Até mesmo a noiva do Steve, Kayla, postou uma foto de um comprovante de depósito de uma tenda para casamento (3.500 libras). Ela digitou *meu casamento não tão perfeito* e espero *muito* que Steve fique sabendo de tudo isso e que consiga ver o lado engraçado disso também.

Fi encheu minha página com fotos de Nova York, e, para ser sincera, isso mudou totalmente o modo como a vejo vivendo sua vida nos Estados Unidos. Para início de conversa, eu não tinha me dado conta de como o apartamento dela era pequeno. Ela postou muitas fotos do chuveiro — que, preciso admitir, é bem sem graça, com a mesma legenda: *meu apartamento alugado em Nova York não tão perfeito*. Depois, ela postou uma foto de uma mensagem que algum cara mandou, cancelando um encontro com ela. Fi depois acabou encontrando o cara no bar, conversando com outra garota. Ela deu à foto a legenda *meu encontro em Nova York não tão perfeito*, e recebeu cerca de trinta respostas de pessoas com histórias ainda piores.

Depois de umas seis postagens dela desse tipo, liguei para Fi e nós conversamos muito. Na verdade, conversamos a noite toda. Eu não sabia que estava com tanta saudade da voz dela. As palavras numa tela não são a mesma coisa.

E ela nem disse *Olha só, minha vida fabulosa era uma mentira, não tenho amigos legais, nem bebo margaritas cor-de-rosa nos Hamptons*. Porque ela tem amigos legais, e ela bebeu margaritas cor-de-rosa nos Hamptons. Pelo menos uma vez. Mas também há outras coisas acontecendo na vida dela. Coisas que equilibram o esplendor. Assim como acontece com todos nós. Brilhantes por um lado; a verdade não tão perfeita por outro.

Acho que finalmente descobri como me sentir bem em relação à vida. Sempre que vir alguém muito feliz, lembre-se: essa pessoa também tem seus momentos não tão perfeitos. Claro que tem. E, sempre que você vir sua própria situação não tão perfeita, se sentir desesperado e pensar: *minha vida é isso?*, lembre-se: não é. Todo mundo tem um lado brilhante, ainda que seja difícil de encontrar, às vezes.

— Katie?

Levanto a cabeça e sorrio. Aqui está meu lado brilhante, bem à minha frente. Ou pelo menos os dois pedaços mais brilhantes. Meu pai e Biddy aparecem na cozinha com suas roupas de turista com que vieram me visitar em Londres. Os dois estão usando calça jeans escura (Dave Yarnett) e tênis brancos reluzentes (Dave Yarnett). Meu pai está usando uma camisa nova na qual está escrito I ♥ Londres, que comprou ontem na Torre de Londres, e Biddy está usando uma blusa com o Big Ben estampado. Meu pai está segurando o mapa do metrô, e Biddy está carregando um cantil com água. Eles vão ao Jardim Botânico Real hoje, e acho que vão adorar.

Eles prometeram que viriam passar um tempo comigo assim que eu conseguisse "me estabelecer", e pensei que eles estavam falando em vir no outono, quando a alta temporada tivesse acabado. Mas estou há apenas seis semanas no emprego novo e eles já estão aqui. Deixaram Steve e Denise cuidando da fazenda por alguns dias. Devem ter precisado se organizar bastante, o que valorizo muito.

O único problema é que não tenho conseguido dar um tempo no trabalho, mas eles insistem em dizer que não tem problema. Assim eles podem "aproveitar Londres", como dizem. Meu pai já me disse umas cinco vezes que tem achado Londres "extremamente agradável" agora e que "nunca tinha olhado pra cidade do jeito certo".

Sorrio para eles.

— Estão prontos?

Biddy assente.

— Tudo pronto! Minha nossa, você acorda cedo, querida... — E então ela se interrompe, cora, e olha para meu pai.

Acho que Biddy e meu pai devem ter feito uma promessa para essa visita: *não faremos o menor comentário negativo que seja.* Sei que eles acham que meu novo quarto é meio pequeno (eles tinham que ter visto o último), e acham que o percurso até o trabalho é meio longo (eu acho uma delícia). Mas o que eles têm feito desde que chegaram é encher os meus ouvidos de comentários otimistas a respeito de Londres, dos londrinos, empregos em escritórios, e basicamente de tudo em relação à minha vida.

— Janela jeitosa — comenta meu pai, olhando para a janelinha simples da cozinha. — Deixa a cozinha bem iluminada.

— Muito boa! — diz Biddy, animada. — E eu notei que tem um restaurante japonês no fim da rua. Muito exótico! Muito glamoroso! Não é, Mick? É o que há em Londres. Os restaurantes.

Sinto vontade de abraçar a Biddy. Minha ruazinha em Hanwell não é exótica. Nem glamorosa. Tem um bom preço e o percurso para o trabalho é metade do que era antes, e agora tenho espaço até para um sofá-cama. Esses são os principais atrativos do meu apartamento, além de eu não precisar dividi-lo com nenhuma pessoa esquisita. Mas, se Biddy diz que é exótico e glamoroso, então também posso dizer que é.

A verdade é que Biddy e meu pai nunca vão ver, sentir ou entender o que há em Londres que me deixa feliz, todos os dias. É algo intangível. Não tem a ver com ser chique nem tentar viver atrás de uma fachada. Tem a ver com quem eu sou. Amo a Fazenda Ansters e sempre vou amá-la. E talvez — quem sabe? — um dia eu volte para lá. Mas algo na vida daqui, na vida que tenho levado, faz com que eu me sinta superviva. As pessoas, o burburinho, os horizontes, as conexões... Por exemplo, vou ter uma reunião com algumas pessoas na Disney hoje à tarde. Disney!

Tá, já que toquei nesse assunto, vou contar: não é bem uma reunião minha. Demeter e Adrian vão participar da reunião, mas eles falaram que posso ir junto. Ainda assim, vou encontrar o pessoal da Disney, não é? Vou aprender, não vou?

Dou uma olhada no meu reflexo no espelho e passo um pouco de serum em meus cachos. Estou vivendo uma vida totalmente diferente em Londres agora. Estou mais confiante. Não estou tentando ser uma moça de cabelos lisos, maltratados, estranhos a mim. Estou sendo eu mesma.

— Então vamos. — Pego minha bolsa e saio com meu pai e Biddy. Passamos pelo corredor do prédio, pela portaria e... pela escada. Sim! Tenho escada agora!

Não é uma escadaria grandiosa como a de Demeter. E ela tem razão: escada é um terror quando temos que subir com as compras. Mas os degraus são de pedra cinza e têm certa elegância. Sempre que abro a porta da frente de manhã sinto uma pontinha de alegria.

— Bacana... humm... ponto de ônibus! — diz meu pai, fazendo um gesto para a frente. — Muito útil, querida. — Ele olha para mim como se quisesse conferir se estou ouvindo, e sinto uma onda de amor por ele. Meu pai elogiou tudo na rua, desde as casas às árvores sem folhas, até o banco na frente da banca de jornal. Agora ele decidiu elogiar o ponto de ônibus?

— É útil — concordo com ele. — Diminui meu tempo de viagem até o trabalho pela metade. (Não vamos falar da fumaça que o ônibus solta nem dos montes de crianças que o usam para ir à escola.)

Quando o ônibus se aproxima, vemos que está um pouco cheio, e acabo me separando de meu pai e Biddy quando entramos. Faço um gesto para eles e aproveito a oportunidade para conferir uma mensagem de texto que acabou de chegar em meu celular.

Oi, Katie, como estão as coisas? Jeff

Hesito por um momento. Jeff é um cara com quem saí... tipo, duas vezes. Nós nos conhecemos numa conferência. E ele é... educado. Bonito. Normal.

Não, *não* é normal. Logo me forço a pensar de forma mais positiva e animada. *Uau. Jeff mandou uma mensagem. Saímos só duas vezes, então é um gesto bonitinho da parte dele, perguntar como estou. Legal da parte dele. Sim, bem legal. Um gesto de consideração. Ele é um cara que tem consideração. É uma qualidade muito boa dele, o fato de ter consideração.*

É este o princípio pelo qual me guio: encontrar um cara de *qualidade*. Não um que me *excite*, e sim que me *valorize*. Não um cara que me leve à lua e que desapareça indo para Nova York, mas um que me leve a... Bracknell, talvez. (Jeff é de Bracknell e sempre fala que o lugar é ótimo.)

Bom, tudo bem. Claro que a lua seria ainda melhor do que Bracknell. Mas talvez Jeff me leve à lua. Só preciso conhecê-lo melhor. Envio uma mensagem respondendo:

Oi, Jeff! Como você está?

Enquanto digito, uma lembrança que não deveria ocorrer vem à tona. É de um pouco antes da minha mudança para cá, e de quando Alex foi para Nova York, e de quando enviei para ele uma mensagem de uma reunião superchata com os moradores do meu prédio.

Socorro! Estou cercada pela galera dos biscoitos!

Ele começou a me mandar fotos de biscoitos de todo tipo. Depois, começou a colocar rostos neles, com o Photoshop. Eu ri e senti aquele calor, aquela alegria, aquela sensação de sintonia que ele me proporciona.

Mas a sensação de sintonia é uma ilusão, digo a mim com seriedade, uma *ilusão*. Vamos analisar os fatos. Alex está em Nova York, em sua correria eterna só de ida pelo mundo. Não tive notícias dele. Enquanto Jeff está aqui, em Bracknell, interessado na minha vida.

Para ser justa com Alex, preciso dizer que não foi ele quem cortou o contato. Fui eu. Mais pela minha autopreservação. Olha, eu deveria ter acabado com tudo isso na sala da Demeter, naquele dia em que ele me contou sobre Nova York. Mas eu fui fraca. Não resisti a passar uma noite no apartamento dele, depois mais uma... e mais outra...

Então tivemos alguns dias ótimos e inebriantes: passando tempo um com o outro e vivendo o momento. Não ousei espiar o futuro. Não ousei pensar demais sobre as coisas. Vimos a coisa toda como uma "diversão". Nós dois usamos muito essa palavra até que ela começou a parecer vazia. Quando outras pessoas poderiam ter se arriscado a falar sobre amor ou relação ou relacionamento, resolutamente usamos a palavra "diversão" um com o outro. *Estou me divertindo muito. Você é muito divertido. Aquela noite foi... divertida!*

Algumas vezes, eu o vi olhando para mim de um modo diferente, meio enigmático. Pegando minha mão, levando-a a seus lábios. Algumas vezes, não consegui resistir e sussurrei palavras doces em seu ouvido, que mais pareciam amor do que diversão.

Mas a palavra "amor", ainda que sussurrada em minha mente, fazia com que eu me sobressaltasse. *Não, não, não, NÃO se apaixone... Proteja-se... Ele vai embora, vai deixar você...*

E ele foi embora e me deixou.

— Olha, Katie, você não se *importa* que eu vá, né? — perguntou ele uma vez quando estávamos deitados juntos, como se a realidade estivesse lhe ocorrendo lentamente. — Olha... tem sido divertido. É divertido, mas...

— *Me importar?* — E eu ri, uma risada incrédula e tranquila. Poderia ter ganhado um Oscar por ela.

Ah, só seguindo com a vida.

O bipe indicando a chegada da mensagem de Jeff me puxa de volta à realidade. *Isto* é a realidade, eu lembro a mim mesma. Jeff é realidade. Alex se foi. Uma lembrança. Um mito.

Tento pensar em algum comentário engraçadinho para *seguindo com a vida*, mas a frase parece entorpecer meus dedos. *Seguindo com a vida*. Ai, meu Deus! Muito lentamente, começo a digitar.

Que...

Literalmente, não tenho ideia do que dizer agora. Que o quê? Que maneiro? Que belíssima porcaria?

E agora, sem conseguir me controlar, me lembro de outro momento doloroso/mágico com Alex. Foi numa noite em que tomamos martínis, e Alex de repente anunciou, só que meio embriagado:

— Eu admiro você, Katie Brenner. Admiro muito mesmo.

— *Me admira?* — Fiquei boquiaberta. Ninguém nunca tinha falado que me admirava antes. — Mas o que...

— Você é forte. E você é... — Ele parecia estar procurando a palavra. — Você é direta. E você lutou pela Demeter porque achou que era o certo a fazer. Não precisava lutar por ela. Na verdade, você tinha todos os motivos pra *não* fazer isso... mas fez mesmo assim.

— Na verdade, eu era uma mercenária — respondi dando de ombros. — Nunca te falei isso? Ganhei cinco mil. No fim. — E Alex riu e riu até que começou a escorrer martíni do seu nariz. Eu sempre consegui fazer com que ele risse, nem sei como.

Lembro que ficamos em silêncio depois disso, e eu olhei para ele, enquanto tocavam jazz ao fundo e luzes suaves dançavam em seu rosto. E, apesar de eu saber muito bem em uma parte da minha mente que ele pretendia partir, naquele momento, parecia impossível que ele não estivesse sempre ali comigo, para me divertir com seus comentários aleatórios, seus planos impulsivos e seus sorrisos contagiantes. Eu simplesmente não conseguia pensar no fato de ele ir embora.

Estava apaixonada, acho.

Felizmente, chegamos ao ponto de ônibus em que precisamos descer, por isso consigo interromper meus pensamentos. Balanço a cabeça para apagar as lembranças antigas, as esperanças e toda a porcaria que ainda tem lá. Guardo meu telefone e guio meu pai e Biddy para que consigam passar pelas crianças das escolas. (Consigo ver as coisas pelo ponto de vista deles: é meio estressante, sim. Preciso elogiá-los dizendo que os dois estão ficando muito bons em usar o Oyster.)

O segundo ônibus faz um trajeto tranquilo até Chiswick (bom, até onde um ônibus consegue andar tranquilamente em Londres). A luz do sol de verão atravessa o vidro, e Biddy até consegue se sentar. Poderia ser bem pior. Em Turnham Green, coloco meu pai e Biddy em uma linha no metrô para os jardins, digo a eles que quero saber tudo depois, e então sigo apressada pelo resto do caminho até a Cooper Clemmow.

— Bom dia, Katie. — Jade me cumprimenta na recepção quando entro.

Outra mudança que fiz. Sou Katie hoje em dia, e não sei por que já tentei ser outra pessoa.

— Bom dia, Jade. — Sorrio para ela. — Demeter já chegou?

— Ainda não — diz Jade.

Estou prestes a ir para o elevador quando Jade pigarreia e faz um gesto para alguém que está sentado na área de recepção. Eu me viro e hesito ligeiramente ao ver a figura, sentindo uma onda repentina de emoções. Sou eu. Tá, não sou eu. Mas é como olhar para mim.

Sentada ali, mexendo na tira da bolsa, está nossa nova assistente de pesquisa, a Carly. Ela está usando uma calça preta barata, seus cabelos estão presos com uma presilha de plástico e sua expressão é ansiosa. Quando me vê, ela se levanta, praticamente derrubando seu copo de água.

— Oi — diz ela, sem fôlego. — Oi, Katie, certo? Nós nos conhecemos na minha entrevista. Eu queria chegar cedo aqui no meu primeiro dia, então... Oi.

Ela parece muito apreensiva, e sinto vontade de abraçá-la. Mas isso provavelmente a deixaria assustada.

— Oi. — Aperto a mão dela. — Bem-vinda à Cooper Clemmow. Você vai adorar as coisas por aqui. Demeter ainda não chegou, mas vou mostrar tudo a você... Como foi o trajeto até aqui? — pergunto enquanto caminhamos até o elevador. — Péssimo?

— Não muito — diz Carly com firmeza. — Bem, moro em Wembley, então... Mas não é tão ruim.

— Sei como é. — Olho nos olhos dela. — De verdade.

Ela assente.

— Sim, eu sei. Vi seu perfil no Instagram. *Minha ida não tão perfeita para o trabalho.* — Ela dá mais uma risada nervosa. — E todas as outras fotos. Elas são geniais. Muito... *verdadeiras.*

— Bem, sim... — Sorrio. — É essa a ideia.

Quando entramos no amplo escritório, vejo Carly olhando ao redor, admirada, vendo as paredes de tijolos aparentes, o cabide de homem nu e as flores de plástico gigantes e incríveis que acabaram de chegar da Sensiquo.

— É muito bacana — diz ela.

— Eu sei. — Não deixo de perceber seu entusiasmo. — É bem legal, né?

Recebemos algumas crianças do centro comunitário de Catford na semana passada — organizamos um dia de doações para complementar nossos esforços de arrecadação. E elas também ficaram bem impressionadas com nossa empresa. Até mesmo Sadiqua, apesar de ter tentado não demonstrar e de perguntar a todo mundo que encontrava:

— Pode me colocar num reality show? Eu quero ser apresentadora.

Aquela garota vai longe. Não faço ideia em qual direção, mas vai longe, sim.

— Então — digo, ao chegarmos à mesa de Carly. — Não consigo me lembrar, desculpa. De onde você é mesmo?

— Das Midlands — diz ela, meio na defensiva. — De um lugar perto de Corby; você nunca deve ter ouvido falar... — Ela olha para meu vestido estampado, que comprei quando recebi meu primeiro salário. — Então, você é de Londres? Não tem sotaque daqui. Você... — Ela franze o cenho. — West Country?

Não fiz esforço nenhum para perder meu sotaque desde que voltei. Tenho orgulho dele. Meu sotaque faz parte de mim, como meu pai e minha mãe. E a fazenda. E o leite fresco que deixou meus cabelos fortes e encaracolados. (É o que meu pai sempre dizia, de qualquer modo, para fazer com que eu bebesse leite. Provavelmente era bobagem.)

Sou o que sou. Sinto muito por ter demorado tanto para perceber isso.

— Sou de Somerset, até a alma. — Sorrio para Carly. — Mas moro em Londres agora, então... Acho que sou dos dois lugares.

Demeter passa a manhã toda em reuniões, por isso fico de olho em Carly. Ela *parece* tranquila, mas sei como é ser a novata fazendo cara de corajosa. Então, na hora do almoço, vou até a mesa dela.

— Vamos beber alguma coisa — digo. — Vamos todos ao Blue Bear. Você vai conseguir conhecer todo mundo lá.

As emoções dela ficam muito claras em seu rosto. Primeiro, a alegria, depois a hesitação. Ela olha para o sanduíche feito em casa que tem na bolsa e na mesma hora eu sei: está preocupada com dinheiro.

— Por conta da casa — digo logo. — Tudo por conta da casa. É uma coisa que fazemos aqui na empresa.

Vamos resolver isso depois. Demeter, Liz e eu. Sou muito amiga da Liz hoje em dia, agora que a liga do mal sumiu.

A caminho do bar, envio uma mensagem para Demeter contando sobre os nossos planos. Ela diz que está vindo, e então responde também mandando uma foto de uma tipografia vintage que encontrou. O que você acha? Mando uma resposta entusiasmada, e trocamos mais alguns comentários.

Demeter e eu conversamos muito por mensagens. Na verdade, conversamos muito e ponto. Na maior parte das noites, nós duas somos as últimas a sair do escritório, fazemos chás de ervas, conversamos sobre um assunto ou outro. Uma vez, chegamos até a pedir comida chinesa, como no sonho antigo que eu tinha. Falamos sobre vários assuntos. Encontramos soluções. (Para ser mais justa, normalmente é Demeter chegando a uma solução e eu ouvindo atentamente, pensando *Ai, meu Deus, é claro.*)

Eu vivia querendo saber sobre Demeter, mas tinha poucas informações. Agora, fico totalmente exposta à mente criativa dela, e é ótimo. Não, na verdade, é *demais*. Veja bem, Demeter ainda tem seus defeitos. Ela é cheia de artimanhas e é imprevisível, e é a mulher mais desorganizada do planeta... Mas, caramba, estou aprendendo muito com ela.

E então, às vezes, quando estou na sala dela, relaxamos um pouco e passamos a falar sobre coisas relacionadas à família. Conto a ela as novidades da Fazenda Ansters e ouço as mais novas fofocas da casa dos Wiltons. James está muito bem no emprego em Bruxelas, e eles estão muito felizes, aparentemente. Na verdade, vê-lo só uma vez por semana tem suas vantagens, segundo Demeter. (Ela não disse bem quais eram, mas consigo imaginar.)

Coco está namorando, e Hal quer começar a lutar MMA, para desgosto de Demeter. (*"MMA? É sério, Katie? O que há de errado com a esgrima?"*)

Até fui jantar com a família numa noite no meio da semana, na casa incrível que eles têm em Shepherd's Bush. Foi ótimo. Coco e Hal se comportaram muito bem, e eles tinham feito uma torta de limão juntos. Nós nos reunimos ao redor de uma mesa de carvalho com velas Diptyque, que deixavam um cheiro bom no ar, e os talheres eram franceses, de uma coleção especial. Até o banheiro parecia coisa de revista (papel de parede feito à mão com pia vintage). E eu poderia ter voltado a acreditar que a vida da Demeter era perfeita, se Coco não tivesse gritado "Uuurrggh!" da cozinha e se não tivéssemos saído correndo e visto que o cachorrinho tinha vomitado no chão todo.

(Coco queria ganhar o prêmio de melhor foto do Minha-Vida--Não-Tão-Perfeita, então postou a foto da bagunça no meu Instagram. Humm, bacana.)

Quando estamos chegando ao Blue Bear, vejo Demeter vindo da outra direção, com sua jaqueta de couro nova, muito bonita, e mexendo no telefone.

— Oi, Demeter! — Eu a cumprimento. — Você se lembra da Carly, nossa nova assistente de pesquisa?

— Oi! Bem-vinda! — Demeter aperta a mão da Carly e lança a ela aquele olhar levemente intimidador. Percebo Carly arfar. Demeter *é* meio assustadora se você não a conhece. (Mas não muito, se você já a viu de cara na lama, usando um saco de juta.)

No Blue Bear, pedimos três garrafas de vinho e algumas taças, reunidos ao redor de algumas mesas altas do bar. Fico me perguntando se Demeter deveria fazer um discurso de boas-vindas a Carly, ou se ela vai se sentir muito importante com isso, quando a porta do bar é aberta e ouço alguém dizer:

— Alex?

Alex?

Alex?

Minha garganta fica apertada e, muito lentamente, eu me viro. É ele. É Alex. Ele está usando um blazer de linho amassado, está com os cabelos despenteados e com a barba por fazer. Ele olha para mim no mesmo instante, e sinto meu peito ficar apertado.

— Eu sei que você falou que seria só diversão — diz ele sem preâmbulos. — Sei disso, mas...

Ele balança a cabeça como se estivesse tentando organizar seus pensamentos conturbados. Então olha para mim de novo, os olhos intensos, francos, sem qualquer sinal de descontração — e, quando eles encontram os meus, tudo para. Parece que eu adivinho tudo o que ele quer dizer naquele momento, com um único olhar. Mas não acredito, não me permito acreditar.

Enquanto nos entreolhamos sem dizer nada, Alex se remexe e se segura em uma barra para manter o equilíbrio.

— Você está bem? — Dou um passo à frente, preocupada.

— Não durmo há alguns dias — diz ele. — Tenho pensado. Também não dormi no voo, Katie. Eu entendi tudo errado. Muito errado. Tudo errado.

Alex esfrega a testa e eu espero em silêncio. Ele parece um tanto triste, meio desesperado.

— Estou cansado de rodar por aí — diz ele de repente. — De girar. De estar sempre girando. De nunca ficar parado, nunca sossegar...

— Pensei que o seu pai fosse te dar esse equilíbrio — digo, sem saber ao certo o que comentar. — Pensei que o seu pai fosse sua base.

— Base errada — diz ele, olhando nos meus olhos como se não quisesse deixá-los nunca mais. — Base errada. — Ele parece se dar conta de que todos os funcionários da Cooper Clemmow nos observam. — Podemos ir para um lugar mais calmo?

Não tem lugar mais calmo, na verdade, mas nós nos afastamos um pouco da multidão. Meu coração está batendo forte. Eu me sinto meio zonza. Para onde estamos indo? O que está acontecendo? Ele voltou... por minha causa?

— Então você não se entendeu com o seu pai? — pergunto com cuidado.

— Que se foda o meu pai e todo mundo que fode ele — diz Alex com um gesto repentino. — Mas essa é outra história. — Embora eu veja a dor em seu rosto, ele abre um sorriso torto e charmoso para mim. Fico me perguntando o que aconteceu com ele em Nova York nas últimas semanas e sinto uma onda incontrolável e irracional de fúria em relação ao pai de Alex. Se ele o magoou, pelo menor motivo que tenha sido... — Katie, finalmente percebi que não quero o que você e seu pai têm. Eu quero... — Alex para de falar e olha fixamente em meus olhos. — Você.

Na hora, sinto a garganta secar. Pensei que estivesse no controle da situação, mas não consigo controlar nada no momento. Tenho a impressão de que vou derreter.

— Só consigo pensar em você — continua ele. — O tempo todo, em você. Ninguém é engraçada como você. Nem esperta como você. Você é muito esperta, sabia? E também tem coxas incríveis — diz ele, olhando para as minhas pernas. — Você é maravilhosa.

Abro a boca e volto a fechá-la. Não sei o que dizer.

— Alex...

— Não, espera. — Ele ergue uma das mãos. — Não terminei. É o que eu quero, e fui um idiota por ter ido embora, eu deveria ter percebido... — Ele se interrompe. — Bom. Mas não sei se posso ter você. E é por isso que estou aqui. Pra perguntar. Se disser não, vou embora, mas é por isso que estou aqui. Pra perguntar. Estou me repetindo, né? — diz ele de modo casual. — Estou nervoso. Não é meu estilo. Não é meu estilo mesmo. Voltar atrás.

— Eu sei — digo, quase sussurrando. — Eu... soube.

— Pois é, sim, estou nervoso, e, sim, estou envergonhado agora, mas quer saber de uma coisa? Estou *enfrentando* minha vergonha.

Ele para de falar, fica em silêncio. Está claro que todo mundo no bar inteiro parou de falar para ouvir a conversa. Olho para ele e percebo que Demeter também está escutando. Está cobrindo a boca com a mão como se não acreditasse, e seus olhos brilham um pouco.

— Estou enfrentando minha vergonha — repete ele, aparentemente sem perceber a plateia. — Estou aqui, Alex Astalis, apaixonado por você. Enfrentando isso também.

Estou em choque. Ele acabou de dizer que está *apaixonado* por mim?

— Mas é claro que tem muitos, *muitos* motivos pelos quais essa ideia pode não ser boa — continua ele antes que eu possa responder.

— E eu escrevi a maioria deles num papel durante o voo, só pra me torturar. — Ele pega um saco de vômito com palavras rabiscadas. — E eu não parava de pensar no fato de você só querer se divertir. Você me disse. Era o que queria. E o fato de eu aparecer aqui, assim, não é divertido. Ou é? — Ele dá um passo na minha direção, com a expressão tão sofrida, tão questionadora, tão essencialmente *Alex*, que tenho de me conter para não me jogar nos braços dele. — É? — repete ele. — Divertido? Isso?

— Não. — Lágrimas tomam meus olhos quando finalmente consigo falar. — Não é divertido. É... a gente. É o que somos, independentemente do que a gente seja. E eu só queria isso também. Não a diversão. Mas nós dois.

— Nós dois. — Alex dá mais um passo na minha direção. — Isso parece bom. — A voz dele soa um pouco rouca e hesitante. — Parece... uma coisa que eu quero.

— Eu também. — Não consigo mais falar nada. Minha garganta está seca e meu nariz está formigando. Nunca tirei Alex definitivamente do meu coração. Como se faz para tirar alguém como ele do coração?

E eu não paro de dizer a mim mesma: *estamos num lugar público, comporte-se com dignidade...* Mas o rosto dele está a trinta centímetros do meu, depois a quinze... E sinto seu cheiro e seus braços fortes me envolvendo... E ai, meu Deus, estou perdida.

Tenho certeza de que beijar o chefe em público é contra o protocolo. Mas... ele ainda é meu chefe?

Finalmente nos afastamos, e *todo mundo* está olhando para nós sem disfarçar. Ninguém tem mais o que fazer? Quando o burburinho começa de novo, eu olho para Demeter e ela une as mãos com força, joga um beijo para nós dois e leva um lenço aos olhos, como se fosse minha fada madrinha.

— Katie Brenner. — Alex segura meu rosto como se me analisasse profundamente. — Katie Brenner. Por que fui pra Nova York se tinha você bem aqui o tempo todo?

— Não *acredito* que você me deixou — digo, me aninhando em seu blazer.

— Não *acredito* que você não me impediu. — Ele me beija de novo, demorada e intensamente, e eu me vejo analisando se posso tirar a tarde de folga. Por motivos especiais.

Alex me entrega uma taça de vinho, e eu brindo com ele e me encosto em seu peito de novo. Algo dentro de mim se desdobra, algo que nem sequer percebi que estava tenso. Eu me sinto assim: finalmente, finalmente, *finalmente.*

— Katie Brenner — diz Alex de novo, como se apenas a menção ao meu nome me deixasse feliz. — Então, deixa eu te levar pra jantar hoje? Nunca levo você pra jantar. — Ele franze o cenho como se fôssemos dois velhinhos casados há muito tempo. — Aonde você gostaria de ir?

— Meu pai e Biddy estão hospedados lá em casa — digo, um pouco chateada, mas o rosto dele se ilumina.

— Melhor ainda. Reunião de família. Você sabe que só estou com você por causa da comida da Biddy, *né?*

— Ah, eu sei. — Dou uma risada. — Não sou idiota.

— Então, jantar de família, depois vamos pra minha casa e... vemos o que acontece? Vamos a um lugar muito especial. — Seus olhos brilham, entusiasmados. Sinto a felicidade emanando dele.

— Um lugar *muito* especial? — Olho para ele, tentando decifrá-lo. — É isso?

— Com certeza. Um lugar muito, muito especial e extraordinário. Aonde você gostaria de ir?

Aonde eu gostaria de ir?

— Calma. — Procuro dentro da bolsa. Bem no fundo, está minha lista antiga de restaurantes e escrita à mão. Tenho carregado isso comigo esse tempo todo. — Qualquer um desses. — Mostro para ele. — Esse. Ou esse. Ou aquele. Talvez lá? Não, lá não. E esse... Humm... Não sei bem...

Alex está olhando para a lista, um pouco surpreso, e de repente percebo que provavelmente não é assim que a maioria das garotas reage quando recebe um convite para jantar.

— Ou qualquer lugar — digo depressa, amassando a lista. — Olha, sério, você escolhe. Com certeza você tem um monte de ideias boas...

— Até parece que tenho. — Ele sorri. — Você é especialista. Pode escolher.

— Ah — digo, desconcertada. — Mas você não quer... Sei lá, não é o homem quem deve...

— É com você, Katie. — Alex me interrompe. — Aproveita. *Você* vai escolher, tá? É com você, minha linda Moça de Somerset. — Ele segura minhas mãos, beija meus dedos e me puxa para ele de novo, com a voz baixa em meu ouvido. — Você é quem manda.

AGRADECIMENTOS

A vida de ninguém é perfeita. Mas a minha ficou bem mais perfeita com as pessoas brilhantes que me ajudaram a criar este livro.

Jenny Bond e Sarah Frampton ofereceram ajuda e ideias sobre a vida na cidade e sobre a vida no campo também. E eu sou especialmente grata a Jenny por sua expertise sobre o mundo corporativo, da publicidade, do marketing e da propaganda.

Além disso, estou sempre surpresa com o trabalho incrível da "Equipe Kinsella" no Reino Unido, nos Estados Unidos e no mundo todo. Obrigada a todo mundo que se esforça muito com meus livros — e um obrigada especial a meus agentes e editores no Reino Unido e nos Estados Unidos.

Na LAW: Araminta Whitley, Peta Nightingale, Jennifer Hunt.

Na Inkwell: Kim Witherspoon, David Forrer.

Na ILA: Nicki Kennedy, Sam Edenborough, Jenny Robson, Katherine West, Simone Smith.

Na Transworld: Francesca Best, Bill Scott-Kerr, Larry Finlay, Claire Evans, Nicola Wright, Alice Murphy-Pyle, Becky Short, Tom

Chicken e sua equipe, Giulia Giordano, Matt Watterson e equipe, Richard Ogle, Kate Samano, Judith Welsh, Jo Williamson, Bradley "Bradmobile" Rose.

Na Penguin Random House dos Estados Unidos: Gina Centrello, Susan Kamil, Kara Cesare, Avideh Bashirrad, Debbie Aroff, Jess Bonet, Sanyu Dillon, Sharon Propson, Sally Marvin, Theresa Zoro, Loren Noveck

Que a vida de vocês sempre combine com seus posts no Instagram...

Este livro foi composto na tipografia
Palatino Lt Std, em corpo 11/16, e impresso em papel
off-white no Sistema Digital Instant Duplex da
Divisão Gráfica da Distribuidora Record.